心
Evil Heart
毒
3
Case003：鏡像
初禾
illust.MN

花崇
職務：重案組隊長
人稱「花花」、「花兒」，喜歡喝菊花茶。
七年前曾調至邊境支援反恐任務，
卻只有他一個人活著回來。
結束任務後回到洛城，主動請調至重案組。

柳至秦

職務：訊息戰小組隊員

人稱「小柳哥」。

公安部派至洛城重案組的菁英駭客，電腦技術一流。

似乎在暗中調查花崇？

目錄

楔子 006
第一章 表面與內在 016
第二章 來不及成長的生命 047
第三章 活著不易 097
第四章 過去的傷痕 144
第五章 十一歲的孤兒 193
第六章 自殺鬧劇 235
第七章 家 258
尾聲 302
後日開端 339
番外 平行世界 其三 367

「錢闖江，今年二十歲，性格木訥，小時候時常被錢毛江欺負，現在成年了，又生活在二哥錢鋒江的光芒之下。」花崇接過話，「可惜我今天去『山味堂』，沒見到他一面。」

「現在我們只是從別人的話中得知，錢闖江被錢毛江欺負過，程度如何還不清楚。」柳至秦坐在床邊，「但從已知的例子判斷，錢毛江的暴力傾向明顯，小小年紀，手段殘忍，這種人，不像是會對手足留情的人。相反地，他在外面欺負同學，在家可能會變本加厲地對待兩個弟弟。長期生活在暴力環境中，一個人——尤其是年紀還小的孩子，很容易出現扭曲心理。」

「假設凶手是錢闖江，那我們之前模擬的兩個動機都能對上。」花崇在房間裡走來走去，「第一，他在報復錢毛江；第二，錢毛江死了，在家庭關係裡，他無疑是受益者。」

「對一個十歲的小孩來說，是否受益的考量還太成人化。」柳至秦糾正，「反之，在被欺壓到極點時，他反彈的報復欲會極其強烈。」

「我看過十年前的筆錄。據錢闖江說，案發當天，他一直都在家，不知道錢毛江是否有外出。警方自始至終沒有將他列為嫌疑人，自然是採信了他的話。但是……」花崇站定，「實際上，沒有任何人可以證明他說的是真話。」

「如果把範圍擴大，錢鋒江的嫌疑也不小，畢竟錢毛江欺負的不止錢闖江。」柳至秦望著花崇，「沒有證據證明凶手只有一個人。」

「理論上來說確實是這樣，不過我今天見過錢鋒江。怎麼說呢？他的舉止、精神狀態不像曾經殺過人。」花崇說完，頓了頓，「但這只是我的感覺。」

柳至秦站起來，將被風吹開的窗簾拉上，倚在窗邊說：「單是看動機，他們都有殺害錢毛江的可能，不過另外的四個人為什麼會一同被殺，這我不大想得通。對了，從蘑菇餐廳出來時，你說有新想法，是什麼新想法？」

花崇怔了一瞬，拍拍額頭，「我差點忘了。」

當時，他本來打算把與老闆娘聊天時想到的事說出來，結果路邊突然衝出一群追打的小孩子，個個戴著卡通人物的面具、動物頭飾，有的手裡還舉著風車，一邊跑一邊喊著：「放河燈啦，放河燈啦！」

花崇被一個小男孩撞個滿懷，藍色的小風車掉在地上，瞬間散架。

花崇本以為自己遇上小屁孩了，要嘛賠風車，要嘛花一個晚上哄，結果小男孩十分有禮貌，雖然看到風車散架，都快哭了，還是後退幾步，向花崇鞠躬賠禮：「哥哥，對不起，請你原諒我！」

三十多歲了，還被小男孩叫「哥哥」，花崇有點無地自容。

柳至秦撿起散架的風車，竟然三兩下就組好了。

小男孩高興極了，接過風車，硬要把自己頭上戴著的老虎耳朵送給柳至秦。

「謝謝。」花崇代柳至秦收下了，見小孩們朝河邊跑去，也有了興趣，「小柳哥，你見過放河燈嗎？」

「小時候見過。」柳至秦問：「你想去看？」

「走嗎？」
「走吧。」
夏末的河燈會很是熱鬧，河邊有不少賣河燈的小攤販，最普通的五元一盞，是一張紙船，裡面黏著一枚小小的蠟燭，最貴的一百元，造型精緻，點亮的時候像一朵開在水中的花。
遊客們買的幾乎都是五元的，倒不是貪圖便宜，只是放河燈就是圖個開心。同樣的錢，五元的可以買很多盞，貴的就只能買一盞。
花祟買了兩個十元的，和柳至秦一同走到岸邊，找了一處人少的地方。
小河已經變成了一條蜿蜒的光帶，河燈互相碰撞著，閃爍明滅，向下游漂去。
「放河燈時是不是要許願？」
花祟拿出打火機，按了兩下，火苗竄起，映在兩個人的眼中。
柳至秦托著兩個河燈，五官在微弱的燈光下顯得比平常柔和許多。
他很輕地笑了笑，「很多人放河燈，都是寄去對逝去親友的想念。」
花祟的眸光隨著火光搖曳，輕聲道：「是嗎。」
這似乎不是一個問句，所以柳至秦也沒有回答。
點好蠟燭，花祟接過其中一盞，「好了，可以放了。」
柳至秦蹲下，輕輕一放，河燈就被水流帶走。
花祟學著他的動作，也將河燈放出去。
兩盞河燈靠著彼此，不一會兒就漂到了小河中央。

兩人誰都沒有說話，也沒有起身，仍蹲在岸邊默默注視著一片燈海。

率先側過身的是柳至秦，他看著花崇，只覺得對方的眼睛格外明亮，好似將整條河的燈光都彙集到了眼中。

須臾，花崇也看向他。

時間彷彿靜止了一瞬。

在這一瞬之後，他們同時移開目光。

花崇站起身，伸了個懶腰，「回去了。」

路上，柳至秦問：「剛才許了什麼願？」

「希望逝去的兄弟安息。」花崇低聲道，「你呢？」

柳至秦抿著唇，過了半分鐘才道：「我沒有許願。」

花崇笑，「那你不如給我，我幫你許。」

「許什麼？」

「我想想，嗯……」

柳至秦停下腳步，目光幽深地看著花崇。

花崇積極地攬過許願的任務，一時半會卻想不到該幫柳至秦許什麼願望，只好說：「之後我慢慢想。」

不過現下，亟待思索的是案子。

「那個木屋，我們之前認為是老師體罰學生的場所，但照餐廳老闆娘的說法，木屋可能是多起霸凌事件的現場。對凶手來說，那裡可能有特殊的含義。」花崇道：「因為那裡是錢毛江等人欺負同學的老巢。」

柳至秦垂首沉思，「錢治國說出了三個印象最深的被欺凌者，盧嬌嬌、錢猛虎、張米，這三個人現在都已經不住在洛觀村了。剛才那位老闆娘被燒了背，絕對是非常嚴重的欺負，但錢治國沒有印象……」

「這就是我想到的關鍵。」花崇右手握成拳頭，有節奏地輕捶著左手手心，「錢毛江點火燒傷女生，性質那麼惡劣，錢治國身為校長為什麼沒有印象？他記得羅昊用磚頭一下砸破了張米的頭，卻記不得老闆娘被錢毛江燒傷？」

柳至秦迅速反應，「兩種可能——錢治國在撒謊，或錢治國根本不知道這件事。」

「錢治國沒有必要撒謊。」花崇停下捶手心的動作，「他確實不知道。事情發生在木屋，只有在場的人知道；老闆娘回家，所受的傷被家人發現後，錢勇給錢，兩家人私了。」

「既然如此，那個木屋裡可能還發生過一些鮮有人知的，甚至更可怕的凌虐事件。」柳至秦心念電轉，「也就是說，說不定有人比盧嬌嬌等人受過的欺辱更嚴重。這個人，或者這個人的親人，有足夠的動機對錢毛江動手。」

「對，這個人在上次的調查中沒成為嫌疑人，躲過了層層調查。這從側面說明，村裡的人根本沒有懷疑過這個人，他們認為此人沒有被錢毛江等人欺負過。」

柳至秦皺眉，「如果凶手是這個人，要怎麼著手查？」

花崇想了片刻，「我們現在只有兩個思路，明線是錢闖江，暗線是這個半點痕跡都不留給我們的人。還有，你記不記得老闆娘說過，她被欺辱時是十五歲？」
「記得，怎麼了？」
「十五歲，是念國中的年紀了。洛觀村只有小學，沒有國中，這裡的孩子小學畢業後，只能去鎮裡念國中。當年洛觀村的交通極其不便，學生們只能住校，寒暑假才能回到村裡。」花崇說。
「那這更能解釋錢治國為什麼不知道老闆娘受傷的事了。當時正是假期，學校根本沒人，木屋完全受到錢毛江支配。」
花崇豎起食指，「還有一點，那些離開洛觀村，去鎮裡上國中的人沒被報復。」
柳至秦露出困惑的神情。
「錢毛江不僅收了比自己年紀小的小弟，還收了年長的小弟，這是錢治國說的。」花崇條理清晰地說：「出事時，錢毛江即將念六年級，那些年紀比他大的則將離開洛觀鎮。凶手殺了小弟之一的羅昊，卻放過了即將去念國中的人，這說明什麼？」
柳至秦來回走了幾步，「離開洛觀村的人，不再對凶手構成威脅！」
花崇抬頭，「也可能是不再對凶手身邊的人構成威脅。」
「你是說，凶手並非被欺負的人，而是在保護某個人？」
花崇沉默幾秒，抓了抓頭髮，「我們是不是越想越亂了？」
柳至秦按著眉心，「有點，我都頭痛了。」
「那今天先到這裡。剛到第一天，對案子的瞭解還太淺，在這個時間發散太多的話，其實很容易跑偏。」花崇說完，腦中一閃，近乎本能地抬起雙手。

柳至秦注意到他的動作，但不明白他突然抬手是什麼意思。

意識到自己想幹嘛，並且差一點就做出來的時候，花崇果斷收回手，有失水準地笑了笑。

柳至秦：「嗯？」

「沒事，活動一下手臂。」花崇邊說邊快步走進廁所，「我先用，不介意吧？」

柳至秦笑著搖了搖頭。

關上門，花崇呼出一口氣。

剛才，他差點因為柳至秦說頭痛，就去幫人家揉太陽穴了！

傍晚，柳至秦幫他按摩過肩膀，潛意識裡，他一直記著這件事，想著什麼時候能「還」回去。剛才似乎是一個機會，但揉太陽穴沒比揉手好多少，還是親密得過分。

他站在蓮蓬頭下，溫熱的水珠鋪灑在臉上，順著肌肉的線條往下淌。

這一天從早忙到晚，大腦不停接收、處理著資訊，身心都非常疲憊。照理說，是絕對沒辦法分神想其他事的，可他放空片刻後，腦海卻被柳至秦填滿——

早上柳至秦在車上打瞌睡的模樣；下午柳至秦在茶館，往他的茶水裡夾糖塊的模樣；傍晚柳至秦站在他身後，溫柔地幫他按摩肩膀的模樣；剛才在河邊，柳至秦偏頭看他的模樣……

他單手撐在浴室濕漉漉的壁磚上，低頭深深吸了口氣。

磨砂玻璃門將水流的聲響變得模糊，那種隱約的沙沙聲撓得人心頭發癢。

柳至秦草草收拾好自己的行李，又把花崇的背包放好，環顧一周，竟發現自己找不到事情做。

此時，他應該打開筆記型電腦，查查錢闖江的網購記錄——遊戲周邊極有可能是在網路買的，當然也不排除在實體店或動漫展上買的可能。

但現在，他不大想工作。

無所事事片刻，他走到花崇的床邊，拿起花崇脫下的薄外套，右手伸進口袋裡。

兩秒後，他將薄外套放回原位，手裡多了兩個毛茸茸的東西。

是小男孩強行送給他的老虎耳朵。

從衣著、舉止，能看出小男孩出生在一個富足的家庭，這對老虎耳朵似乎也不是地攤上買的便宜貨。

柳至秦捏了捏，手感很好。這個賣萌專用物是男孩送的，感謝他「妙手回春」，修好了散架的風車，但他卻想將它們戴在花崇頭上。

如此想著，唇角便向上揚了揚。

就在這時，廁所的門開了，花崇甩著毛巾說：「喲！」

柳至秦抬起頭，若無其事地將老虎耳朵放在床上，拿起自己準備好的換洗衣服。

「洗好了？那我去洗了。」

「等等、等等！」花崇堵了他的去路，笑得有點狡黠，「你剛才在玩什麼？」

「沒什麼。」

「我都看到了，你在玩老虎耳朵。」

柳至秦淡然道：「我只是隨便看了一下。」

「你都看到笑了。」

「有嗎？」

花崇躲進廁所時，心跳還有點快，但十幾分鐘的澡洗完，已經迅速調整好心態，又變成了平時毫無破綻的重案組隊長。即便面對柳至秦，亦是遊刃有餘——至少表面上是這樣。

他伸出手，按住柳至秦的肩膀，「小柳哥，坐。」

熱氣與沐浴乳的香氣一同襲來，柳至秦的思緒忽地一滯，反應過來時，已經坐在床沿上。而花崇正拿著一隻老虎耳朵，在他眼前比劃來比劃去。

「……」

花崇試圖將老虎耳朵夾在他頭頂，但是他的頭髮太短了，根本夾不住。

「花隊。」他抬起眼皮，從下方看著花崇。

不知道是此時靠得太近，還是氣氛太過曖昧，花崇的腦中閃過了一道電，動作頓了一下，「啊？」

「別試了，夾不起來。」柳至秦站起來，花崇反射性地向後退了一步，捏著老虎耳朵歎氣：真「可惜，我還是頭一次見到這種小玩意兒。」

「要不然你試試？」柳至秦低笑，「你頭髮比我長，能夾起來。」

花崇本能地拒絕，「我不夾。」

「嗯？為什麼？」

「太滑稽了。」

柳至秦挑起一邊眉梢，「那你剛才還幫我夾？」

花崇理虧，「人家小男孩是送給你的。」

「但是是你收下的。」

「……」

「還是試試吧，反正沒人看見。」

一分鐘之後，花崇站在鏡子前，看著鏡子裡長了一對老虎耳朵的自己，面無表情，而旁邊的柳至秦笑得十分有趣。

「別笑了，趕緊洗澡去。」花崇一邊摘耳朵一邊威脅：「別跟其他人說！」

「我想拍一張。」

「不行！」

柳至秦只得放下手機，慢悠悠地走進廁所。

花崇沒動，聽到廁所裡傳出水聲，才把摘掉的一隻耳朵又夾回去，然後拿自己的手機來迅速拍了一張。

並非臭美，只是因為頭一次戴這種小孩玩具，起了玩心，覺得有趣而已。

第一章　表面與內在

次日，在當地官員的協調下，受害人錢元寶、錢孝子、羅昊的家人來到派出所。

十年過去，喪子之痛在幾名富起來的休閒農莊老闆身上已經淡化了。和錢慶的母親一樣，他們歡迎警方重新調查此案，但沒有特別激動，好像人死了就死了，事情過去了就過去了，生者還得好好活著。

「他們是不是太冷漠了？」張貿這次也參與了偵訊，一從偵訊室裡出來，就抱怨道：「我見過那麼多受害者家屬，沒見過像他們這麼無情的！死的可是他們的兒子啊！」

「那麼多受害者家屬？」花崇斜他一眼，「你才當幾天警察？」

「我就是隨便一說！」張貿跟上，「花隊，他們的態度不正常吧？」

「那要怎麼樣才正常？哭天搶地、感激涕零地感謝我們來查十年前的案子？」

「那倒不至於，但起碼應該激動一下吧？」

「你不夠瞭解他們。」柳至秦說，「他們現在的反應才是正常的。」

張貿大感不解，「為什麼？」

「這裡是鄉村，不是城市，十幾二十年前，計劃生育在這裡基本上無法有效地執行。羅昊等人都不是獨生子，家裡還有其他兄弟姊妹。」柳至秦耐心地解釋，「他們遭遇不測，父母自然悲痛，但程度遠不及你在城市裡常見到的『失獨』。而且已經過了這麼多年，生者的生活發生了巨大改變，潛意識裡已經接受了沒有他們的人生。這時候我們再次查案，無異於打破某種平衡。對生者來說，心理上會存在矛盾，一是希望真相大白，二是隱約有點懼怕遲來的真相，會影響如今滿意的生活。」

張貿還是不能理解，「是這樣嗎？」

「不是這樣，還能怎樣？」花崇一邊說一邊往樓梯走，柳至秦跟在他側後方。

「你們要去哪裡？」張貿問。

「別跟來。」花崇揚了揚手，「把剛才的偵訊記錄整理好，我晚上要看。」

從派出所到「山味堂」，步行需要十多分鐘，錢鋒江、錢闖江兩兄弟迫於壓力，已經同意協助警方調查了。

路上，花崇道：「你剛才說得太含蓄了，都沒能說服張貿。」

柳至秦笑了笑，「這個案子還得查一陣子，他可以自己琢磨。突然說太多，他會覺得人性太黑暗。」

「不至於。」花崇搖頭，「羅家和幾個錢家都因為兒子的死，得到一大筆撫恤金，這些錢是後來他們發家致富的本錢。可以說，除了錢毛江家，這幾個家庭如果沒有死了兒子，現在不會過得這麼好。他們內心的矛盾、表露在外的冷漠，我覺得不是不能理解，因為人本來就是自私的。」

柳至秦沉默了片刻，感慨道：「最希望偵破這起案子的，大概是肖誠心。」

「他都快急瘋了。」花崇往前一指，「到了。」

見到花崇，錢鋒江一愣，臉色很快就變了，「你不是……」

花崇很正直地笑道：「昨天我剛來洛觀村，還沒開始辦案，客串一天遊客。今天有公務在身，自然是來向你瞭解情況的，嗯……刑警。」

錢鋒江沒忍住，用當地方言爆了句粗話，花崇沒理他，視線一轉，看向一旁的錢闖江。

與風流倜儻得極有鄉村風格的錢鋒江相比，又黑又壯的錢闖江簡直像個下苦力的工人。他長得粗獷，穿衣打扮與錢鋒江截然不同，一與花崇對視，就近乎躲閃地別開了目光。

錢鋒江非常焦慮，一想到昨天讓花崇聽到的那些話就惴惴不安。柳至秦觀察著他的神情，輕輕碰了碰花崇的手肘。

花崇會意過來，對錢闖江道：「昨天我已經見過二少了，今天主要是想和你聊聊，換個房間，我們單獨說幾句話怎麼樣？」

錢闖江抬起頭，兩眼木然無光。

錢鋒江卻鬆了口氣，立即安排道：「隔壁就是空房間，我帶你們去。」

花崇抬手，「不必。」接著看向錢闖江，「你也是這裡的老闆，還是你帶我去吧。」

錢闖江站起來，一言不發地向外走去。

錢鋒江側身看了看，柳至秦曲起食指在桌沿上敲了敲，向他道：「我們也聊聊？」

◆

洛觀村的下午，天氣晴朗，各個休閒農莊正在為晚上的餐食做準備。遊客們結隊前往虛鹿山，提前搶占音樂會和燒烤大會的最佳位置。

而兩小時車程外的洛城，卻是黑雲壓城。

瓢潑大雨中，一對渾身濕透的年輕夫婦衝進明洛區昭蚌街的派出所，男人焦急地喊著「警察，我要報案！」，女人則兩眼通紅，哭泣不止。

「什麼事？」一位警察道。

男人幾步上前，撲在桌子上，嗓音嘶啞，「我們的女兒失蹤了！」

錢闖江局促地坐在沙發裡，眼皮始終垂著，目光不停左右擺動，看起來很緊張，根本不像身在自家的地盤。倒是坐在他對面的「客人」花崇輕鬆許多，交疊著腿，捕捉著他的微表情與細小動作。

「小時候很喜歡和人打架嗎？」

花崇看著錢闖江右額頭上的一道疤痕。那顯然是鈍器敲擊造成的傷，但或許是過了太久，已經看不太出來了。

錢闖江的身體僵了一下，旋即搖頭。

「不喜歡打架？」花崇又問：「那你額頭上的傷是怎麼弄的？」

錢闖江驀地抬起頭，驚異地瞪大雙眼，右手有個向上抬起的動作，似乎是本能地想摸右額，但抬至中途又放了下來，握成拳頭壓在腿上。

花崇從他眼裡看到了恐懼。

他在恐懼什麼？

「以前不小心撞到的。」

錢闖江的聲音不怎麼好聽，明明很低沉，卻像尖石在硬質地面上劃刮一般刺耳。

「撞得這麼嚴重？怎麼撞到的？撞到什麼了？」

聞言，錢闖江更加不安。

昨天晚上，錢鋒江叫他回家，說市裡派了警察來，要查大哥當年遇害的案子，讓他稍微配合一下，知道什麼就說什麼，不要隱瞞，早點把人打發走就好了。

他愣了半天，錢鋒江見他沒反應，有些不耐煩：「我在跟你說話，聽懂了就出個聲。」

他手心滲出冷汗，低頭「嗯」了一聲。

錢鋒江似是看出了他的異狀，盯了他幾秒，語氣一變，「老三，你不會有什麼問題吧？」

他連忙否認，匆匆離開，回到臥室卻是整宿沒睡。

此時，想起錢鋒江的話，他猶豫片刻後開口，「被、被我大哥打的。」

「錢毛江？」花崇裝作驚訝，其實已經猜到了。

「嗯。」錢闖江看著地面，兩手握得很緊，「他以前，經常打我和二哥。」

「在哪裡動手？」花崇問：「你們的父親知道嗎？」

「在家。」錢闖江搖頭，又點頭，「知道，提醒過大哥，但大哥不聽。」

提醒——花崇想，錢闖江用的詞是「提醒」，這個詞的感情色彩太少了，說明當年他們的父親錢勇對大兒子欺負二兒子和小兒子的事根本不在意，僅是口頭上說了兩句而已。

毫無原則的溺愛與縱容，也難怪錢毛江施予他人的暴力會步步升級。

「錢毛江經常欺負村小的同學，你和錢鋒江見過嗎？」花崇繼續問。

「沒有親眼見過。」錢闖江說，「我們都儘量避開他。」

「村小那間木屋，你去過嗎？」

錢闖江遲疑了一會兒，「去過。」

「受罰？」

「大哥要我送菸給他。」

「他在那裡抽菸？」

錢闖江沒有立即回答。

「應該不只是抽菸。」花崇說：「他在那裡欺辱同學？」

「我沒有看到！」錢闖江聲量一提，語速也變快了，「我沒有進去屋裡，是羅、羅昊出來拿菸，我沒有往裡面看。」

「那你聽到了什麼沒有？」

錢闖江搖頭。

「再想想呢？」花崇往前傾身，聲音中帶著一絲蠱惑，「如果真的什麼也沒聽到，你不會這麼緊張。」

錢闖江抿著唇，一道汗水從右額的傷疤處滑過。

半分鐘後，他又開了口，「我聽到一個人在哭，還有搧耳光的聲音。」

「男的還是女的？」

「應該是男的，是個小孩。」

花崇適時地停下，在角落裡的飲水機倒了杯水，放在錢闖江面前。

錢闖江拿起來就喝，大約是因為不適應這種問話，中途灑了不少水出來。

待他情緒稍稍穩定下來，花崇換了個話題，「你喜歡玩遊戲嗎？」

錢闖江不解。

「你今年二十歲吧？這年齡的年輕人都喜歡玩遊戲。」

「我會玩，但不常玩。」錢闖江說：「家裡有事要忙，沒有太多時間。」

花崇本來想說出《白月黑血》，但仔細一想，又覺得沒必要。錢闖江有沒有玩過《白月黑血》、是不是其中人氣角色麟爭的擁躉，柳至秦一查便知，不用在此時打草驚蛇。

錢闖江捏著紙杯，「你問完了嗎？」

花崇玩味道：「你很急？」

「不是。」錢闖江緊皺著眉，「我以為你問完了。」

「再聊一聊吧。」花崇抽出一支菸，「介意嗎？」

錢闖江搖頭。

花崇點燃菸，吸了一口。香菸有時能緩解緊張的氣氛，讓對話顯得更加隨意。

「錢毛江遇害當晚的事，你還記得嗎？」

錢闖江右腿抖了兩下，似乎正努力控制著情緒。

「當年你十歲，記不太清楚也正常，而且以前你接受偵訊時的記錄還在，我回去查一查就知道你說了什麼。」花崇淡淡地說。

錢闖江卻突然挺直了肩背，神色複雜。

花崇知道自己的話起了作用。剛才的話聽起來毫無殺傷力，跟閒聊差不多，但實際上卻是一種不動聲色的威脅。

——我知道你說過的話，所以現在最好跟我說實話，否則兩段話一對比，你有沒有撒謊，我一辨即知。

「我、我和二哥很早睡，我們跟大哥沒住同一間房。」錢闖江結巴地說：「他回來的時間和平時差不多，我不知道他什麼時候又出去了。」

「你沒有聽到任何聲響？」

「沒有，我睡得很沉，晚上出事了才被吵醒。」

花崇聲音一沉，「有人證明你說的話嗎？」

錢闖江警惕道：「你懷疑我？」

「對所有人，我都會問這個問題。」花崇道。

錢闖江的眉頭皺得很深，「我和二哥住在一起，他能證明我說的話。」

「但他也說，他睡得很沉。」

房間裡的氣氛有點壓抑，錢闖江久久不語。

花崇笑道：「民間有種說法——血親兄弟之間，有時會有心靈感應。錢毛江得罪的人不少，你有沒有想過誰最有可能殺害他？」

「沒有。」這次，錢闖江回答得很快，「我不知道是誰殺了他。」

離開「山味堂」時，花崇聞到一股桂花的香味。他回頭看了看，柳至秦說：「裡面的園子裡種了不少桂花樹。」

「和錢鋒江『交流』得怎麼樣？」花崇一邊往前走一邊問。

「我贊同你的說法，這個錢二少應該與案子無關。」柳至秦手心裡居然捏著一小把桂花，「他沒有掩飾對錢毛江的不滿，和我說話時的情緒波動在正常範圍內。」

「嗯，我昨天就覺得他沒什麼問題。」

花崇拿走一枝桂花，握在手裡搓了搓，滿手香味——隨手搓香味濃郁的玩意兒，這習慣是跟法醫科的同事學的。在命案現場，不得不碰觸屍體，就算戴著幾層手套並用消毒水洗過，事後也會覺得手上有味道，這時候搓一搓香味特別濃的東西很有用。

「還要嗎？」柳至秦把剩下的桂花也遞給花崇，又說：「不過他對你很有意見。」

花崇低哼一聲，「因為我昨天騙了他吧。」

「我問了一些有關錢闖江的事，他對這個弟弟完全是漠不關心的態度。」柳至秦說：「感覺他們整個家，親情都非常淡。錢勇沒多少日子了，錢鋒江早已開始計畫和錢闖江分家產。」

「如果錢毛江確實是死於報復，那麼錢勇要負很大的責任。」花崇搓完桂花，「他不是一個稱職的父親。」

「錢闖江呢？」柳至秦問。

「他隱瞞了什麼，但隱瞞的事不一定與錢闖江的死有直接聯繫。」花崇說：「他緊張過頭了，對錢毛江的恨意也很大，可自始至終，他都刻意地掩飾著恨意。對了，我們昨天猜測錢毛江在木屋裡虐待過老闆娘之外的其他同學，錢闖江說，他送菸給錢毛江時，聽見裡面的人正在搧一個男孩耳光。」

「這男孩是誰？」

「他沒有看到，只聽見哭聲。」

柳至秦想了想，「男孩、哭聲……我現在越來越傾向『報復』這個動機了。」

「報復是最說得通的。」花崇點頭，看了看時間，「還早，去一趟鎮裡怎麼樣？」

洛觀村受禹豐鎮管轄，兩地之間如今道路暢通，開車只需半個小時。

柳至秦問：「先去醫院會一會錢勇，再去找錢盼子聊聊？」

花崇笑，「我們太有默契了。」

◆

錢勇已快油盡燈枯，明明才五十歲出頭，已像風燭殘年的老人。錢鋒江讓他用最好的藥，也不願意將他送去市裡的大醫院，就這麼慢慢熬著。平時很少人來探望，只請了一個中年看護照料。

從某種意義上說，錢鋒江是在報復父親當年的偏袒。

錢勇說話很困難，聽說警方決定重查錢毛江的案子，渾濁的雙眼中突然有了光芒，眼淚難以抑制地從眼角滑落。

他痴痴地望著花崇，掙扎著坐起來，竭盡所能道：「謝、謝謝你們。」

花崇有一瞬的錯愕。

五個受害人，五個家庭，唯有錢勇是真心期盼他們的到來。唯有這個行將就木的人，渴望查出殺害兒子的真凶。

「我對不起毛江，也對不起鋒江和闖江。」或許是人之將死，其心也透，其言也真，錢勇艱難地說：「是我害了毛江。如果我好好管他，在他第一次犯錯時，就狠心糾正，他就不會變成那個樣子，也不會被人報復殺害。」

花崇溫聲問：「你認為錢毛江是被人報復的？」

「只可能是被報復的。」錢勇不停搖頭，「他得罪了太多人，連家裡兩個弟弟都恨他，也恨我。」

錢勇的情況很糟糕，不宜說太多的話，但此時若是不問，今後恐怕就沒機會了。

柳至秦道：「除了盧嬌嬌、錢猛虎、張米，你還懷疑過其他人嗎？」

錢勇沉默良久，苦澀地說：「我懷疑所有被毛江欺負過的人，但是我沒有證據，警察說他們是無辜的，村裡也有很多人在背地裡說毛江活該。他的確做了錯事，但就一定得死嗎？他沒害人性命，他才十四歲啊！」

因為太過悲傷，錢勇開始劇烈發抖，放在床頭的醫療儀器發出短促的提示音。護士趕到，花崇和柳至秦退出病房。

「錢毛江的確沒有害人性命，但在一些人眼裡，他只有死了才能抵罪。」柳至秦壓低聲音說。

「同一件事，在受害者眼中罪無可赦，在父母眼中就是罪不至死。」花崇歎了口氣，「錢勇無法提供更多的線索了。」

「我希望在他去世之前，查到真凶。」柳至秦道。

「嗯？讓他安息？」

「我們又不負責『臨終關懷』。」柳至秦搖頭，「他應該知道，他兒子對別人做過最惡劣的事是什麼。」

「我也想儘快破案。」花崇說：「不過原因和你不一樣。」

柳至秦停下腳步，「什麼原因？」

「照重案組的規律，過一陣子說不定又要忙了。」

「也是。」柳至秦說著，拿出手機查看地圖，「錢盼子的家離這裡有兩公里。」

「坐三輪車吧。小鎮彎彎繞繞的小路多，開車麻煩。」花崇建議道。

禹豐鎮的街頭巷尾全是叮噹作響的三輪車，大多數看起來破破爛爛，毫無安全保障。花崇剛要攔一輛駛過來的三輪車，柳至秦往他身前一擋，按住了他抬起的手。三輪車司機狐疑地瞪了瞪他們，罵咧咧地騎走了。

「脾氣還挺大。」花崇說完轉向柳至秦，「怎麼不讓我招手？」

「那台車太破了，說不定在半路上就會散架。」柳至秦往對面的馬路看了看，「我們等一輛稍微好一些的。」

「嘖，還真講究。」花崇笑道：「比這更破的車我都坐過，除了顛簸一點，沒什麼大問題。這些長期騎三輪車的司機有經驗了，總不會騎著騎著就把我們甩出去。」

柳至秦堅持道：「還是換一輛沒那麼破的。」

花崇更想笑，彎著眉眼說：「行，那你儘管挑。」

不久，轉角處駛來一輛相對乾淨結實的三輪車，柳至秦趕在另外幾個等車的人之前，把車攔了下來。

花崇坐進去，還拉了柳至秦一把。

三輪車「突突」兩聲，平穩地出發。柳至秦低聲道：「這輛比剛才那輛好。」

花崇還沒說話，坐在前面的司機就粗著嗓門說：「我這台車是上個月剛買的，你們放心坐，想去哪裡我都能帶你們去。」

花崇與柳至秦對視一眼，都明白對方想說什麼。

——這司機的聽力真好。

司機一邊開車一邊誇自己的三輪車，柳至秦時不時回一句，花崇則完全不理，看著外面發笑。

然而，就在司機剛說完「我這台車再開五年都不會壞」時，車突然一抖，停在路中央不動了。幾輛老舊的三輪車從旁邊風馳電掣而過，有人大聲笑道：「老王，你這台車不行啊，才剛買就熄火了？」

老王的面子掛不住，又急又惱，趕緊跳下來查看情況。這地方離錢盼子的家也只剩兩三百公尺了，花崇懶得等，就付錢離開。

老王還在後面喊：「我一分鐘就修好了！」

花崇開玩笑道：「你看，你挑的好車。」

柳至秦哭笑不得，「那台車看起來比其他台結實多了。」

「這種三輪車毛病特別多，越新就越麻煩。反倒是開舊了，性能還穩定一些。」花崇輕聲笑：「這你就不懂了吧？」

柳至秦被他的語氣逗笑了，「長官說得對。」

正說著，不遠處的雙層房子裡走出一名身材健碩的女人。

這個地方的女性普遍嬌小，即便慣於務農，也不過是皮膚黝黑粗糙一些。

花崇一看，便知道那是錢盼子。

錢盼子提著兩個大垃圾袋，扔進巷口的垃圾車，沒有立即回去，而是往一旁的菜市場走。

「你跟著她。」花崇道：「我去她家裡看看。」

柳至秦快步朝錢盼子走去，隔著一段距離，借周圍的行人作為掩護。

錢盼子買了晚餐的菜，拖著家庭婦女們常用的助力車離開市場，卻又踟躕了一會兒，轉身朝菜市場旁邊的服裝商城走去。

那個商城很小，上下兩層樓，賣的都是低檔衣物。不過禹豐鎮的消費水準本來就不高，很多人都在這裡買衣服。

柳至秦跟了進去，只見錢盼子在賣女童裝的區域停下來，一會兒挑看，一會兒問價格，半小時後，買了一條粉紅蕾絲公主裙、一套白藍相間的可愛水手服、一件正紅色秋季小披風。

「喲，又來買衣服給蓮蓮了？」一家店鋪的老闆娘說：「妳也太寵蓮蓮了吧，怎麼沒見過妳買一些好看的衣服給軍軍？」

「男生穿那麼好看做什麼？」錢盼子笑著答：「他成天出去瘋玩，買再好的衣服給他，都會被穿壞。」

「妳就是偏心蓮蓮！」

「女兒本來就該用心照顧，城裡的人不是常說嗎，女兒應當富養。」

老闆娘笑，「妳啊，歪理多。」

錢盼子不再跟她爭辯，「要放學了，我得趕回去做飯給蓮蓮、軍軍吃，走了啊，有空打牌叫我。」

柳至秦將她們的對話聽得清清楚楚。錢盼子非常寵愛女兒，究其原因，恐怕與她年少時的經歷有關。

柳至秦上前幾步，喊了一聲：「錢盼子。」

錢盼子立即轉身，神情疑惑，「你是？」

柳至秦沒有隱瞞，直接拿出證件，表明身分，「我們正在查錢慶遇害的事。」

錢盼子皺眉，「我已經和那個家沒有關係了，請你們不要來打擾我的生活。」

柳至秦略感意外。他只知道錢盼子在數年前嫁到了鎮裡，沒聽說她與娘家發生過什麼瓜葛。

「如果你是想問錢慶死的時候我在哪裡、做什麼，或者我知不知道有誰想殺他，那十年前我已經說得非常清楚了。」錢盼子的語速很快，顯然有些激動，「我在我女性朋友的家裡，她全家都可以幫我作證。我不知道誰想殺了錢慶，反正不是我，我也不關心。現在，我要趕回家為我兩個孩子、婆婆做晚飯，請你讓開。」

錢盼子家裡，花崇正在與錢盼子的婆婆劉香桂聊天。

得知他是警察，來這一趟是為了查錢慶的案子，劉香桂毫不反感，拿出幾大本相冊，給他看兒子和媳婦結婚時的照片。

「盼子小時候吃了很多苦頭，好在都熬過來了，就是錢慶的事還放在她心裡，她不說，我們也知道。如果案子能破就好了，起碼能還盼子一個清白。」

「清白？」花崇不解。

劉香桂歎氣，「我不該說親家的不對，但他們對盼子真的太差了。兒子遇害，就把責任推到女兒身上，說什麼盼子沒有照顧好錢慶，後來對盼子也不好。這是什麼道理啊？盼子以前可受了不少罪。」

花崇看得出來劉家條件不錯，劉香桂雖然是鄉鎮老婦，但身上有一股書卷氣息，年輕時想必是一位知書達理的婦人。

據她說，錢家父母始終因為錢慶的死苛責錢盼子，之後有了第二個兒子，便防錢盼子像在防賊。錢盼子出嫁時，錢家一分錢都沒有出，這幾年卻年年向錢盼子伸手，要求她給錢、供弟弟上學。

錢盼子心寒至極，已經單方面與娘家斷絕了往來。

「盼子是個女孩，善良、勤勞，對我、對兩個孩子都很好。我兒子在外工作，我們全家就靠她打理。」劉香桂說，「小夥子，你們如果有辦法破案，就儘早破了吧，盼子一會兒就回來了，她很討厭別人提到錢慶，我去跟她說說，讓她配合你們調查。」

話音剛落，門外就傳來聲響，錢盼子與柳至秦一同走進屋裡。見到家裡有個陌生男人，錢盼子明顯一驚。

劉香桂笑著將她拉去廚房，柳至秦用嘴型問花崇：怎麼樣？

花崇搖頭。

幾分鐘後，錢盼子出來了，態度比遇到柳至秦時好了一些，「對於錢慶的死，我真的沒有什麼好交代的。那天我不在家裡，不知道他是什麼時候離開的。平時我和他也不親，不知道他交了什麼朋友，也不知道他和誰有矛盾。」

「但我聽你們以前的老師說，錢慶喜歡黏著妳。」花崇沒有說出錢治國的名字。

錢盼子愣了一下，苦笑，「他哪是黏著我，他是找我要錢。」

「要錢？」

「大家都以為他可愛單純，尤其是老師和其他長輩，但他其實沒有那麼好。」錢盼子頓了頓，似乎在思考該怎麼說，「他也有頑劣的地方……算了，我不想說，說了也沒人信，還覺得是我在搬弄是非。」

「不，妳可以告訴我們。」花崇眼神認真，「說不定我們會因為妳提供的線索，找到當年凶殺案的真相。」

錢盼子唇角顫動，過了大約兩分鐘才低頭道：「他年紀雖小，但性格很惡劣。他知道自己是家裡最受寵的一個，而我不是，就經常把闖的禍推到我身上。反正他病弱，我健壯，偷錢、摔碎碗這些事理應都是我做的。他需要錢時就找我要，但我哪有錢？他居然慫恿我去朋友家裡偷……」

花崇擰眉，思考她話中的真假。

「我知道這聽起來像假的，但事實確實如此。」錢盼子搖著頭，一副無可奈何的模樣，「當年出事之後，很多人都說錢毛江、羅昊活該，一定是遭人報復。他們又說錢慶是無辜的，多可憐的小孩。可能只有我明白，錢慶必然也是惹到了誰。」

「妳想過是誰嗎？」花崇問。

「我剛才說過了，我不知道他交了什麼朋友。」錢盼子抬首，「但既然他和錢毛江死在一起，我想，他與錢毛江說不定一起做過什麼事。」

此時，錢盼子的一雙兒女回來了，龍鳳胎，女孩相貌普通，男孩長得更可愛一些。

錢盼子神情一下就變了，變得溫柔和藹。她一手牽著一個，讓兩人去廚房洗手。

柳至秦聽見她說：「蓮蓮，媽媽買了新裙子給妳。」

「媽媽，妳偏心！軍軍怎麼沒有新衣服！」男孩說。

「哪有！」女孩說：「上周媽媽帶你去踢足球，就沒帶我去！」

「媽媽沒有偏心。」錢盼子道：「女孩和男孩的成長方式本來就不一樣，將來你們會明白的。」

離開錢盼子的家時，天已經黑了。柳至秦開車，花崇坐在副駕駛座。

「我有點意外。」花崇看著前方被車燈照亮的路，「錢盼子和我想像的很不一樣。」

「錢慶也和我們瞭解的不一樣。」柳至秦說，「一個病弱的小孩，外表乖順，在很多人眼裡都是個需要被保護的好小孩。但這好小孩心裡，說不定住著一個不輸錢毛江的『小惡魔』。」

「如果錢盼子沒有撒謊，那錢毛江和錢慶的死就能聯繫起來了。」

花崇放下車窗，將夏末的夜風放進來。

「我主觀地認為，她沒有撒謊。」柳至秦說。

「為什麼？」

「她對一雙兒女的態度，讓我覺得她是個好母親。」

花崇笑，「好母親就不會撒謊嗎？」

「難說。」柳至秦道：「所以這只是我很主觀的看法。」

「那真巧，我的主觀看法和你的一致。」

花崇剛說完，柳至秦的手機就響了。

「是張貿。」柳至秦看了一眼說。

「那你專心開車，我來接。」

花崇說著就滑開接聽鍵，張貿的聲音頓時竄出來：『小柳哥，花隊呢？』

「是我。」花崇說：「什麼事？」

『花隊？花隊，你手機怎麼打不通？』

花崇這才想起來，自己的手機好像沒電了。

張貿剛才的聲音很急，一聽就是有重要的事。他也沒跟對方胡扯，問：「發生什麼事了？」

『陳隊打來電話，讓我們先放下這邊的案子，趕緊回去！』

「有案子了？」

『嗯！有人在明洛區炮彈廠的防空洞裡，發現了一個小女孩的屍體！』

◆

明洛區最東邊的昭蚌街，曾經建有整個函省最大的炮彈生產廠。上世紀末，炮彈廠從主城遷出，轉移到郊區，工人、設備、彈藥分批撤走，廠房被夷平，但用於堆放彈藥的防空洞保留了下來。那些防空洞不是炮彈廠修建的，而是幾十年前，人們在戰火中為了躲避空襲，夜以繼日挖掘而成的。

和平時期，防空洞失去了本來的作用。七〇年代，炮彈廠建立後，就徵用了臨近的四個防空洞，將其劃入廠區之內，用作庫房。

隨著城市不斷發展，明洛區成了洛城的富人聚居地，中心區域的別墅一棟連著一棟，配套設施水準極高，使本來就在邊緣地帶的昭蚌街更加被邊緣化，成了明洛區一塊難看的牛皮蘚。如今，很多生活在明洛區的人要嘛就根本沒聽過昭蚌街，要嘛就認為昭蚌街不算主城的一部分，頂多算是城鄉結合的部分。

因為政策原因，昭蚌街始終未被納入主城改造範圍，防空洞還在，老舊的樓房也在，不過住在那裡的人卻換了一群又一群。

明洛區的服務業發達，需要大量人力。這些服務業的從業者多是外地人，斷然租不起明洛區的天價精裝房。西邊富康區的破舊老房倒是租得起，但兩區一東一西，雖有地鐵相連，每天往返也著實不方便，所以很多人選擇住在富人們眼中的城鄉結合部分——昭蚌街。

陳廣孝今年三十三歲，帶著老婆何小苗從農村來洛城打工已有十多年。他們沒什麼教育水準，國中畢業後就沒再念書，剛到洛城時只能在餐廳當服務生、在足浴城幫人按摩，後來賺到了一些錢，才開始自己當老闆。

最初是在富康區頂了一個小店面，白天賣酥肉油餅，晚上賣燒烤。五年前，陳廣孝在半夜接到明洛區的訂單，對方直接給了他一千塊，讓他無論如何都要把辣烤美蛙送過去。他跑了一趟，才發現明洛區營業到深夜的餐飲店極少，更沒有其他幾個區隨處可見的「便宜餐廳」。

陳廣孝與何小苗討論過後，乾脆俐落地打掉富康區的小店面，東拼西湊，在明洛區開了一家專門在晚上營業的燒烤店，生意好得超乎想像。

但生意再好，也是小本經營。陳廣孝即便忙得一天只能睡三個小時，也不能為妻女在寸土寸金的明洛區租一套像樣的房子。這五年來，他們一直住在昭蚌街的老房子裡。

陳廣孝和何小苗的女兒陳韻十歲了，漂亮又可愛，性格開朗，很會說笑話。街坊都說，這女孩長大了說不定能當明星。陳廣孝一聽就開心，與何小苗商量之後，拿了一筆錢，幫陳韻報了課外輔導機構的少兒朗誦班，早早為女兒的將來鋪路。

陳韻在朗誦班的表現突出，在學校成績也好，陳廣孝每次抽空去接她放學，都滿心歡喜，覺得光明的前途正在朝女兒招手。

女兒發達了，他和老婆也自然會跟著沾光。

然而昨天，陳韻毫無徵兆地突然失蹤了。

暴雨傾盆，陳廣孝和何小苗找遍了學校、朗讀班，問遍了認識的人，也沒發現陳韻的行蹤，最後他們急切地趕到昭蚌街派出所報警，偶然聽到一位警察道：「怎麼又有女孩失蹤？」

「又」這個字像一記悶錘，重重敲擊在陳廣孝頭上，他恐懼地望著警察，「還、還有女孩失蹤嗎？」

警察沒有正面回答他，只說警方一定會盡全力尋找。

一天過去了，陳韻仍是音訊全無。陳廣孝整日整夜未闔眼，又將能想到的地方找了一遍，依舊是一無所獲。而何小苗已經絕望地哭起來——她閒來無事時，看過很多法制節目，知道女孩一旦失蹤，就極有可能遭到侵犯。先侵犯後殺害的案例不少，而陳韻那麼漂亮……

陳廣孝無法安慰妻子，只得再次趕到派出所，渴望聽到好消息。

可是警察的話卻讓他眼前一黑。

「我們正想聯繫你。」前一日記錄案情的警察神情凝重，「剛才接到報案，有人在炮彈廠的廢棄防空洞裡，發現了一名死去的女童。」

◆

大雨造成交通堵塞，花崇等人從洛觀村趕往洛城，在收費站外被堵了十幾公里，來到現場時已是凌晨。

防空洞外面拉著封鎖線，地上全是被雨水攪爛的稀泥，洞裡被探照燈照得亮如白晝。女孩已經被帶回市局進行屍檢，地上用白線勾著屍體位置示意圖。

「花隊！」曲值穿著雨衣急匆匆地跑來，滿臉急躁，「你要是再不回來，陳隊都要親自辦這個案子了！」

大城市裡一年內發生的命案、失蹤案不少，不是每一樁都會交由重案組處理。像什麼普通民工遇害、搶劫致死之類的案子，都是直接由各個分局的刑偵中隊偵破。難一點，或者性質比較特殊的會轉到市局，由刑偵分隊的普通小組解決，對社會影響最大、破案難度最高的才會輪到重案組出馬。

女童遇害，破案難度不一定有多高，但影響極其惡劣，不但會讓萬千為人父母者惶惶不安，還容易引起模仿，必須儘快偵破。

花崇一瞥曲值滿腳的泥，又看向外面都快被淋成泥河的土路，皺了皺眉，問：「痕檢科是不是沒有提取到可疑足跡？」

「這麼大的雨，外面的足跡早就被沖光了！」曲值抹著臉上的雨水，「裡面倒是有，但已經比對過，新鮮足跡全是報案者留下的。」

花崇看著白線與洞口的距離，「如果這只是棄屍現場，不是第一現場，凶手不用走進防空洞，直接拋擲屍體就好，力氣夠大的話，也可以扔到屍體所在的位置。當時屍體的情況怎麼樣？是什麼姿勢？徐戡有沒有說死因是什麼？」

「你讓我喘口氣，我他媽剛去見了報案人，都是附近國中的混混學生，差點跟家屬打起來。」曲值喘著粗氣說。

「家屬？」柳至秦道：「屍源已經確定了？」

「還沒有，正在失蹤人口裡找。」曲值氣息不穩，顯然累極了，「這件事可能不簡單，昭蚌街派出所接到報案電話時，所裡還有一個找不到女兒的父親，叫陳廣孝，是昨天報的警。這男的當場就嚇傻了，以為遇害的是自己的女兒，派出所也覺得有可能是他女兒。」

柳至秦問：「結果不是？」

「認過屍了，不是，他女兒現在還是失蹤狀態。」曲值說：「但是這件事就邪門在他認識報案的幾個國中生，非說他們對自己女兒圖謀不軌很久了，一定是他們把女兒藏起來了，還說遇害的女孩是被他們殺死的。」

花崇聽完，神色陰沉，自言自語道：「混混國中生、小女孩……」

柳至秦一聽就知道他想到了什麼，臉色也變得難看起來。

曲值拿出一個平板，點了兩下，「這是現場的照片，痕檢科拍的，你們先看看。本來我想等你們回來再轉移屍體，但陳隊說不等了，立即屍檢，我也沒辦法。」

花崇接過，語氣很沉，「沒事，有照片就行了。」

說完，他蹲在白線邊，開始翻開照片。

女孩的姿勢有些奇怪，呈趴臥狀，臉側向右邊，雙手貼在身側，兩條腿也併得比較攏。之所以會說奇怪，是因為很少有屍體會「趴」得這麼規整。

花崇繼續往下翻。

女孩身上穿的是以紅白為主的連身裙。因為泥水灌入防空洞，衣服的布料已經被弄髒了。她沒有穿鞋，腿上套著齊膝的「泡泡襪」，足底被泥水浸透，裙子向上掀起，兩條腿幾乎全露在外面。

花崇將照片放大，仔細看著片狀屍斑，說：「她是在死亡約一天半之後，才被拋擲在這裡。」

柳至秦拿過平板，點頭：「屍斑積蓄在兩腿後側，已經穩定不再轉移，棄屍時間距離死亡時間不會低於二十四個小時。被丟棄在這裡之前，她是仰臥著的。」

「從照片來看，屍僵已經緩解了，不知道屍綠發展到什麼程度。」

花崇站起來，繞著白線走了一圈，又來到洞口。外面仍是大雨傾盆，他沒拿傘，也沒穿雨衣，徑直往雨裡走。

曲值喊了聲「花隊」，柳至秦拿起立在洞壁旁的傘，匆忙撐開，走了過去。

傘幾乎擋不住飄飛的雨，但聊勝於無，花崇站在柳至秦身邊，做了一個往裡面拋擲的動作，「凶手站在這個位置，更遠一點也行，將被害者面朝下扔了進去。當時屍僵應該還沒有完全緩解，所以她的手、腿基本上沒有因為拋擲這個動作向兩邊散開，所以現在看起來才會是這種趴臥的姿勢。」

曲值也站在洞口外，比劃了兩下，罵道：「這該死的雨，如果沒這場雨，我們起碼能發現有價值的足跡！」

柳至秦舉著的傘朝花崇傾斜，自己的大半邊身子都被打濕了，「凶手正是因為這場雨，才會把屍體扔到這裡來。」

「沒錯。」花崇踩了踩腳下的泥地，分析道：「凶手來這裡踩過點，知道至少兩件事：第一，只要下一場大雨，防空洞外面的所有痕跡都會被沖刷乾淨；第二，極少有人會來這裡，並且洞中陰暗，就算走到近處，只要不進去看，也不會發現被扔在裡面的屍體。只要來一場大雨，沖掉凶手在洞外留下的足跡或者車輪印，那即便是後來有人發現屍體並報警，凶手也很難暴露。這就是凶手殺人後沒有立即棄屍的原因——凶手將受害人放在某個地方等待大雨降臨，並在雨落下來之前，把受害人丟入洞中。」

「這場雨已經下了兩天兩夜。」曲值說：「那凶手的棄屍時間是在兩天之前？」

「很有可能。」花崇回到防空洞，又拿過平板看了片刻，心中湧起非常不好的感覺，陰沉著臉吩咐道：「曲值，別讓那幾個報警的國中生離開，帶到市局來。小柳哥，我們先回去等屍檢報告。」

曲值面露難色，「花隊，你還是跟我去一趟派出所吧，我一個人可能搞不定。」

◆

昭蚌街派出所處理得最多的，是青少年鬥毆和雞毛蒜皮的家庭紛爭。

這附近有一所聞名全城的國中，叫洛城十一中。別的國中出名，要嘛是因為師資雄厚，每年都能培養出許多考上清北的學子，要嘛是因為走素質教育路線，學生個個「身懷絕技」，獨領風騷。而十一中會出名，是因為它彙集了一幫不學無術的混混，平均成績在所有國中中倒數第二，打群架的戰績號稱全省第一。

在很多人眼中，十一中的學生等同於敗類，說得客氣一些叫混混，說得難聽些就是人渣。

這些混混成天惹是生非，為首的幾個是昭蚌街派出所的「常客」，三天兩頭就跑來「報到」，早就混熟了。

警察與鬧事的混混、吵架的居民溝通慣了，自有一套解決糾紛的辦法，但面對失蹤案、命案卻徹底慌了神。好在明洛區公安分局的刑警已經到了，市局重案組的菁英也已經趕到現場，他們唯一需要做的，就是安撫情緒激動的陳廣孝。

雖然防空洞裡的女童不是自己的女兒陳韻，陳廣孝還是像瘋了一樣痛哭流涕。在那個死去的女孩身上，他彷彿已經看到了陳韻的命運。

比陳廣孝更激動的是尚在做筆錄的報案者，十一中的四個學生。

陳廣孝認識他們，認為他們是偽裝成報案者的凶手。

染著金紅頭髮的高個子男生叫甄勤，十一中混混的一個頭目，沒有父母管教，家裡聽說只有一個年邁的爺爺。另一個打著很多耳釘的男生叫李修，長期與甄勤一起在昭蚌街橫著走。其餘兩人也是混混，大概是他們的兄弟。

陳廣孝對他們印象深刻，是因為他們到過自己的店裡幾次。何小苗說，他們老是盯著陳韻看。現在陳韻失蹤了，而這幫人聲稱是在防空洞裡發現了女童屍體，陳廣孝無法不往最壞的方向想。

是不是他們殺了那女孩，扔在防空洞裡，再假裝無辜報警？那自己的女兒呢？是不是也被他們殺害了？

剛才，他情緒失控，吼出了自己的猜想，若不是有警察攔著，甄勤說不定已經將他打得頭破血流。現在，派出所裡人聲鼎沸，所有人都在爭吵，他頭痛欲裂，悲從心來，蹲在地上捂頭掉淚。

須臾，不遠處的大門走進三個沒穿警服的人，其中一人他見過，聽說是市局派來的警察，另外兩人很陌生，但大約是直覺，他一眼就看出對方一定是說得上話的警察。

他連忙站起，一邊抹淚一邊走去，想求對方幫忙找到自己的女兒。

甄勤正在與派出所的巡警爭執，隔著半條走廊都聽得見他的聲音：「你們是什麼意思？我們發現了屍體，好心報案，現在反倒被扣了凶手的帽子？我靠，那神經病說什麼，你們就信啊？我說什麼，你們怎麼就他媽不信呢？我話就放這裡——那男人和他老婆是人渣，你們自己去查一查，看我有沒有騙你們！」

花崇推開門，冷冷地掃了一眼。也不知是不是他開門的動靜太大，裡面的人突然住了嘴，全都看著他。他偏過頭，問曲值：「就是他們？都在嗎？」

「都在。」曲值說。

花崇點頭，「全部帶回去。」

甄勤怒目而視，「你是誰？帶我們去哪裡？」

「警察，市局。」花崇言簡意賅。

「憑什麼？」甄勤說著就衝了上來，作勢要揪花崇的衣領，「你們這些警……」

花崇輕巧地一閃，手左右一劈，打開甄勤雙手的同時，右腳向前一邁一勾，輕而易舉地制住對方。

甄勤打架慣了，從未如此簡單地就擒，一時間傻了，回過頭茫然地瞪著花崇。

花崇在他背上拍了一把，推著人就往外走。李修幾人看傻了眼，見到甄勤被押走了，彼此看了看，只得跟上。

花崇將四人交給曲值，離開時帶上了手足無措的陳廣孝。

徐戩已經完成屍檢，但還來不及給報告。花崇和柳至秦直接去了法醫工作間，換上隔離服，近距離觀察屍體。

現場照片能提供的資訊有限，在解剖台旁看則直觀許多。

女孩的左臉頰、四肢都有不同程度的擦傷，但這些擦傷全部沒有生活反應，可以斷定是死後造成的。腹部的屍綠很明顯，屍僵完全緩解，進入了屍體腐敗初期。

「她的死亡時間在四天前，也就是八月二十七號。」徐戩戴著口罩，聲音聽起來有點悶，「屍斑積蓄於背部，呈穩定的片狀。我去現場看過，凶手應該是在兩天前，這一輪大雨還未完全降下時，將她從防空洞門口拋入。她臉上和四肢的傷痕，就是在拋擲的過程中造成的。」

花崇看著女孩毫無生氣的青白皮膚，眉頭緊擰，「死因是什麼？」

徐戩沒有立即回答，似乎正在猶豫。

花崇抬眼，「還沒查出來？」

女孩身體上沒有明顯致命傷，但現在屍檢已經完成，沒有理由查不出導致她死亡的原因。

「病理檢驗需要時間。」徐戩道：「我初步判斷，她死於七氟烷過量造成的急性腎衰竭。」

「七氟烷過量？」花崇的神經一下子就繃緊了，「你確定是七氟烷？」

「八九不離十，過一會兒病理檢驗就能得出結果了。」徐戩歎氣，「我也沒有想到是七氟烷。」

「就是那個全麻手術常用的麻醉劑？」柳至秦加入討論，「那這個案子的性質可能就變了。」

「是啊，從女童傷害，變成了器官買賣。」徐戩說：「七氟烷現在只有兩個常見用途，一是正規醫院做手術，二是非法交易中摘取活人器官，以供移植。醫院裡的麻醉師是最缺少的職業，對技術要求非常高，因為一旦控制不好劑量，就可能會出現醫療事故。而在黑市裡，犯罪分子只管取器官，不顧被取器官者的死活，慣於加大劑量。如果是一個健康情況良好的成年人，說不定能撐過去，但如果是身體機能本來就差的孩子……」

徐戡聲線一沉，「說不定在摘取器官之前，就會因為各種突發症狀而導致死亡，急性腎衰竭只是其中一種比較嚴重的情況。」

「凶手發現手術失敗，器官沒能拿下來，人也死了，於是有計劃地棄屍。」花崇邊說邊思考，「但有一點我覺得很奇怪——通常在黑市上做器官交易的人，都是同一種處理意外的體系，他們應該不會將屍體拋棄在防空洞裡。」

「我也覺得這不符邏輯。」徐戡道：「但死者身上沒有別的傷，我已經檢查過她的陰部、肛門、口腔，沒有被侵犯的跡象，凶手也沒有在她身上留下精液、唾液、尿液。女童被害案很多都與性有關，我們過去不是沒有處理過類似的案子。陳隊通知我去現場時，我本來以為受害人的身體會非常糟糕，但檢查後才知道，她的下體很乾淨，絕對沒有被侵犯過。」

花崇沉思片刻，又問：「身分確定了嗎？」

「應該快了。」徐戡說：「開始屍檢之前，就已經開始做ＤＮＡ比對以及失蹤人口查詢了，天亮之前肯定會有結果。」

還未等到天亮，兩個需要時間的檢驗就得到結果了。

死者名叫王湘美，九歲，死於七氟烷嚴重過量造成的急性腎衰竭。上周，她的父母到長陸區楚林街派出所報警，稱女兒失蹤了，派出所立即展開偵查並上報到分局，可惜最終未能救到她。

花崇馬上召集重案組、技偵組、檢驗科等部門開會。得知失蹤女孩的死與七氟烷有關，每個人都很驚訝。這至少說明，器官販賣者已經將手伸向了孩子。而近來，光是昭蚌街派出所就接到了兩起兒童失蹤的報案，一個叫陳韻，一個叫張丹丹，都是十歲，和王湘美一樣是女孩，她們是否也已經遭到了毒手？

「七氟烷是重要的手術用藥，管道管控得非常嚴格，但也不排除有人在私下進行交易。曲值，你聯繫各個醫院裡的線人，我們得先把七氟烷的非法交易管道挖出來。」花崇手邊放著一杯冒著熱氣的濃咖啡，卻沒時間喝，「馮浩，你把最近的孩童失蹤案梳理一遍，該走訪的去走訪，該與分局配合的就配合，讓分局和派出所都重視起來。袁昊，你們技偵組把……」

話音未落，一名刑警快步走到花崇身邊，低頭道：「花隊，你帶回來的那幾個人打了陳廣孝。」

「靠！」花崇低罵一聲。

柳至秦立即站起來，在他肩上按了按，溫和又可靠地說：「你繼續分配任務，我去處理。」

「為什麼打人？」

沒和花崇在一起時，柳至秦其實不算特別有耐心的人。他站在偵訊室裡，時不時踱兩步，高大的身軀和房間中央的燈光給人以無形的壓力。

甄勤被帶到偵訊室後，本來是吊兒郎當地斜倚在椅子上，此時卻收起了張揚的痞氣，換了個正常一點的姿勢，但眼中似有火，看起來十分焦躁不耐煩。

「你和你的兄弟在炮彈廠的防空洞發現了被害人，按照流程，理應向警方說明為什麼會到那麼偏僻的地方去，還有當時的情況，最大限度地配合我們調查。」柳至秦聲音不急不緩，冷冷的，如例行公事一般，「剛才你們在昭蚌街派出所惹是生非，這我不管。」

說著，他在甄勤對面站定，雙手撐在桌沿，語氣一沉，「但你們在這裡，在我的地盤胡鬧，我就得教教你們規矩了。」

甄勤皺眉瞪著他，一張稱得上英俊的臉上滿是戾氣，似乎想要頂撞，卻因氣勢被壓倒了，不得不退縮。

「為什麼打人？」柳至秦重複剛才的問題，「陳廣孝招惹你了？」

甄勤別開眼，先是咬牙切齒，幾秒後憤憤地道：「他血口噴人，非說陳韻是被我藏起來的，還說那個死掉的女孩是被我殺的。我他媽……」

「陳韻就是昨天失蹤的女孩吧？十歲，和你們今天發現的死者年紀差不多。」柳至秦拖開椅子坐下，直勾勾地盯著甄勤，「然後呢？」

甄勤一臉不耐，莫名其妙地看著柳至秦，「什麼然後？」

「陳韻失蹤和你有關係嗎？」柳至秦還是那副冷淡的語氣，眼神雖然很深，卻像蒙著一層霧，叫人看得不真切，「防空洞裡那個女孩的死，和你有關係嗎？」

「你！」甄勤拍桌站起來，「你他媽是警察嗎？隨便一個人說什麼你們都信？那我的話你怎麼不信？你搞清楚，老子是報案人！如果是我殺了那個女的，我報什麼案？我他媽有病嗎？」

柳至秦冷笑，手指向下一點，「坐下。」

甄勤一愣。

柳至秦食指曲起，在桌沿敲了兩下，又道：「坐下。」

甄勤情緒激動，可與柳至秦一對視，心中就湧起一陣不安，幾秒後不得已坐下，不再看柳至秦，辯解道：「我和她們的死和失蹤都沒有關係！」

「嗯，那你就心平氣和地把話說清楚——為什麼昨天會去炮彈廠的防空洞？和陳廣孝一家有什麼瓜葛？他為什麼一看到你，就認定是你拐走了他的女兒？另外，我沒有記錯的話，你在昭蚌街派出所大罵陳廣孝是人渣，為什麼？」

甄勤深吸幾口氣，似乎在努力讓自己不那麼生氣。半分鐘後，他看向柳至秦，煩躁地說：「能給我一根菸嗎？」

「不能。」柳至秦乾脆地拒絕。

甄勤抖了幾下腿，低聲罵道：「我靠！」

「我聽力很好，但耐心和聽力成反比。」柳至秦撐著下巴，「你最好不要讓我徹底失去耐心。」

甄勤和李修幾個人算得上是十一中的「扛霸子」，但打架打得再厲害，也不過是經常進出小派出所，從來沒有到過位於洛城中心的市局，更沒想過有朝一日會與重案組的刑警面對面。

派出所和市局的差距太大了，他平時去派出所毫無心理負擔，如今坐在市局偵訊室裡，從頭到腳都在發毛。巡警和刑警的差距也不是一星半點，巡警很多時候都拿他沒轍，訓訓話就算了，但面前這個人看起來雖然沒什麼攻擊力，內在卻似乎是個暴力分子。從小在社會上混，他深知，這種人最好不要惹。

「我認識小韻。」他低著頭，目光落在自己的手上，「她是我的小妹。」

柳至秦挑高一邊眉梢，「剛才我跟陳廣孝聊過，他說的和你說的不大一樣。」

「他說我是混混，是變態，成天偷看小韻，想找機會強……」甄勤再次激動起來，但說到一半卻住了嘴，右拳用力砸在桌上，罵道：「放他娘的屁！」

這回，柳至秦沒有打斷，只是好整以暇地觀察著甄勤的表情。

「我是和朋友去陳廣孝家的店吃飯時，看到小韻的。大晚上的，小韻一個小女生趴在桌邊寫作業，很乖巧。我們這一桌有人對她吹了口哨，她抬頭看我們，不害羞，也不生氣，反而大方地對我們笑。」甄勤說話時，重複著捏手指的動作，「後來我們又去吃過幾次飯，每次陳韻都在，有時一個人寫作業，有時幫忙端菜給客人，她沒事時喜歡跑來和我們聊天，能說會道。」

「是她主動和你們接觸，還是你們主動叫她？」柳至秦問。

「我知道你心裡怎麼想。」甄勤自嘲地笑了笑，「覺得是我們騷擾人家女生對吧？」

柳至秦笑，「看來你已經為自己下好了定義。」

甄勤握緊拳頭，壓下火氣道：「隨便你們怎麼想，事實就是她喜歡和我們聊天，和我們熟起來之後，她還到十一中來找過我。」

「找你幹什麼？」

「當我妹妹。」

「是嗎？」

「不信算了。」甄勤梳了兩下頭髮，手勁很大，下手臂上都出現了青筋，「她不是那種靦腆的乖乖女，她喜歡和我們一起玩，說……」

「說什麼？」

「說這樣才自由，比在家裡自由。」

柳至秦想起剛才在陳廣孝那邊聽到的說法——甄勤那些混混看我女兒長得漂亮，好幾次都企圖把我女兒拐出去。我女兒很聽話，平時除了讀書，就是去上朗誦班，那個課程很貴，她一堂也沒有缺席過。

人有很多面，在不同的人面前會展現不同的一面。在不同的人眼中，同一個人又有不同的特質。陳韻到底是像陳廣孝所說的乖巧聽話，還是像甄勤所說的渴望自由，在一定程度上其實並不衝突。

他們或許都沒有說謊，可她失蹤的原因到底是什麼？和已經死亡的王湘美有沒有關係？

柳至秦暫且止住發散的思緒，維持著之前的態度問：「她一個十歲的小女生，敢到你們十一中去？」

「所以才會說她與眾不同啊。」甄勤不屑地笑了笑，似乎是在嘲笑警察的庸俗，「我們都很喜歡她——但不是陳廣孝以為的那種喜歡。她活潑，愛說笑話，這種小女生誰不喜歡？如果不是去打架，我們到哪裡都帶著她。她喜歡玩遊戲，曾翹了幾次她最討厭的朗誦課，和我們一起去電玩中心。」

如果真是如此，柳至秦不禁想，陳廣孝會驚訝成什麼樣子？

說到這裡，甄勤眼色暗了暗，一副後悔莫及的模樣，「我應該送她回去的。」

柳至秦立即捕捉到重點，「她失蹤之前，和你在一起？」

「嗯。」甄勤點頭，聲音低沉，「前天她來找我，說不想去上朗讀課，問我們可不可以帶她出去玩。我和李修閒著沒事，就帶她去了洛城大學。」

柳至秦有些意外，「你們去洛大？」

「嗯，明洛區的老校區。」甄勤說：「那裡有一個很大的荷花池，下大雨的時候蝦會從池子裡浮起來，很容易捉到。」

原來只是去玩。柳至秦意識到自己想多了，他剛才還以為三人是想感受一下知名學府的氛圍，又覺得這種舉動似乎與他們表露在外的性格不符。

甄勤繼續道：「我們抓了很多，找了個淋不到雨的地方，全部烤來吃了。小韻很高興，還說過幾天會再來找我們玩。當時時間還早，但下著暴雨，天色很陰沉，我不放心，想送她回去，但她不肯，說是怕被熟人看到、告訴父母，我和李修就沒送她，讓她自己回去了。」

柳至秦道：「她沒有回家。」

甄勤沉默了很久，「我當天根本不知道她失蹤了，還是昨天去學校，才聽說陳廣孝在四處找小韻。」

「所以你翹了課，和你那幾個兄弟一起冒著大雨尋找陳韻？」

「是。」甄勤已經不像剛才那麼痞氣昭彰，「哪裡都找不到，她就像突然消失了一樣。找到下午，我們能想到的地方只剩下炮彈廠的防空洞了，但那裡平時根本沒人去，小韻在那裡的可能性很低。不過最後我們還是去了，沒找到小韻，反而看到一具……」

女孩的屍體。

「你們發現的人叫王湘美。」柳至秦將死者生前的登記照推到甄勤面前，「以前見過嗎？」

甄勤看了一眼，搖頭。

「八月二十七號下午六點以後，你在哪裡？」

「二十七號？」甄勤陷入一瞬的茫然，但很快明白過來，怒道：「這個王湘美是二十七號遇害？你懷疑我是凶手？」

「例行詢問，別這麼激動。」

甄勤喘著粗氣，半天沒說話。柳至秦沒有催他，食指有節奏地在桌上點著。

「在家。」甄勤不耐煩地說。

「沒有出門？」

「我為什麼要出門？」甄勤快忍不住了，「難道在你們這些警察眼裡，混混就該成天在外面閒逛，待在家裡就有殺人嫌疑？」

「我說你有殺人嫌疑了嗎？」柳至秦說話時勾了勾唇角，但笑意很冷，也很假。

甄勤心裡害怕，氣勢頓時一弱，「我回家時和鄰居打過招呼，你要是不相信，可以去問他們。」

王美湘死於七氟烷過量引起的急性腎衰竭，大概是被器官買賣者所害——柳至秦清楚，甄勤一個國中混混，幾乎不可能和這個案子有關，但該問的還是得問，畢竟現在重案組的任務不僅是偵破王湘美一案，還得盡最大的努力救出陳韻等其他失蹤的孩子。

「你罵陳廣孝是人渣，是因為陳韻跟你說過什麼？」

「還需要她跟我說？我自己長了眼睛！」甄勤有些激動，「你知道為什麼我和我兄弟每次去陳廣孝的店，都能看到小韻嗎？」

「既然是陳廣孝的店，陳韻待在那裡難道不正常？」

「他們不是沒有家，隔兩條街就是了！那間店通宵營業，深更半夜了還讓一個小女生守在店裡接客，你認為合理？」

「深更半夜？」柳至秦倒是沒想到陳韻會在店裡待到那麼晚。

「陳廣孝，還有他那個尖嘴猴腮的婆娘，根本沒有把小韻當作正常的人看，他們一直在利用她，不僅想利用她的現在，還想利用她的將來！」

柳至秦的右手往下壓了壓，做了個稍安勿躁的手勢，「把你知道的都告訴我。」

甄勤緩了口氣，「小韻長得漂亮，嘴也甜，見過她的人沒有不誇她可愛的。陳廣孝看准了這點，讓小韻一放學就到店裡守著，有作業就寫作業，沒作業就陪客人聊天。別的小孩晚上都在家裡看動畫片，或者跟同學鄰居玩，她在幹什麼？她在端茶送菜給客人，勸人喝酒！這是一個十歲小女孩該有的生活嗎？她渴望自由，喜歡蹺課來十一中找我們玩，是因為她根本沒有別的朋友！因為如果不蹺課，她根本沒有玩的時間！」

柳至秦皺起眉。

「這還沒什麼。」甄勤續道：「去她家店裡吃飯的人，什麼德性的都有，你覺得我是個混混，但我起碼心裡有把尺，我他媽再混也不會去欺負小女孩。但那些四五十歲的敗類呢？小韻有一次跟我說，她媽讓她送酒給一桌中年男人，逼她在那一桌多待一會兒，講講笑話助興，這樣對方會多喝幾瓶酒。你猜那些人對她做了什麼？他們摸她的屁股和大腿！」

柳至秦的聲線一寒，「陳廣孝和何小苗知道嗎？」

「如果不知道，他們就是無辜的嗎？」甄勤反問，「為人父母，讓十歲的女兒賣笑陪酒，這無辜嗎？他們算是什麼父母？他們所做的一切，都是在利用女兒的性格與容貌賺錢！送小韻去那個朗誦班也是。小韻不想當明星，她只想好好念書，今後憑文化課成績考上大學。但周圍的人都誇她是當明星的料，陳廣孝就逼她去上朗誦班，還說什麼是為了她的將來著想。我呸！他們就是把小韻當成賺錢和炫耀的工具而已！」

少年的憤恨那麼濃烈，柳至秦不得不細心分辨他的哪些話是真，哪些話是熱血上腦之後的誇大其詞。

「如果小韻平安回來，」甄勤微揚起頭，看著天花板，「你們可以自己問她，她不會撒謊。」

柳至秦又見了另外三名少年，得到的答案與甄勤相差無幾。而另一間偵訊室裡，陳廣孝正在向刑警滔滔不絕地講述自己與妻子在陳韻身上耗費的心血。柳至秦看了一會兒監視器，轉身離去。

站在不同的角度，自然是各說各有理，事實到底是怎樣，此時下結論還為時尚早。

◆

案情會議已經開完了，花崇一個人坐在會議室裡，單手撐著額頭，盯著開會時寫的筆記出神。

重案刑警對一些重要藥物有基本瞭解，一旦七氟烷與命案掛鉤，所有刑警的第一反應可能都是「器官交易」，但是如果細想，其中又不乏蹊蹺。

首先，犯罪分子為什麼會盯上王湘美？器官移植必須先配對，不可能隨便抓一個人就去割腎掏心。在這之前，王湘美一定被監視過。但這還不夠，那些人手上應該有王湘美近期的體檢報告，熟知王湘美的身體情況。

那體檢報告從何而來？王湘美最近半年根本沒進過醫院，是在無照診所體檢的？所以查不到記錄？可是為什麼？什麼樣的父母會帶九歲的女兒去無照診所？

徐戡最初的判斷是七氟烷過量，後來病理檢驗出來的結果是嚴重過量。

這非常奇怪，能做摘取器官手術的人，再怎麼說也是醫生，就算不像正規醫院的麻醉師一樣，能將七氟烷的用量控制到精準無誤的程度，也不該是嚴重過量。

這不像是在準備手術，簡直就是在殺人。

王湘美的死，還會不會有其他原因？

「花隊。」

門邊傳來熟悉的聲音，花崇抬起頭，看到柳至秦的那一刻，疲憊的眼神堪堪一亮。

「甄勤的事處理得怎麼樣了？」他問。

「瞭解到一些關於陳韻一家的情況。」柳至秦把甄勤、陳廣孝的話總結複述一番，問：「你怎麼看？」

自從聽到陳廣孝夫婦讓陳韻晚上留在店裡陪客人，花崇的臉色就很難看了。昭蚌街派出所轉移過來的失蹤記錄上附有陳韻的照片，確實是個非常漂亮可愛的小女孩。通宵營業的餐飲店裡什麼樣的人都有，不乏和甄勤一樣的混混，更不乏內心齷齪的成年潛在犯罪者——長得越漂亮的小女孩越容易被有歹心的人盯上。陳廣孝身為父親，不僅沒有加倍用心保護這個漂亮的女兒，還讓她在店裡拋頭露面，簡直令人憤怒。

但此時，他不是能夠肆意發洩憤怒的普通人，他是正在偵破命案的重案刑警，很多個人情緒只能暫且壓著，盡最大的可能保持冷靜。

「甄勤的話不能全信。」他皺著眉道：「他說前天是陳韻到十一中附近找他，他再帶陳韻到洛大老校區抓蝦。查一下兩所學校和周圍的公共監視器，如果發現了陳韻，就按照時間、路線追蹤下去。現在還沒有線索證明陳韻、張丹丹的失蹤和王湘美的死亡有聯繫，暫時不需要併案一起查。」

柳至秦點頭，「剛才任務都分配完了？」

「差不多。現在這個階段，線索都太零散，大半夜也沒有辦法摸排走訪。」花崇歎了口氣，拿起手機看看時間，「已經通知王湘美的父母了，他們應該到了。本來我想等他們認完屍就和他們聊聊，但……」

他停了片刻，「但好像過於殘忍了。」

「休息一會兒吧。」柳至秦說：「你也忙很久了，這時候去面對死者家屬，對你來說也過於殘忍了。」

花崇微垂的眼尾揚起，眼睛睜得比方才大了些，若有所思地盯著柳至秦，像在消化對方說的話。

「你說過，不喜歡處理和未成年有關的案子——不管是凶手是未成年，還是受害者是未成年。」柳至秦一改面對甄勤時的冷漠，眼神變得柔軟有溫度，「但是現在，我們手頭上洛觀村的積案，死者是未成年，凶手有可能是未成年；必須儘快偵破的案子，受害者也是未成年，幾個失蹤案可能遇害的人同樣是未成年。你很不舒服。」

花崇移開目光，按了按眉心，聲音帶著些許倦意，「不舒服也得撐著，沒辦法。」

「是得撐著，但也不能硬撐。去睡個覺，明天早上再考慮案子的事。」柳至秦說著，在桌上輕輕一敲，「腦子裡面混亂的東西太多時，最好先停下來。我那台筆記型電腦性能夠好吧？我還得讓它時不時休息一下。」

花崇愣了愣，笑著歪了歪頭，「我又不是你的筆記型電腦。」

「嗯，你是我上司。」柳至秦說。

花崇的心尖突然傳來絲絲搔癢，下意識做了捂住胸口的動作。柳至秦卻擰起眉，問：「難受？」

不停忙碌工作，凌晨四點多還無法休息，心臟突然出現不適是很常見的事。

花崇搖頭，合上筆記本，「我去休息室躺一會兒，給你留一半？」

「你自己睡。」柳至秦說，「我去技偵組，那裡有幾個沙發。」

話雖如此，花崇側躺在休息室的床上時，卻半點睡意都沒有，睜眼閉眼想的都是案子。十年前有五個男生被燒死，現在有一名女孩被棄屍在防空洞。

案子本身毫無關聯，但興許是一前一後著手，受害者又都是未成年，所以潛意識裡，他總是在想這一件案子時，走神發散到另一件。

從個人情緒上來講，王湘美的案子，還有陳韻、張丹丹的失蹤案來得實在不是時候，洛觀村的積案眼看就要找到了突破口，整個重案組卻被突然召了回來。但案子其實沒有該什麼時候來、不該什麼時候來的說法，既然發生了，重案組就得集中精力偵破。

他閉上眼，沉沉地吐出一口氣。腦海一片漆黑，漆黑中似乎有幾個昏暗的影子，他想要將它們看得真切，它們卻時遠時近，最終與背景模糊成一片。

不久，嚎啕大哭的聲響從重案組辦公室外面的走廊傳來，有女人，也有男人。

花崇坐起來，知道是王湘美的父母到了。

◆

花崇推開偵訊室的門時，臨時被柳至秦叫來旁聽的袁昊剛拉開椅子坐下。

柳至秦微擰著眉，「怎麼不再睡一會兒？」

這間偵訊室不大，細小的抽泣也顯得響亮刺耳。花崇看了看對面哭泣的婦人與不斷安慰她的男子，將那句「被吵醒了」咽回去，只說：「我過來看看。」

「那我回去了？」袁昊站起來，想把椅子讓給花崇。

「你坐。」花崇點了點自己的太陽穴，「剛起來，站一會兒清醒一下。」

「我還得回去盯著監視器，我們技偵組全都在加班呢！」袁昊說著就往門口走，「你家小柳哥把我拖來當記錄員，你來了我就回去了。」

你家……簡單的兩個字，組合在一起好像起了化學反應。花崇下意識看了柳至秦一眼，見到柳至秦也正看著自己。

下一秒，兩人有默契地別開視線。

袁昊不知道自己一句話掀起的風波，說完就走了，門關得乾脆俐落。

花崇坐下，未與柳至秦交流，看向剛經受喪女之痛的夫婦。

女人面相年輕，不太像九歲孩子的母親，但此時頭髮蓬亂，神色憔悴，一雙眼睛哭得通紅，即便男人一直低聲安撫，仍是平靜不下來。

與女人相比，男人鎮定得多，雖然臉上也流露出些許悲傷，但情緒似乎不濃烈。

比起痛失愛女，他看起來更關心妻子的狀態。這倒是不奇怪，因為他只是王湘美的繼父，而不是親生父親。

柳至秦將一個資料夾推到右邊，花崇翻開來快速瀏覽。

女人叫王佳妹，二十八歲，函省呂鎮人，未婚，數年前帶著女兒王湘美來到洛城打拚，目前在富康區的燦華服裝批發市場做生意。

男人叫仇罕，三十五歲，洛城本地人，離異，無子，在燦華服裝批發市場旁邊的住宅社區開了一家茶館。

花崇的視線落在王佳妹的年齡上。

她今年才二十八歲，而王湘美九歲，也就是說，她十九歲時就生下了王湘美，而孩子的父親並未與她結婚。她以未婚母親的身分將王湘美養大，王湘美卻突然失蹤，被人發現時已經離世四天。

至於這個叫做仇罕的男人……

花崇抬起頭，正好對上仇罕的目光。

仇罕其貌不揚，不帥，但也沒醜到哪裡去，有點發福，但好在頭髮還沒有過於稀少。不過與嬌小漂亮的王佳妹坐在一起，單看相貌的話，給人一種「不相配」的感覺。

被重案組的刑警盯著，仇罕似乎有些不知所措。他怔了片刻，顯然不知道花崇手上的資料夾裡放著他與王佳妹的資料，略顯忐忑地解釋：「其實我不是湘美的父親，我今天是陪佳妹過來的。我、我們本來打算下個月登記結婚……」

王佳妹抽泣的聲音突然變大了一些。

或許是帶在身上的餐巾紙用完了，仇罕從口袋裡扯出一疊折好的捲筒紙，低聲說：「佳妹，警察們都在看呢，他們要幫我們找殺害湘美的凶手，妳快別哭了。」

讓一個剛失去孩子的母親不要哭泣，未免過於不近人情了。柳至秦歎了口氣，拿出一包餐巾紙，放在王佳妹面前。

仇罕忙不迭地說：「謝謝，謝謝！」

花崇看了看派出所的報警記錄，問：「你們是在八月二十六號晚上發現王湘美失蹤的？最後一次看到她是什麼時候？在哪裡？」

王佳妹雙手捂住臉，指縫間全是淚水。

仇罕一手扶在她肩上，另一隻手鬆握著拳頭，搭在桌上，「我最後一次看到湘美，是二十六號下午三點左右。那天上午，湘美去上了數學補習班，下午放假。中午我到補習學校把湘美接回來，在茶館吃了飯──對了，我是開茶館的，佳妹在做服裝生意，服裝店很忙，商場裡的空氣也不太流通，湘美放學後通常會到我的茶館寫作業。」

「茶館，就是那種打麻將、玩撲克的茶館？」柳至秦問。

仇罕尷尬地點點頭，「但我們那裡不是聚眾賭博，街道派出所會定期檢查的。我、我那裡是合法的。」

現在的麻將館都打著「茶館」的招牌，其中不乏大額賭博的局。但重案組沒有精力管賭博的事，頂多等案子偵破後，通知分局去查一趟。

柳至秦沒有在這個問題上糾纏太久，說：「你把王湘美接到茶館之後，到她失蹤之前，茶館有沒有什麼異常？」

「沒有。」仇罕說：「我那個茶館是在國民住宅的一樓，一共兩套房子，左邊的很吵鬧，右邊的下午人少，相對安靜一些。湘美在右邊那戶看漫畫，兩點多的時候來找我要錢，出去買了兩包零食。」

「她出去之後回來過嗎？」花崇問。

「回來過，又坐在老位置繼續看她的漫畫。三點多時，來了一群客人，左邊的房子擺不下麻將桌了，我就在右邊的房子加了幾張桌子。那時湘美都還在，但是我四點多過去收台錢時，她已經不見了。」

這時，王佳妹哭得更加厲害，整個身子都在發抖。

仇罕似乎既尷尬又內疚，「對不起，是我的錯，我沒看好湘美，都是我的錯！」

「茶館裝有攝影機吧？」花崇說：「等等我們的技偵隊員會過去，你把當天的監視器調出來。」

「這……」仇罕一臉為難，抬手擦了擦額頭的汗。

柳至秦蹙眉，「難道你沒有安裝攝影機？」

「裝了，裝了！只是……」仇罕重重地歎了口氣，「只是右邊那間房子的攝影機在上個月壞了，我一直沒有更換。」

「攝影機在七月損壞，到了八月底你還沒有更換？」

花崇神色一肅，冷冷地看著仇罕。

在很多涉及兒童的案子裡，孩子之所以會被拐賣、被傷害，甚至於被殺害，有一個很重要的原因就是父母失職。

當需要警察出馬時，絕大部分的傷害其實都已經發生了。警察能做的，有時只有抓到傷害孩子的人，卻沒有辦法抹除已經發生的傷害。

剛才，當仇罕說接王湘美到茶館吃飯、寫作業、看書時，花崇就感到十分不快。

茶館是什麼地方？是個打牌、殺時間的地方。說難聽一些，就是很多無所事事、不求上進之人逃避現實的老巢。只需交納幾塊十幾塊的台錢，泡一杯劣質濃茶，就能在茶館打上半天麻將，消磨半天光陰。這種開在社區裡的茶館，哪個不是罵聲震天、魚龍混雜、烏煙瘴氣？王湘美一個九歲的小女孩，在那裡寫得了什麼作業？看得了什麼書？

她身處的環境，比陳韻家的通宵燒烤店還要糟糕。

而現在，仇罕居然說房間裡的攝影機壞了一個月，沒有更換！

仇罕被花崇看得害怕起來，急忙為自己辯解：「其、其實我的茶館開了好幾年，一直沒有發生過什麼事，大家都很有自覺。攝影機不便宜，而且換起來很麻煩。那個什麼……暑假湘美上了不少補習班，花了挺多錢……我、我就想等過一陣子手頭寬裕一些了，再換攝影機，反正我平時也在茶館裡看著……」

他的聲音越說越小。

柳至秦的目光變得像看甄勤時一樣漠然。

王湘美的這位准繼父，居然將不換攝影機的錯推到了王湘美身上！

——不是我不想換攝影機，但是報補習班也很花錢啊！

花崇胸中起了一團火，卻又不得不按捺下去。眼前這對不稱職的父母身上，或許存在著偵破案件的線索，人際關係排查必須從他們這裡開始。

他問：「王湘美最近半年有沒有回家說過發生在身邊的，不太正常的事？例如被人跟蹤尾隨、被陌生人搭訕？或者她在學校和家中的表現，有沒有什麼明顯變化？」

仇罕看了看王佳妹，小聲喚道：「佳妹？」

花崇一看便知，仇罕根本不關心王湘美。他對發生在王湘美周圍的事一無所知，也難怪王湘美突然從茶館消失，他卻要等到收台錢時才發現。

王佳妹擦掉眼淚，眼神放空，似乎仍未從失去女兒的悲慟中走出來。

花崇沒有催促，「妳認真想一想，我們就在外面。等妳想起來了，願意說了，我們再聊。」說著，他瞥了仇罕一眼，又道：「你們放心，我們一定會找到凶手，將『凶手』繩之以法。」

王佳妹大哭不止。

即將破曉，市局的走廊仍是一片明亮。

花崇靠在牆上，像學生做眼睛操一樣揉著眼窩。柳至秦站在他身邊，說：「天亮之後，我和技偵會去調茶館所在社區的公共監視器。如果王湘美是被徘徊在茶館附近的人帶走，那這個人可能會被社區的攝影機拍下來。」

「社區攝影機的盲區太多了。」花崇搖頭，「而且燦華服裝批發市場我去過，你知道那裡有多亂嗎？全是人，好像全洛城做低端服裝生意的人全擠在那裡拿貨。旁邊的幾個社區說是住宅社區，其實很多是做網路生意的，什麼人都在那裡進出，物管形同虛設，幹什麼都不用登記。而且那一片『群租』現象屢禁不止，仇罕那個茶館所在的社區，我估計攝影機的覆蓋率並不高。」

柳至秦沉默片刻，「但還是得試一試。」

「肯定得試，但不要抱太大的希望。」花崇說：「作案人連七氟烷這種藥物都有，棄屍行為也很謹慎，必然是個細心的人，說不定早就踩好點，專門走監視器的盲區。」

柳至秦歎氣，「花隊，王湘美和陳韻都被父母安排在店裡，這算不算共同點？」

花崇走了兩步，「算，也不算。」

「如果算，那兇手就是有意識地選擇這些安全被父母忽視的小孩子動手。」柳至秦道：「如果不算，那就只是巧合。」

花崇同意，又說：「仇罕需要詳細調查一下。」

「嗯，王佳妹我也會一併調查。」柳至秦說。

這時，偵訊室的門被打開，仇罕神色尷尬地站在門口，「佳妹說想單獨和你們聊一聊，我……」

花崇遞了個眼神給柳至秦，讓他先進去，然後帶仇罕進了另一個房間，暫時由別的刑警陪著。

王佳妹已經擦乾了眼淚，絕望又渴切地看著花崇和柳至秦。

花崇挑了個與王湘美、仇罕都有關的問題起頭，「王湘美的父親是？」

王佳妹垂下頭，輕聲說：「是我念書時的同學。」

十年前，十八歲的王佳妹發現自己有了身孕，男友卻拋下她，和同鎮的其他青年一起前往沿海城市打工。大半年後，王佳妹在老家產下王湘美，成了全鎮的笑柄。王家將她當成家中的恥辱，在王湘美滿一周歲時，就匆匆將母女兩人趕出家門。

王佳妹在呂鎮過不下去，索性帶著幼女來到洛城。

大城市，說什麼都比小村鎮有更多機會。她起早貪黑，四處打工，既要照顧孩子，又要為生活奔波。等到王湘美五歲時，她才頂下燦華服裝批發市場的一間店面，在這座城市裡站穩腳跟。

她長得漂亮，多年操持生活，反倒讓她多了一番成熟的韻味，一直以來都不乏追求者。那些人有的是個體戶，有的是有錢人家的花花公子。她有心成家，一來是為自己找個避風港，二來，是想讓王湘美有爸爸疼。但個體戶不可靠，花花公子擅長玩弄感情，都不是她的良人。

直到兩年前，她認識了開茶館的仇罕。

仇罕離異多年，雖然長相普通，但年長她幾歲，很會照顧人，對王湘美也很好。最重要的是，仇罕和前妻沒有孩子，父母早已過世，名下有三處房產。這樣的條件對王佳妹來說，已經很有吸引力了。

而王湘美對仇罕的印象也不錯——主要原因是他時常買流行的漫畫給她。

王佳妹曾經問過王湘美：「讓仇罕叔叔當湘美的爸爸好不好？」

王湘美不假思索，「好啊！」

最近大半年，雖然還沒有登記，王佳妹和仇罕已經住在一起了，王湘美自然也搬到了仇罕家裡，單獨住一間臥室。

服裝批發生意不能沒人看著，王佳妹每天都清早出門，晚上才能回家。以前王湘美放學就會到店裡待著，不願意一個人回家，後來換了地方，就去仇罕的茶館寫作業、看書。

「她是自願的嗎？」花崇打斷王佳妹，問：「自願跟你們去店裡，還是你們要求她待在店裡？」

王佳妹不解，「什麼意思呢？」

「妳只要回答就好了。」柳至秦說。

「是她要到店裡來的。」王佳妹歎氣，「我其實很希望她放學就回家，家裡多安靜啊，環境比我的服裝店和仇哥的茶館好多了。但她不肯，說家裡沒有人，她害怕。我沒有辦法，覺得把她一個小女生放在家裡，萬一出事怎麼辦？帶在身邊，終歸放心一些。但我真的沒想到，她、她會在我們眼皮底下……」

說到這裡，王佳妹又哭了起來。

花崇睨著她，明白就算王湘美被人盯上了，她這個整日為工作奔忙的母親也不知道，只能問：「妳回想一下，在生意上有沒有得罪過什麼人？」

「要說得罪，其實我們這些做批發生意的，或多或少都存在競爭關係。」王佳妹輕輕搖頭，「但我想不到有誰會因此殺害我的女兒！」

「那仇罕呢？我冒昧問一句，妳真的瞭解他嗎？」柳至秦問。

王佳妹愣了一會兒，「你們覺得仇哥有問題？不，不，這不可能，他對湘美一直都不錯。我雖然沒讀過什麼書，但做了這麼多年生意，看人的眼光還是有的。仇哥、仇哥他確實有很多毛病——小氣、見識短、有些斤斤計較，但對湘美還算是盡心盡力。」

那可不一定。花崇心裡想著，嘴上卻道：「妳誤會了，我們的意思是，仇罕有沒有得罪過什麼人？」

王佳妹撐住額頭，半分鐘後說：「我知道仇哥有個遠房弟弟，很小的時候過繼到他們家，後來他們父母去世，仇哥沒有分錢給這個遠房弟弟。不過……這都是很久以前的事了。」

事情過去再久，都是一條線索，因為刻骨銘心的仇恨，從來不會因為時間消滅。

花崇問：「這個遠房弟弟叫什麼名字？」

「叫白，白林茂。樹林的林，茂密的茂。」王佳妹很不安，「難道他就是凶手？」

「現在判斷誰是凶手還太早了。」柳至秦的聲線很平，聽不出任何感情，「對了，王女士，我還有一個比較私人的問題想問。」

王佳妹擦著眼淚，「嗯。」

「妳與仇罕結婚之後，打算再生一個孩子嗎？」

「這……」王佳妹低下頭，猶豫了幾秒，「這和案子有關嗎？」

「不一定。」柳至秦沒有騙她，「不過妳的答案，可能會影響我對案情的判斷。」

王佳妹深吸一口氣，點了點頭。

花崇問：「是妳的意思，還是仇罕的意思？」

「我們都想再生一個。」王佳妹似乎很難為情，「孩子是維繫一段感情的籌碼，兩個沒有血緣關係的人一同生活，總歸需要一些依憑。仇哥的前妻無法生育，他們就是因為這個原因離婚的。然後……」

她頓了頓，梳著亂糟糟的頭髮，頭垂得更低，「雖然他嘴上沒有說過，但我看得出來他選擇我，有個原因是我年齡不大，身體也比較健康，將來有可能為他生個兒子。」

「兒子？」花崇打斷。

王佳妹會錯了意，解釋道：「我、我們已經有湘美一個女兒了，再生一個，如果是兒子的話，大家都更開心。」

花崇突然覺得很可笑。大家都更開心？這個「大家」，包括王湘美嗎？

柳至秦又問：「王湘美知道你們想為她生個弟弟嗎？」

「我……」王佳妹頻繁地搓著手指，「我和仇哥沒告訴她，但她年紀也不小了，可能猜得到。」

「妳對妳的女兒，似乎瞭解太少了。」柳至秦靠在椅背上，半眯著眼看王佳妹。

「我真的很忙。」王佳妹的眼淚再次掉下來，「如果她能活過來，我、我……」

發再毒的誓，死去的人也不會復生。再催人淚下的話，也不過只是畸形的自我感動罷了。

◆

天已經亮了，排查工作即將啟動，陳爭買來營養早餐，招呼大家來填填肚子。

「有什麼發現沒？」陳爭問。

花崇擺了擺手，不說「有」，也不說「沒有」。

陳爭看柳至秦，用嘴型道：「他怎麼回事？」

「王湘美的死、陳韻的失蹤都與他們父母的不作為有關。」柳至秦端著一碗瘦肉粥，「對了，陳隊，需要請張丹丹的家人來一趟，我有些問題想問他們。」

「行，我來安排。」陳爭點頭，下巴朝花崇抬了抬，壓低聲音說：「你們花隊不喜歡辦跟小孩子有關的案子，但沒辦法，這案子只能交給重案組，你多幫他一點。」

「嗯，我知道。」

陳爭又說：「洛觀村那個案子只能先放一放了。」

「我有空的話，兩邊都盯著。」柳至秦說。

「辛苦了。」陳爭在柳至秦肩上拍了拍，「有任何需要我出面溝通的地方，馬上跟我說。」

「你們在嘀嘀咕咕說什麼？」花崇拿著一個鮮肉煎餅走過來，「聲音這麼小，閒聊啊？」

「現在是早餐時間，難道不准閒聊？」陳爭笑著說。

「你一通電話就把我和小柳哥叫回來，把肖誠心他們積案組留在洛觀村，我看他都要紮你的小人了。」花崇見柳至秦在吃皮蛋瘦肉粥，連忙放下鮮肉煎餅，幫自己盛了一碗。

「你以為我想？上面為積案組訂了目標，完成不了就麻煩了。」

「肖誠心不是當積案組隊長的料。」花崇說得毫不客氣。

「嘖！」陳爭無奈地搖頭，「我們刑偵分隊能人是很多，但是個『料』的，誰願意去積案組待？讓你去，你願意嗎？」

花崇戳穿，「這是制度的問題。」

「制度的問題最難應付，你們是不知道我肩上扛著的壓力有多大。」陳爭誇張地歎息，「花兒，加把勁，早點把這個案子給我破了，再去幫幫肖誠心，也算是幫我分個憂。」

「我知道。」花崇幾口喝完粥，突然道：「我現在特別希望陳韻、張丹丹和王湘美毫無關聯。」

「是啊。」陳爭在桌上拍了兩下，把到嘴邊的話咽了下去，只道：「我在你抽屜裡放了新到的菊花茶，還有一些提神的藥，放心，都是好藥，沒有副作用。」

「費心了。」花崇笑。

柳至秦吃完早飯，收拾好自己和花崇的物品，看看時間，「差不多該出發了。」

陳爭看了看他搭在手臂上的薄外套，「這是？」

花崇一看，「這不是我的衣服嗎？」

「嗯。」柳至秦淡淡地說：「一連下了兩天的雨，剛放晴，溫度比較低，帶一件外套，如果覺得冷就披上。」

花崇心口很熱，明白那必然不是因為剛喝下的瘦肉粥。

上午是燦華服裝批發市場人流最多的時候，各個方向的大門被堵得水泄不通，大貨車、小貨車橫七豎八，停得滿街都是。小販、司機們互相指著鼻子大罵，空氣中瀰漫著劣質布料與皮具的熏人氣味，還有臭汗的酸味與最不堪入耳的髒話。

市場對面的住宅社區，情況也沒好到哪裡去。

一般的社區，此時正是老人鍛煉、主婦們出門買菜的時候，但詠春社區進進出出的全是快遞公司的貨車——網路店主們正在將前一天晚上接到的訂單發向全國各地。

重案組刑警們沒開警車，花崇深知這條街上午的混亂程度，讓柳至秦還隔著一條街就停車，大家下車步行，和小販們一起「趕集」。

眾人兵分兩路，曲值帶人去批發市場調取監視器，花崇和柳至秦來到仇罕家茶館所在的詠春社區。

茶館上午通常不會開門營業，無所事事的人們就算再閒，也不會起個大早，「兢兢業業」地去茶館打牌。花崇站在位於第二棟一樓的茶館門口看了看，讓一同前來的仇罕開門。

仇罕顯然十分緊張，拿在手裡的鑰匙掉了兩次，花了一分鐘才打開左右兩間屋子的鐵門。

花崇走進右邊的屋子。

照仇罕的說法，王湘美失蹤之前，正是在這間屋子裡看漫畫。房間內未經裝修，地板都是原始的水泥地，三室一廳，擺滿了麻將桌和撲克桌。花崇看了一圈，抬頭望著角落的攝影機，問：「這就是那個壞掉的攝影機？」

仇罕冒出冷汗，「是，就是這個。我這幾天就去買新的，很快就換！」

花崇並不需要他的保證，重案組沒閒工夫管一個三教九流聚集的茶館裝不裝攝影機。

「王湘美當時待在哪個房間？」柳至秦問。

仇罕指著最裡面的一間，「那裡。那間最安靜。」

用「安靜」來形容茶館裡的某個房間，簡直是天大的笑話。茶館這種地方，向來是與「安靜」無緣的。

花崇冷笑，走到門邊。那是一間很小的房間，窗邊放著一個簡易小桌子，上面放著幾本漫畫。旁邊放著一張麻將桌，還有一張長方形的茶几。可以想像，很多時候王湘美就是在鼎沸的搓麻將聲、「放炮」之後的罵娘聲中寫作業、看漫畫的。

柳至秦走去走廊，觀察了一會兒茶館周圍的環境，等花崇從房間走出來後說：「王湘美如果被人帶離，必然只能從茶館的大門出去，幾個窗戶全部被防盜網封死了，不存在其他的路。」

「嗯。」花崇指了指不遠處的物業管理室，「先去看看監視器。」

這幾天，「茶館老闆的繼女不見了」的消息已經傳遍了整個詠春社區。當物業的，最怕遇到這樣的事，一見到警察來辦案，幾個在崗的保全立即表示自己什麼都不知道，王湘美走丟時不是自己值班云云。

花崇懶得和他們扯，直接調了監視器記錄。

出乎他與柳至秦的意料，社區西門的一個攝影機拍到了王湘美，但她是一個人走出社區，周圍並沒有任何可疑的人物。畫面裡的王湘美穿著半舊不新的藍色運動服，腳上是一雙不太精緻的涼鞋，背上揹著褪色的白雪公主書包，手裡拿著一袋洋芋片。

「她換了衣服。」柳至秦突然說：「遇害的時候，她穿的是一條紅白色連身裙，腳上還有在小女孩中流行的『泡泡襪』，穿這種襪子時，不可能穿著涼鞋。」

花崇立即讓人去查西門外的公共監視器，轉身問仇罕：「我同事給你們看過屍檢前的照片，王湘美被換了衣服的事，你們剛才怎麼不說？」

「我、我……」仇罕急得直皺眉，「我真的沒有注意到。湘美被人殺了，佳妹傷心得差點暈過去，我哪注意得到她有沒有換衣服啊！」

這並非說不過去，但花崇仍然覺得事有蹊蹺，立即從手機裡調出照片，遞到仇罕面前，「那你現在仔細看看，這件連身裙是王湘美的衣服嗎？」

仇罕本能地別開眼，似乎害怕再次看到屍體照，但手機就在眼前，他看也得看，不看也得看。

幾秒後，他斜著眼，痛苦萬分地瞄了幾下，小聲說：「你、你們還是去問佳妹吧，這條裙子不是我買給她的，我不知道她還有什麼衣服。」

繼父不應該與繼女過於親密，這沒錯，但仇罕的反應實在與王佳妹形容的相差甚遠。花崇歎了口氣，打電話讓留在市局的同事把王佳妹叫來協助調查。

半小時後，相關人員聚集在仇罕家所在的社區外。

這個社區叫豐收社區，與詠春社區隔得不遠，步行只需要十幾分鐘。裡面的樓房都建好十幾年了，看起來半新不舊。

王佳妹一看防空洞裡的現場照，就哭得肝腸寸斷，一股勁地說：「這不是湘美的衣服，湘美沒有這樣的衣服！」

經過幾個小時，仇罕對王佳妹已經不像半夜在偵訊室裡那麼關懷備至了。花崇注意到他煩躁地與王佳妹拉開了幾步距離，眼中甚至浮現些許厭煩。

剛失去孩子的母親，對一些男人來說，或許是這個世界上最厭惡的物種——不管她長得有多漂亮。

一進入家門，王佳妹就直奔王湘美的房間。花崇擔心她在裡面亂翻一通，連忙跟了進去。

王佳妹一邊哭一邊拿出王湘美生前常穿的衣服，喃喃低語道：「到底是誰害了我的女兒啊，換衣服是什麼意思啊？」

花崇拿起幾件擺在床上的衣服，摸了摸布料，回頭與柳至秦對視了一眼。

很明顯，這些衣服材質低端，做工拙劣，有的已經被洗到褪色了。如果還是嶄新的，那麼布料上一定少不了劣質布料的刺鼻氣味。

「這些衣服都是妳在批發市場上買給王湘美的？」柳至秦問。

王佳妹點頭，「我不做童裝生意，湘美的衣服一直都是在認識的店主那裡拿貨。」

「沒什麼裙子？」花崇將衣服放回去，瞥見仇罕正在往臥室裡張望。

「裙子最貴。」王佳妹說：「即便是熟人，也打不了折。」

「所以這些衣服都是打過折的？」

王佳妹沒覺得哪裡不對，「嗯，小孩子也不用穿太好。湘美沒有跟我要過裙子，她應該不太喜歡穿裙子。」

花崇沒有反駁，視線在房裡一掃，看到貼在牆上的一張蠟筆畫。

那幅畫一看就是王湘美畫的，女人是王佳妹，女孩是她自己。畫裡的她，穿著紅色的公主裙，頭上戴著閃閃發亮的皇冠髮箍。

誰說王湘美不喜歡裙子？九歲的小女生，有哪個不想擁有一條公主裙？

這時，曲值打電話來，說在燦華服裝批發市場近期的監視畫面裡，沒有發現可疑人物。

「這案子古怪的地方不少。」

離開豐收社區時已是中午，花崇坐在車裡吃著柳至秦買回來的鍋盔。

「強取器官的案子我以前接觸過，凶手絕不會是一個人，得是一個分工明確的團隊。但王湘美這個案子查到現在，我總覺得是一個人做的。就比如棄屍那裡，只要有兩個人，他們就可以合力將王湘美拋得更遠。那個防空洞很深很黑，如果盡可能地拋遠，哪怕有人走進洞裡，都不一定會發現屍體。沒有理由多人作案，卻讓一個人冒險處理屍體吧？還有，作案的人越多，留下線索的可能性就越高，但王湘美周圍幾乎沒有線索。如果非要揪出一個可疑的人，那就只有仇罕，但仇罕和器官交易有什麼關係？他會把自己的繼女賣給取器官的人？」

「不至於。」柳至秦搖頭，「他很懦弱，從某種程度上講，稱得上虛偽。他裝作對王湘美很好，其實內心對王湘美漠不關心；他對王佳妹的喜愛也是裝的，王佳妹看得很透，知道他看中自己，一是因為她年輕漂亮，二是她能為他生孩子。不過王佳妹圖的也不是他的人，他們算是扯平，將就過日子而已。」

「父母將就過日子，受苦的永遠是孩子。」花崇笑了兩聲，將裝著鍋盔的油紙袋捏成一團，丟進垃圾袋裡，「王佳妹就是太將就了，才不知道自己的女兒其實很想要一條裙子。」

「王湘美獨自離開社區，是想幹什麼？」柳至秦思索著，「公共監視器只拍到她走進詠春社區旁邊的一條小巷，她等於是在那裡消失的。是有人在那裡等她，還是她又自己走去了哪裡，而攝影機沒有拍到？」

「如果她跟人走了，這個人說不定正是用那條紅白色的裙子引誘她。」花崇說。

柳至秦贊同，「九歲的女孩已經無法用糖果引誘了，但若是想要的漂亮裙子……」

「但這也是一個疑點。」花崇有節奏地敲著方向盤，「凶手用裙子引誘王湘美，王湘美上鉤之後，裙子就沒有用了，凶手為什麼還幫她穿上？將她殺害之後也不幫她脫下？裙子不是王湘美的，凶手就不擔心會被王湘美的家人認出來，成為一條線索？」

「摘取器官的手術進行之前，接受手術的人應褪去礙事的衣物。」柳至秦道：「這條裙子，不可能是王湘美活著時就穿在身上的。」

「這更加奇怪了。」花崇蹙眉，「我不認為盜取別人器官的凶手們，會『好心』到幫受害人換上心愛的裙子。手術失敗，人死了，器官沒拿下來，他們應當陷入一段時間的手忙腳亂，誰有空幫王湘美穿裙子？」

「而等他們脫離手忙腳亂的狀態，王湘美的屍體已經漸漸變僵硬了。」柳至秦會意，「在屍僵進行時，旁人很難幫屍體穿衣脫衣。」

花崇右手握成拳頭，輕碰著眉心，「凶手的行為太古怪了，怎麼想都不符合邏輯。」

車裡安靜了一會兒，柳至秦突然說：「如果凶手不是為了盜取王湘美的器官呢？」

花崇倏地抬起頭。

「我在想，我們是不是從一開始就陷入了某種誤區，然後偏得越來越遠。」柳至秦拿著一瓶礦泉水，右手握著瓶蓋，卻沒有直接擰開，像是動作被凍住了，「屍檢和病理檢驗證明，王湘美是死於七氟烷嚴重過量造成的急性腎衰竭。我們之所以認為凶手是為了器官才帶走王湘美，完全是因為七氟烷。那如果，凶手不是為了器官呢？」

花崇早就覺得七氟烷的用量不對，而所謂的器官交易者行為也很蹊蹺，但是如果凶手對王湘美使用七氟烷的目的不是摘取器官，那會是什麼？

「花隊，我覺得我們必須暫時跳出七氟烷的『陷阱』。」柳至秦語氣鄭重地說。

花崇沉默半分鐘，「但是脫離死因追蹤動機，絕不是正確的偵查方法。」

柳至秦抿住唇，沒有說話。

須臾，花崇歎了口氣，一邊發動汽車一邊說：「但現在好像也只能走『歪門邪道』了。」

◆

市局內，檢驗科異常忙碌，有各種物證需要檢驗比對。痕檢員們行色匆匆，個個臉上都沒什麼表情。

花崇找到李訓，讓他查王湘美身上的紅白色連身裙。

李訓錯愕：「晚上不是已經查過了嗎？那條裙子上沒有凶手的DNA。」

「和DNA沒關係，去查這條裙子是從哪裡買到的。」

李訓露出一個「你他媽逗我」的表情，「直接問王湘美的家人不就行了？」

「這條裙子，是凶手幫王湘美穿上的。」花崇說。

李訓一愣，很快就明白過來，「我靠，我現在就去查！」

別的刑警只需做好手頭的事，但花崇不行，所有線索都彙集在他這裡，所有事他都得過問，很少有休息的時間。

剛去檢驗科交代完任務，就聽見張貿喊：「花隊！張丹丹的父母來了！」

他正要應聲，下手臂突然被人碰了碰。

「我和張貿去就行了。」柳至秦指了指旁邊的電熱水壺，「水馬上就滾了，記得泡茶。」

水壺發出咕嚕嚕的聲響，水在壺裡不斷翻滾。花崇轉身一看，桌上除了水壺，還放著兩個裝有菊花的杯子，一個是他自己的，一個是柳至秦的。

愣神的片刻，柳至秦已經快步走去偵訊室。

「啪」一聲，電熱水壺自動斷電，水燒開了。

花崇甩了甩頭，拿起水壺的把手，將滾燙的開水倒進兩個杯子裡。淺黃色的花瓣在滾水中舒展，空氣中多了一股清香。的確是好茶，陳爭送來的東西就沒有差的。

不過茶再好，以前他也懶得沖泡，還被吐槽過「乾啃菊花茶」。

細細想來，其實是柳至秦來了之後，他才漸漸品出陳爭送的菊花茶的香。

也是柳至秦來了之後，才有人跟上他的思路，與他毫無障礙地分析案子。

水還太燙，入不了口。他端起兩個杯子，朝偵訊室的方向看了一眼，旋即招呼已經回到市局的組員開小會。

醫院這一塊暫時沒有收穫，照線人們的說法，現在醫院對麻醉藥管理得非常嚴格，已經封死了七氟烷流失的可能。如此一來，凶手能拿到七氟烷，走的必然不是醫院這個途徑，而黑市交易目前沒有線索。

技偵組在洛城大學老校區及周邊的監視器中找到了陳韻。八月三十日下午三點二十七分，陳韻與甄勤、李修一同走出洛大東南校門，陳韻揹著書包，正偏著頭和甄勤說話。十分鐘後，他們出現在東南校門對面街道的監視器中，甄勤買了一包菸，和李修一人叼著一根。在這之後，他們再未出現在監視器中。

袁昊說：「陳韻在失蹤之前，最後接觸的人就是甄勤和李修，王湘美也是他們發現的。雖然我們當警察的不該歧視混混，但事實就是——他們的嫌疑很大。」

花崇撐著臉頰，腦中重播著甄勤說的話。

目前看來，這個十一中的混混小頭目，確實是陳韻失蹤案中嫌疑最大的人。他說陳韻是自己的小妹，又說陳廣孝夫婦利用陳韻賺錢，他的兄弟們也證實了他的說法。但這幫人本來就是一體的，難說沒有集體撒謊。況且三十號那天，甄勤說離開洛大之後就與陳韻分別，第二天才知道陳韻不見了。而攝影機只拍到他、李修與陳韻在一起的畫面。

話可以隨便編，聽的人卻不能什麼都信。

「我覺得應該先把甄勤、李修拘留起來。」一名組員道：「我去甄勤住的地方打聽過了，就是昭蚌街一個挺破舊的社區，住在裡面的人說不清甄勤三十號下午到晚上有沒有回家。他沒有父母，家裡只有一個爺爺，但老頭子精神有些問題，當不了證人。」

「如果甄勤他們和陳韻的失蹤有關，那她被帶到哪裡去了？」另一名組員說：「如果她已經遇害，屍體倒是好處理，但如果還沒有，她會被關在哪裡？」

「所以要先把人拘留起來審啊。」

「他鬧著要去找陳韻，脾氣大得很，我看他是真的急，不像裝的。」

大家七嘴八舌地討論著，花崇一邊聽一邊閉眼揉太陽穴。

甄勤是個不學無術的混混，這種人最容易被當成凶手。但事實上，不少案子裡，這樣的人都被真凶當成了擋箭牌。

甄勤對陳韻的父母非常不滿，甚至罵陳廣孝是人渣，他說的那些事是真是假？

說起父母，尋常人想到的都是「慈愛」，民間甚至有一句話叫——誰都可能害你，只有父母會全心全意待你。

這無疑是人們對於親情的美好想像。而身為重案刑警，花崇這些年處理過的親情犯罪不少，有兒女殺父母，也不乏父母害兒女的。甄勤說的，陳廣孝夫婦用女兒賺錢，實在是太常見的事了。歸根究底，家人之間也少不了相互利用，讓他憤怒的是陳韻還那麼小。

曲值問：「花隊，拘還是不拘？」

花崇呼出一口氣，「先留著吧，其餘幾人也都留著，但審訊時注意方法，他們幾個還不到十八歲。」

散會後不久，柳至秦和張貿回來了。

「怎麼樣？」花崇問。

「感覺沒什麼共通的地方。」張貿苦惱地說：「除了失蹤的都是女孩。」

花崇看著柳至秦。

柳至秦喝了口茶，「我覺得張丹丹可能是離家出走。她和陳韻、王湘美不同，她們的失蹤都很突然，但她在失蹤之前，和父母吵了一架。」

「什麼原因？」

「早戀。」

「才十歲？」

「不然怎麼叫早戀。」

花崇扶住額頭，「那跟她早戀的男孩呢？」

「也失蹤了，但家人沒有報警。」柳至秦無奈，「說不定是一起去哪裡了，現在分局的同事正在四處尋找他們。」

「沒事最好。」花崇想了想，讓張貿去做別的事，問柳至秦：「你有沒有發現，陳韻和王湘美其實有一些相似之處？」

「她們的父母都在做個體生意，她們放學後都沒有回家，一個是自己不願意獨自待在家中，一個是被迫留在店裡招呼客人。」柳至秦道：「好像都算不上幸福。」

「如果這兩個案子的犯人是同一個，凶手的篩選標準難道就是——不能回家的女孩？」花崇說完，搖搖頭，「我主觀上覺得她們之間有聯繫，但這個相似點太沒有說服力了。和少女有關的案子絕大部分都是性侵、拐賣，這次涉及七氟烷已經夠不合常理了，如果不是為了取得器官，我很難想到凶手到底要幹什麼。」

「當七氟烷劑量適中，作為麻醉藥時能救人性命，而當它嚴重過量時，就是殺人的毒藥。」柳至秦眼神一頓，「凶手將它當做毒藥。」

「但天底下殺人的方法有無數種，即便是用毒，也可以用相對更易得手的砒霜、氰化物，凶手為什麼要拿七氟烷殺人？七氟烷不是不能被檢驗出來，這麼做沒有任何意義，反倒容易暴露自己。」花崇說完又補充道：「但凶手既然這麼做了，就必然有不得不這麼做的原因。七氟烷、紅白色連身裙，必然是最重要的兩條線索。」

這時，李訓從檢驗科匆匆趕來，手裡拿著一疊報告，「花隊，這條連身裙是一個中端少女服飾的生產商，在今年春天上市的新裝，當時的吊牌價是八百九十九元，現在早已過季，一些商場裡有打折促銷，價格已經降到了四百塊左右。」

四百塊雖然不貴，但對王湘美那樣的家庭來說也不便宜。王佳妹買給她的衣服大多在五十元左右，都是低端服飾。

花崇立即問：「能夠查出這件連身裙出自哪家商場嗎？」

李訓搖頭，「單是在洛城，就有十四家該品牌的門市，整個函省有上百家。而我們現在不能確定，嫌疑人是不是在函省買下這條連身裙的。」

「如果是在外省買的，那就是大海撈針了。」柳至秦說：「這種衣服不像奢侈品，每個都有獨一無二的編號，它們頂多只有生產批次記錄。」

李訓說：「這個我已經查過了，王湘美身上的那條是最早生產的那一批。但是很難說是剛上市時就被買走，還是留在倉庫裡，與後面幾個批次一同銷售。」

「嫌疑人有沒有可能不是透過購買，得到這條裙子的？」花崇問。

李訓一時沒有反應過來，「啊？」

「嫌疑人在這個品牌工作？」柳至秦道：「你是這個意思？」

「另一個思路而已。」花崇點頭，「這種看起來算是中端的品牌，內部管理其實很鬆散，門市或其他崗位的員工想要以某種方式拿走一條裙子，是很簡單的事。」

「但如果是這樣，凶手就是女人了？」李訓皺眉，「不太可能吧？」

「女人？」花崇道：「為什麼這麼說？」

「賣衣服的一般都是女的啊，你們見過男的『櫃姊』？」李訓問。

柳至秦說：「不，這是誤解。事實上，現在服裝行業裡的男銷售員不少。你多去女裝店看看就知道，很多店裡不止一名男店員，而且花隊剛才並沒有說拿走衣服的一定是店員。整個生產、銷售鏈上，男性員工不一定少於女性員工。」
「那……」李訓有些著急，「那這就更難查了。」
「兩邊都是大海撈針，不存在『更難』。」花崇笑了笑，看向李訓，「不過你倒是提醒我了，嫌疑人是女人的可能性不低。」
柳至秦挑眉，「之前也沒有說過嫌疑人一定是男人吧？」
「但之前大家不是基本上都默認凶手是男人嗎？」花崇反駁。
李訓看了看兩人，小幅度地舉起手，「我、我之前就覺得對小女生下手的肯定是男人。」
「這種涉及少女的案子，絕大部分的人都會在潛意識裡將凶手看成男人。同類案件中，男人的犯案率確實遠超過女人。」花崇說：「不過這個案子有蹊蹺的地方不少，最可疑的有三個，第一，王湘美沒有受到任何與性有關的侵犯，第二，凶手幫她穿上了她渴望的公主裙，第三，七氟烷。我判斷，這個案子裡，女性作案或男性作案的可能性差不多是五五分。」
李訓聽得不停點頭，「那現在還有需要我們檢驗做的事嗎？」
「當然有。」花崇說：「雖然是大海撈針，但也得撈一撈。連身裙這條線索不能放過，辛苦一下，盡可能去查它的來路，將來說不定會成為一條關鍵證據。」
案子尚未偵破，王湘美的遺體不能由家屬帶走。入夜後，王佳妹隻身來到市局，孤單地坐在重案組外面的長椅上。
她穿著黑色的針織長衫，頭髮草草紮起，沒有化妝，雙目無神地盯著空氣中的某一點，不與來來去去的刑警搭腔，也不再哭泣，只是這樣坐著，像沒有生命的雕像。

張貿從技偵組跑回重案組，看了王佳妹好幾眼，想以辦案警察的身分安慰她幾句，向她保證一定會抓到凶手，但又覺得王湘美遇害，她這個當母親的也有責任。當然，責任更大的是仇罕。

張貿歎了口氣，把已到嘴邊的話咽回去，進了辦公室才低聲問曲值：「王佳妹怎麼在那裡一動也不動地坐著？」

「花隊說，她是想等我們找到殺害她女兒的凶手。」曲值往外看了看，「噯，我剛才路過時她也那樣坐著。可能我們一天破不了案，她就會坐在那裡一天吧。」

「她想守著我們破案的話，為什麼不催幾句呢？剛才我從她眼前路過，她明明看到我了，也知道我是辦案警察，但就像什麼都沒看到似的，眼珠都沒轉一下。她為什麼不問問我案子的進度？抱怨幾句也可以啊。」張貿不解，「以前不是也有痛不欲生的家屬嗎？他們一到局裡就大吵大鬧，活像我們是凶手。」

曲值想了想，搖頭，「我又不是她，我怎麼知道。」

「她在懺悔。」柳至秦不知何時走了過來。

張貿抬頭，「小柳哥！」

「她知道是因為自己沒有看好王湘美，王湘美才會出事。她認為自己不配當一個母親，所以沒有立場催促我們。」柳至秦說：「但後悔已經遲了。她再後悔，再懊惱，她的女兒也不會活過來。」

張貿沉默了一會兒，「真可憐。如果物質條件允許，她應該也想讓王湘美過更好的生活。」

曲值「喲」了一聲，「怎麼突然感歎起來了？」

「花隊在案情分析會上不是說了嗎？王佳妹買給王湘美的，都是價格很低的劣質衣服。這些衣服都是在批發市場跟熟人買的，根本不是由正規廠商生產，有一些可能是出自黑作坊，有毒物質超標也說不定。」張貿望著玻璃門外身著黑衣的女人，「但她買給自己的衣服也不見得多好啊。喏，她那件針織長衫品質也很差，一看就是批發來的便宜貨。還有她那雙鞋，我以前還沒調來重案組時，在專賣假冒偽劣產品的地下商場見過，幾十塊一雙，全是刺鼻的化學皮革味。」

曲值無奈道：「你觀察得真仔細。」

「這倒不是仔細。」張貿抓了抓頭髮，又說：「她一個女人，真的挺不容易。」

「大部分的人都活得挺不容易。」曲值說。

張貿拍拍自己的臉，長吐了口氣，「不想這些，不想這些了！案子都沒破，哪來的精力感歎別人的人生！」

「知道就好。」柳至秦笑了笑，往外面走去。

「小柳哥，你去哪裡？」張貿在後面喊。

柳至秦一揚手中的盒裝牛奶，「花隊讓我陪王佳妹說幾句話。」

待柳至秦與王佳妹一同坐在長椅上，張貿才說：「花隊心裡其實挺柔軟的。」

「你才知道啊？」曲值捲起一疊紙，在他頭上敲了一下，「快做事吧，別王湘美的案子還沒破，陳韻那邊又出事。」

◆

「她是什麼情況？」見柳至秦回到休息室，花崇問。

「和我們猜的一樣。」柳至秦坐在沙發裡，拿過放在一旁的筆記型電腦，「與仇罕產生了一些矛盾。王湘美遇害對她的打擊太大，她目前沒有辦法面對仇罕，也沒有心思考慮將來的婚姻。至於仇罕，這才過了一天，他就對王佳妹失去了耐心，戴在臉上的面具也掉了。」

「他們本來就是『塑膠夫妻』。」花崇道：「沒太多感情基礎，雙方年齡都到了，也有組成家庭、一同生活的需求，對比來對比去，彼此都覺得合適就將就著過。這種關係太不牢靠了，不出事還好，一出事就會一拍兩散。不過我沒有想到，仇罕這麼快就打算和王佳妹各走各的路，半夜他在偵訊室還演了一齣『好丈夫』。」

「既然確定過不下去了，就及時『止損』。」柳至秦敲著鍵盤，「這個人比我們想像的更加『實際』。」

花崇走到窗邊，「決定要一起過日子後，中途一旦出現困難就認定過不下去，必須靠分手來『止損』，抱有這種想法的夫妻、情侶，現在好像越來越多了。」

柳至秦忽然抬起頭，與他四目相對。

花崇輕輕甩了甩頭，靠在窗沿，略顯尷尬道：「想太多了，還是專注於案情吧。」

柳至秦卻將筆記型電腦合攏，喚道：「花隊。」

「嗯？」

「將來如果你決定要與誰一起過日子，卻遇到看似邁不過去的坎，你會怎麼做？」

花崇不經意地睜大眼。

柳至秦問：「你會選擇及時『止損』，還是與對方繼續走下去？」

「我……」花崇頓了幾秒，聲音略沉，「我可能會『止損』，但不會及時『止損』。」

柳至秦目光深邃地看著他。

他繼續道：「既然決定在一起生活，那即便是『將就』，也是經過深思熟慮的，那就算要『止損』，也不該立即下結論把？而且『將就』說起來容易，真的要『將就』其實也挺麻煩的，意味著要相互妥協，彼此付出感情。既然付出了感情，那想『止損』就很困難。」

柳至秦又問：「那在什麼情況下，你會選擇『止損』？」

花崇在窗邊走了幾步，坦率道：「我不知道。」

一時間，兩人都沒有再說話。花崇沒看柳至秦，柳至秦卻一直望著他。

須臾，花崇吸了口氣，唇邊帶著笑意，「我們不能再發散了，案子要緊。」

柳至秦點點頭，「嗯，案子要緊。」

花崇找藉口去看看甄勤等人，畢竟對方尚未成年，偵訊拘留時間不宜過長。

「好的，我查一查仇罕、王佳妹的生意情況。」柳至秦又把合上的筆記型電腦打開，說道：「王佳妹提到的白林茂和王湘美的生父，我已經查過了。白林茂離開洛城已有三年，目前在別的城市定居，從未回來過，沒有作案的可能。至於王湘美的生父，這個人已經因為車禍去世了。」

花崇「嗯」了一聲，快步離開重案組最裡面的休息室。走到走廊上了，才在自己額頭上不輕不重地拍了兩下。

剛才他又心猿意馬了，想像將來與自己「將就」著過日子的是柳至秦，想得越深，心臟就跳得越快，但現在顯然不是擔心感情的時候。

前陣子在洛觀村，手頭的案子是舊案，偶爾走走神算不上過分。但如今面對的是必須馬上偵破的「熱案」，再惦記著私事，就等同於失職。

休息室不能再待下去了，若是和柳至秦同處一屋，加快的心跳會漸漸影響思考。

花崇摸出一包菸，獨自抽了兩根後，推開偵訊室的門。

甄勤一見到是他，頓時像一隻憤怒的刺蝟，警惕地瞪著雙眼，喝道：「你們要把我關到什麼時候？有找我麻煩的工夫，為什麼不去找小韻？為什麼不去調查陳廣孝？」

「我們有沒有去找陳韻，有沒有調查相關人士，難道需要向你彙報？」

花崇拉開座椅，睨著甄勤。

這個染著紅髮的少年面部線條鋒利，瞪人的時候看上去凶神惡煞，眸子裡卻有幾分單純的溫柔。

花崇一眼便知，他是真的在為陳韻擔心。可是主觀感覺不是放人的依據，況且如果現在把甄勤放回去，這傢伙必然會去找陳韻，而且極有可能去陳廣孝家鬧事，說不定會惹出什麼不小的麻煩。

於情於理，甄勤都不能放。

「你們再不找到小韻，她可能就……」甄勤說著垂下頭，雙手緊握，紅髮似火。

花崇站起來，在他刺手的頭髮上揉了揉，「我們會盡全力。」

然而天亮之後，噩耗卻像瘟疫一般傳來。

失蹤的張丹丹死了，那個與她一同離家出走的十歲男孩驚恐萬狀地回到家中，像失了神智一般，面對焦急的家人和分局警察，發抖得一句話都說不出來。

張丹丹渾身赤裸，被扔在富康區一個惡臭熏天的垃圾場，尚未完全發育的下體滿是血汙。清晨，處理垃圾的工人發現她時，她清秀的臉與纖細的手臂已經殘缺不全，斷裂的骨頭從血肉裡戳出來，像一截來不及成長就已經枯死的枝椏。工人嚇得魂飛魄散，在空曠的垃圾場驚聲狂叫，嚇跑了幾隻趕來分食「美食」的土狗。

失蹤案變成了命案，死者的死狀還極其駭人，分局長官緊張萬分，直接將案子移交給市局。陳爭大發雷霆，把分局刑警訓得一句話都說不出來。

整個重案組氣氛都很低落——張丹丹的案子不歸他們管，但是女孩的照片他們看過，女孩的父母前一日還曾到市局接受偵訊。這對夫妻焦急不堪，又懷抱著一絲希望的神情令人動容。可如今，希望像紛飛冬雪中的燭火，熄滅得連一縷青煙都未留下。

徐戡從解剖工作間裡出來時，臉色陰沉得可怕，剛洗過的手輕輕抖了兩下。

花崇寒聲道：「告訴我結果。」

「凶手不是同一個人。」徐戡將屍檢報告扔在桌上，「張丹丹的死，很可能是一個意外。」

「意外？」花崇拿起報告，眉峰緊蹙。

「她的死亡時間是八月二十八號，比王湘美晚一天，死後被拋擲在垃圾場。」徐戡咬了咬牙，「凶手在她死前侵犯了她，非常殘暴，詳細的我不想說了，你自己看報告上的文字描述和圖片。」

花崇快速翻閱報告，臉色越來越難看。

如果說王湘美死得還算有尊嚴，張丹丹便是在極度的痛楚與恥辱中，毫無尊嚴地死去。而她，只是一個十歲，面對暴行時毫無反抗力的小女孩！

「張丹丹的脖子上有明顯的勒痕，死因是機械性窒息。凶手在對她的身體造成不可逆轉的傷害之後，勒死了她。」徐戡沉聲說：「我在她的陰部、口腔、胸部提取到大量精液，她的牙齒、指甲裡還有凶手的皮膚組織，DNA現在驗出來了，正在做比對。兩個案子不可能是同一人所為，殺害王湘美的凶手具有很強的反偵察意識，並且為此謀劃了很久，但這個殺害張丹丹的強姦犯，極有可能是『衝動作案』。」

花崇「啪」地一聲將報告拍在桌上，臉色鐵青，「這個畜生！」

張丹丹的父母已經趕到市局，張母哭得不能自已，張父則像丟了魂，杵在走廊上一動也不動。一宿未歸的王佳妹茫然地看了看他們，似乎不知道發生了什麼，片刻後別開目光，詭異地笑了兩聲。

與張丹丹一同失蹤的男孩隋建宇也被帶到市局。他仍是一副木訥的模樣，一直低垂著頭，對外界的喧鬧毫無反應。

張母看到了他，發瘋般地衝上去，抬手就是重重的一耳光，哭著罵道：「都怪你！都怪你！為什麼死的不是你！為什麼你還活著！你把丹丹還給我！你把丹丹還給我啊！」

隋母雖然心有歉意，但也容不得自己的兒子被「瘋女人」搧耳光，見狀連忙將隋建宇護在身後，指著張母破口大罵，「妳算什麼東西？憑什麼打我兒子？又不是我兒子殺了妳女兒，妳跟我這裡發什麼瘋？」

隋父也上去護住妻子和兒子，奮力推了張母一把。張母一個踉蹌，頓時跌坐在地上爬不起來，一邊大哭一邊痛苦地捂住肚子。

張父此時才如夢方醒，咆哮著一腳踹開隋母，戰戰兢兢地扶起妻子。

而地上，是一灘濃血。隨著濃血一同消逝的，是張母腹中三個月大胎兒的性命。

隋母發出一聲尖叫，捂住了隋建宇的眼睛。

一對失去女兒的父母，與一對慶幸兒子還活著的父母在市局大打出手，走廊上充斥著刺耳的哭聲與罵聲。刑警們將他們拉開，隋建宇目睹著因自己而起的鬧劇，面色蒼白，眼中全是絕望，一步一步退到樓梯口。

若再往後一步，他將倒仰著摔下去。

後背被一隻有力的手托住，他恐懼地回過頭。柳至秦按著他的肩，面無表情地俯視著他。

他的眼眶開始變紅，憋了許久的眼淚決堤般湧出，但他哭得沒有聲音，只是狠狠地抽動肩膀。

「跟我來。」柳至秦說：「如果你覺得對不起張丹丹，就告訴我你看到的一切。」

隋建宇個頭不高，聳著肩膀坐在偵訊室裡，顯得又小又可憐。

可如果要論可憐，誰能比慘死的張丹丹更可憐？

柳至秦沒有對他說太多安慰的話。這個無助的男孩需要的不是寬泛的安慰，而是一個可靠的傾聽者。

隋建宇不敢看柳至秦，自始至終盯著自己的手，語速時快時慢，偶爾一邊顫抖一邊落淚，說到張丹丹被侵犯的一幕時，情緒近乎崩潰。但柳至秦一直冷冷地看著他，除了提問，未說一句多餘的話。

一個小時之後，柳至秦讓人把痛哭的隋建宇接走，自己往法醫科走去。

到現在，張丹丹一案的案情已經很清晰了。

張丹丹與隋建宇是一對十歲的早戀「情侶」，已經談了大半個學期。半個月前，兩人的「戀情」曝光，班導師請來家長，當著家長的面，將他們批評得一無是處。之後，日子開始變得難熬，回家有父母盯著，在學校有老師盯著，兩人幾乎連說話的機會都沒有。

幾天前，張丹丹因為早戀的事，和父母大吵一架，隨後傳紙條給隋建宇，說想離家出走，隋建宇同意了。

兩人偷偷離開位於昭蚌街的家，往洛城西邊走去。照隋建宇的說法，他們之所以不搭車，全程靠步行，是因為公車上有攝影機，很容易拍到他們。如果被父母找到，「私奔」計畫就會泡湯。

剛離家出走時，兩人過得有滋有味，在背街小巷裡亂竄，花最少的錢，吃最好吃的食物，累了就去橋洞下，和住在那裡的流浪漢擠一擠。那些人雖然渾身髒兮兮的，但很會講故事，張丹丹愛聽，隋建宇就陪她聽。

但沒過多久，從家裡偷出來的錢就花光了。

流浪漢們邀請張丹丹一起去乞討，張丹丹不願意，告訴隋建宇想回家。隋建宇沒有什麼主見，張丹丹想「私奔」，他就跟著「私奔」，張丹丹想回家，他便拍拍褲子笑著說「好」。

晚上，他們從橋洞裡鑽出來，打算神不知鬼不覺地回到各自的家中，離家出走的事就當作沒有發生。但從西邊富康區到東邊明洛區的路途遙遠，而他們已經沒有坐車的錢了。

富康區的治安較差，兩個小孩在黑夜裡行走，根本沒有意識到已經被尾隨了。

被人從後面抱住的時候，張丹丹想叫，嘴卻被捂得嚴嚴實實。隋建宇看著臉上橫著一道刀疤的男子，驚恐地捂住了自己的嘴。

他們被蒙住眼睛，帶到男子的住處。那裡黑暗無比，有一股濃重的霉味。

隋建宇是被一陣撕心裂肺的哭聲吵醒的。他膽戰心驚地爬到門邊，在門縫裡看見沒穿衣服的張丹丹，和那個正在她身體裡進出的刀疤男子。

他從未見過這樣的畫面，亦從未聽過這樣的哭聲。他嚇得忘了思考，當場暈厥。

再次醒來時，屋裡已經沒有張丹丹了，男子也不知所蹤。

他慌忙逃了出來，知道自己闖了大禍，知道張丹丹可能已經被殺死了，所以既不敢回家，也不敢找警察。他躲在橋洞裡，直到漸漸清醒，意識到那個男子不會放過自己才匆匆趕回家中。

那時，張丹丹已經被丟棄在垃圾場中，被野狗啃食得殘缺不全。

「我害怕，我害怕……」

他告訴柳至秦的最後一句話是帶著哭腔的，顫抖著的——我害怕。

此時，DNA比對工作已經完成，嫌疑人名叫孟成剛，十七歲，市九中的高三學生。

分局、市局的刑警立即出動，晚上就在富康區一家電玩中心找到了孟成剛。

此人是個「少年犯」，十三歲時就捅傷過同學，卻因為在不用負刑事責任的年紀，僅接受了一段時間的管教。

顯然，管教並未避免他成為禍害。

這案子不歸重案組負責，花崇卻透過監視器，從頭到尾看完了整個審訊過程。

孟成剛很淡定，仿佛早就知道自己會被抓住。他臉上一直帶著殘忍的笑意，說死去的女孩是自投羅網，活該撞在自己的槍口上。

「誰讓她深更半夜在外面走？」

「誰讓她離家出走？」

「那個膽小的矮子是她的男朋友吧？我真該把他也玩死……」

「為什麼要這麼做？就是想找個女的來玩玩，還要什麼原因？」

「我不害怕，我今年才十七歲，你們能把我怎樣？」

張貿看得跳了起來，「這這這！這他媽簡直禽獸不如！混帳東西！現在的小年輕腦子裡都在想什麼？張丹丹才十歲！十歲的小女孩啊，他怎麼下得了手！」

「不僅禽獸不如，還蠢。」花崇道：「十七歲已經是需要承擔刑事責任的年紀了，他還以為只要不滿十八歲，就可以肆無忌憚地犯罪。」

張貿捶著胸口，「我他媽氣得心臟痛！」

花崇歎氣，眼中掠過一絲疲憊與煩躁。

張丹丹的死怪誰？怪父母和老師的不理解？怪她自己與隋建宇的幼稚？還是怪分局、派出所在當時接到報案之後處理不當？

罪魁禍首無疑是孟成剛，但這樣的悲劇，本來是能夠避免的。如果孟成剛在十三歲捅傷同學時，就受到制裁的話……

這時，走廊上又傳來一陣吵鬧聲，一名刑警回來說，甄勤鬧著要去找陳韻。

◆

夜色濃重，明洛區最昂貴的別墅區，穿著白襯衫的青年將整理好的大號行李箱放在門邊，去廚房熱了一杯牛奶，上樓敲了敲一扇緊閉著的房門。

「媽媽。」他溫柔地喚道。

裡面傳出不急不緩的腳步聲。

不久，門打開了。一名養尊處優的婦人站在門口，從他手中接過杯子。

「謝謝。」婦人說，「早點睡。」

「我出去幾天。」青年道：「您照顧好自己。」

婦人優雅地點點頭，「好的，晚安。」

涉及孩童的惡質案件最容易在社會上引起恐慌與模仿。

大多數家庭都有孩子，家長見到別人的孩子遇害，往往會推及自己的孩子。在他們口中，事實會最大程度地被扭曲。關心則亂，真實成了謊言，謊言成了謠言。

而在陰溝裡，永遠不乏心理扭曲的人渣。這些人無能、低劣，熱衷於破壞，卻不敢對強於自己的人出手，他們的目標向來只有老弱病殘。一起傷害事件如一劑雞血，令他們發現殺害沒有反抗之力的小孩，尤其是女孩，竟然是那麼容易……

張丹丹一案，孟成剛是板上釘釘的凶手，證據非常完整。但這個案子告破後，社會上卻謠言四起——有人說警方無能，抓孟成剛只是因為抓不到真正的凶手，迫於壓力才隨便抓了一個高中生，透過刑訊逼供的手段令對方認罪；有人說凶手就是警方的內部人員，警方不敢動他，因為他背景很深，動了他就可能牽扯出一連串高層人物的犯罪事件。傳得最廣的說法是，真正的凶手是個高智商戀童癖，專門對十歲左右的女童動手，只要被他盯上，就難逃魔爪。因為他實在是太聰明，從沒留下任何破綻，使警方束手無策，不斷有女孩失蹤、被害就是最好的證明。

謠言有一百個人、一千個人說，就成了真話。一時間，洛城的各個幼稚園、小學，一到放學就擠滿接小孩的家長，甚至因為停車、推擠糾紛，發生了幾起打架、擦撞事件。朋友圈裡，媽媽們大量轉發一條微博——為了女兒的安全，請不要幫她打扮得太漂亮，不要讓她成為戀童癖的目標！

「瞎扯！」曲值丟掉手機，「這都什麼玩意兒啊？誰說受害者都是因為穿得漂亮才出事的？王湘美、張丹丹、陳韻，她們哪一個被拐走時穿得漂亮？」

「群眾的眼睛都是雪亮的——總能看到連我們警察都看不到的事。」張貿自嘲地笑了笑，「我有個朋友還問我，那個戀童癖凶手現在是不是轉移目標了，不抓女孩，改抓男孩了？」

「我靠，有毛病是吧？」

「我現在最擔心的就是出現模仿犯罪。畢竟這件事太吸引眼球了，女童又是弱勢群體中最弱勢的一群，要對她們下手太容易了。」張貿歎氣，「主流媒體已經接到市宣的通知，低調報導了張丹丹的案子。但那些什麼公眾帳號、大V又不受宣傳部管轄，全他媽跑出來蹭熱度，個個披著『關心孩子』、『提醒家長』的皮，幹的事卻和吃人血饅頭沒什麼區別。我看啊，再這麼一頭熱地宣傳下去，過不了幾天，模仿犯罪就會出現。」

花崇拿著記事本，從陳爭的辦公室回來，手上的本子往張貿腦袋上一敲，說：「你就烏鴉嘴最在行。」

張貿抱著腦袋，苦著臉說：「我也不想啊，但那些媒體再這麼炒作下去，搞得人心惶惶都是最輕的。如果真的出現模仿犯罪，就徹底失控了。」

「你能想到，陳隊想不到？」花崇說：「那些貼文馬上就會被刪除或禁止轉發，造謠的媒體也會被處理。」

張貿眼睛一亮，「陳隊去找上面的人了？」

花崇點頭，「行了，這些事陳隊自然會處理，我們現在必須集中精力，馬上把王湘美和陳韻的案子破了。」

曲值問：「是不是上頭給壓力了？」

花崇含糊地「嗯」了一聲。

張丹丹的案子引起軒然大波，上面一方面層層追責，可能會處理一些分局警察，一方面又對陳爭施壓，要求重案組立即破案。陳爭煩得在辦公室摔杯子、摔滑鼠，好在理智還在，跟花崇討論了一下接下來的偵查方向，又默默把摔壞的滑鼠撿起來。

花崇無法向他保證什麼，離開時沉沉地歎了口氣。

曲值用力拍了拍桌子，猛地站起來，捶著胸口給自己打氣，「花隊，我們現在該做什麼？」

「走訪。」花崇道：「把王湘美、陳韻接觸過的人給我全部挖出來，往深處問，嫌疑人藏得再深，也不是無形無質的空氣，只要存在，就不可能半點破綻都沒留下。」

◆

王佳妹以前的房子是租來的，自從搬到仇罕家中，租住的房子就退掉了。目前，她仍然住在仇罕的家裡。倒是仇罕受不了家中壓抑的氣氛，帶著行李外出散心了。

「他去哪裡了？」

花崇再次來到王湘美的房間，在抽屜、櫃子裡翻翻找找。

房間不大，擺了床和衣櫃之後，就沒剩多少空間了。靠近窗臺的地方有一張小書桌，桌上擺滿課本、兒童百科全書，書桌下的抽屜裡卻全是漫畫。

「他沒說。」王佳妹站在門邊，兩眼無光，臉上愁雲慘澹，比第一次坐在偵訊室時蒼老了許多，「我不知道他去哪裡了。」

柳至秦道：「仇罕在洛觀村。」

「洛觀村？」花崇反射性地想到死了五個男孩的積案，眉間輕輕一皺。

「我隨便查的。」柳至秦說：「他應該是跑去逃避現實。畢竟那裡算是旅遊區，雖然離洛城不遠，但沒人認識他，花費也比長途旅行低。」

花崇點點頭，繼續看王湘美的書本、玩具。

那些漫畫的品質很一般，頁邊有點割手，還有脫墨現象。染在手上的墨單用紙巾擦不掉，花崇搓了搓手指，放下漫畫，拿起一個精緻的硬面筆記本。這個筆記本裡貼滿了卡通少女，她們每一個都有至少五套漂亮的衣服。王湘美用彩色筆在旁邊加了不少標注——最喜歡哪套，最想擁有哪套，哪套可能最貴……

這個身穿紅白色連身裙離世的小女孩，看來真的很渴望擁有一條稱心的公主裙。

「王湘美很會掩飾自己的情緒。」離開豐收社區，花崇說：「她大概是明白母親不易，所以從來不跟王佳妹討要什麼，給什麼衣服就穿什麼衣服，把嚮往都貼在筆記本裡。」

「那個筆記本還有鎖。」柳至秦拿出車鑰匙，「雖然很容易打開，但起碼說明了兩點——她很珍惜貼在裡面的衣服貼畫、她不想讓王佳妹看到。」

坐在副駕上，拉好安全帶，花崇感歎道：「王湘美是很懂事，也很細心的小女生。但她鎖筆記本的行為有些多餘，因為即便她不把那個筆記本藏起來，王佳妹也不會因為看到那些貼畫，就明白她的心思。王佳妹剛才的反應，你注意到了嗎？」

「嗯，她很茫然，她不明白那些貼畫對王湘美的意義。」柳至秦道：「有時候生活會把一個人變得麻木，更糟糕一些就是麻木不仁。王佳妹常年做低端服裝批發生意，成天想的都是如何多攬一筆生意，如何多賺幾十塊。她需要不斷與人討價還價、斤斤計較，甚至於勾心鬥角，說句不恰當的話──她每天都得如『潑婦』一般戰鬥。長時間下來，她已經失去了感知纖細、單純、美好情感的能力，她看不懂王湘美藏在筆記本裡的細小心思。但這其實不能說是她的錯，她也只是太想在大城市裡站穩腳跟，讓家人過得好一些而已。」

花崇點了根菸，沉默不語。

柳至秦將話題拉回王湘美身上，「小女孩的確很懂事，但畢竟太小，對這個世界的惡還瞭解得太少。她始終把願望壓在心裡，像她這樣的小女孩，更加容易受到蠱惑。她很想要一條好看的裙子，換掉身上洗得發白、洗得掉線的運動服，所以一旦有人告訴她──『小妹妹，想穿上公主裙嗎？』她就一定會上鉤。」

「這個人是在哪裡遇到她？」花崇將右手抵在窗沿，蹙眉沉思，「嫌疑人應該注意王湘美一段時間了。在八月二十六號之前，嫌疑人有沒有與王湘美有過實質接觸？王湘美沒有手機，嫌疑人是以什麼方式將王湘美叫到沒有攝影機的地方？」

「仇罕說，王湘美失蹤之前，曾經和他要錢，去外面買了一些零食。社區攝影機拍到的王湘美，手裡的確拿著一包洋芋片。」柳至秦偏過頭，「我們再去一趟茶館？」

下午，本該是茶館生意最好的時候，沒有工作的閒人們睡飽了覺，吃飽了飯，都盼著在麻將桌上大展拳腳。可燦華服裝批發市場旁的詠春社區，位於第二棟一樓的茶館卻大門緊閉，上面貼著紙條：暫時歇業。

仇罕不在，花崇有從王佳妹那裡拿來的鑰匙。

茶館裡窗戶緊閉，極不通風，大門一開，令人不快的菸味、麻將味就撲面而來。

花崇走去王湘美當初看漫畫的房間，拿起仍然放在桌上的漫畫翻閱。柳至秦再次打量房間裡的擺設，沒看出哪裡有問題，於是走到花崇身邊，也拿起一本漫畫。

漫畫的主人公是很多位公主。她們生活在另一個星球，無憂無慮，每天最大的煩惱就是該穿什麼衣服去見自己的王子。

「這些書是正版。」柳至秦突然說。

花崇眼神一頓，立即抬起頭。

剛剛拿起這些書時，他就覺得哪裡不太對勁。王佳妹說過，王湘美喜歡看漫畫，仇罕經常花錢買給她。王湘美的房間裡，的確有不少漫畫，那些書印刷、裝訂得比較粗糙，翻頁的時候一個不小心，手指就會被墨弄髒。

而這些書……畫面清晰，書頁沒有毛邊，更沒有掉頁、掉色現象。

「仇罕吝嗇，會『討好』繼女給王佳妹看，卻不願意花錢買正版漫畫。」花崇將書翻了過來，看著標在封底的價格，「正版漫畫售價不低，以仇罕的收入水準和摳門程度，買的應該都是粗製濫造的盜版。可是這本書……」

「我們上次看到這些書的時候，忽略了正版盜版的問題。」柳至秦將漫畫拍在手上，「仇罕可能也沒有發現王湘美二十六號看的漫畫，不是自己買的盜版貨。」

花崇神色凝重，「那這幾本正版漫畫，很可能與嫌疑人有關！」

柳至秦點頭，「上面可能留有什麼資訊，王湘美因為這些資訊，掉進了凶手布好的圈套。花隊，我們是現在馬上回去，把書交給檢驗科，還是……」

花崇拉開一張椅子坐下，快速翻動書頁，「不用。凶手留給一個小女孩的資訊，不可能複雜。如果它還在書裡，我們根本不需要讓檢驗科幫忙查。」

柳至秦懂了，也開始翻手上的書。

然而，這幾本被王湘美留下的書裡，並無任何資訊。

「嫌疑人留給王湘美的訊息，已經被王湘美拿走了。」花崇扔下書，來回踱步，「它可能是一張夾在書中的紙條，也可能是其他什麼東西。」

「那陳韻呢？」柳至秦突然說，「假設陳韻是被同一個嫌疑人帶走，她收到的是什麼？」

花崇看著窗外，片刻後說：「這種假設很殘酷啊。」

「我也不希望陳韻在殺害王湘美的人手中，這個人很狡猾，不像孟成剛那麼殘暴，但對每個人來說，死亡都是一樣的。」柳至秦說著，將幾本漫畫裝進紙袋，「既然凶手留給王湘美的資訊已經不在書裡，那這些書只能交給檢驗科了。」

「凶手是透過什麼方式讓王湘美得到這些書的？」花崇說：「學校不可能，還沒有開學。同學交流也不大現實，小孩子不好操控，知道的人越多，嫌疑人越有可能暴露。那就只剩下補習班？仇罕說，王湘美放假時參加過一些補習班，二十六號上午上的是數學補習班，她會不會就是在補習班拿到這些書的？」

「去看看？」柳至秦說：「就在這附近。」

「火炬育才」離燦華服裝批發市場不過兩公里，王湘美幾乎整個暑假都在這裡度過。假期是各大教育機構最忙碌的時候，此時已經開學，且是國中小學的正常上課時間，「火炬育才」在商辦大樓裡租下的三層樓相對冷清。

花崇亮出證件，並向負責人說明來意。對方雖然不悅，但也不敢表露得過於明顯，連忙將他們帶到王湘美當時上課的教室裡，指著其中一個座位說：「那就是王湘美的座位。」

柳至秦有些驚訝，「你們這裡上課，座位是固定的？」

「我們實行的是正規學校管理。」負責人道：「如果每次都亂坐位置，那會耽誤到上課時間，所以從第一節課開始，座位就固定下來了。」

花崇走到王湘美的課桌旁，彎腰往抽屜裡看了看，裡面空無一物。

「都收走了。」負責人說：「二十六號上午是最後一堂課，下午就放假了。上完那一堂課，這個教室就要清理出來。我們已經做過一輪大掃除，這週末就有新報名的學生來聽課了。」

花崇微擰起眉。

清理、大掃除，意味著嫌疑人可能留下的蛛絲馬跡已經不復存在。

「照你剛才的意思，這個教室在暑假期間，是王湘美班上學生的專用教室？」柳至秦問。

「不是整個暑假，是從八月十二號開始。我們的課程是按半個月算。」

花崇目光一沉，「那這半個月的監視記錄還在嗎？」

負責人很緊張，「在是在……」

「馬上調出來！」

半個月的監視記錄全部看下來，即便讓技偵組加班，也要耗費不少時間。花崇站在螢幕前，著重看了二十四號到二十六號的記錄。

「火炬育才」的攝影機有盲區，教室裡只有一個考試時用於監督作弊的攝影機，平時不開，其餘的攝影機在走廊上，拍得到前門，卻拍不到後門。

「如果嫌疑人從後門進入，將漫畫放在王湘美的抽屜裡，攝影機就無法拍到嫌疑人。」花崇抬手在螢幕旁比劃，「走廊上進進出出全是人，學生、家長、老師，甚至還有外送員……誰都可能是放書的人。」

「嫌疑人不一定是最後幾天才放書的。」柳至秦說：「反正那個位置是王湘美的，嫌疑人就算是十一號把書放進去的，王湘美也會看到。」

袁昊盯著螢幕，「這邊交給我，我幫你們把可疑的人都揪出來。」

「但你並不知道誰可疑。」花崇說：「我也不知道誰可疑。嫌疑人出現在影片裡時一定很正常，我們暫時還不能確定嫌疑人的特點。」

「這倒也是。」袁昊苦惱地踹了一腳桌腳。

「那從陳韻身上找突破？」柳至秦抱著雙臂，「如果嫌疑人是同一人，那嫌疑人必然也會出現在陳廣孝的燒烤店，或者陳韻上朗讀課的課外機構附近。」

「等等、等等！」袁昊打岔，「這兩個案子併案了？這是要出大事的節奏啊！」

「希望不是同一人所為。」柳至秦說。

花崇看著他，「但如果我們按照這條思路去查，就等於默認併案。」

「天哪！」袁昊一巴掌拍在自己額頭上，「這是什麼變態殺手，專挑窮人家的小女孩下手？人家活著容易嗎！」

花崇腦中一閃，重複道：「活著容易嗎？」

柳至秦抿了抿唇。

袁昊嚎道：「不容易啊！」

花崇朝柳至秦遞了個眼色，「走，去陳韻家。」

半路上，柳至秦問：「花隊，你剛才是不是在想——活著不容易，所以不如死了了事？」

花崇沒有正面回答，「凶手瞭解王湘美，瞭解王湘美的父母，認為像她這種家庭出身的小女孩，就算在貧窮中勉強長大，將來也不可能過得幸福。王湘美現在還小，就算穿品質最差的衣服、看盜版漫畫、在茶館的烏煙瘴氣中寫作業，也不會覺得自己比別人差，照樣有夢想，照樣覺得有朝一日會穿上漂亮的裙子。但是有漂亮的裙子穿就足夠了嗎？不，完全不夠！當她有了公主裙，她便想要名牌包、大牌化妝品、首飾、豪車。

裙子就像注入她體內的第一劑毒品，在幻象中帶她見識富足、美好的生活。當毒品帶來的幻覺消失時，她會沮喪而絕望地發現，現實中沒有童話，灰姑娘不會變為頭戴皇冠的王妃，她這一輩子都是在底層掙扎的灰姑娘，最好的結果是像她的母親，將就地嫁給一個普通男人！至此，她才明白，活著會有多困難。

對富有的人來說，活著的每一天是享受，而對她來說，活著的每一天都是折磨！那為什麼還要活著？想死，卻又沒有膽量去死，她需要一個幫手！」

柳至秦拍了拍花崇的肩，「花隊。」

花崇突然深吸一口氣，將自己從凶手視角扯了回來，盯著前方的滾滾車流，低聲說：「這個人在做自認為正確的事。在嫌疑人的認知裡，殺害王湘美，是為了救王湘美於水火。這種無望的生活，不過也罷。」

「嫌疑人是一個心理極扭曲，心思卻非常縝密的人。」柳至秦握著方向盤，跟上花崇的思路，「除了一些極其特殊的案例，心理扭曲者在作案之前都經歷過難以承受的創傷，那嫌疑人經歷過什麼？」

花崇按著額頭，「我很擔心我們走上岔路。在岔路上想得越遠，離真相就越遠。現在王湘美已經死了，陳韻還不一定。一旦走上岔路，被耽誤的就是陳韻的命。」

柳至秦騰出一隻手，在花崇腿上拍了一下，「放鬆，我們誰都能焦躁，但你不行。」

花崇打開車窗，微側過頭。

初秋的風灌進來，他半瞇著眼，任由風將頭髮吹亂。
柳至秦關上車窗，說：「小心感冒。」
直到駛抵位於明洛區昭蚌街的「小韻美食」，花崇都沒有再開窗。

用老闆的名字作為店名的餐館滿街都是，但用自家女兒的小名當招牌的店並不常見。花崇看著閃爍著俗氣桃紅色亮光的「小韻」兩字，一下子就想起了甄勤對陳廣孝夫婦的形容。
看來長相出眾的陳韻，的確是陳家引以為傲的招牌。
此時已經入夜，但還不算晚，燒烤店裡雖然坐滿了人，但擺在外面空壩上的桌椅還空著大半。「小韻美食」不僅接內用的客人，還接外送，廚房油煙陣陣，兩個年輕小夥子正在忙碌。
陳廣孝和何小苗都不在店裡。
花崇找了座位坐下。柳至秦拿著一個塑膠籃，像普通客人一樣挑菜。小夥子俐落地算好價錢，大聲道：「一共七十二塊，現金還是微信支付寶？」
柳至秦從錢包裡拿出一百塊，「現金。」
小夥子看了他好幾眼，那眼神似乎在說——嘿，現在還有人用現金？
柳至秦拿了找零，笑道：「你們店的生意不錯啊。」
「哪裡哪裡！」小夥說：「以前才不錯呢！」
「哦？那我是沒有趕到好時機？」柳至秦問：「為什麼以前不錯，現在就『哪裡哪裡』了？」
小夥子想了想，歎氣道：「這陣子出了點事，老闆老闆娘都不管生意了，一些熟客就不來了。」

柳至秦露出驚訝的神情，「我還以為你就是老闆。」

「我還差得遠呢！」小夥子笑嘻嘻地擺手。

柳至秦又問：「是老闆家裡出什麼事了嗎？」

「這個……」小夥子有些為難。

正巧，這時新來的客人把選好的菜送來了，小夥子連忙算錢，沒再與柳至秦說話。

十幾分鐘後，三盤燒烤上桌。

花崇掰開免洗筷，低聲道：「聽到隔壁桌說什麼了嗎？」

柳至秦夾起一塊馬鈴薯，「嗯。」

坐在他們鄰桌的客人正在聊陳廣孝和何小苗，說他們女兒走丟了，八成已經遇害，夫妻倆沒有心思再做生意，這家店怕是開不了多久了。

明明是個沉重的話題，被當做飯桌上的話題說出來時，卻變得輕挑無情，好似別人的命只是酒足飯飽後，一個無關痛癢的玩笑。

花崇食欲不佳，吃了一會兒就放下筷子。

柳至秦抬頭看他，「不吃了？」

「嗯，我去跟那兩個小夥子聊聊。」

得知來人是刑警時，剛才與柳至秦閒聊的那個小夥子嚇了一跳。花崇讓他們調監視器，兩人在電腦前弄了半天，才說：「只有最近一週的了。」

「以前的都覆蓋了？」花崇問。

「陳哥說意思意思就行了，沒必要把影片留太久，占空間。」小夥子解釋道。

短短一週的影片，很難說有沒有拍到嫌疑人。

柳至秦將影片都拷貝下來後，「小韻美食」到了一天中生意最好的時候。外送訂單的提示音不斷響起，幾名車手急著拿菜，見到店裡的人手不夠，其中一人直接鑽進廚房，客串起了廚師，剩下的車手們湊在一起抱怨。

花崇沒有立即離開，從他們口中得知，「小韻美食」的外送生意大多數來自住在高檔大樓或者別墅裡的富人。以前明洛區幾乎沒有類似的低端餐飲館，「小韻美食」剛開業時，生意就不錯。

「那些有錢人吃膩了山珍海味，偶爾也想嘗嘗地溝油。」一名車手開玩笑道。

另一人指著不遠處的一桌人，低聲說：「對啊！看看，那邊那桌的人我見過，住在乘龍灣別墅區，外送我送過好幾次。那棟別墅大得很，我靠！不過啊，再有錢也和我們一樣愛吃路邊攤呢！」

「高興什麼？我們這是沒錢，不得不吃路邊攤，人家是嗎？」

「噯，敲我頭做什麼！我的單好了，下次再收拾你！」

花崇聽著車手們的對話，看了看那一桌住在乘龍灣別墅區的富人。

若是他們不說，他還沒有注意到——此時來吃燒烤的食客，大多衣著光鮮。

外送訂單的提示音再次響起，店裡也來了一波新客。花崇與柳至秦往停車的地方走去，同時，一輛低調的豪車停在路邊，一名四十來歲的女士從車裡下來，從容地拿起塑膠籃，熟練地選菜。她的妝容、服飾以及優雅的動作，與她手裡的塑膠籃顯得格外不搭調。

剛坐上副駕駛座，花崇拉安全帶的手忽地一滯。

柳至秦側過頭，「怎麼了？」

「你看那個人。」花崇朝窗外抬了抬下巴。

他視線對上的，正是手拿塑膠籃，站在菜架旁選菜的女人。

柳至秦順著他的目光望去，了然，「她這打扮與氣質，現在應該坐在西餐廳裡品嘗紅酒。」

花崇笑著，按亮手機，指了指上面的時間，「可是這個時間，西餐廳基本上都打烊了。她即便做好了盛裝赴宴的準備，也沒有辦法品嘗紅酒了。」

「這說明路邊大排檔也有它存在的意義啊。」柳至秦將車發動，「雖然食品安全沒什麼保障，但勝在隨時都開著，味道也不錯，還熱鬧。」

「人啊，歸根究柢都是受欲望支配的生物，口腹之欲也是欲望的一種。」花崇又看了看女人，輕輕在柳至秦手臂上拍了拍，「先等等，別急著走。」

「嗯？」

「我想看看她是坐在店裡吃，還是打包帶回家。」

柳至秦挑眉，「這麼感興趣？」

「看看啊，花不了多少時間。」

一刻鐘之後，女人從小夥子手裡接過打包好的燒烤，走向停在路邊的豪車。

豪車發動，帶著她消失在夜色裡。

「看完了？」柳至秦笑著問。

「看來一個人果然不適合坐在店裡吃燒烤。」花崇若有所思道，「嫌疑人第一次見到陳韻時，如果是在這家店裡，是單獨來的？還是與其他人一起？」

「嫌疑人是個有嚴重心理問題的人。」柳至秦看了看坐在店裡聊得熱火朝天的食客，「這種人很孤獨，可能有不少不得不結交的朋友，但私底下不會和這些朋友到路邊攤吃飯喝酒。嫌疑人如果來過，大概是獨自前來。」

「獨自前來，等餐的時候看到陳韻，說不定還與陳韻聊過天。」花崇閉上眼，邊想邊說：「陳韻當時正在某張桌子上寫作業，並沒有與嫌疑人對視。突然，何小苗將做好的烤串放在臺上，大聲喊道──小韻，四桌客人的餐！陳韻聞聲放下筆，抬起頭，這才與嫌疑人的視線對上。接著，陳韻對嫌疑人甜甜一笑，跑去臺子旁端起盛放著烤串的盤子，放在嫌疑人面前的桌子上。嫌疑人記住了這個漂亮、性格開朗、被父母剝奪了正常童年的小女孩。」

「可惜陳廣孝把以前的監視記錄都刪掉了。」柳至秦說，「大部分案件裡，嫌疑人都有到作案現場『舊地重遊』的習慣。但這個燒烤店顯然不是什麼『舊地』，沒有必要再來。最近幾日的影片裡，有嫌疑人的可能性不高。」

「不一定。」花崇搖頭，「嫌疑人可能想看一看陳廣孝和何小苗的反應。」

柳至秦想了一會兒，「嗯，這也有道理。」說完，他看向花崇，「現在回去嗎？」

花崇這才意識到車還停在原地，「嗯，回去。」

柳至秦拐了個彎，語氣很隨意，「你好像還在想什麼。」

「我在想……」花崇摸著鼻梁，「陳廣孝店裡的主要客源，和我之前想像的不太一樣，和我對嫌疑人身分的判斷也不大相符。」

車在夜色與華燈中平穩前行，柳至秦道：「說說看。」

「嫌疑人認為陳韻不幸，是因為對陳韻目前的生活有深重的同感。嫌疑人極有可能經歷過同樣的不幸，或者目睹過最親密的人——母親或者姊妹遭受過類似的不幸。過去的不幸，導致嫌疑人至今活在困窘中。」花崇緩慢地說著，眉心淺淺地皺起，右手小幅度地比劃，「嫌疑人是一個徹頭徹尾的失敗者，否則怎麼能斷定陳韻、王湘美這樣的女孩沒有未來？嫌疑人經營不好自己的人生，才會認為與自己童年相似的孩子應該早早死去，這樣才是解脫。」

「你這描述讓我想起了孟小琴。」柳至秦說：「但她已經不可能再作案了。」

花崇搖頭，「不，他們不一樣。孟小琴恨的是生來就比她幸福的女人，她作案的動機是扭曲到極致的嫉妒心。但照我們的推斷，這個案子嫌疑人的動機是拯救與解脫。可嫌疑人不明白——沒有人有資格決定別人的未來。」

柳至秦說：「你對嫌疑人的『畫像』，原本是個相對潦倒、不得志的人。」

「嗯，到了店裡才發現客人除了學生，沒有誰潦倒不得志。」花崇歎了口氣，「學生不存在潦不潦倒，有句話叫莫欺少年窮。」

「那如果嫌疑人是生活富足的人，先做個假設吧，假設好了再來倒推。」柳至秦說，「假設剛才我們看到的那個女人就是殺害王湘美、拐走陳韻的人，是什麼心理讓她這麼做的？」

「這正是我沒想通的地方。在這個案子裡，生活相對富足，事業相對成功的人，作案動機小得很，除非他們有什麼無人知曉的痛處。」花崇揉著自己的後頸，動了動脖子，「還是先讓技偵對比監視器吧，我們現在有點鑽牛角尖了。在『小韻美食』吃飯的多是富人，但不代表沒有符合側寫的人，只是我們今天沒有遇到而已，監視器裡說不定就有。」

「也對。」柳至秦加快車速，「對了，要去把二娃接回來嗎？」

「你想牠了？」

「徐戡也挺忙的。」

「暫時還是放在徐戡那裡吧。這邊不知道什麼時候能破案，忙完還得去洛觀村。徐戡給我看了二娃的影片，牠的小生活過得不錯，現在我們把牠接回來，過沒幾天又要送回去，來回折騰太麻煩了。」

「也行。」遇到了紅燈，柳至秦把車停在斑馬線外，「想起洛觀村的案子，我就頭痛。」

花崇脫口而出：「那我幫……」

「幫」字說完，便頓住了。

柳至秦沒聽懂，「嗯？」

「沒什麼。」花崇看向窗外，重複道：「沒什麼。」

柳至秦狐疑，直到開回市局，仍在想花崇要「幫」他什麼。

次日，檢驗科沒在花崇帶回來的漫畫上發現陌生指紋，上面也沒有仇罕的指紋。

李訓送來報告時，花崇正在技偵組看監視器，並不意外。

「既然沒有陌生指紋，就說明這本書絕對有問題。嫌疑人在把書交給王湘美前，抹掉了自己留在書上的指紋，同時也抹掉了可能存在於書上的其他指紋。嫌疑人戴著手套，將書放在只有王湘美能拿到的地方，王湘美在得到書之後，沒有將書交給其他人。」
「那要怎麼查？」李訓頂著兩個黑眼圈，一副精神不振的樣子。
「查這些書的來源比查那條裙子更麻煩。」花崇在他肩上拍了拍，「暫時放一放，集中精力查裙子的來源。撐不住了就先休息一下，沒事的。」
袁昊一邊喝被沖泡到沒顏色的紅茶，一邊說：「對，沒事的！破案又不只靠你們痕檢，沒見到我們技偵也在忙嗎？去去去，睡個覺，說不定等你一覺醒來，這案子就破了！」
李訓的腦子有點迷糊，反應慢了半拍，拿起袁昊的茶杯灌了一口，嗓音沙啞地道：「好，我先去瞇一會兒，有什麼事直接叫醒我。」
花崇見他走路都有點飄，擔心他會撞到門，索性將他送回檢驗科。
就這麼一會兒工夫，技偵那邊就鎖定了一個人。
袁昊興奮地喊道：「花隊！你看，這兩個是不是同一個人？」
數個螢幕呈定格狀態，每一張畫面裡，都有一個矮瘦的男人。
在從「小韻美食」拷貝回來的影片裡，他穿著灰色的衛衣、直筒牛仔褲，腳上是一雙樣式普通的板鞋，神色緊張地四處張望，光是選菜，就花了比其他客人更多的時間。監視器範圍內，他是唯一一個沒有同伴的客人，等餐過程中，時不時看向廚房。
而在「火炬育才」提供的影片中，他穿著白色襯衫與西裝褲，拿著三角尺、資料夾，數次從教室外的走廊經過。
「他是補習班的老師？」花崇雙手撐在桌上，兩眼緊盯著螢幕。

「看樣子是。」袁昊說：「他進的正是王湘美所在的數學補習班教室。如果他就是嫌疑人，那他一個老師，想把漫畫放進王湘美的抽屜太容易了！」

花崇看了看另一個螢幕上的時間，「陳韻三十號失蹤，王湘美二十六號失蹤，二十七號遇害，他二十九號出現在陳韻家的店裡。」

「是不是可以這麼認為——他在殺害王湘美之後，將目標鎖定在了陳韻身上？」袁昊問。

花崇站直，右手撐著下巴，眉間緊鎖。

在不同地點的監視器裡，男子呈現不同的精神狀態。

在「火炬育才」，他衣著整潔，精神不錯，不斷笑著與走廊上的人打招呼，儼然是一名優秀的年輕教師。在「小韻美食」，他變得邋遢而猥瑣，有幾分賊眉鼠眼的意思。

他為什麼張望？是不是在找誰？

他想看到的，難道是陳韻？

監視器沒有拍到陳韻，二十九號晚上，陳韻也許沒有到店裡幫忙。但即便如此，男子的行為也很怪異，並且，他是唯一一個出現在兩邊監視器裡的人。

「馬上查這個人。」花崇當機立斷道：「張貿，去一趟『火炬育才』，把這個人帶到局裡來。」

◆

長陸區青藤小學，上午體操時間，校園裡播放著歡快的音樂。

三年三班的班導師邢一善正拿著哨子，站在隊伍前方，面帶微笑地糾正班上學生的動作。

他很年輕，今年才二十六歲，雖然身高矮了些，但五官清秀，是三年級最年輕的班導師，深受學生喜歡。

別的班導師大多是中年人，鼻梁上架著厚厚的眼鏡，一見到誰做得不好，就大聲呵斥，指著臺上的帶操員大聲道：「打起精神來！你看看別人是怎麼做的！你的腿和手臂是怎麼回事？沒有吃早飯嗎，啊？」

邢一善卻從來不呵斥學生，誰動作不標準，他便走到誰旁邊，輕輕抓著對方的手臂或腿，溫聲道：「你的姿勢不對，來，跟著老師學……」

上學期，因為全票好評，他被評選為最受歡迎的數學教師、最具人氣的班導師。這學期剛開始，就有家長找上校長，希望把自家孩子轉到他擔任班導師的班上。那位家長是校長朋友的朋友，行個方便也不是不可以，但校長擔心開了這個頭，後面不好收拾，便將他請到辦公室，問他的意見。

他見過想轉班的小孩，是個疑似得了肥胖症的男孩，小眼睛、塌鼻子、厚嘴唇，臉上常年掛著鼻涕。

他委婉地拒絕了校長，理由十分正當：「家長欣賞我，我很高興，但是訂好的規矩不宜破壞。接收了一個孩子，往後再有孩子想轉班該怎麼辦？」

校長很滿意，轉班的事因此不了了之。

體操結束後，學生們有的回到教室，有的成群結隊去福利社買吃的。邢一善正準備去廁所，突然被教導處的梁老師叫住。

「邢老師！校長有事找你。」梁老師大聲說。

邢一善眼中掠過一絲煩躁——每天這個時候，他都要去一趟廁所。這節下課的時間長，廁所裡人多，是一飽眼福的好機會。如果不去看一眼，接下去的課都沒有動力上了。

但儘管心有不滿，他的唇角卻揚了起來，「好的，我這就過去。」

快步走向校長辦公室時，他想，難道又有人想轉班？如果是長得漂亮的小孩，倒是可以考慮一下。

推開辦公室的門，他正要說「校長，您找我有什麼事？」，就見到校長神情凝重，全無平時的溫和之態。而會客沙發上，正坐著兩個年輕的陌生男人。看歲數，那兩人不可能是小學生的家長。

校長站起身來，略顯不安地說：「進來吧。我介紹一下，這兩位是市局的刑警，小張、小袁。」

邢一善頓時愣在原地，臉色突然變得慘白，手中的哨子筆掉落在地。

市局偵訊室內，刑一善坐在椅子上，雙肩緊縮，和在學校時恍如兩個人，倒是更像被「小韻美食」攝影機拍到的猥瑣男子。

花崇喚他的名字，「邢一善。」

他驚慌地抬起頭，但很快就像受不了花崇目光似的別開眼，低聲道：「你們抓我幹什麼？我只是個小學老師，我沒有犯法。」

「那你在緊張什麼？」花崇問。

「我……我沒有緊張。」邢一善的肩膀在顫抖，眼睛完全被垂下的瀏海擋住，話語混亂：「我不知道你在說什麼。我在學校好端端地教書，你們突然把我帶到這裡來，我、我能不緊張嗎？」

花崇見過太多像他這樣前言不搭後語的人了，也不與他囉嗦，「你是『火炬育才』的暑期代課老師。」

「那又怎樣？」邢一善說：「我是利用暑假時間去『火炬育才』代課，沒有影響正常教學。你們可以去問我們校長，我交過申請書！」

「知道這是哪裡嗎？」花崇冷聲說：「重案組的偵訊室，你覺得我有閒工夫管你假期打工，有沒有影響正常教學？」

聞言，邢一善臉色更白了。

花崇按亮放在手邊的平板，找出王湘美生前的照片，往邢一善面前一推，「這個女孩在你班上上課，你記得她嗎？」

邢一善瞥了一眼，抖得像篩糠似的，「她、她已經死了！」

花崇有點意外，邢一善的反應與他想像中的不太一樣。

王湘美遇害不是祕密，身為王湘美的老師，邢一善不可能不知道。但不管知不知道，這反應都不正常，不是凶手該有的反應，也不是無辜者該有的反應。

「她被人害了，但不關我的事，我只是『火炬』的代課老師，不是她的班導師，我沒有義務為她的死負責！」邢一善結結巴巴地說：「我、我現在也不在『火炬』工作了，你們找我沒用！」

花崇往椅背上一靠，暫時沒有說話，只是盯著邢一善的臉。

就目前的監視記錄來看，邢一善有作案的條件。並且此人心理狀態、精神狀態非常不穩定，符合部分犯罪側寫。

還有一點，他在面對警察時異常緊張，絕對不是無關者。

但是，花崇瞇起眼——他這種激烈的抵觸情緒，也和心思縝密的殺手相差甚遠。

半分鐘後，花崇找出另一張照片，「這個小女孩，你見過嗎？」

照片上的正是陳韻。

邢一善小心翼翼地瞥了一眼，先是茫然沒有表情，而後大驚失色，「她、她……」

「你知道她？」

邢一善的額頭全是冷汗，似乎想要點頭，又不敢承認。

花崇直截了當地說：「二十九號晚上，你獨自一人到『小韻美食』，點了五十二塊的燒烤，就是為了見到她？」

「不、不是！」邢一善說：「我只是過去吃飯！我根本沒有看到她！」

「那奇怪了，你家住在城北長陸區，據我所知，長陸區的深夜大排檔不管是數量還是品質，都遠超過城東的明洛區。你為什麼要捨近求遠，跑到明洛區的『小韻美食』吃飯？你沒有同伴，不存在相約就餐。」花崇慢慢地說著，「你去那裡，如果不是為了陳韻，那是為了什麼？」

「不是！不是！真的不是！」邢一善大聲道：「我沒有看到她！」

「沒有看到她？」花崇冷笑，「意思是你確實是想看她，可惜沒有看到？」

邢一善急促地呼吸，喉嚨發出困獸般的悶響，彷彿深藏在內心的某個祕密正在被人窺探。

「店員說，當天你問過他一個問題。」花崇往前一傾，「需要我重複嗎？」

邢一善雙目圓瞪，上齒用力咬著下唇。

「如果你不想回答，也行。我換幾個問題，也許過一會兒你就想回答剛才的問題了。」花崇清清嗓子，「八月二十六號下午，暑期數學補習班結業後，你在哪裡？」

「二十六號下午？」邢一善眼珠轉動，一滴汗從緊蹙的眉心滑落。

看得出來，他正在回憶。

花崇補充道：「還有二十七號，以及暴雨之前。」

彷彿想到了什麼，邢一善的五官迅速扭曲起來。

花崇睨著他，「告訴我，你在哪裡，做什麼。」

邢一善猛力搖頭，重複道：「我沒有犯法！我沒有犯法！你們不能抓我！」

花崇眸光一緊，一巴掌拍在桌上，「二十六號下午，是你把王湘美約出去的？三十號下午，也是你攔住了陳韻？」

「不！和我沒有關係！」邢一善歇斯底里，「我沒有動過她們！我什麼都沒有對她們做！」

「那你在緊張什麼？你怕我們查到你的行蹤？」花崇的語氣稍微一緩，「如果你什麼都沒有做，那就老實回答我的問題。」

邢一善顯然聽不進去，目光瘋狂而呆滯，整個人都縮了起來，恐懼萬分，就像一個見不得光的幽靈突然被扔在日光之下。

花崇離開偵訊室，讓人看住他。

「花隊！」張貿跑來，「邢一善招了嗎？」

「他問題很大，但不一定和案子有關。」花崇快步往前走，「我現在要去他家，你跟小柳哥說，查邢一善的上網記錄。」

「已經查過了。」柳至秦疾步走來，手上拎著一個筆記型電腦，語出驚人：「邢一善是個男女通吃的戀童癖。」

張貿駭然，「我靠？」

花崇卻像已經料到一般，從柳至秦手中接過筆記型電腦，「我看看。」

「他長期關注幾個伺服器在境外的戀童癖網站，這些網站雖然已經被封鎖了，但透過VPN，他仍舊可以瀏覽發布在網站上的資訊。」柳至秦說：「其中一個網站上，有人上傳了陳韻的照片及詳細資料。他二十九號去『小韻美食』，應該就是去看陳韻。」

花崇看著網站上的內容，頓感暈眩。

那些沒有打碼的照片上，有小孩赤裸身體的照片，也有小孩被侵犯後的照片。這些十歲左右的孩子，就這麼被成千上萬道貪婪的目光盯著。他們有的已經被猥褻，甚至遭受了更嚴重的侵犯，有的則即將成為戀童癖的「獵物」。

「你知道陳韻的照片是誰拍的嗎？」柳至秦問。

花崇憤怒地按著太陽穴，「誰？」

「陳廣孝。」

「什麼？」

柳至秦歎氣，「陳廣孝為了炫耀這個漂亮的女兒，經常將她的照片發在網路上。一方面是身為父親，為女兒感到驕傲，一方面是為自家的店招攬生意。他和何小苗都沒有什麼文化涵養，見識也少，大概根本不知道世界上還有戀童癖這種群體，更不明白隨意在網路上暴露孩子的資訊，可能引起多大的麻煩。像他們這樣的父母，簡直多不勝數。有人轉載了陳韻的照片，之後一傳十十傳百，那張發布在兒童色情網站上的照片，已經經過了無數道轉手。」

「那凶手肯定就是邢一善！我靠！他隱藏得深啊！當小學老師、在暑期補習班代課，就是為了方便接觸孩子，對孩子下手吧！」張貿火氣上湧，「剛才我去青藤小學，親眼看到他趁糾正體操的動作，摸小男孩的大腿！那些小孩還覺得他這個老師是在做好事呢！媽的，校園裡怎麼會有這種敗類！」

「不，既然確定了邢一善是戀童癖，他就不可能是殺害王湘美的凶手。」花崇緊皺著眉，「凶手另有其人。」

「為什麼？」張貿不解，「戀童癖殺害女童的惡質案件，國內外比比皆是！沒有人比他們更容易對小孩子動手！」

花崇沉聲道：「你好好想想，戀童癖的案子裡，受害者身上最明顯的特徵是什麼？」

「特徵？」張貿思考幾秒，神色一變，「受害者都被嚴重侵犯過！有的在事後被殺害，有的則直接被侵犯至死！」

「對。但王湘美呢？她根本沒有受到任何關於性的侵犯。」花崇說：「如果凶手是個戀童癖，她的屍體不可能像現在這樣，近乎完好無損。」

「那……」張貿出了汗，「不行，我還是不能接受！除非邢一善有明確的不在場證明，否則我不相信他不是凶手！」

「應該的。」花崇點頭，「查他住處附近的監視器，確定他在幾個關鍵時間點的行蹤。」

◆

時間在繁忙中快速流逝，數個公共攝影機提供的影片構成了邢一善的不在場證明。

八月二十六號，王湘美失蹤時，他出現在洛安區文化宮，那裡正在舉行一場兒童舞蹈大賽，他坐在第一排，看得如痴如醉。

八月二十七號，王湘美遇害時，他尾隨著一名曾經在「火炬育才」數學補習班上課的小女孩，並請她吃了一份哈根達斯冰淇淋。

八月三十日，陳韻失蹤前後，他帶著四名即將成為三年級學生的小男孩去了一家澡堂。

而透過網路調查，邢一善過去在其他城市犯下的罪行也浮出水面——九年前，當他還不滿十八歲時，曾經在一個經濟落後的小鎮猥褻了一名男童。

「去他媽的！這種人到底是怎麼通過教育資格審查的？」張貿怒不可遏，「青藤小學的負責人為什麼會把這種強姦犯招進去？」

「各方面的漏洞讓他成為了『人類靈魂的工程師』。」袁昊歎氣，「如果我以後有了孩子，我的孩子遇上這種老師，我會親手揍死他！對了，花隊呢？」

「在偵訊室。」張貿沒好氣地道：「邢一善當小學老師的這幾年，不知道做過多少禽獸不如的事！」

「那些兒童色情網站必須關掉。」袁昊說：「絕對不能為戀童癖提供方便。要我說的話，戀童癖抓一個就該槍斃一個，這些人活著也只會傷害下一代。我靠，想到這些人我他媽就起雞皮疙瘩！」

「那你還是別想了。」曲值從偵訊室回來，黑著一張臉，「抓到了一個戀童癖，但真的凶手還逍遙法外，兄弟們，打起精神來啊，再破不了案，陳隊要暴走了。」

「曲副，你怎麼回來了？」張貿問：「這麼快就審完了？」

「完什麼啊！我他媽聽不下去了！」曲值擰開一瓶冰紅茶就往嘴裡倒，「這垃圾的電腦裡，存了上百個我們市裡小孩的照片和詳細資料，全是他自己跟蹤偷拍的。我聽花隊的意思，好像是打算請上次來過的那個什麼特別行動隊出馬，在全國範圍內清查所有涉及兒童色情的網站。」

「也只有他們做得到了。」張貿有氣無力地倒在椅背上，狠狠拍了拍桌子：「我真他媽想把藏在洛城裡的所有戀童癖都揪出來！」

邢一善身上還有很多疑點，他在青藤小學當了四年老師，一直在低年級任教，寒暑假又輾轉於各個輔導機構兼職，教的大多也是低年級學生。這些孩子對性基本上沒有正確的認知，老師撫摸他們的身體，他們不會覺得奇怪，只會認為自己很討老師的喜歡。很多家長也缺乏最基本的安全意識，無條件地信任老師。

邢一善說，他對學生做過最出格的事，就是摸他們的屁股和大腿。但是事實究竟如何、他有沒有做過更過分的事，目前找不到證據。

花崇不相信他的話，但是現在，重案組實在沒有精力徹查戀童癖這一條線，陳韻生死未卜，救下她才是最緊急的任務。

權衡再三，花崇將情況彙報給陳爭，陳爭也不含糊，直接聯繫沈尋，把市局掌握的兒童色情資訊全部移交上去。

離開刑偵分隊長辦公室後，花崇吐出一口濁氣，抬眼就看到柳至秦。

「給你。」柳至秦遞來一個紙袋，「還是熱的，趕緊喝了。」

花崇低頭一看，紙袋裡裝著一杯密封著的銀耳湯，這才想起自己忙得天旋地轉，沒吃午飯，晚飯好像也忘了吃。

「謝謝。」他拿起粗吸管戳開塑膠膜，疲憊地靠在牆邊，輕聲道：「我想救陳韻。我有種感覺，她現在還活著。凶手因為某種原因，還沒有對她下手。」

柳至秦沒有問他為什麼有這樣的感覺，只是安靜地點了點頭。

當晚，一條駭人聽聞的消息從兩小時車程外的洛觀村傳來——虛鹿山上的篝火晚會發生了嚴重事故，三名遊客遇難。

◆

「這一天天的，都是怎麼回事啊？」張貿的額頭「咚」一聲敲在桌上，「別又是凶殺案吧！」

「現在還很難說。」曲值道：「法醫和痕檢已經趕過去了。最好是意外，否則又是我們的案子了。」

「媽的，肯定是意外！」張貿拍著桌子，「曲副，你前陣子沒跟我們去洛觀村，不知道那什麼虛鹿山上的篝火派對有多危險。他們居然在半山腰上放火，還說是經過消防同意的！我靠，我在村子裡看著都覺得可怕！花隊還跟當地人提過這個問題，你猜人家怎麼說？」

「嗯？怎麼說？」

「人家說是我們城裡人少見多怪！說半山腰平得很，比新村小的操場還大，燒不起來，不會出現火災！」

「新村小？」曲值皺了皺眉，「你說洛觀村怎麼老是發生與火有關的事呢？你們上次去，不就是去幫肖誠心處理死了五個小男孩的積案嗎？這下倒好，積案沒破，又來新的案子了。」

張貿「呸」了兩聲，「你別烏鴉嘴啊！說不定這就是個操作不當的意外呢！」

一室之隔，花崇輕拍著太陽穴，悲觀又現實地道：「洛觀村的事幾乎不可能是意外。現在那邊只有肖誠心他們積案組，肯定搞不定。」

「先等屍檢結果吧。」柳至秦比平日煩躁，在桌邊走來走去，「洛觀村不具備解剖條件，法醫科的同事看過現場之後，可能會把屍體帶回來進行屍檢。」

這時，辦公室響起手機的震動聲。花崇看了一眼，眉心就皺了起來。

柳至秦也看到了來電顯示的名字——肖誠心。

身在現場的刑警此時打電話來重案組，絕對不是什麼好消息。

花崇接起，語氣凝重：「肖隊。」

『花隊啊！』肖誠心大喊道：『洛觀村又出事了！』

「我知道，你別急，把你現在掌握到的資訊都告訴我。」花崇冷靜道。

『我他媽能不急嗎？你們被陳隊叫回去，錢毛江那幾人的案子全丟給我，我這幾天忙著走訪排查，重新梳理案情，就沒閒下來的時候。哪知道盧鹿山上突然死了人，燒死！』肖誠心道：『我現在真的不知道該怎麼辦了。』

「你已經看過屍體了？確定是燒死？不是死後焚屍？」花崇緊聲問。

燒死與焚屍的性質完全不同。燒死可能是意外，也可能是有預謀的殺人，而焚屍基本上都與凶殺案有關。

錢毛江五人當年的屍檢結果就證明是死後焚屍。凶手在殺害他們之後放了火，大概是為了消除留在現場的證據。

『我現在就在屍體旁邊！』肖誠心不停唉聲歎氣，『一共有三具屍體，全部呈收縮狀，看起來像活生生被燒死的！但具體情況要等法醫來了再說，我現在能做的只有保護現場。』

「你能做的還有很多。」

花崇稍感不快——再怎麼說，肖誠心也是市局刑偵分隊的一員，是目前洛觀村裡最專業的刑偵人員，能做的、該做的事遠遠不止是保護現場。

肖誠心快要哭了，『花隊啊，你是不知道現場有多混亂！出事時我不在山上，我他媽在村裡走訪！突然間山上就炸鍋了，我和派出所巡警趕上去時，那些遊客跑的跑，哭的哭，喊的喊，簡直像世界末日了一樣！』

花崇心裡歎息，明白現在跟肖誠心說理也沒有用，只得草草安撫幾句，繼續問現場情況。

肖誠心在抱怨了一通之後，情緒似乎勉強鎮定下來，開始講事情經過。

電話那頭的噪音太大，花崇不得不戴上耳機，儘量把音量調大。

肖誠心說，進入九月，洛觀村的學生遊客走了一波，但新的客人又來了。一到晚上，虛鹿山上還是樂聲震天，篝火輝煌。今天晚上是饒舌專場，不斷有遊客跳上大舞臺挑戰嘉賓，氣氛一度非常熱烈，比前幾天的搖滾專場還熱鬧。

景區為了助興，臨時在主火堆的對面又點了十個規模較小的火堆，不遠處的燒烤宴會也陣仗驚人。總之，從洛觀村往上看，虛鹿山的半山腰幾乎被火圈環繞著。黑夜裡，那些火就像在半空中熊熊燃燒。

活動進行到後半段時，烤全羊端上來了，圍著篝火跳舞的遊客衝向食物。工作人員打算滅掉十處小火堆，只保留主火堆。直到這時，才有人發現，小火堆竟然有十一個！

虛鹿山上向來禁止遊人私自點火，平時晚上的活動只會點一個主火堆，頂多再加兩個小火堆，誰要是私自點火，很快就會被發現。但今天小火堆太多了，現場氣氛又格外高漲，工作人員維持秩序都來不及了，根本沒力氣去數是不是多了一個火堆。

主舞臺上的 Rapper 依舊用即興吼出來的詞，宣洩對現實的不滿，舞臺下的遊人有的跟著揮舞雙手、搖頭晃腦，有的正享用著鮮嫩的烤羊肉。

突然，數聲慘叫幾乎蓋過了震耳欲聾的樂聲，人們紛紛往聲音傳來的方向看去。主舞臺刹時一靜，一位 Rapper 忘了麥克風還沒有關，罵道：「靠，怎麼回事？」

「燒死人了！燒死人了！」

清理火堆的工作人員在看清灰燼與助燃物裡的人時，嚇得屁滾尿流，歇斯底里地吼叫狂奔。離得近的遊客也隱約看到了那些伏在地上的「物體」，立刻跟著驚聲大叫。一些人在奔跑中摔倒，險些造成嚴重的踩踏事故。

花崇的手心出了一層汗，「在工作人員清理火堆前，難道沒有遊客發現不對勁？他們不是在篝火旁邊跳舞嗎？受害人如果是活活被燒死的，那在焚燒的過程中，受害人難道沒有掙扎、沒有發出聲音？這說不過去！」

『你看了現場就會明白！』肖誠心語速加快，『太吵了，音箱和喧鬧聲可以把人的耳膜弄破，受害人就算呼喊，也沒人聽得到！而且那個火堆離主火堆、中心區域較遠，我初步瞭解過，好像沒有人靠近過它！』

花崇蹙眉沉思，幾秒後厲聲道：「那這個案子就不可能是意外了！」

聞聲，柳至秦神色一肅。

『我也覺得不可能，所以我著急啊！』肖誠心道：『如果他們是意外掉進火堆，要嘛就迅速自救，要嘛在裡面瘋狂掙扎。現場的遊客聽不到他們的聲音很正常，但不應該完全看不到他們掙扎。他們會被「安靜」地燒死，只存在一種可能，那就是他們是被人綁在助燃物裡的！他們只能在小範圍內掙扎，無法逃出火堆。我猜，那個把他們放進火堆的人，很有可能對他們注射了某種藥物。但現在人都燒成這樣了，也不知道病理檢驗還能不能做。』

聽到這裡，花崇已經無法再抱著僥倖心理了。

這必然又是一個棘手的案子，凶手膽敢在眾目睽睽下殺人，並且用的是「燒死」這種方式，必然做了充足的準備，且近乎病態地追求儀式感。

掛斷電話後，花崇將臉埋在手掌裡，半天沒有說話。

「這個案子……」柳至秦有些猶豫地開了口，「讓我想到了村小的案子。」

花崇抬起頭，「不一樣，錢毛江他們是死後被焚屍，現在這個極有可能是直接被燒死。」

「但都與火有關。」柳至秦說：「殺人有很多方法，殺人的地點也有無數個。凶手為什麼要選擇放火？為什麼要在洛觀村放火？對凶手來說，洛觀村難道是個特殊的地方？」

花崇眼神越來越沉，搖了搖頭，臉色很難看：「我突然想起仇罕現在就在洛觀村。」

「這……」柳至秦眉間緊擰，似是想到了什麼，「他不會與這個案子也有關吧？這麼巧？」

◆

深夜，法醫科和檢驗科的刑警抵達洛觀村虛鹿山。

徐戡一看屍體的狀態，就下了定論：「死者生前被繩索和網狀物束縛，不可能是意外。馬上通知陳隊和花隊，這是一起性質惡劣的虐殺命案。」

洛觀村和禹豐鎮都沒有進行屍檢的條件，法醫科只能將三具屍體帶回洛城。同一時刻，陳爭召集重案組、刑偵一組開了個緊急會議。

王湘美的案子必須破，陳韻必須盡最大的可能救下，洛觀村燒死三人的案子也不能耽誤。

由於在虛鹿山上的，都是善用社交網路的年輕人，有人被燒死的事情已經被添油加醋後四處轉發，甚至還有現場照片、影片流出。短短幾小時，一些媒體就開始挖掘洛觀村十年前的火災，並將兩個案子放在一起討論。

有迷信輪迴說，稱死者與在村小喪命的小男孩們有關，善惡終有報，天道好輪迴。有理性刑偵說——認為警方十年前查不出真相，將案子放在一邊晾著，受害者的親友無法忍受，遂以同樣的方式作案，藉以引起警方重視，重查積案。

「屍檢結果都還沒出來，受害者身分也還沒確定，就說得一套一套的，我他媽都要信了！這些人怎麼不去寫小說！」陳爭既憤怒又無奈。

命案一旦發生，就應該立即著手偵破，但刑偵分隊實在有些分不出人手了。積案組那邊基本上靠不了，只能將刑偵一組暫時併入重案組，兩個案子一併交給花崇負責。

花崇沒有推脫。這種情況以前也出現過，在其位負其責，重大案子接踵而至，重案刑警們沒有「挑肥揀瘦」的權力。這次唯一不同的是，失蹤的陳韻可能還活著。

陳爭明白他的想法，默許他將主要精力放在王湘美和陳韻的案子上。

半夜，法醫科完成了屍檢，徐戡拿來的報告卻出乎所有人的意料。

「死者是兩男一女，後腦均有鈍器傷口，但不足以致死。屍體燒毀嚴重，但是還是能提取到DNA。肖誠心那邊的現場調查已經基本確定了這三人的身分，現在還在等DNA的比對結果。我要說的是……」徐戡頓了頓，「這三人死前被束縛，肝腎的病理檢驗顯示，凶手對他們使用了七氟烷。」

此言一出，會議室陷入了死一般的寂靜。

連肖誠心都想到了受害者生前可能被注射或者吸入、食用了某種藥物，重案組的大家自然也都想到了。但沒有一個人想到，這個案子竟然又與七氟烷有關。

片刻，花崇冷聲問：「劑量如何？」

「稍微過量。」徐戡道：「這三人和王湘美不同。王湘美的直接死因是七氟烷嚴重過量導致的急性腎衰竭，而這三人是被活活燒死，他們的呼吸道有『熱作用呼吸道綜合症』現象，口腔裡有大量炭末沉積，體內的七氟烷劑量不足以致死。凶手對他們使用七氟烷，並束縛住他們的身體，從動機上來看，應該只是為了將他們固定在助燃物中。七氟烷的麻醉效果非常穩定，這些人在被焚燒之前，不會提前醒來。」

張貿聽得毛骨悚然，肩膀顫抖，低聲道：「這太、太殘忍了吧！凶手跟他們有什麼仇啊？殺死還不夠，居然在使用麻醉劑之後再燒死！」

「現在七氟烷這麼容易拿到嗎？」曲值道：「怎麼誰都有七氟烷？還是說，凶手其實是同一個人？先殺了王湘美，再因為某種原因，對虛鹿山上的這三人動手？」

「那王湘美和這三人有什麼關係？」

刑警們粗聲粗氣地討論起來，基本上所有人都在抽菸，會議室烏煙瘴氣的，越來越吵。

陳爭敲了敲花崇面前的桌沿，問：「王湘美那個案子，七氟烷的流通管道有眉目了嗎？」

「醫院管道已經排除了，其他途徑還在查。之前我們認為王湘美的死與器官交易有關，但是這段時間查下來，沒有發現器官販賣組織在市內出沒的跡象。凶手得到、使用七氟烷，應該是有其他途徑和目的。」花崇說。

「七氟烷這種藥物太特殊了，和氰化物之類濫用的毒藥不一樣。既然兩個案子都涉及七氟烷，那要嘛凶手是同一個人，要嘛他們在同一個地方拿到了七氟烷。其他可能性不是沒有，但實在太小了。」陳爭沉吟片刻，又問：「如果不是器官販賣組織，誰會有這麼多七氟烷？」

花崇揉著眉心，腦中無數個畫面正在衝撞。

近來經手的幾個案子，看似毫無關聯，但兩兩之間都有些許共同之處——錢毛江等人死後被焚屍，地點在洛觀村，現在這個案子的三位受害人在洛觀村被燒死，兩案的共同點是火與洛觀村；王湘美的死亡與陳韻的失蹤，共同點是兩人都是家庭條件中等偏下的小女孩，且父母有不同程度的失職；而王湘美與被燒死的三人，共同點是都被使用過七氟烷。

至於七氟烷的非法用途……

七氟烷是手術用麻醉藥，正規醫院會用，黑市器官交易會用，雇傭兵、毒販、武器走私販、恐怖組織等所有與暴力有關的團體也有。

想到恐怖組織，花崇一顫。

當年在西北邊境的莎城，他所在的小隊曾經在摧毀一個武裝據點後，發現了一批急救用藥，其中就包括七氟烷。對恐怖分子來說，受傷後如果不能及時進行手術，後果極有可能是死亡。於他們而言，麻醉藥是活命的必備品。

但這裡是遠離邊境的洛城！如果連洛城都有了恐怖組織的蹤跡……

「花隊。」柳至秦碰了碰花崇的手肘。

花崇深吸一口氣，嗓音低沉，有輕微顫抖，「我現在腦子很亂。」

柳至秦溫聲說：「我明白。」

在病理檢驗查出七氟烷之前，虛鹿山的案子和王湘美、陳韻的案子完全沒關聯。雖然被燒死的人死狀淒慘，但人死不能復生，重案組的重點仍然在尋找陳韻上。可是現在，兩個案子被七氟烷聯繫到了一起，這就引出了凶手是否是同一人的兩種可能。

如果是同一人，那追查虛鹿山一案，陳韻說不定會獲救。如果不是，那追查七氟烷的流通途徑，也有希望救下陳韻，橫豎都無法再將兩個案子分開個別查。

案子分不開，人卻沒有三頭六臂。

這種多個重案全部懸在頭上的壓力，不是所有刑警都能承受的。

柳至秦有點擔心，情不自禁地抓住花崇的手背，用力握了握。

花崇沒有將手抽回去，而是側過臉，目光落在他的眸底。

「我們一起想辦法。」柳至秦說著，又握了一下。

花崇心頭沸騰的情緒漸漸平復，按熄快燒完的菸，「嗯。」

這時，ＤＮＡ的比對結果終於出來了，綜合肖誠心在現場掌握的資訊，三名受害者分別是——范淼，男，二十七歲、盛飛翔，男，二十七歲、周良佳，女，二十八歲。

他們老家都在函省羨城，如今在洛城工作生活。范淼和盛飛翔合夥開了一個名叫「風遠」的印刷工作室，主接廣告宣傳單、管道雜誌印刷等生意。周良佳是護士，供職於洛安區一家私人牙科診所。

三天前，即九月三號，他們三人與另外兩名在洛城定居的羨城朋友，自駕前往洛觀村度假，住在「山味堂」休閒農莊。

「這是巧合還是什麼？」張貿心臟狂跳，「『山味堂』老闆的大兒子不就是錢毛江嗎？他是十年前村小積案的受害人啊！『山味堂』的房間那麼難定，不提前半個月根本訂不到。他們怎麼就那麼巧，剛好住在『山味堂』？」

「錢毛江是十年前積案的受害人，『山味堂』老闆的小兒子錢闖江有作案動機。」柳至秦說：「他們住在『山味堂』，難說不是巧合。」

眾人議論紛紛，花崇及時叫停，「我們現在對死者的瞭解不夠，聯想太多對案件的偵破沒有意義。陳隊，現在能立即調直升機嗎？」

陳爭點頭，「可以。」

「那曲值和刑偵一組留下。」花崇看向曲值：「我們組裡，你再挑幾個人。第一，天亮後查這三個死者的社會關係；第二，繼續追蹤七氟烷的流通管道；第三，注意陳廣孝一家。」

曲值握了握拳頭，「是！」

「其他人跟我去洛觀村。」花崇站起來，「馬上出發。」

◆

黎明之前本是洛觀村一天中最安靜的時刻。但是今日不同，虛鹿山上燒死了三個人，整個村莊氣氛為之一變。往日山上的帳篷、木屋人滿為患，現下根本沒有人敢住在山上，全部跑下山，擠在村子裡。車技好、敢在夜裡開盤山路的人已經駕車離開，剩下的人大多整宿未眠，等著天一亮就走。

一夜之間，各個休閒農莊收到無數退訂申請。一些客人即便討不回房錢，也決意離開。村裡、鎮裡的官員急得如熱鍋上的螞蟻，一邊憂心洛觀村耗時數年打造的旅遊資源會毀於一旦，一邊又害怕自己會因為虛鹿山上的事故被追責。

畢竟景區發生了這種事，必須有人被揪出來承擔責任。

當初接待過花崇和柳至秦的磨菇店老闆娘，半是興奮半是惆悵地坐在店門外，看著行色匆匆的遊客，誇張地歎了口氣，捶著痠痛的腿自言自語道：「唉，還真的被人家說中了！這火，燒得可真旺！」

錢慶的父母站在家門口，望著被燈光照亮的虛鹿山。那裡已經沒有火光，也沒有音樂，連硝煙的味道都被夜風吹散了，根本看不出什麼異常。

空氣裡，甚至有初秋的桂花香。

「又有人被燒死了。」錢母低喃道。

「嗯。」錢父應了一聲。

「是誰呢？」錢母眼裡突然有了淚，「小慶離開都十年了，我們村裡居然又有人被燒死，怎麼回事啊？」

錢父歎息，「過去的事，就別再想了。」

屋裡傳來小孩的聲音，「媽媽！媽媽！你們在看什麼？」

聞聲，錢母轉過身，牽住小兒子的手，眼中的悵然陣陣化去，話題一轉，抱怨道：「還是生兒子好，看我們小勝多乖。盼子這個女兒我算是白生白養了！一點不懂體恤家裡的難處，小勝上學需要錢，她住在鎮裡，日子過得那麼好，也不知道匯一點錢回來。」

「女兒都這樣的。」錢父搖搖頭，「嫁出去的女兒是潑出去的水，就當作沒生沒養吧。我們家有小勝，只要小勝平平安安長大，別像小慶一樣，我這輩子就知足嘍。」

夫妻倆和小兒子回到屋裡，關上了那扇村裡為休閒農莊統一安裝的裝飾門。

「山味堂」是洛觀村裡客流量最大的休閒農莊，此時擠在櫃檯退訂的客人也最多。

櫃檯小妹忙得不可開交，情急之下用土話罵了人。向來待客頗有風度的錢鋒江神色極為不耐，拋下櫃檯的煩心事不管，一個人在後院抽菸。

遊客被火燒死這種事，對洛觀村的打擊可能是毀滅性的，一旦沒了遊客，那整個洛觀村就斷了生計。這些年，大家是靠著旅遊資源才擺脫過去貧困的生活。小時候的貧窮，他實在不願再次感受。

錢闖江從樓上下來，仿佛對虛鹿山上發生的事一無所知。

錢鋒江看到他就心煩，指著櫃檯的方向，「那邊忙不過來了，你去看著。」

錢闖江沒動，木訥地站著，片刻後唇角向上勾了勾，發出一陣壓抑低沉的笑聲。

「你有病嗎？」錢鋒江頭皮一緊，「你笑什麼？村裡發生了這麼大的事，你還笑得出來？」

「不就是燒死了人嗎？」錢闖江的聲音像裹著砂石，聽上去非常粗糲，「村裡燒死的人還少？」

錢鋒江嚇了一跳，眼神一寒，「你什麼意思？」

「沒什麼意思。」錢闖江搖搖頭，絮絮叨叨：「有人被燒死就說明他本就該死。」

「我靠！」錢鋒江擰住錢闖江的衣領，「別他媽亂說！」

錢闖江沒有掙扎，面無表情地看著錢鋒江，「出事好，一起完蛋。」

「滾！」錢鋒江用力一推，罵道：「瘋子！」

再次來到洛觀村，所見已經截然不同。緊張代替了閒適，旅遊宣傳裡主打的「自然」、「寧靜」不見蹤跡，虛鹿山被封鎖起來，大多數滯留的遊客焦急地等待著天亮，少部分年輕人好奇又激動，舉著手機四處拍攝。

重案組成員從直升機上下來，肖誠心連忙衝過去，「你們終於來了！」

「和范淼同行的兩人現在在哪裡？」花崇問。

「都在派出所！」肖誠心道：「我擔心再出事，沒讓他們走，就等你們來！」

花崇回頭向張貿交待：「你先去跟他們瞭解一下情況——包括是誰訂的行程、到洛觀村後遇害的三人有沒有異常舉止、彼此之間的關係，盡量多問，但不要刺激他們。我先去一趟虛鹿山，我回來之前，不要放他們離開。另外……」

花崇說著，轉向肖誠心，「跟這邊的巡警，還有村裡鎮上的官員溝通一下，還沒有走的遊客全部留下，一個個調查。」

肖誠心一愣，汗馬上出來了，「不、不能這樣吧？」

「不能？為什麼不能？凶手在大庭廣眾下作案，肯定混在這些人之中！」花崇厲聲道：「不詳細調查，你指望凶手自己站出來？」

「可、可是……」

「沒有可是，我們面對的是死了三人的命案。」花崇聲音帶著火氣，「已經離開的也想辦法統計。」

肖誠心手足無措，像是不知道該怎麼辦。

「你怕什麼？」花崇嚴厲起來很有一番威勢，右手往他肩膀上一按，「帶著你積案組的隊員，照我說的去做。」

肖誠心仍在發抖，柳至秦從他身邊經過，低聲道：「破了這個案子，說不定能一併解決村小的案子。」

虛鹿山半山腰上，主舞臺空空如也，巨大的音箱、燈光設備和鋼架散落一地。螢光棒、扇子、橫幅被踩進泥土，幾件做工不錯的衣服皺巴巴地攤在地上，上面腳印疊著腳印，可見它們的主人跑走的時候有多匆忙。

舞臺之下，塑膠凳子被踩爛，桌椅橫七豎八地扔著，無人收拾。不遠處的主火堆剩下大量助燃物，而夜裡燒出的灰燼正在晨風中一縷一縷散開。

山裡的空氣如往日般清新，不會因為有人被燒死而變渾濁。花崇深吸了一口氣，微涼的空氣順著氣管浸入肺中，稍稍驅散了積蓄多時的煩悶。

鄉間的氣溫比城市低了幾度，尤其是清晨。這趟差出得急，上直升機之前，花崇只穿了一件襯衫，連外套都忘了拿。此時身在山林，被風一吹，就接連打了好幾個噴嚏。

肩頭突然被一份極有分量的溫度覆蓋住。他回頭一看，見到是柳至秦往他身上披了件粗針毛線外套。

「穿著，別管我，我帶了衝鋒衣。」柳至秦說著，從背包裡扯出一件深灰色的衝鋒衣，直接將他還未出口的「你自己穿」堵了回去。

他低頭看了看，是柳至秦偶爾穿的那件，品質不錯，看上去就很暖和，適合秋天穿。柳至秦穿在身上時看起來文質彬彬的，氣場都柔和了許多。

他挺喜歡這件毛衣，但沒想到它有一天會穿在自己身上。

走神的片刻，柳至秦已經穿上了衝鋒衣，拉鍊拉到最頂，袖子挽至手肘下方，一副戶外運動員的派頭。

「釦子最好扣上，不然擋不了風。」柳至秦靠近，邊說邊伸出手，打算幫他扣毛衣的釦子。

他愣了半秒，根本沒想過拒絕，待柳至秦已經扣到第三顆，才後知後覺道：「我自己來。」

柳至秦「嗯」了一聲，指著一個靠近密林的角落，「走，過去看看。」

出事的火堆附近拉著封鎖線，地上用白線標出了三名受害者死去時的位置。

花崇仔細地觀察四周，半分鐘後歎了口氣，漸漸明白了肖誠心晚上打電話時為什麼那麼著急。

兇手實在太狡猾了，作案手法堪稱刁鑽大膽。這個火堆的位置偏僻，離主舞臺和燒烤宴會的主場地都比較遠。音樂會氣氛熱烈，遊客們壓根注意不到這個遠離中心區域的火堆。並且它處於監控的盲區，任何人在這裡做什麼，都難以被發現。而工作人員加點的十個火堆裡，有三個也分別位於較偏僻的位置，它們彼此占了半山腰空地的幾個角，任何一個在視覺上都不顯得突兀。

「虛鹿山很大，開發出來搞夜間活動的只有半山腰這個位置。」柳至秦說：「現在天黑得比夏天早，音樂會開始之前，山上就不太亮了。凶手很可能是在這個時間段，用某種方式，將范淼幾人引到一個沒有人的地方動手。」

花崇看著砂石地上雜亂不堪的足跡，「凶手有一套工裝，穿上後與布置火堆的工作人員無異。凶手很可能戴著一頂足以遮住臉的帽子，混在工作人員中拿來助燃物。這時，天已經完全黑了。音樂會開場，所有遊客的注意力都在主舞臺上，其他工作人員要嘛在別的地方搭火堆，要嘛正急著在人群中穿梭，維持秩序，沒有人會發現凶手將三個因為七氟烷而失去意識的人，固定在助燃物中。做好準備工作後，凶手像別的工作人員一樣點火，然後推著推車，從容離去。凶手根本不用擔心自己的足跡和推車的痕跡會留在砂石地上，因為遊客實在太多，一旦有人發現火堆裡有被燒死的人，現場就會出現無法控制的騷亂。

驚慌失措的遊客尖叫著逃離，唯恐天下不亂的人蜂擁而至，拍照、錄影，盡可能靠得更近。這時，作案的痕跡就會被無數雙腳徹底覆蓋，而他也能混在這些人中觀賞自己的『傑作』，裝作驚訝或者害怕或者好奇，甚至也拿出手機，將看到的一切當做『戰利品』拍下來。」

「凶手能做到這種程度，說明他對虛鹿山、洛觀村非常熟悉，不太可能是第一次來這裡的遊客——這可以作為一個篩選條件。」柳至秦退出幾步，「凶手要不是村民，就是數次出入洛觀村的外人。我比較好奇的是，凶手為什麼要用這種儀式感極強的方式殺人？」

「受害人身上肯定有線索。」花崇蹲在地上，半瞇起眼，近乎自言自語地道：「昨天晚上，凶手在這個位置布置火堆時，心裡在想什麼？」

柳至秦的視線落在花崇頭頂，知道他又將自己代入了凶手，琢磨犯罪動機與心理。

「燒死是最痛苦的死亡方式。凶手選擇燒死，而不是死後焚屍，說明不是為了清除痕跡，而是讓受害人感受劇痛。凶手好像也不擔心因此暴露自己，或者說，凶手想這樣做的欲望已經超過了暴露自己的擔憂。凶手和范淼、盛飛翔、周良佳說不定有什麼深仇大恨。」柳至秦道：「但發生在洛觀村，我又感覺也許和十年前的案子有什麼關係。」

花崇半瞇著眼，「如果單是燒死，凶手完全可以找一個隱密的地方。但凶手選擇在無數雙眼睛下燒死他們，為什麼？受害人在被灼燒時意識已經清醒，他們瘋狂掙扎，卻掙脫不了身上的束縛，他們盡全力呼救，但是現場樂聲與呼喊震天，沒有任何人聽得到他們的聲音。他們看到了無數人，可是這些人的眼睛卻看不到他們，就像瞎了一般。最終，他們在絕望與難以承受的痛苦中慘死，這就是凶手想要看到的。」

說完，花崇站起來，眼中的狂氣未褪，語氣卻異常冷靜，「我暫時只想到這一種可能，凶手或許還有其他想法。走吧，去看看張貿他們查得怎麼樣了。」

派出所已經吵成了烏煙瘴氣的菜市場。

肖誠心按花崇的要求，將遊客全部集中在派出所外面的空地上。一聽到天亮之後不能離開，必須留下來接受偵訊，所有人都吵了起來，群情激憤，罵警察無能、不講理，把無辜的人當成殺人犯。

「我們也是受害者！」一位五十幾歲的婦女帶頭喊道：「我們花錢來這裡旅遊，而你們幹了什麼？你們讓我們看燒死的人不說，現在還不准我們離開，這是什麼道理？你們這麼有本事，怎麼不去抓真正的犯人？為難我們老百姓幹什麼？看我們老百姓好欺負嗎？你們不准我們離開，萬一殺人犯又出來了怎麼辦？一把火把我們全都燒死嗎？我們憑什麼和你們陪葬啊！」

人們跟著婦女大喊大罵，肖誠心應接不暇，一張臉漲得通紅，腿都有些發軟。

雖然是市局的刑警，但他過去根本沒見過這種場面，以前在其他部門混，之後到積案組接著混日子。若不是這次上頭下令偵破積案，他都快忘記自己也是刑警了。

群眾吵得厲害，他恨不得馬上就喊一聲「想走就走」，但他又不敢私自做主，放這些人回去。花崇說得沒錯，凶手必然在遊客和村民中，而且凶手心思縝密，具有反偵查意識，肯定知道半夜離開更容易暴露自己，所以凶手現在大概還在村子裡。

絕對不能放賊歸山！

肖誠心不停為自己打氣，被罵再難聽的話也忍著，心裡再沒底，腳步也不後退，硬是沒讓一個人中途離開。

這麼做，他其實也有自己的私心。柳至秦不是說了嗎，這個案子說不定與錢毛江的案子有關係，萬一破了這個案子，十年前的積案也跟著破了呢？

退一步來說，就算兩個案子其實並無關聯，此番他幫了花崇，花崇於情於理，也該留下來幫他偵破積案，將來他再找重案組幫忙，也更有底氣。

花崇和柳至秦回到村裡時，正見到肖誠心帶著積案組的警員，帶領遊客和村民一個個進入偵訊室。雖然每個人看上去都很焦慮，肖誠心也滿身的汗，但秩序總算勉強維持住了。

「花隊、小柳哥，這邊！」張貿剛從一間辦公室裡出來，一看到他們就跑了過來：「袁菲菲和許升在裡面，情緒都不太穩定，一直說不知道為什麼會發生這樣的事，還說害怕同樣的事會發生在自己身上。」

袁菲菲、許升，正是范淼三人的同伴。

花崇挑起眉，「同樣的事發生在自己身上？」

「他們不僅是羨城老鄉，國中還念同一所學校，叫羨城七中。」張貿道：「他們覺得，凶手可能是在殺七中的學生。」

「瞎扯。」

「我也覺得挺瞎的，但他們非要這麼說。」張貿歎氣，「那個羨城七中，是他們市內有名的混混國中，就跟我們的洛城十一中一樣。范淼和盛飛翔念書的時候成績不好，國中畢業後就沒讀了，去上了技校。周良佳倒是念了高中，後來還考了大學。」

柳至秦拍拍張貿的肩，「好，我們去和他們聊聊，你去肖誠心那裡幫忙。」

袁菲菲今年二十七歲，在洛城一所幼稚園當幼教老師，一雙眼睛已經哭腫了，但看上去恐懼多過悲傷。

「我真的不知道良佳他們為什麼會遇害，還死得那麼慘。」她擦著眼淚，肩膀瑟縮，「我們幾個認識很多年了，小時候經常一起玩，中途斷過聯繫，後來發現都在洛城工作，才又變熟。週末和節假日，我們有時會聚一聚，但是一起出來旅遊這還是頭一次，哪、哪知道會出這種事……」

「這次活動是誰約的？」花崇問。

「誰約的？」袁菲菲想了好一會兒，「這個說不清楚，每次聚會的時候，大家都會提到出來旅遊，但是時間一直兜不攏，就拖了很久。我、我不記得最初說要出來玩的是誰了。」

花崇點頭，「你們五人之間，妳和誰關係最好？」

「當然是良佳。我和范淼他們其實不算熟，如果不是良佳每次都拉著我，我可能不會和其他人玩在一起。」

「昨天晚上，妳也在盧鹿山上？」

袁菲菲很緊張，「我沒有上去。」

「他們都上去了，妳沒有上去？」

「我不、不喜歡鐃舌音樂，覺得太吵了。而且來這裡之後，我們已經玩了幾天。我覺得很累，就沒有跟著上去。」

「那音樂會開始前後，妳在哪裡？」

「我……」袁菲菲低下頭，快速搓著手指。

花崇的眼神略微一深，「回答我。」

「我在村裡散步。」

「哪條街、哪條巷？從哪家店附近經過？」

袁菲菲雙眉緊鎖，忐忑道：「你不會是把我當成凶手了吧？怎麼可能是我？我一個女人，哪有能力害他們三人？而且他們是我的朋友！」

「放鬆。」花崇右手做了往下壓的動作，「對其他人，我也會問這個問題。」

袁菲菲的眼神有點飄，想了一會兒才說：「我就是隨便走走而已，沒有記哪條街哪條巷。」

花崇沒有繼續追問，在記事本上做了個記錄。

洛觀村自從成了旅遊景點，每個休閒農莊都裝了監視器，很多街巷上也有公共攝影機。雖然盲區難以避免，但袁菲菲如果真的是「隨便走走」，那理應會被其中幾個攝影機捕捉到。

「妳最後一次見到周良佳他們，是什麼時候？」花崇又問。

「下午四點多，我和良佳在一家甜品店吃刨冰。」袁菲菲說：「晚上虛鹿山上有燒烤宴會，所以這幾天我們都沒有吃晚飯。離開甜品店後，良佳回『山味堂』和范淼他們會合，我沒有跟她一起回去。」

「妳從那個時候就開始散步了？」

「沒有，我不上山，吃不了山上的燒烤，就去找吃晚飯的地方。」袁菲菲搖頭，「我在村口的一家蘑菇餐廳吃了一份磨菇米線，老闆娘還和我說過話，她應該記得我。」

花崇心想，村口那家，應該就是自己與柳至秦上次去過的那家。

「我回『山味堂』的時候，良佳他們已經上山了。」袁菲菲繼續說：「我休息了一會兒才出門散步。」

花崇把時間統統記下來，合上記事本，「在羨城七中念書的事，妳還有印象嗎？」

袁菲菲不解，遲疑道：「都過去十幾年了。」

「十幾年說短不短，但說長也不算太長。」花崇說：「范淼、盛飛翔、周良佳有沒有做過什麼出格的事？」

「良佳應該沒有吧，我想想。」袁菲菲擰著眉，陷入了沉思，「她比我大一歲，是上一屆的級花，人漂亮，成績也不錯。大考考得很好，上的是羨城最好的高中。」

「那范淼和盛飛翔呢？」

「打群架算嗎？」

花崇摸著下巴，暫時沒有說話。

打群架這種事，在國中生之間太常見了，十四五歲時正是男生最叛逆、最皮的時候，在教學品質不那麼好的學校，一個男生沒打過群架才稀罕。

范淼等人做過的某一件事令凶手記恨至今，這件事不應該只是男生之間的群架。

「其他的我就不知道了。」袁菲菲垂下眼，又開始發抖，「誰這麼狠啊……」

另一間辦公室裡，許升也發出了同樣的感歎。

他今年也是二十七歲，在夜店當調酒師，長得人高馬大，眼神卻相當慌亂。

這倒也正常，事發之前，他與范淼三人一同上山，出事後，他與很多遊客一起看到了被燒得面目全非的屍體。

柳至秦問：「你們是一起上山的，為什麼會分開？」

「山上人太多了，擠著都能擠散，而且我很喜歡嘻哈文化。」許升說：「音樂會開始之前，我就跟他們說過，等等我會到最前面去，有機會的話就上臺去跟嘉賓ＰＫ。范淼說會在下面幫我錄影，但是我擠到第一排去之後，就沒再看到他們了。」

「也就是說，你們是在音樂會開始前後分別的？」

「嗯。後來我打給范淼，打不通。我當時以為是太吵了，他沒聽到。沒想到，那時候他可能已經……」許升說著捂了捂眼眶，重重地歎了口氣。

「把你的手機給我。」柳至秦說：「我看看你撥打電話的時間。」

許升把手機解鎖後放在桌上，「我記得是八點左右。音樂會八點正式開始，但是七點已經開始熱場了，我當時不知道他們走到哪裡了，急著上臺ＰＫ，才會打給范淼。」

柳至秦一看，八點十二分、八點十三分，許升打了兩通電話給范淼。

以現場的吵鬧程度，的確有聽不到鈴聲的可能。但這個時間，工作人員已經開始布置火堆，那麼范淼就不是因為吵鬧聽不到鈴聲了。他已經和盛飛翔、周良佳一起，被安置在助燃物裡。

「這幾天你們一直待在一起嗎？」柳至秦問。

許升侷促道：「算是吧。出來就是吃飯、打牌。」

「他們有沒有什麼比較異常的舉動？」

「其、其實我不知道什麼舉動叫異常。」許升猶豫了一會兒，說，「我們只是普通朋友，念過同一所國中，現在都在洛城工作，同鄉加同學，所以才偶爾聚一聚而已，彼此之間說不上特別親密、瞭解，尤其是我和袁菲菲。」

「怎麼說？」

「袁菲菲和周良佳的關係不錯，我只和范淼熟，而范淼和周良佳很好，平時聚會都是他們在約的。」

柳至秦在心裡理了理這五人的關係——校友、老鄉，但親疏有別，中心人物是周良佳和范淼。

「周良佳、范淼是單純的朋友，還是戀人？」柳至秦問。

「聽說周良佳高中時和范淼談過一段時間。」許升說：「我不太清楚，我和他們當時不在同一所學校，現在他們應該只是普通朋友吧。范淼換過挺多女朋友，周良佳這幾年也交過幾任男朋友。」

戀人分手，成了朋友。柳至秦琢磨了一會兒，「我剛才聽我同事說，你很害怕？」

許升背脊一繃，冷汗直下，聲音顫抖起來，「我能不怕嗎？他們無緣無故就被燒死了，還是跟我一同旅行、一同參加活動時被燒死。凶手的目標裡會不會還有我？如果我沒有跑到舞臺上跟嘉賓PK，我是不是也已經被燒死了？」

柳至秦微揚起下巴，「你為什麼認為，你也會成為凶手的目標？」

「我怎麼知道？但是范淼他們被燒死了啊！我、我和袁菲菲都是他們的同伴！」

「你和范淼一樣，做過什麼無法被別人原諒的虧心事嗎？」柳至秦聲音很輕，卻帶著幾分蠱惑，「這件事對某個人造成了無法逆轉的嚴重傷害？」

許升愣了幾秒，忽地站起來，雙眼圓瞪，「我沒有！我沒有！」

「坐下。」柳至秦敲了敲桌沿，「你再好好想想，有沒有和范淼他們一起得罪過什麼人？」

許升喘著粗氣，拚命搖頭。

柳至秦丟一包餐巾紙給他，突然笑了，「那凶手要報復的就只是范、盛、周三人，和你，和袁菲菲都沒有任何關係。」

許升稍微平靜下來，擦掉一臉的汗，警惕地瞥了柳至秦一眼。

柳至秦耐心地引導：「你再回憶一下，他們三人得罪過誰？」

許升閉眼皺眉，想了許久，搖頭道：「我真的沒什麼印象了。如果得罪了什麼人就得被燒死，那、那也太過分了。」

柳至秦往後一靠，「那你先休息一下，一旦有頭緒，即便是一件小事，也要立即告訴我。」

許升看起來很糾結。

柳至秦冷冷地笑了一聲，「這不單是幫助我們破案，也是保護你自己，明白嗎？」

許升顯然被嚇到了，不停地點頭，「明、明白。」

與此同時，其他排查、偵訊也在迅速而有序地進行著。

晚上，花崇召集重案組和積案組隊員開會。

洛觀村小是小，派出所卻修得又大又氣派，會議室坐了一大群人，竟然也不顯得擁擠。照肖誠心的話來說，就是這地方的人窮怕了，突然富起來，別說是派出所，就連廁所都要修成宮殿。

一名積案組的隊員先彙報了晚上駕車離去的遊客名單，一共二十七人，只有七人沒有上山參加活動，但在案發前後，他們均被村裡的攝影機拍到了，不在場證明充分。上山的二十人則始終處於主舞臺附近，同樣沒有作案可能。

這個結果並不令人意外。凶手留在洛觀村裡，不僅是想看後續，更重要的是將自己隱藏在遊客之中。

「攝影機最後一次拍到范淼是六點四十七分，當時他正在一個露天水吧旁邊和盛飛翔說話。」袁昊一邊說一邊播放影片，「周圍有很多人，但沒有看到周良佳。」

「周良佳為什麼會和他們走散？」肖誠心問。

袁昊摸了摸鼻梁。顯然，這個問題他無法回答。

「繼續。」花崇道。

「我在監視器裡找到了許升。他沒撒謊，在騷動發生前，他一直在主舞臺旁。」袁昊說：「不過花隊，你讓我查袁菲菲的行蹤，我只看到她在五點五十八分離開『山味堂』，之後再被拍到時，已經是十點二十三分，在『山味堂』對面的街上。那時山上已經出事了，大量的遊客正在往村裡趕。」

「她消失了四個多小時？」張貿看向花崇，「這不對啊，她如果是按自己所說，在村子裡散步賞景，那沒有理由沒被攝影機拍到啊！她刻意避開了所有攝影機？她根本不在村裡，而是上了山？這兩種情況都很可疑啊！」

花崇「嗯」了一聲，接著問：「還有呢？已經排除了多少人的作案可能？」

「事發時，大部分遊客和村民都有不在場證明。」袁昊說：「初步調查下來，一共有二十六人行蹤不明，袁菲菲在這二十六人裡。」

「那其他人是不是可以回去了？」肖誠心問得沒什麼底氣，悄悄斜了花崇一眼。

「去安排吧。」花崇不像晚上趕來時那麼嚴厲，甚至還笑了笑，「肖隊，今天辛苦了。」

肖誠心睜大眼，受寵若驚。

花崇說：「安撫那麼多群眾，讓他們配合調查不是一件容易的事，你做得很好。」

肖誠心鼻孔鼓了鼓，有點得意，又有點委屈。

花崇沒有繼續誇獎他，轉向其他人，「現在畫出了嫌疑人的範圍，就一個一個去查。凶手狡猾，並且具有反社會人格，只要發現誰有疑點，就立即彙報給我。」

散會後，隊員們一邊討論一邊離開。肖誠心走在最前面，風風火火的，看起來非常有幹勁。

柳至秦也站起來，腳步剛動，手腕就被花崇抓住。

「嗯？」他低下頭，有些詫異。

花崇收回手，「你別急著走。」

被觸碰的手腕傳來一陣熱度，柳至秦本能地抬起手摸了摸。

剛才，他並沒有要走的意思，只是坐得太久，想站起來活動一下而已，花崇居然以為他是想先溜。

「我不走。」他說，「我還有事情要跟你說。」

花崇馬上進入狀態，「你查到了什麼？」

「我查過他們五個人最近的通訊以及上網記錄。」柳至秦說：「這次團體旅行，是袁菲菲極力推動的。她在一個月以前，就訂好了『山味堂』的房間。而且，這已經是她第四次來到洛觀村。」

◆

警室的燈光比「山味堂」客房裡的落地燈亮了許多，且無法調節，打開時亮如白晝，關掉後黑暗陡然降臨。

袁菲菲作為重要的案件相關人士，既不能離開洛觀村，也暫時不能回「山味堂」。晚間的一次偵訊結束後，一名警員將她帶到走廊盡頭的辦公室裡，告訴她不能擅自離開，接著關上了門。她先愣愣地坐在一張靠椅上，而後抬起雙腳，雙手抱住小腿，受不了燈光似的將臉埋進膝蓋。

但這個姿勢並未維持太久。片刻，她慌張地從靠椅上跳下來，踉踉蹌蹌地衝到門邊，「啪」一聲關掉了天花板上的燈。

一瞬間，光明被漆黑替代，房間裡充斥著急促的呼吸聲與越來越快的心跳聲。

黑暗裡本該什麼都看不到，門縫與窗簾未完全拉上的窗戶卻滲進些許光亮，將存在於這方狹小空間裡的一切，變得影影幢幢。

她緊緊靠著牆壁，十指曲起，指尖幾乎要嵌進牆壁中，指甲與牆面摩擦，發出令人牙瘆的聲響。

恍惚間，她似乎看到黑暗中燃起一團黑色的火，火裡有五個矮小的身影掙扎著，似乎是五個痛苦的小男孩。幾秒後，五個身影漸漸融合，就像被燒化的鐵水。不久，影子再次改變形態，分裂成三個成年人。他們匍匐在地上，一邊哭嚎，一邊向她伸出手，彷彿在說——袁菲菲，救救我們，救救我們！

那三個人只有輪廓，但她知道，他們正是被燒死的周良佳、范淼、盛飛翔！

她顫抖著捂住嘴，不讓自己驚叫出來。她感到自己難以動彈，陰森的涼氣從腳底湧向全身，不久後，似乎連頭皮都凍得發麻。

她再也承受不住，一邊低聲抽泣，一邊摸索著按下頂燈的開關。灼眼的光明再次占據辦公室的每一寸角落。她驚恐萬分地張望，顧不得擦掉臉上的淚。

房間裡沒有黑色的火，也沒有死在村小的五個小男孩，更沒有被燒死的三名同伴。

一切都是幻覺！她脫力地跌坐在地上，胸口劇烈起伏，渾身顫慄，像剛經歷了一場痛苦至極的拷問。

辦公室一角的紅外線攝影機記錄下了她的所有情緒變化。

花崇掃一眼螢幕，右手撐著下巴，「上午跟她接觸時，我問過一個問題——這次旅行是誰的主意。她支支吾吾，說大家很早以前就想出來玩一次，只是苦於時間都喬不攏。當時她眼珠一直在動，不敢與我對視。現在看來，她撒的謊顯然不止這一個。」

柳至秦也看著螢幕，畫面裡的女人似乎沒察覺到攝影機的存在，此時正面對牆壁蹲著，一隻手用力砸著額頭，似乎想將什麼可怕的回憶從腦子裡趕出去。

花崇沒問柳至秦是以什麼方式查到袁菲菲過去半年的行程和私人通訊，畢竟這些事對柳至秦來說易如反掌，而他需要從柳至秦那裡知曉的只有結果。

他問：「袁菲菲前幾次到洛觀村是什麼時候？一個人？還是和誰一起？」

「一個人。」柳至秦回過頭，敲了兩下鍵盤，「今年三月二號第一次來，住在錢慶家的休閒農莊，三月五號離開；五月十七號又來了一次，這次是住在羅昊家的休閒農莊，五月十九號離開；上一次是六月三十號來，住在『山味堂』，七月四號離開。」

花崇瞳光微動，「她住的都是村小積案受害人的家！那這兩個案子……」

「必然有什麼聯繫。」柳至秦看著螢幕裡突然安靜下來的袁菲菲，又道：「許升說得沒錯，他們幾個不算特別要好的朋友，只是因為有老鄉、校友的情誼，所以偶爾才會出來聚一聚。他們在微信上有一個同鄉群組，裡面還有其他人，袁菲菲很少發言，有事都是私訊周良佳，看得出來和周良佳關係不錯。從八月開始，她頻繁地找周良佳，多次問她要不要抽個時間，大家一起去洛觀村玩幾天。」

「她只找了周良佳，所以盛飛翔、范淼、許升這幾個人都是周良佳約的？」

「對。周良佳和范淼的來往比較密切，而范淼與盛飛翔在合夥做生意，許升和范淼的關係也還行。」

花崇想了想，「袁菲菲知道，請周良佳出面約人的話，肯定能約到范淼，范淼大概能拉來盛飛翔，許升則是可來可不來……」

柳至秦點頭，「這次旅行，表面上是由周良佳牽頭，實際上是由袁菲菲發起。我們來排個序——

袁菲菲最先找到的是周良佳，周良佳接過約人的工作，說明她自己一定會參加。范淼與周良佳關係特殊，是幾人中第二可能參加的一位；盛飛翔與范淼在朋友之上，還有一層工作關係，參加的可能性比范、周低，但是比許升高。現在的結果是，他們三人都被燒死了。而在幕後推動這次旅行的袁菲菲，精神狀態與行為都非常可疑。」

花崇站起來，走了幾步，手裡撥弄著一支筆，「她確實有重大嫌疑，但是……」

正在此時，檢驗科的一名警員匆匆跑來，喘著氣喊道：「花隊！『山味堂』那邊有情況！」

花崇站定，「發現什麼了？」

「下午我們在袁菲菲所住的客房裡，發現了大量泥土。現在經過檢驗比對，確定這些泥土部分來自廢棄的村小，部分來自虛鹿山！」警員歇了口氣，又說：「『山味堂』的服務生說，因為客人們一去虛鹿山，腳底就會沾上很多泥土，把客房的地板弄髒，所以他們每天都會仔細清理地板，把從客人們鞋底掉落的泥土都打掃乾淨。」

花崇立即明白過來，「所以現在出現在客房裡的泥土，都是袁菲菲昨天晚上帶回去的？她不僅去了村小，還去了虛鹿山！」

警員興奮道：「是！說不定就是她殺了范淼三人！」

不，不對！看著警員精神奕奕的臉，花崇忽然覺得事情不可能如此簡單。

在虛鹿山上布置火堆的人膽子極大，心思卻極細。並且要在那種情況下燒死三個活生生的人，心理抗壓能力也必然非常出眾。

這三個特徵，袁菲菲一個都沒有。她膽子很小，一句話就能嚇得直發抖，恐懼全部顯露在眼中，且那種神態絕對不是裝出來的。

她的心思也算不上細膩，否則不會用微信向周良佳表達訴求，更不會在去過犯罪現場之後，將從山上帶回來的泥土留在客房裡。心理抗壓能力她更是幾乎沒有，此時她在另一間辦公室裡的情緒化舉動就是證明，但她又確實很可疑、很有問題！

她為什麼要讓周良佳約人來洛觀村旅遊？

為什麼三次獨自前來，次次都住在村小案受害者的家中？

她和錢毛江、錢慶、羅昊有什麼關係？

她昨天晚上避開監視器，去早已廢棄的村小和虛鹿山幹什麼？

她為什麼要謊稱自己只是在村裡散步？

如果周良佳三人是她殺的，那麼她的動機是什麼？

正想著，一道人影出現在門外——竟是許升。

「你、你們說，如果想起了什麼，要及時告訴你們。」許升不安地搓著手，往走廊的盡頭望了望——那裡正是袁菲菲所在的房間，「我想起了一件國中時發、發生的事，不知道對你們破案有沒有幫助。」

花崇連忙讓他進來，關上門，見他太緊張，於是將菸和打火機放在他面前。

他忙不迭地抽出一根菸，打火，點燃，深吸一口，過了半分鐘，才勉強鎮定下來。

「別緊張，你慢慢說。你提供了線索，我們肯定會保護你。」柳至秦在他對面坐下，而花崇走去窗邊，「唰」地一聲將窗簾拉上。

「這件事和袁菲菲有關。」許升剛說一句，又解釋道：「但我沒有說她是凶手的意思啊！」

「你儘管說，我們自己會判斷。」柳至秦道：「不過有一點，你說的必須是事實，不能編造。我的同事目前正在羨城排查走訪，國中時發生的事，你知道，你的同學可能也知道。你如果說了假話，經過對比，我很快就能查出來。」

許升連忙擺手，「都這個時候了，我為什麼要騙你們？我保證我說的都是真話！」

「嗯。」柳至秦點頭，「那就開始吧。你們國中時發生了什麼事？」

「和我沒有關係！」許升再一次撇清關係，之後咽了咽唾沫，道：「那個什麼，袁菲菲念國中時追過盛飛翔。」

聞言，花崇與柳至秦眼色皆是一變。

「追是指告白？」

國中生之間的「追求」，柳至秦實在想不到別的方式。

「嗯。但盛飛翔看不上她，沒答應。那時候盛飛翔和范淼關係很好，打架、收保護費都在一起，盛飛翔拒絕了袁菲菲之後，就和范淼一起耍她。」

「耍？」花崇問：「什麼意思？」

許升一愣，立即解釋：「不是那個『耍』，就是欺負她、逗她。」

「說具體一點。」

「唔，我想想。」許升低下頭，組織了半天語言，「國中生不是有挺多早戀的嗎？我們那間國中不好，男的很多都是混混，女的呢，就愛跟這些混混混在一起，可能感覺特別有面子吧。當時范淼和盛飛翔是混得比較好的，范淼很酷，盛飛翔長得帥，特別憂鬱的那種，很多女的都喜歡他，袁菲菲就是其中之一。」

花崇抿唇靠在窗邊。他倒是沒想到，袁菲菲和盛飛翔還能有這一層關係。

「你們別看袁菲菲現在長得挺好看，念國中時她又醜又胖，臉上還長了很多青春痘，戴著一副眼鏡，性格也不怎麼開朗，只和幾個女的玩得來。在我們男生眼裡，她就是個沒有存在感的醜女。」許升說著，感歎道：「不過女大十八變，只要會化妝、會打扮、會拍照、會修圖，就不可能醜到哪裡去。」

柳至秦見他要扯遠了，問：「盛飛翔是因為她長得醜，才看不上她？」

「當然了！她膽子小，又文靜，平時都很少跟男生說話。喜歡盛飛翔之後，居然敢寫情書給他。但追盛飛翔的女生都排到校門外了，班花、級花多的是，還有高中的學姊，盛飛翔哪看得上她啊？」許升低聲道：「別說盛飛翔了，我也看不上她。」

花崇道：「你和袁菲菲不在同一個班，這件事連你都知道，並且記得，是因為當時鬧得挺大？」

許升直點頭，「盛飛翔當場就扔了她的告白信和禮物，全校都知道了！那個學期袁菲菲簡直成了笑柄，很多女的罵她癩蛤蟆想吃天鵝肉，連盛飛翔都敢追，也不照照鏡子，看看自己長了什麼歪瓜裂棗的臉。」

花崇眼皮跳了跳，臉色陰了下去。

一個十四五歲的女孩，不漂亮，也不開朗，各方面都與「優秀」無緣。喜歡上一個長相英俊的男生，表白被拒絕，禮物被丟棄，此後被同學嘲笑羞辱——這一段極不愉快的經歷會在袁菲菲的心裡留下什麼？

「由我說這種話不太合適，畢竟我和盛飛翔後來也算是朋友，他現在都過、過世了……」許升又結巴起來，「不、不過……」

「不過什麼？」柳至秦問，「把你想到的都說出來。」

許升深吸一口氣，「不過他國中時真、真不是個東西！」

「他喜歡欺負女同學，仗著自己長得帥，仗著受歡迎，隨意玩弄別人的感情，很輕浮，也很虛偽，是嗎？」

花崇已經想像出盛飛翔青春期時的模樣了。

「嗯、嗯！」許升道：「應該就是不懂事，沒有開竅吧。成年後，他就很穩重了。在洛城第一次見到他，我都覺得他變了個人。可能男人小時候都是那樣吧。」

花崇不贊同這種說法。事實上，很多性格惡劣的混混都比同齡人先步入社會。經歷社會的洗禮後，他們漸漸變得圓滑、會做人，多年後再次見面，時常給人一種「浪子回頭」、可靠的感覺。但並非所有男人小時候都像他們一樣以捉弄人為樂。他們成年後的成熟、可靠也絕對無法將他們年少無知時做過的荒唐事一筆勾銷。

「你還記不記得，盛飛翔當時是怎麼欺負袁菲菲的？」柳至秦接著問。

「記得一些。」許升說：「他經常把袁菲菲叫出來，讓她當跑腿的。揍倒是沒揍過她，畢竟她是女的。袁菲菲也是傻，都被拒絕了，還任他呼來喚去，沒什麼骨氣……」

「他們這種畸形的關係維持了多久？」

「沒多久，盛飛翔很快就交了個女朋友，是另一個學校的校花。像袁菲菲這種醜女，逗一會兒是有趣，久了盛飛翔也煩了吧。」

「也就是說，在這之後，他們兩人就沒什麼交集了？」花崇問。

「差不多，後來大家都不在同一所學校，聯繫就斷了。」許升抓了兩下頭髮，「我也是這幾年才再次見到袁菲菲，她完全變了，容是沒整，就是五官張開了，也瘦了，青春痘沒了。相貌雖然還是比不上周良佳——周良佳以前是我們學校的校花，但是也算個漂亮女孩了。」

柳至秦略感不解，「她和盛飛翔再次遇見，相處起來不會尷尬嗎？為什麼還會成為朋友？」

「前幾次聚會都是周良佳拉袁菲菲來的。其實也說不上多尷尬吧，畢竟是十來年前的事了。那時候大家都不懂事，現在都是成年人了，誰還會計較那麼多呢？我聽說盛飛翔還跟她道了歉，誇她漂亮。有次喝了酒，盛飛翔還開玩笑，說想追她。」許升又點起一根菸，「我們平時不怎麼聯繫，聚會也就是插科打諢，袁菲菲看起來像早就不計較了，多個朋友多條路，但是她心裡到底怎麼想，只有她自己知道。也就是發生了這件事，你們又非要我回憶從前，我才想起他們之前的事，我沒有說袁菲菲是凶手的意思啊！」

花崇瞇了瞇眼。許升的表情和語氣都相當可笑，一邊假惺惺地為袁菲菲開脫，一邊旁敲側擊地說袁菲菲和盛飛翔、范淼有矛盾。就好比一個人將另一個人罵得狗血淋頭，最後又來一句——我沒有批評你的意思啊。

柳至秦又問了幾個問題，許升一一作答，緊張道：「你們看，該配合的我都配合了，我也沒有作案的動機和時間，主舞臺旁的攝影機都拍到我了。我是不是可以回去了？我只請了幾天假，假期結束我還得趕回去工作。一個人在外打工，不容易啊！」

柳至秦看了看花崇。花崇擺手：「今天太晚了，開山路容易出事。明天再走吧。」

許升如蒙大赦，趕緊道：「好、好，我就在洛城，哪裡都不去。如果你們還有什麼需要向我瞭解的，我隨叫隨到！」

又一次被請到偵訊室，袁菲菲的狀態比上午還糟糕。

花崇拿著一個小號證物袋晃了晃，「看得出來這是什麼嗎？」

袁菲菲盯著證物袋，眼中流露出不解與驚慌，「土？泥土？」

「在妳房間裡發現的土。」花崇將袋子放在桌上，直視著袁菲菲的眼睛，「妳說妳昨天和周良佳分開之後，她回『山味堂』與范淼三人會合，妳去村口的那家磨菇餐廳吃晚飯，然後回到『山味堂』，之後再次出門，在村裡散步。」

「是啊。」袁菲菲緊擰著眉，「磨菇餐廳的老闆娘還和我說過話。」

「沒錯，她還記得妳。」花崇語速不快，「但妳在她店裡用餐時是下午五點多，她並不知道妳之後去了哪裡。」

袁菲菲的手指攪在一起，「我、我還能去哪裡？我就在村裡散、散步啊。」

「村裡的公共攝影機不少，如果妳在遊客多的地方散步，為什麼沒有一個攝影機拍到妳？」花崇語氣一變，「還是說，妳去的地方人煙稀少，根本沒有攝影機？」

袁菲菲睜大眼，更加驚慌，「為什麼這麼說啊？攝影機都有盲區，拍不到也很正常吧。」

見她還不願意說實話，花崇歎了口氣，「這證物袋裡裝的土，是妳從虛鹿山上帶下來的。」
袁菲菲似乎傻住了，汗從額角滑落，「什麼意思？我為什麼要把山上的土帶下來？」
「戶外鞋的鞋底有繁複的防滑紋，最容易攜帶泥土。袁菲菲，妳昨天晚上到虛鹿山上了吧？」
「我沒有！」袁菲菲幾乎是出於本能地反駁，聲音發顫，「我沒有上山，我在村裡散步！」
「不可能，『山味堂』每天都會清理地板。妳前天上過虛鹿山，黏在鞋底的泥土在一天之後已經掉落得差不多了。但妳房間裡出現的泥土不少，明顯是剛被帶下來的。」花崇向前一傾，「昨天晚上，妳上虛鹿山幹什麼？」
袁菲菲半張著嘴，臉上血色褪盡，「我、我……」
「妳不僅去了虛鹿山，還去了以前的村小。」花崇繼續逼問：「妳知道那裡發生過什麼事？」
「不，你胡說！」
袁菲菲站起來，似乎想逃離，但腿就像被抽乾了力氣，一步也挪不動。
花崇靜靜地看著她，語氣稍有改變，「妳和盛飛翔，只是單純的同鄉嗎？」
聽到這個名字，袁菲菲瞳孔猛地一縮。
「很多年前，妳喜歡他，而他傷害過妳。和他一同戲弄妳的，還有范淼。妳一直記得當時被羞辱的感受，對嗎？」花崇輕聲問。
袁菲菲用力甩頭，聲音帶著哭腔，「你在說什麼？我們只是朋友！我為什麼會喜歡他？」
「是嗎？那這個問題暫且略過。」花崇點了點桌子，「是誰籌畫了這次的旅行？」
「我不知道！」袁菲菲顫抖著坐下，「你問過我，我也回答了。挺早以前，大家就說想一起出來玩一次，這次時間剛好能湊在一起……」

「不，妳在撒謊。」花崇打斷她，「是妳向周良佳提議到洛觀村賞秋，並且催了她很多次。後來，周良佳約到了范淼，范淼叫來盛飛翔和許升。對妳來說，許升可來可不來，但盛飛翔和范淼必須來。」

袁菲菲啞口無言，汗一滴一滴落下。

「在你們這個同鄉小團體裡，妳從來不是特別積極策劃、參加活動的人，向來是周良佳拉著妳去參加聚會，這次怎麼突然變了？」花崇問：「洛觀村對妳來說是個很特殊的地方嗎？算上這次，妳今年已經來旅遊四次了。」

聞言，袁菲菲如遭雷擊，僵在座椅上。

「今年三月、五月、六月，妳三次隻身前來。是這裡的風景格外吸引妳？還是這裡發生過的事格外吸引妳？」

袁菲菲抱住頭，哭了起來，「他們的死和我無關，真的和我無關！」

◆

山裡晝夜溫差大，下午花崇把柳至秦的毛衣外套脫了放在椅背上，此時不得不再次穿上。毛衣最容易沾附氣味，在會議室放了一陣子，多了菸的味道，好在不難聞。

花崇只扣了一枚釦子，斜靠在派出所走廊的牆上，左手縮在袖子裡，右手正揉著太陽穴。

袁菲菲情緒近乎崩潰，什麼都不願意說，既不承認國中時曾向盛飛翔表過白，也不承認昨天晚上去了虛鹿山和村小。但這兩點根本不容她辯駁——第一，前往羨城走訪的同事已經證實了許升的話，第二，客房裡的泥土、村裡的攝影機都證明她沒有在村裡散步。至於三次獨自到洛觀村、催促周良佳籌備秋遊，就更是證據確鑿。

看上去，她就是因為國中時的遭遇，對盛飛翔、范淼懷恨在心，並遷怒范淼曾經的女友周良佳，忍氣吞聲多年，處心積慮地報復他們三人。

這個動機並非說不通，但在細節上卻極其矛盾——的確有人會忍辱多年，潛心謀劃復仇，但這種人受性格影響，必然很會控制自己的情緒。如果袁菲菲為了當年告白後遭到羞辱的事報仇，她不該像剛才那麼失態。

她是個情緒化的人，而凶手具有超乎尋常的冷靜。她就像一塊拼圖，而凶手是底圖，她這塊拼圖完全搭不上底圖。

從她表現出來的性格分析，她成年之後能原諒盛飛翔、范淼，並和他們成為朋友，只有一種可能，那就是她確實不在乎了，認為那時候大家年紀都小，不成熟，現在長大了，又都在洛城生活，彼此關照一下，偶爾出來聚個會也不錯。

但她為什麼要把人約到洛觀村？並且無法解釋昨天晚上為何跑去虛鹿山、村小。

這太奇怪了。

「幸虧我多帶了件衣服。」柳至秦從辦公室裡出來，關上門，「不冷吧？」

花崇搖頭，將毛衣裹得更緊，「袁菲菲還是老樣子？」

「嗯，不願意開口。」柳至秦道：「她現在顯露出來的情緒特徵，完全不符合我們所做的犯罪側寫。」

「但證據都指向她。」花崇吁了口氣，「她把人帶到洛觀村來，肯定有她的目的。不過這個目的不一定是燒死盛飛翔三人。」

「我最在意的是她為什麼會住在村小受害人的家裡。」柳至秦說：「難道她是想知道什麼？她和十年前的案子有關？」

「不應該。」花崇搖頭，「曲值他們已經查清楚了，她生在羨城長在羨城，直到十八歲到洛城念書，才第一次離開家。她不可能是錢毛江那個案子的參與者。」

說到這裡，花崇一頓，看向斜對面的一間辦公室。

辦公室的門從裡面打開，一名警員走了出來，緊隨其後的是一名眼熟的男子。

顯然，那間辦公室裡剛結束一場偵訊。

柳至秦也往那個方向看去，只見錢闖江轉過身，木然而冰冷的目光像生鏽的劍一般刺過來。與他視線相交時，花崇本能地擰了擰眉。

「他沒有不在場證明，有作案可能。」花崇盯著錢闖江的背影，低聲自語。

此時仍在派出所出沒的，都是在第一輪調查中被劃歸為「待查」一方的人。他們無法證明命案發生時，自己不在現場。

「他的狀態一直很奇怪。」柳至秦看向轉角處的樓梯，錢闖江已經從那裡下去了，「上次和這次，他都給人一種木訥卻無情的感覺。」

「我主觀上認為，像他這種人，做得出任何超乎常人想像、殘忍的事。而且他是生在洛觀村，長在洛觀村的村民，他熟悉這裡的一切，知道山上和村裡每一個攝影機的拍攝範圍，想搞到一套工作人員制服也是輕而易舉的事。作案之後，他能輕鬆地、神不知鬼不覺地逃離現場。」花崇說著，搖搖頭，「但現在沒有證據證明他就是凶手。而且我想不出他為什麼要殺害范淼三人，他根本沒有動機。」

「我在想，錢闖江和袁菲菲會不會存在著某種我們不知道的關係？」柳至秦雙手揣在衝鋒衣的口袋裡，「我只能查到袁菲菲住過『山味堂』，但沒有辦法查到袁菲菲住在『山味堂』的期間，和錢家兄弟有無接觸。如果有接觸，他們會聊什麼？」

「錢鋒江倒是好推測——他喜歡跟女性互相撩撥，自詡風流倜儻。袁菲菲獨自前來，化妝打扮之後，是城市熟女的派頭，和錢鋒江平時接觸的女人全然不同。錢鋒江肯定會對她感興趣，接著主動搭訕，聊一些無關痛癢、娛人娛己的閒話。」

「聊著聊著，袁菲菲就把話題引到了十年前的村小案上。」柳至秦突然道。

花崇眼尾一動，眉心輕微蹙起。

柳至秦繼續說：「袁菲菲三次來洛觀村，每次都住在村小案受害者的家中。范淼三人被燒死時，她不僅去了虛鹿山，還去了村小。之前我們一直認為她或許和村小案有關，但事實卻是十年前，她根本沒有到過洛觀村。那會不會有另一種可能——她是個好奇者？她對村小死了五個小男孩的案子極有興趣？」

花崇馬上明白了，點頭，「村口那家磨菇餐廳的老闆娘說過，有一些遊客是因為對十年前的案子感到好奇，才跑來旅遊的。」

「如果這是一條線索。」柳至秦來回走了幾步，「她好奇的原因是什麼？」

「有人只是單純地對某件事感興趣。瞭解感興趣的事，會為他們帶來無以倫比的樂趣。」花崇目光一凜，「而有的人在試圖瞭解一件事時，帶著極強的目的性，他們是為了模仿！」

柳至秦的神色也有了細微的變化，「從袁菲菲的性格來分析，她不像是那種單純會對凶案感興趣的人。相反，『懼怕凶案』才符合她的性格特徵。她到洛觀村來，住在受害人家裡，與受害人家屬接觸，『為了模仿』的可能性更高。」

「那假設這就是村小案、虛鹿山案的一個連接點，袁菲菲三次前來洛觀村的原因是想要實地瞭解村小案，從而模仿出虛鹿山案。到這裡，邏輯上沒有問題。」花崇低頭沉思，語速很慢，「但是即便拋開她不符合我們的側寫這一條，她作案前後跑去村小的行為也很古怪。時間緊迫，她完全不需要去村小。有去村小的工夫，為什麼不處理掉鞋底的泥土？去村小有什麼意義？難道是還願？」

柳至秦搖頭，「這不可能。」

「對，不可能。」花崇無意識地摸著毛衣的紐釦，「所以倒推回去，得出的結論就又和以前一樣——她的行為在邏輯上與凶手是撕裂的。」

柳至秦的目光落在花崇玩紐釦的手指上，一時有些走神。

花崇的手指說不上漂亮，但比很多常年與槍為伴的特警修長，骨節也很好看，帶著十足的力度，雖然有繭，但毫不影響整體觀感——大約是底子太好的緣故，指甲像是不久前才剪過，剪的時候可能太匆忙，或者是不專心，只是剪短了，卻沒有修整，線條並不圓滑，右手無名指和食指剪得太深，都貼著肉了，不知道剪的時候有沒有很痛。

如此想著，心尖居然麻了一下，痛痛癢癢的。一個想法躍躍欲出，又被強行壓了回去。

「小柳哥？」

大概是注意到身邊人正盯著自己發呆，目光直直的，花崇突然叫了一聲。

柳至秦連忙回過神，輕咳一聲，掩飾剛才的失態，說：「最開始時，我們其實是在分析錢闖江，說著就扯到袁菲菲身上去了。」

花崇眉梢一挑，手指從紐釦上挪開，摸了摸下巴，「不排除多人作案的可能，儘管從過去的經驗來看，這種講究儀式感的案子，凶手幾乎都只有一個人。」

「嗯，因為喪心病狂者很難找到一個完全信任的人。他們心理扭曲，仇恨一切，除了自己，誰也不相信、瞧不起。而殺人這種事，必須合作得天衣無縫。」柳至秦說：「對凶手來說，多一個人，就多一分拖累。」

花崇捂住臉抹了一把，「別說凶手，有時我都覺得，人多了是拖累，尤其是那種不大容易指揮、悟性較差的人。但人少了又忙不過來，就像現在，突然接手兩個性質惡劣的案子，重案組人手不夠，顧得了這頭，顧不了那頭。」

「積案組的做事效率確實差了些。」柳至秦明白花崇指的是誰。

花崇歎氣，「不過沒有他們，單靠重案組和刑偵一組還真的不行。就說肖隊吧，我有時看著他就著急，但他其實也做了事，也出了力。」

「嗯，每個人的能力都有差別。」柳至秦說，「不可能讓每個人都一樣出色。」

花崇脫口而出，「如果我手下的每一個人，都像你一樣就好了。」

柳至秦眼中一閃。

「我就是打個比喻。」花崇發現自己說溜了嘴，解釋道：「你比較聰明，悟性特別高，我心裡想什麼，不說你都知道。」

解釋完又發現，這解釋好像也有些糟糕。

氣氛一時有些緊張，花崇索性繼續說案子，「我明天去見錢鋒江，問一問錢闖江的情況。如果錢闖江確實有問題，照他們這岌岌可危的兄弟情，他這個當哥哥的也許能提供一些線索。」

「嗯。」柳至秦抬手在耳根撓了兩下，「我去錢慶、羅昊家，看他們還記不記得袁菲菲。」

此時夜已經深了，但是派出所仍然忙碌。和錢闖江一樣，一些沒有不在場證明的遊客和村民被留在辦公室，繼續接受調查。

從一間辦公室經過時，花崇聽到一把熟悉的男聲——

「你們還要我說多少次？我喝了酒！在房間裡睡覺！」

花崇駐足，「仇罕？」

柳至秦朝聲音傳來的方向掃了一眼，「去看看？」

再次見到仇罕，花崇差點沒認出來。這個長相普通的男人像幾天之間蒼老了十幾歲，還算茂密的頭髮白了許多，鬍子凌亂，皮膚油膩粗糙，眼中布滿紅血絲，穿著一件深棕色的夾克，上面黏著不知道是什麼的汙跡，整個人顯得分外邋遢。

一看到花崇和柳至秦，剛才還怨聲連天的仇罕突然安靜下來，嘴唇微張，眼中漸漸浮現出恐懼與焦急，「你、你們……」

「這個案子也歸我管。」花崇拉開一張椅子坐下，將手中的菸盒拋給仇罕，「自己點。」警員見到這架勢，就知道這裡不需要自己了，跟花崇說了一下仇罕的情況便快步離開。

柳至秦坐上警員留下的座位，花崇翻了翻偵訊記錄，眼皮一動，「你住在『羅家客棧』？」洛觀村只有一戶人家姓羅，「羅家客棧」是羅昊父母開的休閒農莊。

「便宜果然撿不得！攝影機壞了居然不換！這不是整人嗎！」

仇罕罵完表情一僵，心虛地垂下眼瞼。

花崇差點冷笑出聲。

記錄上寫得清清楚楚——仇罕稱自己來到洛觀村後，一直住在價格便宜的「羅家客棧」，平時上上山、逛逛村，喝酒睡覺，很少與人交流。事發之前，他覺得很睏，買了酒回房間喝，之後就睡了，直到被外面的喧嘩吵醒。

如果「羅家客棧」有監視器，那必然拍得到他進出客棧的時間。但不巧的是，攝影機壞了一周，沒修。工作人員也說不清楚他是什麼時候回來的，更說不清楚他後來有沒有再出去。如此，他根本無法證明自己說的是真話。

王湘美失蹤時，他為自己不換茶館的攝影機百般辯駁。而現在，當無法證明自己的清白時，他又憤怒地指責「羅家客棧」不換攝影機是整人。

柳至秦「嘖」了一聲，「王湘美的案子還沒結案，你急急忙忙地跑來洛觀村，是想逃避什麼？」

一聽到這個問題，仇罕的眼神變得更慌了，「我、我只是想出來散個心。知道的我都交代了，我又不是警察，就算我留在洛城，也抓不到殺害湘美的凶手……」

他說得極沒有底氣，眼神一直躲躲閃閃，即便停下來了，唇角也不自覺地動著，喉結不斷起伏，精神高度緊張。

——這一切，都看在花崇眼中。

沒有不在場證明，被暫留在派出所，任何人都會焦慮，甚至情緒失控。但一個完全無辜的人，面對警察不間斷的詢問時，憤怒、委屈、不甘會超過恐懼與慌張。而仇罕呈現出來的，卻是恐懼多過憤怒。

花崇慢悠悠地摸著下巴，心裡有了幾個猜測。

「看樣子你不太關心警方能不能偵破王湘美的案子，也不關心王佳妹現在過得怎麼樣。」柳至秦冷冷地笑了，「那你暫時留在這裡吧，協助我們調查昨天的案子。」

「協助」兩個字，柳至秦說得很重。仇罕的五官頓時扭曲了一下，冷汗從額角淌下。他低下頭，咽著唾沫，沒有說話。

離開辦公室，花崇說：「你故意用『協助』兩個字來刺激他，是看出來他非常害怕與警方打交道？」

「嗯。他的情緒不對，他害怕與警方接觸。」柳至秦一邊走一邊說：「我們調查王湘美一案時，他離開洛城，可能就有逃避警方的原因。他肯定沒有想到，洛觀村會發生這麼大的案子。」

「只有一種人會像他這麼畏懼警方。」花崇瞇了瞇眼，「他做過不能被警方知曉的事。」

這時，肖誠心從樓上匆匆跑來，「花隊，花隊！」

「嗯？」花崇轉過身。

「有兩個大學生急著回去上課，跟我的隊員鬧起來了。」肖誠心還是那副焦急毛躁的樣子，但好歹有立場和主見了，「我的想法是只要洗不清嫌疑，就算是天王老子都不能走，必須留在洛觀村。」

花崇笑，「沒錯啊。」

「但學生不好對付啊！」肖誠心苦著臉，「說什麼課業不能耽誤，耽誤了，學校會追究責任。這些臭屁孩子一個個伶牙俐齒的，好像他們缺了一堂課，我們國家的衛星就上不了天。」

「現在想起來不能翹課了？扯他們的淡。」花崇毫不留情地拆穿，「九月正是開學季，跑來這裡浪之前，怎麼沒想到會無法出席？出了事才知道得回去上課？」

「是這樣沒錯，但不能這樣跟他們說啊。」肖誠心歎氣，「畢竟是大學生。」

「大學生怎麼了？」花崇好笑，「大學生的身分是免死金牌，還是什麼不得了的通行證？嘖，未成年時需要保護，成年了還得搞特殊待遇？讓讓，我去看看。」

樓上最大的一間辦公室裡，坐著兩名洛城理工大學的男生，見到門被推開，都抬頭張望。

在上樓的路上，花崇已經從肖誠心那邊聽來了這兩人的情況。他們一人叫鄒鳴，十九歲，一人叫吳辰，二十歲，同校不同系，都是街舞社的成員，和另外四名社團成員一起來洛觀村旅遊。昨天晚上，另外四人在酒吧玩，人證和監視器證明都不缺，而兩人自稱在盧鹿山上參加音樂會、登山，但攝影機沒有捕捉到他們的身影。

如今，消除嫌疑的四人已經回去休閒農莊了，打算明天一早就趕回學校，鄒鳴和吳辰卻只能留下來。

花崇打量著兩人——鄒鳴長得比較秀氣，個頭不高，上穿襯衫與羊絨背心，下穿一條九分牛仔褲，說了聲「您好」，似乎挺有教養；吳辰一副戶外健將的打扮，平頭，橫眉豎目、虎頭虎腦的，雙手一直捏成拳頭，很生氣的樣子。

肖誠心說他們和警員鬧起來了，其實鬧的只有吳辰一人，鄒鳴幾乎沒有說話，事不關己地坐在一旁，好像既不擔心翹課，也不擔心被當成了嫌疑人。

「警察都像你們這樣辦案嗎？」吳辰聲音渾厚，自帶幾分咆哮感，「你們就不能先查查動機？我根本不認識被燒死的人，我有什麼動機犯案？」

花崇唇角抽了一下，被大學生教導「查動機」，這還是頭一回。

吳辰越說越激動，眉飛色舞的，將坐在他旁邊的鄒鳴襯托得越發安靜。

「同學，你先坐下。」花崇道：「你的手臂再揮舞下去，都快打到你旁邊那位的腦袋了。」

鄒鳴眼中閃了閃，茫然地看了吳辰一眼。

「你看我做什麼？我又沒真的打到你！」吳辰憤憤道：「你也說幾句啊，傻坐著幹什麼？再不爭取，我們真的會被當成嫌疑人留下來！」

「留就留吧。」鄒鳴無所謂道。

「你！」吳辰低聲罵了句髒話，「你缺課無所謂，我他媽再缺課就要被記過了！」

「那麼怕缺課，還來這裡玩什麼？」

花崇抱起雙臂，把剛才跟肖誠心說的話又說了一遍。

吳辰氣紅了臉，陣仗極大地往椅子上一坐，哼哼道：「你們想查就查，反正凶手不是我，也不是鄒鳴！」

「你說你昨天晚上獨自在虛鹿山未經開發的區域嘗試登頂。」柳至秦已經看完記錄，此時目光落在吳辰的衣褲、登山鞋的汙跡上，「你根本不知道鄒鳴在哪裡、在幹什麼，怎麼如此確定他是無辜的？」

「嘖！你看看他這個鳥樣！」吳辰說著提了提鄒鳴的衣服，作勢要把人拉起來，鄒鳴卻只是看了他一眼，無動於衷。他自討不悅，只能鬆手，訕訕道：「就他這個身子、這種膽量，殺什麼人？我看他連雞都殺不了！」

花崇看向鄒鳴，問：「昨天晚上，你在哪裡？」

「喂喂喂，這個問題不是問了無數遍了嗎？怎麼還問啊！」鄒鳴還沒說話，吳辰先不滿了，「他不是都說了嗎？在火堆旁聽歌！」

鄒鳴點點頭，語氣平淡，「嗯，我在離主火堆和主舞臺比較遠的地方聽歌，一個人，可能沒有人注意到我，也沒有攝影機拍到我。」

花崇看了看偵訊記錄，上面的確是這樣寫的。

位於虛鹿山半山腰的攝影機幾乎都安裝在主舞臺附近，一些角落根本拍不到。如果鄒鳴一直沒有靠近主舞臺和主火堆，那監視器沒拍到他也不奇怪。

「難道你們一天找不到凶手，我們就一天不能回學校嗎？」吳辰又開始咆哮。

「你的精神怎麼這麼好？」柳至秦說：「爬了一晚的山，白天又不斷接受偵訊，現在還這麼中氣十足。」

「你想唬我？」吳辰氣鼓鼓的，一拍胸脯，「我就是體力好，我和案子無關，你關我再久，也別想從我身上找到線索！」

「這不叫『關』。」柳至秦笑了笑，「你們這是留下來配合警方查案，明白嗎？話不可以亂說。」

鄒鳴歎了口氣，扯扯吳辰的衣角，「你別喊了，這是命案，我們暫時留下也是應該的。」

吳辰扯回自己的衣角，「你就是不懂得爭取！」

「爭不爭取都沒用。」花崇拍了拍手中的偵訊記錄，隔空點了點吳辰，「你，別給我吵了。案子查清楚後，我自然會放你回學校，也會向校方解釋情況。現在你跳得再厲害，也走不出洛觀村一步，不信你就試試。」

吳辰的拳頭握得更緊，眼神卻明顯怕了，半天才毫無氣勢地「哼」了一聲。

鄒鳴則是像沒聽到一樣，只是眨了眨眼。

◆

「昨晚行跡不明的一共二十六人，包括袁菲菲、錢闖江、仇罕，還有剛才那兩名大學生。」離開派出所，花崇吸了一口深夜的冷空氣，又道：「誰都有作案時間，但就我們現在掌握的資訊來看，只有袁菲菲一個人有作案動機。」

「而她又是心理狀態最不穩定的一個。」柳至秦將褪到胸口的衝鋒衣拉鍊往上一提，拉到貼近下巴的位置，「還是得繼續查啊。」

花崇聽到拉鍊的聲音，回過頭，忽然問：「你是不是冷？」

柳至秦一愣，「沒有啊。」

「你這衝鋒衣，好像沒有刷毛？」花崇說著伸出手，在他手臂上捏了兩下，「果然沒有。」

「這個季節還用不到刷毛。」柳至秦只好道：「我不冷，只是戶外有風，吹到脖子有點冷。」

花崇低頭看了看自己身上的毛衣，「我還是還給你吧，這件比衝鋒衣厚實多了。」

「別。」柳至秦連忙阻止，「把毛衣還給我的話，那你穿什麼？」

我不穿也行，穿你的衝鋒衣也行——花崇想了想，沒說出口。

「我不怕冷。」他只得說。

「不怕冷也穿著。」柳至秦說：「都給你了，還還給我？」

花崇覺得再爭執下去就矯情了，摸了一下空空的胃，問：「你餓不餓？」

忙了一天，中途只匆匆吃了一頓飯，早就餓過頭了，此時吃不吃東西都無所謂。但是出來吹了一會兒風，就想往肚子裡填一些熱呼呼的東西。

「要不然去村口那家蘑菇餐廳吃份砂鍋米線？那個熱，也方便。」柳至秦建議道。

花崇想起那位被錢毛江傷害過的老闆娘，「好，就去那家。」

村裡發生了大事，本該營業得熱火朝天的燒烤店幾乎大門緊閉，一條街走下來，居然只有村口的蘑菇餐廳還在做生意。

老闆娘臉上半分憂色都沒有，樂呵呵地招待著解決溫飽的客人。
花崇招手，「老闆娘，兩份蘑菇米線。」
老闆娘抬眼，「喲！又是你們！等等啊，我家男人不在，做菜上菜都是我，快忙不過來啦！」
柳至秦拉開兩條凳子，坐下，看了看周圍吃蘑菇湯鍋和米線的人——都是明天才能離開洛觀村的遊客，一些休閒農莊今天沒做飯，他們只能出來找吃的。
「我想起來了。」花崇說：「這家的老闆叫錢生強，在二十六個無法證明行跡的人之中。」
柳至秦往後場看了一眼，「那老闆娘還這麼高興？」
花崇撕開衛生套裝的塑膠膜，「上次我就注意到了，他們關係不睦。」
柳至秦挑眉，「我沒發現。」
花崇笑，「你觀察得沒有我仔細。」
不久，老闆娘把兩份砂鍋燉的蘑菇米線端出來。
花崇隨口問：「昨天晚上錢生強沒在店裡？」
老闆娘已經知道他們是警察了，擺擺手：「鬼知道他死去哪裡了！這間店白天、晚上都我一個人負責，他想起來了才會來幫個忙。累啊，有男人和沒男人一樣。嗳，警察兄弟，昨晚那些人是誰害的，你們查出來了嗎？」
「妳很好奇啊？」花崇挑起一搓米線，放在沾醬碟裡。
「自己村子裡燒死了人，能不好奇嗎？」老闆娘哈哈笑，「跟你說，其實大家都好奇，不好奇的都是假裝不好奇。」

「妳倒是看得很透徹。」
「說說吧，查出什麼線索了沒？」
花祟有些無奈，「查出來了現在也不能告訴妳啊。」
老闆娘咧嘴，「我上次跟你們說了那麼多！」
「那這次也說說看？」柳至秦笑道：「妳這麼好奇，心裡肯定有些想法。」
老闆娘扭了扭身子，想法倒是有，「但說了怕你們不信。」
「妳倒是說啊。」花祟吹了吹滾燙的磨菇。
「我啊……」老闆娘壓低聲音，「我覺得有人想毀了我們整個村子！」
花祟的筷子一頓，「為什麼？」
「不爽啊！」老闆娘說：「你別看我們現在過得好像都挺好，但是內裡貧富差距大得很！就說我們家，我們家就窮，好在我心態好，不跟別人比。『山味堂』就富，日子比我們家好過多了。你們說，有人窮，有人富，窮的會不會嫉妒富的？」
花祟放下筷子，眼神微微一深。
老闆娘說的這種情況，在城市裡倒是挺常見，但是在鄉村裡……
「我們村子裡，以前是全村都窮得響叮噹，有錢的沒幾個。現在說是都富了，但是對比和落差比以前還大。」老闆娘繼續道：「嫉妒心可是很可怕的，有的人說不定會想——反正老子富不起來，你們和老子一起玩完算了！」
柳至秦與花祟對視一眼，都看懂了對方心裡的想法。

老闆娘說完，就去忙了。花崇道：「我們之前只注意到了受害人，忽略了這起命案可能引起的後果。」

「嗯。洛觀村會受到巨大影響，如果處理得不好，村民們賴以生存的旅遊業可能會就此崩潰。」

次日一早，錢鋒江趕到派出所，不等花崇提問，就緊張道：「我三弟可能有問題！他想毀了我們整個村子！」

◆

後半夜吹了一場大風，各家各戶院子裡的桂花掉了一大半。

清晨，洗清嫌疑的遊客已經離開了，「山味堂」難得一見地冷清下來。昔日繁忙的前廳空無一人，連應該值班的櫃檯小妹都不在，後院更是找不到人影。錢闖江四處轉了一圈，唇角竟爬上一抹沒有溫度的笑意。

他舉目看了看錢鋒江的房間，那裡門窗緊閉，也不知道裡面有沒有人。再看父親錢勇的房間，同樣是門窗緊閉，不過裡面肯定沒有人——錢勇在醫院住了那麼久，也許在這個深秋就會咽下最後一口氣。

他無動於衷地想像著父親的死亡，眼中沒有一絲感情，目光就像被冰水澆過一般發涼。須臾，他垂下頭，在原地安靜地站了一會兒，然後挽起衣袖，拿來一根掃帚，走去後院的桂花樹下，從容地清掃掉落滿地的桂花。

錢鋒江喜歡這些一到秋天就散發出濃郁香氣的桂花，喜歡一切關乎「浪漫」的東西。他卻毫無感覺，只覺得地上的一片金黃很是礙眼，就像即將枯死的落葉。

死了，不就該被清理扔掉嗎？還留在這裡做什麼？

落葉如此，桂花如此。

人，也如此。

「山味堂」的後院很大，有假山、有池塘。前幾年，錢鋒江附庸風雅，讓人種了許多桂花樹，如今大量桂花鋪灑在地上，清掃起來算不小的工程。但錢闖江並不惱，一點一點地掃著，甚至因為心情太美妙，哼起了不成調的歌。

那歌聲斷斷續續，時高時低，似乎正傳達著哼唱之人的喜悅。

在「山味堂」做了多年員工的李大嬸循聲找來，正要喊一聲「老三，派出所有人來找你了」，就莫名其妙顫了一下。

她狐疑地望著掃地的錢闖江，後知後覺地發現，對方哼的歌有點嚇人。但為什麼嚇人，她又說不上來。

她咽下一口唾沫，仔細一聽，漸漸辨出旋律，手臂上頓時起了一片雞皮疙瘩。

錢闖江此時正在哼的，居然是家中死了人後，在靈堂播放的哀樂！

——噔、噔、噔噔噔！噔、噔噔、噔噔噔！

哀樂本身渾厚而沉重，寄託著親人的哀思，但錢闖江偏偏是面帶微笑，用極其輕鬆歡愉的語調哼出來。那笑容，那曲調，那古怪的「噔噔」聲，簡直讓人毛骨悚然。

李大嬸渾身發麻，寒意陡生，咽喉像被掐住一般，僵了片刻後，忙不迭地奪路而逃。

聽到身後傳來的動靜，錢闖江這才停下哼唱，也停下清掃桂花的動作，看向前廳的方向。須臾，唇角詭異的笑容逐漸淡去。

派出所人來人往，走廊上充斥著罵聲與叫喊聲，相當嘈雜。不過辦公室的隔音效果不錯，只要關上門，外面的聲音就成了能被忽略不計的輕微悶響。

花崇已經不是頭一次與錢鋒江打交道，但還是第一次看到對方如此焦躁不安。

錢鋒江向來重視儀表，出門在外總是打理得像模像樣，不管面對男人還是女人，都竭盡全力展現出最完美的一面。但今天，他卻連基本的整潔都無法保持——頭髮沒有梳整齊，鬍子沒有剃，衣服還是昨天那一身，上面沾著幾點汙跡。

看上去，就像匆匆忙忙從家裡跑出來的一樣。

「吃過早飯了嗎？」

花崇將一個麵包、一盒牛奶扔到他面前的桌子上，拉開對面的靠椅坐下。

他用力搖搖頭，沒有動食物，問：「這裡能抽菸嗎？」

花崇點頭：「你自便。」

直到深吸一口菸，錢鋒江的情緒才穩定了一些，起皮的嘴唇動了動，「我弟……錢闖江肯定做了什麼！他有問題！」

「嗯，你說，我在聽。」花崇並不激動，起身推開窗戶，以便煙霧飄散。

「他、他很不對勁！」錢鋒江抽完一根菸，立即再點一根，「自從前天晚上虛鹿山上燒死了三個人，我就發現他的反應很不對，像、像瘋了一樣。」

「怎麼個瘋法？」

花崇面上冷靜，內心卻並非如此。只是錢鋒江緊張得說話都結巴，他如果再將心頭的煩躁表現出來，錢鋒江可能就說不出話來了。

「他好像很開心，一直在笑，那個笑嚇死人，笑得我渾身發毛。他、他還跟我說什麼死了好，大家一起完蛋。」錢鋒江抖起腿，「我承認，我和他一直不怎麼親近。尤其成年以後，我們各自有了各自的交際圈，我不知道他在幹什麼，他也不清楚我的生活。但是我們從小一起長大，他愛不愛笑我是知道的！他這個人，一年到頭都癱著一張臉，笑一次就像太陽從西邊出來。笑這種表情，好像根本就不該出現在他臉上！」

說到這裡，錢鋒江一頓，抬手按住眼皮，似乎那裡正在不受控制地跳動。

過了十幾秒，錢鋒江才繼續道：「但聽說虛鹿山有人被燒死，他居然笑得特別開心！你能想像那場面嗎？大家都很著急，他卻一個人『咯咯咯』地笑！剛出事的時候，我情緒比較激動，擔心這一燒，就把我們村發展起來的旅遊這條路燒掉了。他卻突然說大家一起完蛋，我嚇了一跳，來不及細想就推了他一把，叫他滾。昨天，我琢磨他的反應，越想越覺得奇怪，就問他為什麼這麼說。他笑得更奇怪，說什麼火把財源燒空，全村一起窮死，挺好。你聽聽！他說的是什麼話？」

花崇右手虛握成拳，輕輕抵在唇邊。

昨天晚上，受到磨菇餐廳老闆娘的啟發，他和柳至秦討論過虛鹿山上的命案可能為洛觀村帶來的後果——遊客不再前來，旅遊收入斷絕，整個村子重歸貧窮。

由這個後果可以推出凶手的動機，從而推出凶手另一個可能的身分，即洛觀村裡最不富裕的一部分村民。

錢闖江分明是洛觀村最富有的人之一，是洛觀村發展旅遊的最大受益者之一，為什麼會有相同的想法？這在邏輯上根本說不通。

錢鋒江抽菸很快，沒多久菸灰缸裡就堆滿了菸灰，插滿了菸蒂。

「昨天你們不是在查哪些人沒有不在場證明嗎？前天晚上，我們誰都不知道錢闖江去了哪裡，我問他他也不說。昨天他從派出所回來，行為變得更詭異了，一個人面帶微笑地站在後院，我以為他在幹嘛呢，走近才發現，他居然在哼哀樂！我靠，嚇死我了！」錢鋒江緩了口氣，臉色越發慘白地說：「而且他哼哀樂時面向的方向，是……」

「是」了半天，錢鋒江發起抖來，舌頭像突然打結一般，說不清。

花崇皺著眉，想像了一下錢闖江深更半夜面帶微笑哼哀樂的樣子，不得不承認的確有點嚇人，而錢鋒江直接看到了那副畫面。

半分鐘後，錢鋒江似乎終於拉直了舌頭，恐懼道：「是村小的方向！就是錢毛江被燒死的那個村小！我、我現在懷疑他就、就是凶手！錢毛江、錢慶那些人，還有這次死掉的三個人都是被他殺死的！他是個精神和心理都有問題的變態，正常人不可能會有他那種反應！」

花崇右手撐著額頭，腦子飛快地運轉。

照錢鋒江的描述，錢闖江具備虐殺案凶手的特徵。而在十年前與現在的兩樁命案裡，錢闖江都有作案時間，甚至有作案動機。但他為什麼要表現得這麼明顯？他身為洛觀村的「上層富人」之一，為什麼想讓洛觀村回歸貧窮？如果他真的是凶手，周良佳三人是被隨機選出來的「祭品」嗎？十年前他才十歲，他殺得了錢毛江五人？

錢鋒江抱住頭，肩膀顫抖不已，「以前我沒有跟警察說過，錢、錢毛江死的時候，錢闖江他也在笑，嘴裡也在哼歌。我當時聽不懂他在哼什麼歌，現在想來，可、可能也是哀樂！」

花崇神情一肅，「十年前你為什麼不說？」

「因為我不知道他可能就是凶手啊！」錢鋒江喊了出來，「我只是、只是以為他和我一樣恨錢毛江！錢毛江那個人無惡不作，在外面欺負別人，在家裡欺負我和錢闖江，沒人管得了！我們的父親，那個躺在醫院等死的老頭子，到現在都向著錢毛江！十年前我們才多大？我他媽差點被錢毛江打死！我們都希望錢毛江去死！錢毛江後來真的死了，死得還挺慘，被燒成一塊黑碳，我開心都來不及了！根本沒有想過誰是凶手，只覺得這個人是為民除害！」

錢鋒江說著，抹了一把額頭的汗，「我根本沒有想過，錢闖江可能就是……」

就是殺害錢毛江的凶手！

這時，屋外傳來敲門聲，花崇回過頭，「誰？」

「花隊，是我！」張貿在外面說：「小柳哥讓我來叫你，錢闖江到了。」

聞言，錢鋒江神情一繃，驚恐全盛在眉間。

花崇看他一眼，「這裡是派出所，沒什麼好怕的。」

錢鋒江慌張地點頭，「你現在要去審問他？」

「去跟他聊聊，看他怎麼說。」花崇站起來，「我讓其他警員過來，還有什麼話，你可以跟他們說。」

錢闖江穿著修身的風衣、款式時髦的休閒西裝褲，腳上是一雙擦得一塵不染的尖頭皮鞋，鬍子和頭髮都經過打理，似乎是精心打扮過才來派出所。

推開門的一刻，花崇幾乎產生了幻覺——坐在這裡的是錢鋒江，而剛才那個邋遢的男人才是錢闖江。不過皮膚黝黑、五官粗獷的錢闖江實在不大適合這身裝扮，看起來頗有「東施效顰」的效果。如錢鋒江所言，錢闖江唇角掛著笑，那笑容讓人很不舒服，就像憑空聽到指甲刮黑板的聲響。

柳至秦已經在辦公室裡了，手邊攤開的記錄本上卻一個字都沒有寫。

花崇打量著錢闖江，發現他不僅是穿著有了明顯的改變，整個人散發的氣場也和上次在「山味堂」見面時截然不同，沒那麼木訥壓抑了，好似突然間輕鬆了不少。

「心情很好？」花崇狀似隨意地問道。

錢闖江抬起眼，笑容未消，「還行。」

「昨天你已經接受過與案件有關的偵訊了，但今天我還是得親自問問你——前天晚上，你在哪裡？在做什麼？」

偵訊記錄上，錢闖江的回答是——在村邊的小河釣魚。

但這個說法無人為證，沒有人看到他釣魚的經過，也沒有攝影機在案發時拍到他的身影，他也沒有將釣到的魚帶回「山味堂」。他的話，就像漫不經心扯的謊。

提問之後，花崇一直盯著錢闖江。錢闖江幾乎紋絲不動，沉默了許久才道：「我去了村小，不是新村小，是出過事的那一個。」

柳至秦的指尖不經意地動了一下，問：「去那裡幹什麼？昨天為什麼說是去河邊釣魚？」

錢闖江無所謂地聳了聳肩，神情一改過去的茫然，竟有幾許懶散和戲謔的意味。

「去村小和去河邊有區別嗎？反正都沒有人為我作證。不管去哪裡，我都沒有你們所謂的『不在場證明』。如果你們認定虛鹿山上的人是我殺的，我無法證明自己的清白。」

「那他們是你殺的嗎？」花崇完全沒有被他的情緒左右，冷聲問道。

辦公室裡突然安靜下來，空氣裡浮著微不可聞的呼吸聲。

片刻，錢闖江咧嘴笑道：「你覺得呢？」

球被扔了回來，花崇半分不亂，「他們三人死了，對你有什麼好處？」

錢闖江笑出聲，「把這個村子打回原形算不算？」

花崇瞇了瞇眼。錢闖江此時說的話與反應，證明錢鋒江沒有撒謊，這個舉止異常的人，的確希望讓洛觀村好不容易發展起來的旅遊業毀於一旦。

可是為什麼？

「你是洛觀村經濟發展的受益者，而且是最受益的人之一。」柳至秦向前一傾，問：「洛觀村發展得越好，你就過得越好，洛觀村越富有，你就越富有。為什麼還想毀掉它？」

錢闖江沉默了，眼中像蒙了一層霧，似乎又回到了之前那種木訥的狀態。

許久，他才道：「因為不配。」

「不配？」花崇問：「什麼不配？」

錢闖江搖搖頭，不再說話。

「那錢毛江呢？」花崇又問。

聽到這個名字，錢闖江眉心猛然緊蹙，但很快又鬆開，笑道：「他死了，最開心的就是我和我二哥——錢鋒江。」

由於身上的疑點太多，錢闖江被暫時留在派出所。

上午氣溫回升，花崇已經脫掉了柳至秦的毛衣，此時正站在走廊盡頭的露臺，被陽光照得虛起雙眼。柳至秦走過來，手裡拿著的居然是兩塊雪糕。

「在小賣部買的，聽說是小時候的味道，嘗嘗？」

花崇接過一支，見到已經有點融化了，連忙咬了一口，微擰著的眉鬆開，「比洛城的好吃。」

柳至秦笑，「價格也比洛城的便宜，才一塊。」

兩人吃雪糕的速度都很快，花崇扔掉兩根小木棍，問：「你覺得錢闖江是凶手嗎？」

「他很像凶手。」柳至秦道：「至少比袁菲菲像，但我總覺得哪裡沒對上。」

「我也有種雲裡霧裡的感覺。」花崇點頭，「他具備作案的能力，也有作案的渴望，但十年前殺掉錢毛江等人、前天殺掉范淼等人的不一定是他。」

「最關鍵的是，他沒有親口承認，我們也沒有找到證據。」柳至秦握著欄杆的把手，「錢闖江顯然對村子裡出事感到很興奮，他剛才表露出來的情緒不是裝的。但他前後的言行充滿矛盾——他好像希望我們認為他與案子有關，甚至認為他就是凶手，卻不給出答案，不承認，不解釋，連最基礎的辯駁都沒有。我猜不透他到底想幹什麼。」

花崇道：「我倒是琢磨出一種可能。」

「嗯？」

「他想打亂我們的陣腳，看我們因為他而忙碌。」

柳至秦蹙眉，「他這麼做的目的是什麼？」

「假設他就是凶手，那他這麼做可能是為了拖延時間。在沒確鑿證據的情況下，我們無法給他定罪，有的證據會因為時間流逝而消失。假設他不是凶手，他突然蹚這一灘渾水，要嘛說明他精神有問題，要嘛……」花崇頓了頓，「他知道真正的凶手，並因為某種原因，打算幫助這個凶手。」

「我查過他的網路痕跡以及手機通訊，他的聯絡人中沒有可疑的人。」柳至秦說：「他在網路上呈現出來的性格非常孤僻，和他本人沒有什麼不同。如果他不是凶手，卻認識凶手，他和凶手是通過什麼方式聯繫？現在這個年代，總不至於靠寫信吧？」

「你還別說，村子裡真的有個郵局。」派出所算是洛觀村最高的建築之一，加上位置很好，站在頂樓的露臺上，基本上能將整個村子盡收眼底。花崇說著，往欄杆外指了指，「就那個紅房子，看到了沒？」

柳至秦向前探身，「那好像是個賣紀念品的時光郵局。」

「去看看？」花崇建議道。

柳至秦略感不解，「你不會真的認為錢闖江曾跟誰用信件聯繫吧？就算他寄過信，也不會在那種面向遊客的紀念品店寄啊。」

「看看再說。」花崇說著，朝走廊走去。

柳至秦歎了口氣，快步跟上。

紅房子修得不錯，像童話裡精靈們住的木屋。透過玻璃窗，看得見擺放在裡面的各式紀念品，還有一整面貼著明信片的牆。

若在平時，店裡肯定有不少填寫明信片的遊客。但現在，紅房子的門是關著的。

「遊客差不多都走了，留在洛觀村的說不定與案子有關。」柳至秦站在門外，「看來老闆懶得做生意了。」

花崇繞著紅房子走了一圈，「你覺不覺得這個房子有點奇怪？它的裝飾風格和其他休閒農莊、餐飲店完全不同。」

「其他都是中式，只有它是西式，走的是童話風。」柳至秦說著，退後幾步，左右一看，「它與街道、其他建築物都隔了一段距離。」

花崇拿出手機，「看來還是問問當地人好了。」

十幾分鐘後，上次陪他們去過村小的派出所巡警錢魯來了。這兩天村中動盪，警察更是不得安眠，錢魯頭上的白頭髮都多了不少。

「這個店是錢寶田家的，這不是沒生意嗎？就關了。」錢魯說，「開著不僅得有人守著，還浪費電。」

「錢寶田？」花崇對這個名字毫無印象。

「喏，就那戶『寶田』休閒農莊的老闆！」錢魯指著一百公尺遠的一戶人家，「他們家的休閒農莊經營得不錯，年輕人很多都愛住那裡。這個店好像是前兩年才開的，聽說主要賣什麼慢速明信片，很受年輕人歡迎，我不太懂。」

花崇聽出一些端倪，「那這個店還沒開前，這個紅房子是幹什麼的？為什麼和洛觀村的整體風格不符？我聽說這邊的房子都是統一規劃，連門都相同，這棟怎麼這麼特別？」

錢魯愣了一下，「紅房子？啊，這個房子就是錢寶田家蓋的。是這樣，我們村的建築的確基本上是統一規劃的，但是這裡不是中心地帶，最初規劃的時候也沒人認領，就一直空著。錢寶田準備弄個賣紀念品的店時，早就過了統一規劃的時間了。他們說什麼這種房子好看，中西合璧，年輕人喜歡，就蓋了，村裡也沒管，反正都是創收，大家過得好，我們整個村子才能更好！」

花崇掃了錢魯一眼，錢魯詫異道：「我、我說錯什麼了嗎？」

花崇搖頭，沒有解釋，心裡卻將錢魯的話和錢闖江的話順過了一遍。

同在一個村子裡生活，人的想法卻有鴻溝一般的差異。錢魯希望全村一起越來越好，錢闖江卻希望所有人一起完蛋。

突然，錢魯「喲」了一聲。花崇回過神，抬眼一看，發現兩個熟悉的身影。

柳至秦道：「鄒鳴和吳辰。」

「看！我就說年輕人喜歡這裡吧。」錢魯笑了笑，「他們肯定是想來看看紀念品，可惜錢寶田這老懶貨把店關了。不行，我得去叫他來做生意！」

鄒鳴和吳辰是從派出所的方向走過來的。他們暫時無法離開洛觀村，但也無需整天留在派出所，出來透透氣是被允許的。

一見到花崇和柳至秦，吳辰立即變了臉色，一副警惕萬分的模樣，連腳步都慢了下來。鄒鳴倒是沒什麼反應，走到花崇面前時，還禮貌地點了點頭，「你們好。」

吳辰往紅房子一看，非常不快，「好什麼好？都怪你要來這裡，門都沒開，你買什麼紀念品？回去了！」

鄒鳴偏頭看了看落著鎖的門，露出些許遺憾的神色，「嗯，那就回去吧。」

「你們來買紀念品？」花崇問。

「那不然呢？」吳辰說：「你沒說不許我們離開派出所。」

鄒鳴盯了吳辰一眼，吳辰立即火大起來：「你瞪我幹嘛？我又沒說錯！我們又不是凶手，怕什麼！」

鄒鳴歎氣，「你火氣別這麼大。」

「還嫌我火氣大？我都出來陪你買紀念品了，你還……」

「我沒讓你陪我。」鄒鳴打斷，「你自己非要跟著我出來的。」

柳至秦右手插在褲子口袋裡，和花崇一起看兩人鬥嘴。

吳辰吵吵鬧鬧，聲音越說越大，好似下一秒就要動手打人，但實際上只是陣仗驚人而已。反觀鄒鳴，連鬥嘴也是溫溫吞吞的，臉上的表情非常淡然，也不知是教養太好，還是凡事都沒放在心上。

正在兩人要離開時，錢魯把錢寶田叫來了，氣喘吁吁地說：「你們要買紀念品吧？別走別走！老闆來了！」

錢寶田滿臉笑地打開門，「請進，請進。」

花崇看向鄒鳴，只見他遲疑了一下，最先踏進店門的是吳辰。

「進來啊！」吳辰不耐煩地說：「不是你要買紀念品的嗎？」

「嗯。」鄒鳴這才上前幾步，走入店中。

紅房子從外面看起來很大，裡面卻因為擺了太多東西而不寬敞，一下子進入六個男人，立即擁擠起來。花崇打量著店中的陳設，柳至秦卻一直注意著鄒、吳兩人。

幾分鐘後，鄒鳴挑了一個木雕果盤，往結帳台走去。而吳辰還在左挑右選，大聲問：「你買好了？」

鄒鳴不答，付錢之後走到店門口，「你慢慢看，我回去了。」

「我靠！」吳辰只能放下手中的小玩意兒，追了出去，「噯，你走那麼快幹什麼？等等我！你買什麼？這什麼東西？難看死了……」

做工精良的木雕果盤售價不低，鄒鳴一來就選了最貴的一個，八百塊，連殺價都沒有就買走了。

錢寶田喜滋滋地拍錢魯的背，「謝了啊，多虧你通知我，不然就錯過一筆生意了！」

花崇走出店門，看了看鄒嗚和吳辰的背影，「要買紀念品的是鄒嗚，但對紀念品更感興趣的似乎是吳辰。」

「買木雕果盤需要精挑細選，最起碼應該將果盤整個看一遍。」柳至秦站在花崇身邊，「但鄒嗚甚至沒有將果盤展開，就著折疊的形態就付了款。而且木雕果盤不是洛觀村特有的紀念品，鄒嗚如果真的想買紀念品，不應該隨隨便便買一個木雕果盤。」

「他很敷衍。」花崇半眯著眼，「他在敷衍什麼？」

◆

「花隊，這是袁菲菲等十九名遊客的背景調查報告。」張貿抱著一個筆記型電腦從走廊匆匆跑過來，一進警室就喘了口氣，「曲副剛寄過來的。現、現今階段，感覺還是袁菲菲的嫌疑最大，她是唯一有明確作案動機的人！還有，曲副問，是否允許這些遊客的家屬來洛觀村？」

花崇手邊放著一杯冒著熱氣的紅茶，聞言抬眼：「曲值問這種問題？」

張貿連忙替曲值解釋，「曲副知道不該讓家屬來，但有些遊客的家屬在局裡死纏爛打，我們又不能為難群眾，曲副很難辦啊。」

「讓他找陳隊。」花崇喝了一口茶，「另外，遊客確實不宜在洛觀村滯留太久，一會兒我整理名單出來，明天一早，讓派出所按照名單安排遊客離開。」

張貿眼睛一亮，立即中氣十足道：「好！」

現在沒有不在場證明的遊客和村民一共有二十六人，但「沒有不在場證明」並不能與「就是凶手」畫上等號。村民還好說，他們本來就生活在洛觀村，可遊客還有自己的生活，一直耽擱下去不是辦法。只是花崇不鬆口，張貿也不敢提，畢竟到底誰是凶手，他心中雖有譜，卻無法確定。萬一把真凶放走了，責任他根本擔不起。

花崇決定放人，但也不是隨隨便便就放。下午，重案組開會，把十九名遊客的背景徹底分析了一番，並與陳爭、曲值視訊連線，最終擬出十三人名單。這十三人都是洛城市區和洛城轄內各縣城的人，他們可以離開洛觀村，但必須到當地派出所、分局登記。仍需要留下配合調查的六人分別是——袁菲菲、仇罕、鄒鳴、吳辰、廖遠航、李歡。

張貿不太理解待查的人中為什麼會有鄒鳴和吳辰，「他們只是大學生啊，而且背景沒什麼特殊的吧？」

「他們的言行有值得注意的地方。」柳至秦說。

哪裡值得注意？我怎麼沒發現？張貿心裡十分不解，卻不好意思問，想了半天只好道：「吳辰好像是有點可疑，這個人有暴力傾向，一言不合就想動手。」

花崇卻道：「不，可疑的是鄒鳴。」

「鄒鳴？」張貿懷疑自己聽錯了，「不會吧，我、我看他挺溫柔的啊。有禮貌，教養好，家庭條件不錯，在校成績也好。最關鍵的是，他和三名受害人毫無交集啊。」

這種人為什麼要想不開，跑來洛觀村殺不相干的人？

「他的母親叫鄒媚，未婚，今年四十三歲，知名海外置業集團的高管。」花崇說：「而他，是鄒媚八年前在孤兒院領養的孩子，他與鄒媚之間沒有血緣關係。」

張貿有點呆愣，「這有什麼問題嗎？這和案子沒有關係吧？」

「我比較在意一點，八年前，鄒媚三十五歲。她因為工作繁忙、不願結婚，或者別的什麼原因，無法生育自己的孩子，需要在孤兒院領養一個孩子，可為什麼她不選擇年齡更小的孩子，選擇了當時已經十一歲的鄒鳴？這不符合領養慣例。」

張貿簡直對花崇越來越偏的想法歎為觀止，瞪著雙眼，迅速在腦子裡整理線索，搞不懂鄒媚領養了一個大齡小孩，和這個大齡小孩長大後捲入命案有什麼聯繫。

花崇說：「有些事情表面看起來毫無聯繫，實際上卻是潛移默化改變的結果。你是不是聽不懂我的話？」

張貿本能地點點頭，接著連忙搖頭，「我懂！」

「你懂個屁。」花崇笑了笑，「我現在不確定鄒鳴和案子有沒有關係。暫時留他，是因為我對他的家庭比較感興趣。他那段孤兒院經歷，或者更早以前的經歷，加上被鄒媚收養的經歷，會在他的人格裡投射出什麼樣的影子。」

「但其他人的過去也不是一張白紙。」張貿越聽越糊塗，「你怎麼不懷疑其他人？」

「不一樣。」花崇搖搖頭，「與重案打慣了交道，哪些人可能有問題，哪些人沒有，其實能分辨出來。不然你覺得，陳隊為什麼會允許我放那十三個人回去？這聽起來很玄，其實是長期辦案積累下來的經驗。」

柳至秦淡道：「其實是老是把自己帶入凶手，揣摩凶手的犯罪心理積累下來的經驗吧。」

花崇笑了一聲。

張貿看看兩人，總覺得自己好像被某種看不見的氣場排擠了，愣了一會兒說：「那在我這個經驗不足的新手刑警看來，和鄒鳴相比，袁菲菲的嫌疑大得多！」

「所以現今階段，我們重點查的也是袁菲菲啊。」花崇揚起手裡的文件，在張貿頭頂敲了一下，「去，把她給我帶來。」

「又要審她？」

「針對她的排查調查裡提到，她是洛安區陽光幼稚園的幼教老師。去年底，被四名家長聯合投訴。這四名家長稱，她體罰了小孩。但是後來園方澄清，體罰是子虛烏有，有監視器畫面為證。」花崇說：「這個細節有點意思。」

張貿一聽，頓感腦子都要爆炸了，愣是想不通花崇為什麼會把袁菲菲被家長投訴的事，和現在這個案子聯想到一起，投訴袁菲菲的又不是范淼三人！

可是再問，恐怕又得被敲腦袋。張貿皺了皺鼻子，揉著頭頂跑去找袁菲菲。

「投訴是去年十二月二十號，事情徹底解決是今年一月二十七號，中間一個多月的時間裡，袁菲菲都處於被停職的狀態。」柳至秦顯然也對這個細節十分感興趣，「現在社會上虐童事件層出不窮，有保姆虐待小孩，也有幼師虐待小孩。小孩是弱勢群體，一經曝光，涉事的保姆和幼師必然會成為眾矢之的。袁菲菲沒體罰小孩，卻被誣陷，差點丟掉工作。以她的性格，可能不太容易接受。」

「嗯，我已經讓曲值詳查這件事了。」花崇摸著下巴新長出來的鬍渣，眉心很淺地皺起，「我隱約有種抓到什麼東西的感覺，但又說不清是什麼。」

這時，袁菲菲被張留帶來了。她臉色蒼白，沒有化妝，皮膚狀態很差，低垂著頭，瀏海幾乎擋住眉眼，一副精神不振的樣子。

許升說袁菲菲念國中時長得醜，如今會打扮化妝，看起來比以前漂亮了許多。

但現在，她穿著一身質地普通的睡衣，頭髮與臉都未經打理，與「漂亮」完全不沾邊。最令人感到不適的是她的眉眼部分——或許是為了便於化妝，她的眉毛被剃得所剩無幾，眼睛上方只有些許稀疏的眉影，配上她蒼白消瘦的臉，看起來就像正在接受治療的癌症病人。

不過這個特徵並不突出，因為她散開的瀏海太長，似乎是有意將眉骨擋住。

花崇的目光未在她的臉上停留太久，右手抬了抬，「坐。」

袁菲菲侷促地抓著衣角，一坐下就併攏了雙腿。

這是個十足的防禦姿勢，意味著她正在在害怕，並且慌張。

花崇放緩語氣，「今天我們不說盧鹿山的事，也不談國中往事，就聊聊妳。」

袁菲菲忐忑地抬起頭，眼神憂慮，「我？」

「妳是一名幼教老師。」花崇說：「大學畢業後就去幼稚園工作，是因為喜歡孩子？」

袁菲菲愣了幾秒，輕輕點頭，「嗯。」

「今年是妳成為幼師的第幾年？」

「五，第五年。」

花崇以閒聊的口吻問：「這份工作應該給妳帶來了不少快樂吧？」

袁菲菲略有遲疑，還是點了點頭。

「為什麼喜歡小孩？」花崇又問。

「他們……他們很天真，很可愛。」說到「可愛」兩個字時，袁菲菲的眼神柔軟起來，「大部分的小孩都很善良。你關心他們，他們會用更多的關心來回應你。」

花崇溫和地笑，「那對妳來說，工作不像很多人抱怨的那麼枯燥乏味。」

「嗯，嗯。」袁菲菲唇角不大明顯地向上揚了揚，「我喜歡這份工作。」

花崇停頓了十幾秒，語氣一轉，「剛才我注意到，妳說大部分的小孩都很善良。為什麼是『大部分』？妳遇過不那麼善良的小孩？」

袁菲菲身子一僵，唇角抿緊，一絲慌亂出現在眼中。

「我瞭解到一件事。」花崇說：「去年底，妳和家長因為小孩產生過……不愉快？」

「我沒有對他們的小孩做什麼！」

袁菲菲的確是個非常不擅控制情緒的人，聞言立即激動起來，嘴唇發抖。

花崇示意她冷靜，又道：「嗯，他們錯怪妳體罰了他們的小孩，後來園方為妳澄清了。能說說具體是怎麼回事嗎？」

袁菲菲神情愕然，像是不明白花崇為什麼突然會提到這件事。

不久，辦公室的桌子開始輕微顫動。花崇餘光一瞥，發現袁菲菲渾身都在發抖。

柳至秦站起身，往辦公室外走去。半分鐘後，花崇也站起來，出門時力道很輕地將門帶上。

「袁菲菲對於這件事的抵觸，已經超過了案子。」柳至秦玩著一支筆，「案子她還願意說兩句，但你一提到她被家長誣陷的事，她的精神就完全繃了起來，這不太尋常啊。園方查清了原委，還了她清白，她沒有因此丟掉工作，現在仍然在陽光幼稚園任職，正常情況下，她不該這麼抵觸。」

花崇微垂著頭，正在思考，「她的抵觸至少說明，她沒有放下這件事，對她來說，這件事還沒結束。」

「那她對這件事的抵觸超過了虛鹿山的命案，這該怎麼解釋？」柳至秦道：「在這起命案裡，她不僅是重要相關者，並且是嫌疑人——她自己很明白這一點。」

花崇想了很久，腦中忽地一閃，猛地看向柳至秦。

柳至秦蹙眉，「怎麼了？」

「記不記得，我們上次分析過袁菲菲三次住進村小案受害人家中的原因？」

「記得——『為了模仿』的可能性最……」柳至秦說著，一頓。

那時，他們是將村小案與虛鹿山案聯繫在一起，認為袁菲菲接近錢毛江等人的家屬是想瞭解村小案，進而模仿，並殺死范淼三人。但推到最後，邏輯上卻存在著嚴重漏洞，因為不管怎麼看，袁菲菲都不符合犯罪側寫。

「我突然有了個猜想。我們上次的想法沒錯，袁菲菲三次來到洛觀村的確是為了模仿村小案，但是她想殺的卻不是盛飛翔等人！」花崇快步走到派出所臨時安排給自己的辦公室，關上門，點開電腦裡的袁菲菲調查報告，「袁菲菲自幼父母離異，年少時就與母親斷了聯繫，父親也組成了自己的家庭。這等於說，她其實很少感受到家庭的溫暖，她現在的性格也極有可能受到小時候成長環境的影響。她自稱是因為喜歡小孩才去當幼師——這話不假，她念大學時參加的社會活動可以作為佐證。不過她喜歡小孩的深層原因，可能是她能在單純的小孩身上感受到『陪伴』的溫暖。」

「她的成長過程確實比較孤獨。」柳至秦同意，「她性格內向，學生時代的朋友不多，經受過短暫、不算嚴重的校園霸凌。她渴望陪伴，可能也是因為這種心理，她才能說服自己接受盛飛翔和范淼——這兩個曾經欺負過她的人。」

「她把小孩形容為『天真』、『可愛』、『善良』。在她心裡，小孩是世界上最值得疼愛、善待的群體，他們是天使。」花崇在窗邊來回走動，「在成為幼師後，她竭盡所能照顧幼稚園的孩子。從二十三歲開始，她每年都拿到了園方頒發的『優秀幼師』獎。到去年底被投訴之前，她的履歷沒有任何汙跡。」

柳至秦坐在辦公桌旁，手指夾著菸沒點燃，緩緩道：「家長為什麼要誣告她？」

花崇轉過身，逆光而立，「撇除一些刻意找碴的家長，絕大多數家長都是理智的。能讓他們出離憤怒的，我只能想到一種可能——他們肯定自己的小孩受到了傷害，而這傷害，來自袁菲菲。」

柳至秦撐著額角，幾秒後道：「但園方證實，袁菲菲並沒有體罰小孩……」

「所以，是小孩在撒謊！」花崇雙手撐在桌沿，目光如炬，「是被袁菲菲視作天使的小孩們，集體向家長撒謊！」

這時，曲值傳來了袁菲菲被誣陷一事的園方詳細說明。

去年，謝某、張某、屈某、單某四位家長向園方舉報草莓班（大班）的幼師袁菲菲體罰小孩，稱自家孩子的背上、手臂、兩腿有不同程度的瘀痕。孩子們說，瘀痕是被袁菲菲掐出來的。

由於袁菲菲入職以來，從未犯過體罰小孩之類的錯誤，風評一直不錯。園方沒有立即聽信家長們的說法，馬上展開調查。調查期間，袁菲菲停職在家。此後，有影片證實四名小孩身上的瘀痕並非由袁菲菲造成，而是他們互相掐出來的！

在真相面前，家長仍是震驚、不信。誰會想到自家乖巧的小孩，小小年紀就會做出陷害他人的事。園方提出請專家做傷痕鑑定，但最終，四名家長以保護小孩為由拒絕。

找到影片的耗時不長，但勸導小孩說出實情卻是個漫長的過程。這段時間裡，袁菲菲並未復職。最終，一名小孩道出緣由——袁菲菲長相可怕，大家希望趕走她，換一位漂亮可愛的老師。

看到這裡，花崇眼皮跳了起來。

柳至秦低喃：「長相可怕？是指袁菲菲完全卸妝之後？」

郵件的最後是一個影片，一個幼稚園大班的孩子用天真無邪的聲音說：『我們不要她當我們的老師！她長得像醜陋的魔鬼！』

看完整封郵件，花崇已經徹底瞭解了誣告事件的始末。

去年十一月，幼稚園辦了兩天一夜的親子露營活動，袁菲菲是帶隊老師之一。活動一度進行得非常順利，直到第二天清晨，幾名小孩看到了沒有化妝的袁菲菲。

一個說法開始在草莓班流傳——袁菲菲沒有眉毛，像生了病的魔鬼。

草莓班是大班，裡面的孩子不久就將進入小學，其中有孩子受到家庭影響，已經不像大眾認知中的那麼「天真無邪」，一名小孩建議，設法讓袁菲菲滾蛋！

當時，數起幼稚園虐待孩童事件被媒體曝光，園方和家長都戰戰兢兢，一方面害怕自家的幼師虐童，一方面害怕自己的孩子被虐。陽光幼稚園的園長每週都在廣播中對孩子們說：如果有老師傷害你們，請立即告訴我，我是你們最堅強的後盾。各家父母也意識到幼稚園可能存在的安全問題，對孩子千叮萬囑——老師如果欺負你們，回家一定要說！潛移默化間，一些孩子形成了一種認知：只要我告訴爸媽和園長老師打我，老師就一定會被開除！

用全部善意對待小孩的袁菲菲，只因卸妝後沒有眉毛的臉，就成了「天真之惡」的受害者。如果陽光幼稚園的管理者沒有徹查到底的態度，如果園內沒有安裝那麼多攝影機，如果攝影機沒有拍到小孩們互相掐捏身體的畫面，等待她的結果就只有一個——因為「虐待兒童」被開除。

因為和那麼小的孩子對比，她「理所應當」是加害者。若是家長不同意讓專家做鑑定，園方在媒體、輿論的壓力下又要息事寧人，那麼此事只能在開除「虐童」幼師和協議賠償之後不了了之。

柳至秦歎了口氣，「小孩子的惡，比成年人的惡還讓人膽戰心驚。」

花崇打了一刻鐘的電話，放下手機後神情凝重，「園方那邊說，澄清之後，袁菲菲還是受到不小的影響。今年六月，她沒得到『優秀幼師』，有些家長要求為孩子換班。園方儘管解釋了，對方還是說不想要『有風險』的老師教自己的孩子。最關鍵的一點是，幼稚園裡有一些小孩還是私底下在傳——袁菲菲是沒有眉毛的魔鬼。」

「無風不起浪——這是很多人固有的認知。」柳至秦說：「惡劣的影響一旦造成，就不會徹底消失。很多不明真相的家長可能仍然認為袁菲菲確實虐待小孩了，只是因為她有『背景』，或者園方有『背景』，才使虐待事件被冷處理。」

花崇半天沒說話，眼珠都沒動一下，一直盯著空氣中的某一處。

柳至秦看了他一會兒，輕輕咳了一聲。

他回過神，吸了口氣，問：「小柳哥，如果你遇到這種事，你會怎麼辦？」

「我不是情緒化的人，我也從來沒有把小孩當做天使。」柳至秦坦然道：「他們傷害不了我，遇到這種事，我大不了辭職不幹，另謀它路。」

「但袁菲菲不能辭職，她喜歡幼師這份職業，她喜歡小孩，也需要小孩的陪伴。」花崇走了幾步，轉身，「而且，她是個極易受情緒左右的人，她走不出來。而長期走不出來，必然會陷入一個循環。」

「愛在一些特定情況下會催發出恨，這一點在不擅控制情緒的人身上尤為明顯。愛得越深，被傷害之後就恨得越深。」柳至秦靠在椅背上，呈一個閒散的姿勢，精神卻並未放鬆，「對袁菲菲來說，這四名誣陷她的小孩，已經從天使墮落為惡魔。」

「惡魔……」花崇輕聲重複著這兩個字，倏地聲線一變，「惡魔應該被燒死。」

柳至秦直起身子。

花崇單手按住太陽穴，眉心深蹙，在辦公室裡來回轉了兩圈，「這就是我們之前一直找不到的聯繫！袁菲菲去年底被誣陷，今年初洗清罪名，但是從一月到三月，她漸漸認識到兩個殘忍的事實——第一，她被自己最喜歡、最信賴、傾注了最多心血的小孩陷害了。第二，即便園方出面證明她的清白，她也沒辦法像以往一樣工作了。這件事對她的打擊是致命的，不僅打亂了她的職業規畫，最關鍵的是，擊潰了她心中堪稱『信仰』的東西！」

柳至秦完全理解花崇的想法，「積蓄在她心裡的恨意，讓她極度渴望報復。」

「十年前的案子並未做保密處理，袁菲菲會知道不足為奇。錢毛江五人是死後被焚屍滅跡，但是社會上流傳的說法基本上是『燒死』。」花崇眸光閃動，「男孩被『燒死』的案子十年未破，凶手至今逍遙法外——對袁菲菲來說，發生在村小的一切非常值得她效仿。」

柳至秦站了起來，「這樣就能解釋她那些古怪的行為了。她三次住進村小受害人的家中，正是想瞭解當年的案子。撇開警方與凶手，受害人家屬可能是最清楚的人。她在為將來燒死四名『惡魔』做準備。」

分析至此，兩人的心跳都漸漸加快。

四個陷害幼師的孩童，一個企圖燒死他們的幼師，無論是哪方都讓人毛骨悚然。

小孩本該是最天真的，但他們中的少數卻利用天真，做出了「誣陷」這種與他們年齡不符的事。人之初，到底是性本善，還是性本惡？

幼師亦該是善良的化身，若幼師心性不佳，當父母的誰敢將寶貝交到幼師手上？

但袁菲菲心中所想，也許是以最殘忍的手段殺死四個小孩。

兩件荒唐透頂又凶險透頂的事情，相互印證之後，以人心的陰暗為基石，在邏輯上竟然圓融通順。

花崇點起一根菸，「但袁菲菲空有殺人的心，卻沒有殺人的勇氣。對村小的案子瞭解得越深，她越不敢動手。她很害怕——既害怕殺人，也害怕殺人後必將面臨的懲罰。她大概覺得，自己沒有能力模仿十年前的案子。」

「順著這個邏輯往下推。」柳至秦跟花崇借火，道：「有人利用了她。」

花崇挑眉：「凶手？」

「凶手。」柳至秦抖掉一截菸灰，「袁菲菲三次到洛觀村，有心人一查就能發現發生在她身上的事。她的全部弱點，都被那個人握在手中。」

「他們之間或許有一個不平等的交易。」花崇開始在本子上塗寫，「在虛鹿山這個案子裡，袁菲菲成了引誘周良佳、范淼、盛飛翔的誘餌。她策劃了這次團體旅行，案發當晚，她出現在虛鹿山、村小，可能也是凶手的意思。她如同一個完美的障眼法，只要她存在，我們就會圍繞她展開調查，查到盛飛翔、范淼國中時對她的欺凌。」

「凶手膽子很大。」柳至秦眉間皺得更深，「凶手在賭袁菲菲不會供出自己。」

「凶手作案的手法證明，這個人是個膽大的賭徒，否則不會選擇在篝火音樂會那種場合燒死范淼三人。這太冒險了，一旦失敗，就滿盤皆輸。」花崇說：「凶手賭袁菲菲什麼都不會說，有一定的依據。第一，袁菲菲最大的心願是以焚燒的方式殺死那四名小孩，袁菲菲自己做不到，只能靠凶手，若凶手出事，袁菲菲的心願就無法完成。第二，袁菲菲生性懦弱，極易妥協，一旦凶手向袁菲菲提要求，袁菲菲就不敢拒絕。另外，袁菲菲可能根本不知道凶手是誰。」

「沒錯，像凶手這樣心思縝密的人，肯定不會輕易暴露自己。」柳至秦想了想，「花隊，我們現在是不是應該通知陳隊，讓他派人注意那四個被袁菲菲記恨的小孩？」

花崇立即打電話給陳爭，說明原因，掛斷後搖了搖頭，「小孩應該被保護，但是照我判斷，凶手不會在事成之後冒險幫袁菲菲完成心願。凶手只是在利用袁菲菲，而袁菲菲……」

說到這裡，花崇突然停下，短暫的斟酌後，還是選擇了那個充滿貶義的字眼，「她太蠢了，軟弱又愚蠢。」

辦公室外的走廊突然喧鬧起來，被留下的吳辰、廖遠航、李歡正在和巡警討要說法。柳至秦打開門，正好對上吳辰的怒目。

「我們到底有什麼問題？」吳辰喝道：「憑什麼別人可以回去，我們還要待在這個鬼地方？」

廖遠航和李歡也一起大喊起來。

事實上，廖、李這兩人的嫌疑不算大，但一人在公安機關留有案底，一人行為稍有詭異之處。讓他們暫時留下，是陳爭的意思。

花崇走到門邊，恰好看到鄒鳴跟在吳辰身後，右手拿著手機，正在講電話。

他的聲音很小，走廊上又十分嘈雜，但花崇還是聽到他溫柔地說了兩個字——

「媽媽。」

討說法的吳辰很快就被安頓進一間辦公室，花崇沒注意聽他嚷嚷的那些廢話，卻把鄒鳴對鄒媚說的話聽得一清二楚。

「我沒事……在這邊配合調查……過幾天就回來……不用擔心……對了，我買了個木雕果盤，您可能會喜歡……注意休息，不要太累了……媽媽，再見。」

媽媽……媽媽？

花崇將這個普通而常見的稱謂默念兩遍，轉身看了看柳至秦。

「嗯？」柳至秦也看著他，「怎麼了？」

「你二十歲左右時，會用很溫柔的語氣對你母親說『媽媽』嗎？」花崇問。

柳至秦眉峰動了一下，沒有立即回答。

「應該不會吧？」花崇眨了眨眼，「二十歲左右的男生很少叫『媽媽』，更別說特別溫柔地叫『媽媽』，他們大多會直接喊——媽！」

「我……」柳至秦這才道：「我很小的時候，父母就不在了。」

花崇一怔，發出一聲短促的「啊」。

相處數月，柳至秦從來沒有提過自己的家庭。當初公安部給的那份資料上，只有柳至秦在訊息戰小組的工作經歷，其餘是一片空白。辦案之外，花崇向來不喜打聽別人的隱私，所以也沒有問過柳至秦的家庭情況，此時因為案子而突然提及，沒想到會引出如此尷尬的一段對話。

「不好意思。」他露出一個抱歉的笑，「我不知道。」

「沒事，很久以前的事了，我現在都不大能想起他們了。」柳至秦笑著搖頭，巧妙地轉移話題：「你是覺得鄒鳴對鄒媚的稱呼有點奇怪？」

花崇立即「嗯」了一聲，「女兒習慣稱母親為『媽媽』，顯得親暱、依賴。但是兒子，尤其是二十歲左右的兒子，把母親稱作『媽媽』不太常見。就像張貿，我以前聽見他打電話回家，有時喊『媽』，有時喊『曹女士』——他母親姓曹，我從來沒聽過他喊媽媽。剛才鄒鳴拿著電話喊『媽媽』，那一聲我一下子就聽到了，有種怎麼說……難以形容的感覺。而且他的語氣好像太刻意了，顯得比較做作。我打個可能不太恰當的比方——聽他叫『媽媽』，我總覺得是在劇院看話劇。」

「我也聽到了。成年男子將母親稱為『媽媽』還好，但他那個語氣實在是……我和你感覺一樣。不過不同母子有不同的相處方式，鄒鳴是養子，並且是在孤兒院長到了十一歲才被鄒媚收養，他們之間的關係本來就與普通母子不同。還有，鄒媚是名企高管，在大企業中，女性要爬到與男性同樣的位置，需要比男性更加出色。鄒媚在工作上有過人之處，或許她對兒子的教育也有特殊之處？這些因素湊起來，形成了他們現在的相處模式？」說著，柳至秦語氣微變，「不過另外有件事我比較在意，鄒鳴在通話裡提到了木雕果盤。」

「嗯？木雕果盤怎麼了？」花崇倒是不覺得木雕果盤有哪裡不對，「他說那是他買給鄒媚的禮物。」

「在紅房子遇到鄒鳴和吳辰的那次，我們不是討論過嗎——鄒鳴說要買紀念品，但只挑了一會兒，連價格都沒有砍，就買了一個並非洛觀村特產的木雕果盤，同行的吳辰挑得都比他仔細。當時你說，鄒鳴在敷衍什麼。」柳至秦在桌邊坐下，順手拿了張紙，邊說邊疊，「現在他告訴鄒媚，木雕果盤是送給她的。所以，他敷衍的是鄒媚？」

花崇跟著坐下，看柳至秦摺飛機，幾秒後搖頭，「不對，如果他想要敷衍鄒媚，那他的行為就有矛盾。你剛才也說了，他們不是尋常的母子，不尋常在什麼地方？鄒鳴十一歲時才被鄒媚收養，十一歲的男孩很多都進入叛逆期了，而鄒媚是個女強人，不可能有太多時間照顧鄒鳴。八年共同生活下來，他們的相處模式傾向於客套而疏離的互相尊重，這一點沒有問題吧？」

「嗯。」柳至秦正在摺飛機的機翼，聞言，手指一頓。

「那鄒鳴就不該隨隨便便買禮物給鄒媚，這既是不尊重，也可能出錯，從而影響他與鄒媚的關係。」花崇眸底又深又亮，「買木雕果盤的時候，他連檢查一下好壞的動作都沒有。他怎麼知道果盤肯定是沒有瑕疵的？照他們的相處模式，他不可能送一個有問題的果盤給鄒媚。就算自己察覺不到，人的行為也具有邏輯上的連貫性。敷衍鄒媚顯然脫離了這種連貫性。」

柳至秦放下摺到一半的飛機，「你的意思是，買那個木雕果盤的時候，他根本沒有想過要送給鄒媚，他只是隨手買下？但回來之後，他展開果盤檢查過，發現完好無瑕疵，才想起可以當做禮物送給鄒媚？」

花崇點頭，「這才符合他的行事邏輯。」

「那他敷衍的是什麼？」柳至秦撐著下巴，半晌後說，「難道他買木雕果盤是臨時起意？」

花崇不知何時已經拿過半完成的紙飛機，拆了又折，折成一個醜陋的四不像。

「他本來想買別的東西，可是意外在紅房子遇到了我們，所以只能隨意買個木雕果盤了事？如果什麼都不買，他到紅房子的行為就很奇怪，我們會有所懷疑；如果買了他真正想買的東西，某件事就會暴露在我們面前，我們還是會有所懷疑。他想要敷衍的其實是我們？」

柳至秦吁了口氣，盯著花崇手裡的一團紙，低語道：「他想買的到底是什麼？」

花崇沉默了半分鐘，「我想不出來。」

「我也沒什麼頭緒。」

辦公室裡安靜了一會兒，花崇看了看時間，說：「鄒鳴待過的孤兒院在洛城轄內的楚與鎮，我再讓曲值詳細查一查。等等我還要去村子裡走訪，你是跟我一起還是？」

柳至秦抬起頭，眼眸被從窗外透進來的陽光照亮，「我留在所裡。」

說完，他看了看被放在一旁的筆記型電腦。

花崇會意，笑道：「行，那我們各司其職。」

洛觀村如今的冷清和前幾日的熱鬧形成鮮明的對比。越來越多村民憂心忡忡，擔心命案遲遲破不了，影響到自家好不容易富起來的生活。

此時與他們交流，花崇明顯察覺到不同。當初為十年前的積案奔忙，很多村民都不願意配合，認為人都死十年了，當年破不了，現在還查什麼查，簡直是在耽誤大家做生意。就連受害人家屬都因為這樣那樣的原因，不太願意支持警方。而現在，各家各戶都相當踴躍，恨不得警察們馬上找到在盧鹿山作案的凶手，順便把村小案破了也行，早早把遊客、繁榮還給洛觀村。

世間的所有事，其實都可以用利益來衡量。

花崇心裡像明鏡，既看得清村民們的想法，也理解他們的想法。

走出派出所，他徑直地往村邊的紅房子走去，一看，仍然是關門歇業。

一同前來的肖誠心開始滔滔不絕地講紅房子的來龍去脈，把錢寶田為什麼要蓋紅房子，到紅房子的設計是剽竊哪個景區都說了一遍。

花崇斜了他一眼，半開玩笑道：「打聽得這麼清楚？」

「清楚是清楚。」肖誠心摸摸後腦，有些尷尬，「但沒什麼用。我啊，和你們重案組的菁英還是差了一大截。我只會收集資訊，不大會分析資訊，別人和我講什麼，我就聽什麼，淨聽些沒用的東西。」

花崇本來想寬慰幾句，但又有些說不出口，索性閉嘴不言。

氣氛有些尷尬，肖誠心只能賣力解釋：「上次發生了小女孩遇害的事，陳隊不是連夜把你們都調回去了嗎？你們走得很急，你都沒和我交待一下村小那個案子到底要怎麼查，我沒辦法，只能挨家挨戶收集情報。有的人喜歡聊天，像錢寶田這種話嘮，把去年賺了多少錢都跟我說了……」

花崇忽然有些感興趣，「那和村小案有關的呢？你有沒有打聽到什麼？」

肖誠心立刻縮了縮脖子，聲音也小了，「沒問出什麼有價值的線索。」

這倒是意料之中的事。花崇想，案子已經過了十年，別說是肖誠心，就算是自己和柳至秦，上次也只在和磨菇餐廳老闆娘閒聊時，得到些許線索。

不過想到老闆娘，花崇倒是想起另一件事，隨口問：「錢生強家你去過嗎？」

「當然去過。」別的外地人聽到這名字，可能還會想「錢生強是誰」，肖誠心對姓錢的卻熟悉得像自家人了，「他家的磨菇湯特別好喝。」

「他老婆和他關係好像不太好？」花崇說：「范淼三人被害時，錢生強行蹤不明，他老婆——也就是老闆娘，不僅不幫他作證，看起來還很高興。」

肖誠心露出不解的神情，不明白重案組了不起的花崇花隊長，為什麼突然對別人家的夫妻感情感興趣了。

「你不是說挨家挨戶收集過情報嗎？」花崇歪頭，「我以為你知道他家的情況。」

「是清楚。」但沒必要拿出來說啊！肖誠心想了想，還是老實跟花崇說了：「錢生強經常打黎桂仙——黎桂仙就是他老婆，磨菇餐廳的老闆娘。他們關係差得很，錢生強這個人待外人不錯，熱情、肯花錢，但對黎桂仙就不行了，打起來特別狠，像她上輩子欠他一樣。」

原來是家暴。花崇心中有了譜。

在洛觀村這種地方，觀念還是比較落後，女人的地位不如男人，嫁人之後幾乎不會離婚，離了就是丟娘家、丟自己的臉，今後無法過活。黎桂仙對打罵習以為常，但內心恐怕還是希望早早與錢生強畫清界限，所以得知錢生強有犯案嫌疑後，才不僅不擔心，還格外高興。

花崇歎了口氣，想幫黎桂仙，可家暴這種事並非一時半刻就能解決的。家家有本難念的經，而重案組目前實在沒有精力管家庭糾紛。

肖誠心不知道他為什麼沉默，又為什麼歎氣，只覺得自己該說點什麼，於是左右看了看道：「這錢寶田啊，看上去老實，其實腦子轉得很快！在他之前，沒人想過要在這裡蓋房子，更沒人想過弄成歐式木屋，專門賣面向年輕人的旅遊紀念品。」

花崇的目光再次落在紅房子上，思緒拉回，「是因為這裡位置不好？太偏？」

「這也算一個原因吧。」肖誠心獻寶似的說：「主要原因還是這裡風水不是很好，以前住在這裡的一家人出事死了，房子拆了之後就再也沒人來蓋過，一直空著，直到被錢寶田看中。」

花崇神情一肅，「這裡死過人？是哪一家？」

肖誠心一見他的表情，就知道他又往案子想了，立即擺手說：「和案子無關，和案子無關！」

「到底怎麼回事？」花崇從來不放過任何可疑的細節，厲聲道：「住在這裡的一家人都死了？」

「是意外啊！」肖誠心的額頭上出了幾滴汗，「我聽說，這裡以前住了一對兄弟，哥哥叫劉旭晨，弟弟叫劉展飛，沒媽，爹是個病秧子，有次發病沒錢治，大冬天死在家裡了。」

花崇雙眉緊擰，「然後呢？」

肖誠心被他看得渾身發毛，明知這家人和兩個案子都沒有任何關係，還是硬著頭皮繼續說，「以前洛觀村不是窮嗎？姓錢的窮，不姓錢的更窮。但別人家好歹有幾個勞力，劉家就只有一個大哥能出門工作，一家窮得很，在村子裡的存在感特別低。」

「存在感低？」花崇問：「怎麼個低法？」

「就是大家都不把他們當成一回事啊！因為實在太窮，也太可憐了。」

花崇迅速回憶，確定自己在村小案的案卷裡沒有看到「劉旭晨」和「劉展飛」兩個名字，問：「你說他們出事死了，是什麼時候的事？什麼原因？」

肖誠想了一陣子，「十年前的冬天。」

「十年前？」花崇的眉心皺得更深，「錢毛江他們是十年前的夏天出事……」

肖誠心立即說：「我瞭解過了，這兩件事完全沒有關係！有關係的話，我早就跟你彙報了！」

「你為什麼確定沒有關係？」花崇的臉色不太好看，「當初專案組來洛觀村，所有人都接受過調查，這一對劉姓兄弟為什麼沒有出現在案卷裡？」

「這……」肖誠心低下頭，心想十年前我還沒當警察，我他媽怎麼知道？

花崇問：「這兩兄弟的情況你是跟誰打聽的？」

「錢寶田啊，別人都忘記他們了。」肖誠心說：「他跟我炫耀這棟紅房子時，順便說的。」

「帶我去找他！」

沒錢可賺，錢寶田躺在自家院子裡的靠椅上聽相聲，打發時間。肖誠心推開休閒農莊的門，跟當地村民一樣喊：「錢寶田！錢寶田！」

錢寶田立刻坐起來，不知道警察怎麼又找上門了。

「我們全家都沒問題的啊！」他說：「火燒起來時，我們都在店裡和家裡忙，很多人看到！」

「我知道，我知道！」肖誠心平時和民眾打交道慣了，此時和群眾相處起來如魚得水，「我們長官今天過來，是想跟你瞭解一下劉家兄弟的事情。上次你不是跟我說了一些嗎？我們長官很感興趣。」

花祟的嘴角抽了抽。重案組和積案組雖然在刑偵分隊的地位不同，重要性也不可同日而語，但行政級別是一樣的，他是重案組隊長，肖誠心是積案組隊長，不存在上下級關係，肖誠心卻直接將他叫成了「長官」。

一聽到警察不是來調查虛鹿山上燒死人的事，錢寶田鬆了口氣，招呼兩人坐下，泡了壺茶，醞釀了一會兒卻不知道要從何說起。

「噯，你就從上次沒說完的地方說吧！」肖誠心催促道。

「我上次說到哪裡了？」

「劉家老大考上了大學！」

「喔，對對！」錢寶田抽著一杆氣味熏人的葉子菸，「劉家一直是劉旭晨在打理，他既要念書，還要照顧弟弟。這孩子啊，爭氣，那麼忙，居然還考上了大學，可惜命不好，我猜是長期操勞落下了命根，剛上大學沒多久，人就沒了。」

花祟心中疑惑甚多，「劉旭晨是十年前——也就是村小出事那年考上了大學？」

錢寶田眼神微變，抽菸的動作都停了下來。

肖誠心說：「應該是吧？村小出事的時候他已經不在村子裡了，所以專案組才沒有向他瞭解情況？」

「我想起來了。」錢寶田說：「劉旭晨就是那年考上大學的。他們家窮，他在開學前就離開村子了，說是要打工賺學費，家裡就剩下劉展飛。劉展飛年紀小，當時還不到十歲吧，我記得。劉旭晨離開前，還到處敲門，拜託鄉親幫忙照顧劉展飛。我家老婆子看劉展飛可憐，經常送一點湯飯過去。」

花崇想了想紅房子的位置。那裡處於洛觀村西邊，當年的村小也在洛觀村西邊。錢魯介紹村子的情況時說，村民的房子大多建在東邊，這也是錢毛江等人在村小被殺害時，沒人聽到動靜的原因。直到火已經燒起來了，睡夢中的村民才陸續被驚醒。

當時劉旭晨離村求學，但劉展飛應該還住在那棟已經不存在的房屋裡。專案組不可能沒有向他瞭解過情況，可為什麼「劉展飛」的名字沒有出現在案卷裡？

「你記不記得村小起火時，劉展飛在哪裡？」花崇問。

錢寶田敲著菸杆，似乎在思考，片刻後搖頭，「太久了，沒有印象了，不過他肯定在村子裡。我記得很清楚，他是他哥病死之後才死的。大冬天，外面傳來消息說他哥死了，他急著出去找，掉進河裡就被凍死了。」

「凍死？」花崇問：「是在哪條河裡凍死的？屍體後來是怎麼處理的？」

錢寶田答不出來，花崇又問：「劉旭晨念的大學是哪一所？得的是什麼病？」

錢寶田還是答不出來。

「你們聊。」花崇起身，在肖誠心的肩上拍了拍，「我回派出所一趟。」

肖誠心仍是不明就裡，被錢寶田留下來話家常。

花崇快步向派出所走去，腦中一直轉悠著「劉旭晨」、「劉展飛」這兩個名字。

在洛觀村，這對已經死去的兄弟就像被遺忘了一般，既沒有出現在十年前的案卷裡，也鮮少被人提及。若不是錢寶田在他們家的舊址蓋了賣紀念品的歐式木屋，管不住嘴，和肖誠心炫耀——只有我敢在死了一家人的地方蓋房子，或許他們的名字就不會再被提及了。

但村小案的五名受害者死於十年前，劉家兄弟也死於十年前，兩者之間真的全無關係？

聽說花崇要查劉家兄弟，幾名當地巡警都愣了半天，還是錢魯最先反應過來，「他們……他們已經去世好多年了。」

「我想知道他們具體是怎麼死的。」花崇神色凝重，「還有，劉旭晨當時念的是哪一所大學？」

「這……」錢魯有點為難，似是想不起來，半天才道：「那你等等，我看能不能查到。」說完又對另一名巡警道：「快把老村長請來！」

洛觀村以前很落後，戶籍管理根本沒有落實，很多資料都遺失了，要查兩個去世的人並不容易。花崇花了幾個小時，才從村長、巡警、村民口中基本上釐清劉家兄弟的情況。

劉旭晨年長劉展飛十歲，是老劉家的親兒子，劉展飛是老劉不知道從哪裡撿回來的，從小病弱，吊著一口氣沒死。

劉展飛三歲左右時，老劉病死了，劉旭晨把劉展飛養到九歲——也就是十年前。十九歲的劉旭晨考上了羨城科技大學，將劉展飛一人留在洛觀村。當年十二月，噩耗傳來，劉旭晨在學校突發疾病，醫治無效，去世了。

劉展飛一個九歲的小孩，沒有能力去羨城接兄長的骨灰，而且當時正是一年中最冷的季節，洛觀村通往外面的還是一條土路，雪一落下來，家家戶戶斷電，說是大雪封山、與世隔絕也不為過。村裡的人商量好，等到來年開春再各家各戶籌一些錢，送劉展飛去羨城。

但在開春前，劉展飛就消失了。劉家沒有其他人，沒人知道他到底是什麼時候消失的。第二年春天，下游的村子打撈到一具腐爛的小孩屍體，有一些村民跑去看，回來都說是劉展飛，理由很簡單——小孩身上的衣服正是劉展飛整個冬天都穿著的衣服。

「這樣就確定了屍源？單憑一件衣服？」

雖然明白這種事在落後的鄉下並不稀奇，但花崇仍感到十分無奈。

「不憑衣服，還能憑什麼呢？」老村長雙眼渾濁，似是不理解眼前的警察在憤怒什麼，「以前村子裡死了人，都是親屬去認。劉家沒人了，才由我這把老骨頭去認。我以前眼睛好得很，不會看錯！」

確定了屍源，就得安葬。在火葬普及率不高的農村裡，或許是全屍土葬也說不定。

花崇抱著一絲僥倖問：「是火葬還是土葬？」

「當然是火葬，誰家還在土葬啊？」老村長得意地說：「我們村早就搞火葬了！」

錢魯解釋，發生村小案的第二年，上面公布政策，開始開發洛觀村的旅遊資源。也是從那年起，全村從土葬改為火葬，算一算，劉展飛可能是第一批被火葬的村民。

花崇知道再問劉展飛的死已經沒有意義了，就換了問題，「劉家離村小不遠，村小出事時，你們沒有跟劉展飛瞭解過情況？」

眾人面面相覷，連老村長也回答不出來。

當時實在太亂了，誰都沒有注意到一個九歲的小孩。

還是一名快退休的巡警道：「劉展飛當天可能根本沒有住在家裡。」

「對，對！」老村長這才想起來，「劉旭晨念大學之前，請很多村民幫忙照顧劉展飛。劉展飛就東家住一天，西家住一天。錢毛江他們出事的時候，他就住在別人家也說不定。」

花崇想，這可能就是案卷裡沒有劉展飛的原因。那天，他住在另一戶村民家中，毫無作案嫌疑，又是個年僅九歲的小孩，一問三不知。專案組認為，沒有將他錄入案卷的必要。

但是，那天晚上劉展飛是在誰的家中？還有，劉旭晨在羨城念大學並死在羨城，而范淼三人正是羨城人，這是不是巧合？

太多訊息、太多疑點瘋狂襲來，花崇閉上眼，只覺得頭痛得很。

◆

『劉旭晨的死亡證明和原因，我查到了。』徐戡在電話裡說，『十年前，他剛念大一，在學校食堂勤工儉學時突發腦溢血。你知道，腦溢血這種病一旦發作，確實不太容易救回來。』

花崇蹲在派出所外的臺階上抽菸，「那劉展飛這種情況……」

『落後的村子過去都那樣，戶籍不完善，也不流行什麼屍檢。』徐戡歎了一口氣，『就你跟我說的那個情況，我沒有辦法判斷從河裡撈起來的小孩是不是劉展飛。』

掛斷電話，花崇又抽了兩根菸，幾個名字不斷從眼前閃過。劉旭晨、劉展飛、錢毛江、錢闖江、袁菲菲、周良佳、盛飛翔、范淼、鄒鳴、鄒媚、王湘美、陳韻……

重案刑警的直覺告訴他，他們存在某種聯繫，但這聯繫，到底是什麼？

◆

楚與鎮位於洛城與羨城之前，離羨城更近，但是受洛城管轄。

這種小鎮有一些特點——極易被忽視，管理較混亂，經濟發展水準偏低。在洛城管轄的所有鄉鎮裡，楚與鎮的人均收入排在末尾。

花崇無法在洛觀村坐著等曲值的調查結果，索性和柳至秦交待一番後，再次跟陳爭申請直升機，以最快的速度趕到楚與鎮，親自查鄒鳴過去的經歷。

曲值已經在鎮南的富心福利院等著了，神色凝重：「我打聽過了，這個福利院是五年前在老孤兒院的基礎上重建的，位置一樣，院舍一樣，但管理人員換了一批。他們這裡只存有鄒鳴被鄒媚領養的記錄，沒有鄒鳴被送到老孤兒院的記錄。」

花崇快步往前走，臉色不太好看，但不像曲值那麼著急，「記錄沒有，但記得的人總有吧。就算管理人員換了，這些人不認識鄒鳴，但他們認識的人裡，總有人曾經在老孤兒院工作。別忘了，這種小地方最講究人際關係，工作、辦事，沒一樣逃得過關係兩個字。鄒鳴十一歲才被領養，領養他的人又是名三十幾歲的單身女性，這種事在小範圍內具有很高的話題性，一些知情者可能忘了，但你點一下，對方說不定就能想起來。」

曲值想了想，的確是這樣。人們很容易忘記一對夫婦收養一個三四歲小孩的事，因為它太平常了，不值得拿來當茶餘飯後的話題，但人們普遍傾向於記得一名年紀不大的單身女性，收養了一個十多歲的男孩，因為看起來不那麼「正常」。

富心福利院的現任院長姓辛，身材微胖，戴著一副鏡片很厚的眼鏡，之前面對曲值時東拉西扯地說了半天，就是說不到重點。花崇到了之後，一句廢話都不說，也不跟她客套，直接亮出證件提要求，中間連讓她裝熟、閒聊的機會都沒有。

辛院長愣了幾秒，只能拖出一疊資料，一邊翻閱一邊搖頭，「我這裡只能查到鄒鳴以前叫米皓，大米的米，皓月的皓，別的實在不知道了。你們是市局的警察，可能不太清楚楚與鎮的情況——我們這裡不比你們主城，主城整個社會福利體系基本上是完善的，但我們這邊前幾年可以說是一團糟。蜜蜂孤兒院的事你們聽說過吧？那個院長是個人口販子，害了幾十個可憐的孩子。一個孤兒院如此，其他的孤兒院能好得到哪裡去？」

花崇點頭。這件事他有耳聞，但瞭解得不深，只知道蜜蜂孤兒院表面上是接納無父母小孩的社會福利機構，實際上從事人口買賣、兒童色情。院長與基層官員互相勾結，其勢力在楚與鎮及周邊盤根錯節，後來有外地記者去孤兒院臥底調查，才徹底揭露了其中的陰暗與齷齪。事情曝光後，整個洛城，乃至函省都開始大力整治福利機構，大量沒有資格或者不合格的孤兒院被處理掉。

「我們富心福利院是在統一整治後建立的，前身星星孤兒院的院長也有問題，賣了幾個孩子，我聽說警察到現在都沒有抓到他。」辛院長搖搖頭，「這個鄒鳴的來歷，我確實沒辦法告訴你們。連我都不知道的事，其他老師就更不知道了。」

「你肯定認識幾個星星孤兒院的工作人員。」花崇毫不含糊，直視著辛院長。

「這個……」辛院長別開眼，猶豫了一會兒，似是有點受不了花崇的逼視，只好道：「認識是認識，但他們……」

「聯繫方式給我。」花崇說。

從富心福利院離開時，花崇手裡拿著一張寫有三串姓名、電話、位址的紙。

曲值說：「這個辛院長，我之前問她，她還跟我打太極，說什麼誰都不認識。你一來，她就什麼都說了。」

「碰到這種群眾，你就別用『疑問句』跟她交流。」花崇說：「你問她知不知道，她當然說不知道。對他們來說，多一事不如少一事。人命關天他們不管，禍從口出這道理倒是比誰都懂。」

曲值這幾天帶著部分重案組成員和整個刑偵一組，四處奔波查案，眼裡布滿紅血絲，聲音也有些沙啞，都快累出病了。沒工夫跟花崇開玩笑，只得虛虛抱了個拳。

辛院長一共說了三個人，一名當年的義工、一名司機、一名老師。義工和司機在星星孤兒院待的時間不算長，知道的事情有限，只記得米皓被一個「漂亮女人」接走的事。司機是個快五十歲的老光棍，喝了些酒，說起「米皓」、「女人」時，還意味深長地睇了睇眼。

「人類是不是天生就對異性之間的八卦感興趣？」曲值抱怨道：「那時的鄒鳴才十一歲，根本是未成年，他們也『想像』得下去，媽的，老子真覺得有點噁心。」

「忍著，沒時間讓你噁心。」花崇將曲值從洛城開來的警車停在一處陰暗逼仄的巷口，「下車，徐曉琳的家到了。」

徐曉琳五十多歲了，住在楚與鎮一個半舊不新的院子裡，正是辛院長寫在紙上的第三個人，也是最有可能瞭解米皓的人。

她年輕時喪夫，無兒無女，在星星孤兒院工作了十幾年，後來孤兒院被取締，她丟了工作，便去當鐘點工，獨自生活至今。

顯然，在花崇和曲值趕到前，她接到了辛院長的電話，知道兩名刑警的來意。

「米皓這個孩子，我有印象。」她將兩人請到燈光昏暗的屋子裡，用看起來不太乾淨的玻璃杯泡了茶，「當時有個女的來領養他，院裡還風言風語傳了好一陣子。我們都以為她想領養一個小女孩，結果她偏要領養一個半大男孩。你說，這不是留話柄給別人嗎？」

花崇坐在老舊的沙發上，不關心鄒媚的舉動是不是留下了話柄——事實上，對一些閒得無聊的人來說，別人不管做什麼，都有可能留下所謂的「話柄」。這些人從來不明白，別人的生活與自己無關。

「鄒媚領養米皓的時候，有沒有說過選擇米皓的原因？」花崇問。

「我想想。」徐曉琳低下頭，思索了片刻，「噢，她說她平時工作忙，太小的孩子怕照顧不好。女孩呢，怕將來被別人傷害，一定要男孩，最好是年紀大一些的。這簡直是歪理啊，女孩怎麼就會被人傷害了？」

花崇皺起眉。領養女孩是害怕將來被人傷害？鄒媚是因為這個原因才領養鄒鳴？可是，她為什麼會覺得女孩將來會被人傷害？

腦中有什麼東西一閃而過，花崇怔了一下，不由得緊緊捏住眉心。

「米皓剛到孤兒院的事，您還記得嗎？」曲值說：「以前檔案管理不完善，我們查不到他是什麼時候、因為什麼原因被送到孤兒院的。」

「這你就問對人了。」徐曉琳露出些許得意的表情，「有一陣子院裡人手不夠，我就幫忙記錄孩子們的日常生活。米皓是有一年夏天來的，穿得破破爛爛，像個小乞丐。還好當時氣溫高，如果是冬天，他說不定就凍死了。」

「哪一年夏天？」花崇問。

「哪一年我想不起來了，不過他來的時候就不小了。不行，我得好好想一想。」徐曉琳說著，掰起指頭，半分鐘後抬起頭，「就是被領養走的前一年吧？他沒有在院裡待太久，我記得就只過了一個冬天。」

被領養的前一年？花崇眼色一凜。鄒鳴被領養時是十一歲，這是留存的資料裡寫明的，那麼前一年他是十歲。鄒鳴在這一年的夏天來到楚與鎮的星星孤兒院，而劉展飛的屍體在同年春天被發現。再往前推一年，正是村小出事、劉旭晨病死的一年。這一年，鄒鳴和劉展飛同是九歲！

一個不可思議的想法在花崇腦中出現，他瞪大雙眼，眸光極亮，額角難以控制地顫抖起來。幾條光絲般的線在腦海中穿過、交織，迅速結成一張怪異而冰冷的網。

劉旭晨在羨城病死，范淼、盛飛翔、周良佳是羨城人；在劉旭晨的死訊傳回洛觀村之後，劉展飛失蹤，次年被發現死在河裡；劉展飛的遺體沒有經過專業屍檢，僅由村長等人辨別。

身分不明的米皓出現在離羨城不遠的楚與鎮，米皓被鄒媚領養，改名鄒鳴；鄒鳴與同學到洛觀村旅遊，莫名其妙在紀念品商店買了一個木雕果盤，而紀念品商店所在的地方，是劉旭晨和劉展飛兄弟曾經的家！

花崇的呼吸變得粗重，手指悄然抓緊，骨節泛白。

徐曉琳被他的反應嚇到了，支支吾吾地說不出話。

曲值也相當詫異，低聲道：「花隊？花隊？」

花崇猛地回過神，目光如劍地看向徐曉琳，「把妳記得的，與米皓有關的事全部告訴我！」

徐曉琳大概沒怎麼與花崇這樣的人打過交道，一時慌了神，顫抖道：「好，好……我這就說。」

據徐曉琳回憶，米皓是在身無分文，也沒有任何身分證明的情況下，獨自來到星星孤兒院。當時孤兒院管理鬆散，只要有小孩來，院長就會接收，從來不管來歷——這也是那時整個楚與鎮福利機構的狀況。以蜜蜂孤兒院為首，不少孤苦無依的孩子在孤兒院被「中轉」，繼而成為供人口販子發財的交易品。米皓的年齡雖然不小了，但是相貌清秀，院長一看，就毫不猶豫將他收入院中。

米皓的實際年齡誰也說不準，他自稱生下來就被父母拋棄，跟著拾荒者長大，完全不記得自己親生父母是誰、家鄉是哪裡。某一年，一直照顧他的拾荒老人去世了，他便從鄰省一路流浪討飯，走到楚與鎮。

在孤兒院安定下來後，米皓成了老師們的得力助手。他手腳勤快不說，還很會哄年紀小的孩子。院長最初怕惹上麻煩，找人調查過他的身世，結果什麼都查不到。對方說這小孩沒報過戶口，肯定是被扔掉的孩子。那年頭，在一些窮鄉僻壤，小孩被丟棄的事時常發生，根本不算怪事。院長一天要操心的事情多，這件事後來便不了了之。

再之後，米皓便被鄒媚領養，改名鄒鳴。

有關孤兒落戶政策的實施，一個地方一個樣，只要關係到位元，很多程式都會被簡化。花崇瞭解其中的問題，告別徐曉琳後道：「鄒鳴說不定在撒謊。」

曲值不像張貿一樣沒經驗，聽徐曉琳說完就明白鄒鳴可能有問題。他的年齡、經歷都是自己的上下嘴皮一碰說出來的，根本沒有誰能證實。

「鄒媚可能也不簡單。」花崇點了根菸，把打火機和菸盒拋給曲值，「她不可能預想不到自己收養一個十一歲的男孩會引起非議，卻執意要這麼做，這對她來說有什麼好處？」

「有的人擔心孩子太小，收養之後不便照顧，這倒是正常。」曲值說，「但鄒媚的意思是不要女孩，因為女孩長大了會被傷害，這種理由太牽強了。」

「女孩，女孩……」花崇雙眉緊擰，低聲自語：「傷害……」

曲值一愣，頭皮突然像通電一般麻起來，「花隊，你是不是想到王湘美她們了？」

「王湘美、陳韻和張丹丹，她們都是被傷害的女孩，其中兩人已經被傷害至死。」花崇站定，「鄒媚為什麼斷定是女孩就一定會被傷害？是因為她自己被傷害過？還是說……她就是傷害女孩的人？」

曲值的手臂起了一層雞皮疙瘩，「你先別說了！我、我他媽得認真想一下！」

花崇掐著菸的手指一頓，「張貿說，這幾天一直有家屬到局裡死纏爛打，吵著要去洛觀村？」

「是啊！」曲值想起這件事就鬱悶，「跟他們都無法溝通，我快被折磨瘋了！」
「鄒媚呢？她有沒有來過？」
「她？」曲值搖頭，「沒有。她那種女強人，平時都很忙吧。」
花崇坐在副駕駛座，半天沒說話，曲值心裡像貓在抓一樣，「花隊！」
「別吵！」花崇說：「我在想事情。」
「你別光悶著想啊，說出來，我一起想想？你不說話，我他媽心慌！你以前就這樣，憋著不言不語，然後語出驚人，打得我措手不及！」
「我想我們現在到底該去哪裡。」花崇深吸一口氣，「是回洛城，還是就近去羨城看看。」
曲值一驚，「洛觀村呢？那裡離得開你？」
「小柳哥在。」花崇手指抵著下巴，語氣裡是十足的信任，過了幾分鐘說：「走，先回洛城，我得去見一見鄒媚。」

◆

深夜，明洛區的乘龍灣住宅區安寧祥和，獨棟別墅在夜色下顯得矜持而高貴。
警車的到來，將它完美無瑕的外表撕出一道不深不淺的裂痕。裂痕裡，是一些人早已千瘡百孔的生活，以及被捂到淌出濃血的傷口。
乘龍灣是洛城的頂級別墅區，住在這裡的人非富即貴。可事實上，靠自己的本事在這裡購房的人並不多，大部分是父母富有，少部分是靠當高官富商的小三。各行各業的菁英、舉足輕重的政客通常不會住在這種最易引人注目的地方。不過凡事都有例外，鄒媚就是乘龍灣的例外之一。

她購買的別墅位於乘龍灣的S級區域，那裡一共只有四棟別墅，其中一棟沒有戶主，另外兩棟的主人身分不太光彩。

路燈灑下柔和的光，一輛黑色的低調豪車從安靜的小路駛過。乘龍灣的大多數住戶都已經睡下，但鄒媚才剛結束一天的工作。她所帶領的團隊正在開發一個海外至尊體檢購房遊專案，需要打點、談判的地方太多，她不得不親自出馬，靠自己的人脈資源為專案保駕護航，以至於幾乎每天都早出晚歸。

這種情況其實每年，甚至每個季度都會發生。一個項目初始籌備時，是最麻煩、最需要投入精力的時候。身為公司高管，她已經很長時間沒睡過一個安穩的覺了，今天從一個應酬場合撤退，回到家時已經接近凌晨。

她的車，與花崇的車在別墅前相遇。看到從車上走下來的女人，花崇怔了一瞬。

他見過她！查王湘美與陳韻的案子時，他與柳至秦曾經到「小韻美食」調取監視器畫面。駕車離開前，正好看到一個打扮與夜市大排檔格格不入的貴婦拿著塑膠籃選菜。

貴婦動作熟練，撿好後沒有坐在店外的塑膠椅上，而是站在一旁安靜地等待，直到從忙裡忙外的小夥手中接過打包好的食物。

那位貴婦，居然就是鄒媚！

花崇近乎本能地迅速整理起線索——

鄒媚去過「小韻美食」，而且看起來不像第一次去，那麼，她極有可能認識失蹤的陳韻；殺害王湘美的兇手使用了大量七氟烷，而死在虛鹿山上的三人，亦被七氟烷麻醉；鄒鳴的身世成謎，且行為蹊蹺，范淼等人被殺時，他沒有不在場證據；鄒媚和鄒鳴的關係，是養母與養子！

分秒間，花崇頓感頭暈腦脹，眼前發黑。

各種線索像針一般刺激著他的神經，被刺過的地方疼痛難忍，卻又清晰明澈。

他幅度很小地抖了一下，脖頸滲出一層薄薄的汗珠。

曲值沒有注意到他的異狀，下車朝鄒媚走去。

鄒媚站在路燈下，身著昂貴卻低調的職業裝，雖然在外奔波了一天，妝容和頭髮仍舊妥當得體。她長得很美，不是那種極具誘惑力的美，而是端莊大方的美，幾乎沒有什麼攻擊性，眉眼間卻透出一股成熟、成功女人的溫潤氣場。

但和很多女強人相比，她看起來柔軟許多，眼神帶著些許令人難以捉摸的東西，難說是憂傷，還是悲憫。

見到曲值拿出證件，鄒媚先是愣了一下，很快淡然地笑了笑，「你們是來向我瞭解小鳴情況的吧？這麼晚了還在工作，辛苦了。」

曲值跟很多蠻橫不講理的群眾打過交道，此時突然遇到一個特別講理又溫婉漂亮的女人，居然一時有些失措。

「站著說話不方便，我們去那邊坐坐。」鄒媚往與自家別墅相反的方向指了指，顯然不打算讓兩名深夜造訪的警察進屋。

花崇和曲值此時也確實無法進入她的別墅。

乘龍灣有很多適合聊天的地方，鄒媚將兩人帶到一間不打烊的咖啡館，點了兩杯咖啡、一杯熱牛奶，笑著說：「謝謝你們沒在工作時間到公司找我，那樣會為我帶來一些不便。我猜，你們兩位從我這裡離開後還得繼續忙，那就喝點咖啡提神吧。」

她的聲音很溫柔，帶著在職場久居高位的從容與優雅。花崇盯著她的臉，試圖找到些許緊張的痕跡，卻因為咖啡店曖昧的燈光而暫時一無所獲。

「小鳴打電話給我過，簡單說過在洛觀村發生的事，讓我不用擔心。」鄒媚垂下眼角，輕輕搖了搖頭，「說實話，我沒想到他和同學出去旅遊，會遇到這種不好的事。為人母，我不可能完全不擔心，好在他沒事。他跟我說，命案發生的時候，他和一位同學沒有不在場證明，所以必須暫時留在洛觀村配合警方調查。我相信我的孩子，他善良、溫柔，絕對不可能與案子有關。」

侍者送來咖啡和熱牛奶，接著悄無聲息地離開。凌晨的咖啡館沒有別的人，空氣裡瀰漫著咖啡的醇香，和若有若無的舒緩音樂。這種氛圍很容易讓人放鬆，甚至被睡意侵襲，但不管是花崇還是曲值，此時神經都是高度緊繃的。

眼前的女人不簡單——這是他們共同的認知。

「鄒鳴是妳八年前在楚與鎮領養的孩子。」

自從發現鄒媚與「小韻美食」的聯繫後，花崇的重點就不再停留在鄒鳴一個人身上。他直視著鄒媚的雙眼，試著從那雙堪稱含情脈脈的眼中窺視對方的內心。

「是的。」鄒媚抬手一順鬢髮，這個動作被她做得優雅充滿風情，「我沒丈夫，身體條件也無法生育，三十五歲時覺得自己年紀不小了，經濟條件也允許，便想領養一個小孩，一來是對自己有所交待，二來也是對社會盡一點綿薄之力。」

「鄒鳴當時已經十一歲了。」花崇故意露出不解的神情，「我聽說領養者大多傾向於年紀更小的孩子，因為孩子越大，越不容易管教，也不容易與長輩親近。」

鄒媚笑著搖頭，「對我來講，鄒鳴那個年紀的小孩最好。孩子越小，就越需要父母的陪伴，而我工作繁忙，時常需要加班、出國，無法長時間陪在孩子身邊。你說年紀稍大的孩子不容易管教、不容易與長輩親近，這在我和小鳴的相處中不算問題。他是個明事理的孩子，聽話且自律，我根本不需要怎麼管教他。至於親不親近，我和小鳴都是很獨立的人，習慣彼此照顧，但不需要過分的親近。」

花崇略顯刻薄地問道：「收養鄒鳴之後，妳有沒有被旁人非議過？」

「你是指別人的閒話嗎？」鄒媚輕靠在沙發上，柔聲說：「我不在乎的。」

曲值的眉角跳了跳。

「我是被罵到現在這個位置的。職場給予一個女人的非議，遠遠比我收養一個十一歲的男孩難聽。」鄒媚苦笑，「如果我什麼都在意，那就沒完沒了，也沒辦法正常工作、生活了。我只是做了一個對我來說最好的選擇，無關的人怎麼看，不是我所能左右的。」

「最好的選擇？」花崇緩緩道：「我不大明白。妳是女性，並且是成功的女性，那為什麼在收養小孩時，把女孩排除在最好的選擇之外呢？」

聞言，鄒媚的眼神陡然一變，安然的眸光裡掠過一縷驚慌，但這縷驚慌很快就消逝無蹤。她的脣角扯出一絲苦笑，「越是成功，越能明白身為女人的不易。身為母親，生養女兒比生養兒子辛苦得多。小時候操心，長大了也操心，怕她過得不好，怕她受欺負，等到她嫁人了，仍會擔心她的婆家苛待她，她的丈夫冷落她……我自認受不了養育女兒的苦，所以索性選擇男孩。」

這番理由似乎令人無法反駁，曲值甚至被說得有些汗顏——至少在職場上，男性確實比女性擁有更多的晉升管道。

「妳瞭解鄒鳴的過去嗎？」花崇卻完全不為所動，繼續冷靜地提問。

「他是孤兒。」鄒媚說，「從小被父母丟棄，活得很不容易，所以他懂得珍惜，也懂得感恩。在十一歲之前，他沒有過過好日子，也沒有接受過像樣的教育。但是現在我敢說，他比大多數同齡人都優秀。」

「還有呢？」花崇的聲音仍舊是不近人情。

「還有？」鄒媚皺起眉，「你的意思是，你們查清楚他的身世了？」

花崇微抬起下巴，「妳好像根本不在意他的過去。對妳來說，只要領養的孩子不是容易被傷害的女孩就行了，對嗎？」

鄒媚脖頸的線條倏地一緊，眼中的光急促地收縮。

這一切細微的反應，被花崇盡收眼底。

「鄒鳴……」花崇正欲繼續說，放在茶几上的手機震動起來。

他下意識想要拒接，拿起來時卻看到螢幕上閃爍著「柳至秦」三個字。

「不好意思。」

他站了起來，左手在曲值肩上點了兩下，迅速走到角落裡，接起電話。

柳至秦的聲音立即傳來，『花隊，我查到一件事。』

「嗯，什麼事？」

『十年前在羨城，周良佳、范淼、盛飛翔策劃了一場自殺鬧劇。』

第六章　自殺鬧劇

十年前，羨城——

平日就人滿為患的求學路被看熱鬧的學生堵得水泄不通，男男女女高揚著脖子，一雙雙求知欲極強的眼睛望向「知識城」的地標——勇攀高峰塔。

笑聲和嘲諷聲比除夕夜裡的鞭炮聲還熱烈，很多人舉起當年最流行的掀蓋手機，對塔頂亂拍。手機沒有拍照功能的學生只能眼巴巴地看著，每當身邊有人拍一張，就興奮不已地湊過去，大聲喊著：「給我看看！給我看看！」

那情形，就像塔上的人是正在開演唱會的大明星。

事實上，塔上沒有大明星。坐在塔沿的是一名十八歲的高三女生，她面無表情地看著塔下喧鬧的人群，臉色蒼白，似乎對世間沒有半分留戀。

塔頂離地面太遠，而十年前的手機像素不高，稍微將鏡頭拉近一些，畫面就糊成了一片，所以沒有人看到她眼中一閃而過的得意與歡樂。

在整個函省，羨城算不上一線城市，主城規劃得糟糕，塞車的路段很多，白領族們一到上下班高峰期就叫苦不迭。

乘著發展教育的風潮，數年前羨城在城東新區弄了個「知識城」，陸陸續續將國中小、大學都搬過去。一來是集中教育資源，二來也是為越發擁擠的城市中心地段減輕負擔。

知識城分為東西兩個區域，國中小學在東，大學在西，中間建了座勇攀高峰塔，鼓勵學子勤奮求學。而在勇攀高峰塔一側，是「知識城」最重要的交通幹道——求學路，所有進出知識城的車輛都得從求學路經過。

隨著入駐的學校越來越多，求學路兩側的餐館也越來越多。這些餐館便宜、菜式多樣，最關鍵的是比學校食堂的飯菜美味幾倍。所以一到吃飯時間，求學路兩側就擠滿了覓食的年輕人。

但就算是剛開學人流最大的時候，學生們也沒有將供車輛通行的馬路堵起來，這天卻不一樣。市內重點的羨城二中文科實驗班的一位女學生，因為月考成績不理想，一時想不開，爬上勇攀高峰塔鬧自殺。聞訊，半個知識城的學生、後勤員工，甚至是部分老師都趕過去看熱鬧。

「熱鬧」對人來說，似乎有種無法抗拒的吸引力。

欲自殺女學生的身分，很快就在人群中傳遍——她叫周良佳，品學兼優，國中在臭名昭著的羨城七中就讀，是班花級花，似乎還是校花。從羨城七中出來的大多是混混，她卻考上了堪稱名校的二中，是幾個實驗班裡最漂亮的女生，追求者無數，但據說她一次戀愛都沒有談過，一心向學。

從高一到高三，她的成績不算突出，徘徊在中流，要考上全國知名的大學難，但考上函省內的好大學沒什麼問題。可是，就在剛結束的月考中，她遭遇了「滑鐵盧」，從中流跌到了中下流。本來一次月考成績不能說明什麼，但她沒想通，居然在上完上午最後一堂課後揹著書包，一個人悄無聲息地走出校園，來到求學路，直到爬上塔頂才被人發現。也不知道最初是誰吆喝了一聲，瞬間，正在求學路餐館搶座位的學生全都抬起頭，看到了坐在塔沿的周良佳。

頓時，現場沸騰了，沒人再搶座位，全從餐館裡跑了出來。很快，「有人在勇攀高峰塔自殺」

的消息一傳十十傳百，本不在求學路的學生也蜂擁而至。馬路兩邊的人行道實在擠不下那麼多好奇的人，漸漸地，有人帶頭站到了馬路上。大家似乎都忘了，這條還算寬闊的馬路，是知識城最重要的進出通道……

十二月，天氣已經很冷了，塔頂的風很大，周良佳裹緊了羽絨衣，輕輕晃了晃放在外面的兩條腿。

她並不覺得冷，因為她早有準備。此時，她穿著自己最厚的羽絨衣，裹著范淼送的大絨毛圍巾，背、腰、腿上都貼著「暖暖包」，腳上穿了兩雙棉襪，外面套著的是特別流行的雪地靴。除了露在外面的臉，她哪裡都不冷。

她心裡想，多虧臉冷，冷得快凍僵了，否則自己一定會忍不住笑出來。

擠在馬路上看熱鬧的人可真蠢，他們真的以為自己要自殺。但這怎麼可能呢？自殺明明是一項有趣的遊戲啊，自己才十八歲，未來那麼美好、那麼長，為什麼要從高高的地方跳下去，摔個稀巴爛呢？

她的心臟跳得歡快，因為憋笑，整個人都抖了起來。下方立即傳來一陣驚呼，以為她要跳了。她摸了摸自己被凍得發麻的唇角，還好還好，那裡沒有揚起來。

不一會兒，她聽到一聲催促，接著是第二聲、第三聲。

「到底跳不跳啊？」

「快跳啊！你他媽逗我們玩呢？」

「趕緊跳，看完老子還要回去吃飯！」

「就是就是！快跳！再不跳，我點的豌豆麵都快泡爛了！」

「跳吧！爬上去了不跳算什麼？我可是特地從圖書館跑來的！」

「我數十聲，數完妳必須跳啊！」

「哈哈哈哈哈！」

「跳吧，妹妹！像妳這樣爬上去又不跳，多沒意思啊？這叫什麼，這叫懦弱！叫沒擔當！下來是會被嘲笑到畢業的！」

「跳不跳啊？攝影模式很耗電！再不跳，我手機都要自動關機了！」

嘖嘖嘖……周良佳捂住口鼻，放任自己無聲地笑了起來。

這些人真壞，面對一個即將結束生命的小女孩，居然說得出這麼毒辣的話。好在自己不是真的要跳樓，只是嚇一嚇班導師和學年主任而已，誰讓他們那麼囉嗦，月考成績一出來就亂罵人呢？能嚇到他們，再爭取高考加分就最棒了！

周良佳心裡打著如意算盤，繼續饒有興致地聽著此起彼伏的咒罵聲，不禁想——如果坐在這裡的不是自己，而是一個真的要跳樓的人，聽到那些難聽的詛咒會怎麼樣呢？可能連僅剩的求生欲都失去了吧。那個人大約會想，人性真是惡劣啊，世界真是冷漠啊，算啦算啦，還是死了好。然後就縱身一躍，在堪比演唱會現場的高分貝驚叫中，「啪」一聲摔成血糊糊的肉餅。

如此想著，周良佳打了個寒顫，戴著手套的手將下半張臉捂得更加嚴實。

昨天，當她跟范淼、盛飛翔說自己的計畫時，盛飛翔馬上興奮起來，承諾要幫忙造勢，范淼卻說了句「這樣不好吧」。

哪有不好？自己假裝跳一次塔，就讓那麼多人的惡毒統統暴露出來了。真是……呵呵呵呵呵呵！

周良佳一邊暗自吐槽一邊在人群中搜索。很快，她看到了范淼和盛飛翔。他們不愧是自己的好哥們，如果沒有他們，自己或許得吹很久的冷風，才能被這麼多人注意到。

范淼正舉著手機錄影。她很想朝鏡頭眨一眨眼，又害怕在眾目睽睽下露餡，只能繼續憋著，露出生無可戀的表情。終於，她看到了班導師，還有地理老師、數學老師、英語老師……他們都來了，似乎急得不行，尤其是不剩幾根頭髮的班導師，他似乎都要跪下來了。

嘿嘿，嘿嘿嘿！周良佳躲在手掌裡笑。

求我啊！她想，你們不是就愛罵我嗎？繼續罵啊，我聽著！不敢訓了吧？怕我跳下去吧？真膽小！

學生跳塔這種事，完全可以毀掉班導師的前途。周良佳欣賞著老師們的慌張，想像他們跪在地上的畫面。

可惜，他們並沒有跪下。她太想看他們向自己跪下了，於是就這麼痴痴坐著。

不就是僵持嗎？自己有的是時間。

不一會兒，她聽到一陣隱約的救護車聲響，「嗚——嗚——」，就像人死之前的哭聲。她循著聲響望去，果然看到一輛救護車。

誰要死了嗎？她想，需要救護車來接，應該是哪位倒楣的老師吧。是不是罵學生罵太多了，火氣太旺，把自己氣到心臟病發作了？活該啊。

她收回目光，不再看那輛被人群堵在外面的救護車。

圍觀看熱鬧的人們越來越激動，他們的眼睛都盯著周良佳，生怕錯過她從塔頂墜落的一幕。

沒有人注意到不斷鳴笛的救護車，就算注意到了，也沒人願意讓開。

與吵鬧又混亂的求學路相比，羨城科技大學的四號門冷清許多。

一名健壯的男子揹著一個身穿食堂工作服的男子，另有三人在一旁神色慌張地張望。昏迷不醒的男子叫劉旭晨，大一，因為家庭條件不好，在食堂打工賺錢。他暈倒的時候，頭撞到了灶台，血從傷口湧出來，越來越多。

揹著他的是同寢的室友，一同護送他的是關係要好的同學。他們不知道他為什麼昏迷，猜測是操勞過度，於是連忙打了急救電話，對方說馬上就派出救護車，可是等了許久，救護車還沒有到。

同學們焦急萬分，伸長脖子望著車子應該駛來的方向。

天氣實在太冷了，劉旭晨身上只有一件單薄的舊外套。不知是不是失血過多的緣故，他的身體似乎越來越涼。揹著他的男子大吼一聲：「誰脫一件衣服！」

三名同學你看看我，我看看你，都開始脫衣服。個子最矮的那位著急地喊：「穿我的！穿我的！我的最暖和！」

說完，他俐落地脫下女朋友買給自己的新羽絨衣，罩在劉旭晨滿是鮮血的頭上。

時間彷彿被無限拉長，救護車仍是遲遲不來。大家開始罵髒話，矮個子一邊發抖一邊替劉旭晨扯住羽絨衣，急得快要哭出來了，低聲念叨著：「快來啊！快來啊！」

終於，救護車的聲響傳了過來——卻是從另一個方向。

慌亂與欣喜中，沒人顧得上問為什麼救護車不是從求學路的方向駛來，十八九歲的男生們個個篤定：沒事了，醫生來了，兄弟你得救了！

然而，當天下午，劉旭晨在醫院停止了呼吸，死因是腦溢血。醫院聯繫學校，學校卻聯繫不上劉旭晨的家人。他的室友說，他的老家在一個非常落後、貧困的小山村，交通不便，家裡沒有父母，只有一個年幼的弟弟。幾天後，在同學們的操辦下，他的遺體被火化，骨灰暫時存放在殯儀館。

半個月後，噩耗才經由禹豐鎮，傳到大雪紛紛的洛觀村。

腦溢血的死亡率不低，而劉旭晨沒有家人，熱心的同學雖然悲痛，卻不至於向醫院追問——你們為什麼沒能把他救回來？大家都覺得，這大概就是命。

周良佳並不知道自己跳塔的「壯舉」為一個也許能被救活的男生帶來了什麼，她與范淼、盛飛翔，連「劉旭晨」這個名字都沒聽過。知識城裡最不缺的就是學生，哪有人都認得，甚至連羨城科技大學在冬天死了一個男學生，他們都是春節後才聽說。

跳塔為周良佳爭取到不錯的「權益」，班導師、學年主任、各科老師還有父母都不敢拿成績訓斥她了。他們在她面前變得格外小心，生怕說了不該說的話刺激到她。兩個月後，班導師將她叫到辦公室，告訴她學年主任那裡有幾個高考加分指標……

夏天，高考放榜，她開心極了，叫了一大群同學吃飯唱歌。她考得馬馬虎虎，不是特別好，但也不差，算上加分，能念函省的任何一所大學。

洛城是省會，是函省最繁華的城市。她決定了，將來要去洛城念書，還要在洛城工作，在洛城定居！

◆

『當年周良佳和范淼是男女朋友，來往密切，他們的網路聊天記錄我暫時只能抓取一部分。』柳至秦在電話裡道：『能看出來的是，周良佳策劃「假自殺」，范淼和盛飛翔都是知情者和參與者。憑著這次假自殺，她拿到了那一屆的高考加分指標。』

花崇右手握成拳，抵在咖啡館的落地窗上，聽柳至秦講十年前的「自殺鬧劇」。

『羨城的「知識城」現在已經經過改造，路面拓寬，沿街的餐館全部搬到新建的廣場上了。但在以前，主幹道求學路很容易出現擁堵情況。』說在這裡，柳至秦語氣稍有改變，『花隊，我還查到另一件事。』

花崇直覺柳至秦即將說的事非常重要，緊聲道：「什麼？」

『周良佳「假自殺」的那一天，正是劉旭晨去世的那一天！』

花崇呼吸一滯，陡然睜大的雙眼看著落地窗裡自己的影子。

一時間，成千上萬個斷裂的碎片在視野中彙集，一段段線索在清脆的響聲中逐漸彼此相連。他的腦中閃過一道道光，每一道都帶著冰涼而凜冽的寒氣。

『我想了挺久才打這通電話給你。』柳至秦說：『有沒有這種可能，那天……』

「那天，圍觀周良佳自殺的人堵住了本就不寬敞的求學路，劉旭晨正好在那個時候發病昏迷，救護車無法通過求學路，只能繞遠路來羨城科技大學。」花崇的聲音聽似冷靜無情，「時間被耽誤，醫生們最終沒能挽回一條年輕的生命！」

柳至秦沉默了許久，電話兩頭只剩下沉悶的呼吸聲。

「有人認為，是周良佳、范淼、盛飛翔害死了劉旭晨。」花崇終於又開口，「因為在這個人看來，如果救護車及時趕到，劉旭晨是有救的。」

柳至秦歎了口氣，『花隊，你對案件果然比我敏感，我思考了不短的時間才想到這種可能，而你剛聽我說完，就想到了。』

花崇回頭往曲值和鄒媚的方向看了看，見鄒媚站起身來，似乎要離開。

柳至秦立即察覺到他那邊有事，問：『是不是還在忙？』

花崇說：「我等等打給你。」

掛斷電話，咖啡館柔緩的音樂再次充盈耳間。花崇握著手機朝兩人走去，只聽見鄒媚說：「我明天還有重要的會議，如果沒有別的事，就先告辭了。」

曲值看了花崇一眼，花崇沒繼續之前的話題，卻問：「要不要帶一塊蛋糕回去？」

鄒媚愣了，「蛋糕？」

「當宵夜。」花崇說。

鄒媚仍陷在疑惑中，「宵夜？」

曲值也是一頭霧水，不明白自家隊長怎麼接了電話，回來就又是蛋糕又是宵夜。難道小柳哥在電話裡叮囑——吃點宵夜？

曲值甩甩頭，把莫名其妙的念頭趕出去。

花崇露出抱歉的神色，「妳不吃宵夜？那是我唐突了。我們這些當警察的，經常工作到很晚，吃宵夜是雷打不動的事。我看妳這麼晚下班，以為妳也像我們一樣，需要填一填肚子，忘了妳們女士都比較注意身材。」

鄒媚微微頷首，笑道：「晚上加餐對身體不太好，我喝一杯熱牛奶就差不多了。」

花崇點點頭，往曲值背上一拍，「那好，妳先回去吧，以後有什麼需要，我再跟妳聯繫。」

鄒媚離開後，花崇唇邊的笑容倏地消失無蹤。曲值被他突如其來的「變臉」嚇一跳，低聲問：「你剛才是演哪一齣啊？怎麼關心起她吃不吃宵夜了？小柳哥打給你，不會是讓你吃宵夜吧？這裡的蛋糕不便宜啊，你要是餓了，我們先出去，我請你吃麵？」

花崇沒說話，朝咖啡館外走去，直到上了車才道：「盯緊鄒媚，查她名下的所有房產，但暫時不要打草驚蛇。」

曲值發動車子：「明白。去哪裡吃麵？」

「吃什麼麵啊？」

花崇看了看時間，現在不管是趕去羨城還是回到洛觀村，都太晚了，而且不停奔波下來，他也有些吃不消，只能在洛城過一夜了。

「你不是餓了嗎？」曲值說。

「我是在套鄒媚的話。」花崇將椅背降低，閉上眼，「我和小柳哥在陳韻家的店裡見過她，但她沒看到我們。當時她買了一些烤串，打包上車，看樣子是熟客。」

「我靠！」曲值驚道：「她去燒烤店買烤串？」

「很奇怪是不是？」花崇說：「我剛才問她要不要買一個蛋糕當宵夜，是想確定她是否有晚上加餐的習慣。顯然，她很自律——她保養得很好，一看就是個生活自律的人。工作到這麼晚，她連高檔咖啡館裡的一小塊蛋糕都不吃，為什麼會吃不衛生、不健康的烤串？」

「那她還去陳韻家的燒烤店？」

「這就是疑點所在。一個人的行為一旦有不符原本行事邏輯的地方，背後就必然有什麼原因。」花崇半睜開眼，語氣陰沉，「她第一次到『小韻美食』，或許是偶然。之後再次去，可能是因為陳韻，而被我與小柳哥看到的那一次……」

曲值等了半天沒等到後文，問：「那一次怎麼了？」

「自己想。」花崇抄著手，偏頭看著窗外流光溢彩的街道，等不及想要趕緊回到市局，打電話給柳至秦。

◆

洛觀村派出所內，柳至秦在房間裡來回踱步。

目前查到的資訊不算多，但凶手燒死周良佳三人的動機已經隱約從黑暗中浮現。調查進行到現在，十年前的「假自殺」事件是唯一一項他們三人都參與的「活動」，而這個「活動」造成的道路擁堵，很有可能是導致劉旭晨死亡的原因。

——至少凶手是這麼認定的。

凶手認為劉旭晨本來不用死，是周良佳三人害死了劉旭晨。

當時，劉旭晨和送劉旭晨就醫的同學應該非常無助，他們守在校園門口，焦急地等著救護車，而在知識城的另一邊，正在上演一場「跳還是不跳」的狂歡。

明明有那麼多的人在知識城裡，為什麼所有人都只看著遲遲不跳的少女？為什麼沒有人看到無法穿過求學路的救護車？為什麼沒有人看到命懸一線的劉旭晨？這些人瞎了嗎？聾了嗎？他們為什麼不轉過身，看一看那輛救護車？看一看那位等待救治的病人？

這群愚蠢的瘋子！他們被那個嘩眾取寵的女魔頭吸引了所有注意力，他們該死！但女魔頭和女魔頭的同伴更該死！

劉旭晨的生命被無數雙眼睛、無數雙耳朵忽略，那好，這三個罪魁禍首也該嘗一嘗那種身在眾人中，卻被眾人無視的感覺！虛鹿山上，樂聲震耳欲聾，篝火映紅了黑夜，遊客們面朝主舞臺，瘋狂地跳躍、歡呼，誰會聽到被灼燒之人的喊叫，誰會看到他們掙扎著的身影？

去死吧，為你們犯下的罪孽！

◆

花崇靠在洗衣間的牆壁上，耳畔掛著耳機，一邊等穿了幾天的毛衣外套被烘乾，一邊和柳至秦講電話。

洛城的氣溫比洛觀村高，他把襯衫也脫了，只穿件大號T恤，那T恤是黑色的，非常寬鬆，令他看起來比平時單薄不少。連日忙下來，他也確實瘦了一些。

機器轟隆作響，好在並不吵鬧，像恰到好處的背景音。

毛衣外套其實不用趕著清洗，他在重案組辦公室放了好幾件外套，隨便換一身就好了。但半夜回到市局，他幹的第一件事便是去洗衣間洗毛衣，這樣烘乾了白天還能繼續穿。

有了這一件，就不怎麼想穿自己的那些衣服了。

『九年前，洛觀村村民在下游村莊發現的腐爛男孩屍體，可能不是劉展飛。一件衣服不能說明什麼，況且劉家兄弟在洛觀村的存在感很低，村長有可能認錯了人，然後草草將屍體火化。這種事過去在落後的村鎮裡太常見了。』柳至秦將自己不久前的猜測描述一番，語氣很淡然，不像推測時那麼激烈，『如果那個小孩不是劉展飛，劉展飛沒有死，那麼當他瞭解到劉旭晨病死當天在知識城發生的事，必然會報復造成求學路擁堵的三人。』

花崇捏著眉心，片刻後搖頭，「不，不對。」

『什麼不對？』

「如果劉展飛還活著，他的確是最有可能報復周良佳三人的人。但這只是可能，而不是必然。」

柳至秦一愣，細想才發現自己的想法有些偏激。

劉展飛身世不明，不知自己的親生父母是誰，從小病怏怏的，被劉旭晨養大。可以說，如果沒有劉旭晨，他大概早就不在這個世界上了。對他來講，劉旭晨是唯一的親人。

但即便如此，得知劉旭晨的死與周良佳「假自殺」有間接聯繫，劉展飛就一定會以那種殘忍的方式報復他們嗎？這是殺手的思維，而不是正常人的思維。

劉展飛為什麼會有殺手的思維？

「凶手選擇的殺戮方式是焚燒。我在想，這是不是和村小案有關？」花崇的聲音因為疲憊而顯得低沉沙啞，比平時更好聽，「假設劉展飛沒死，凶手就是他，那是什麼養成他這種『殺手思維』的？」

柳至秦沉默數秒，說：『只有一種原因——他曾親眼見過相似的殺戮。他最信任、最依賴的人為了保護他，殺掉並焚燒了五名欺辱他的人。劉旭晨的行為投射在他的性格裡，無時無刻不在影響他的行為。』

花崇並不驚訝，「你是說，十年前村小案的凶手是劉旭晨？而劉展飛在一旁目睹了這一切？」

『我想不到別的可能。』柳至秦說：『記得磨菇餐廳老闆娘和錢闖江向我們透露的資訊嗎——村小用來體罰學生的木屋，實際上是錢毛江欺負小孩的據點，他們將人帶到那裡去，除了被欺辱的人和他們自己，誰都不知道，連老師都懶得管這種「閒事」，以至於大多數村民只知道幾件鬧大的欺凌事件，不知道老闆娘後背被錢毛江燒傷了。而錢闖江說，他曾經在木屋外面聽到小男孩被搧耳光的聲響，以及這個小男孩的哭聲。這孩子是誰？會不會就是劉展飛？』

洗衣機正在瘋狂轉動，花崇覺得自己的腦子也轉得快要缺血了，「劉旭晨比劉展飛大十歲，他們是相依為命的兄弟，這種關係和父子、母子完全不同。父母很有可能注意不到自己的小孩被欺負了，而且在洛觀村那種地方，他們即便注意到了，也可能選擇妥協。但劉旭晨是哥哥，他一定會保護劉展飛。

劉展飛被欺負，必然發生在劉旭晨在鎮裡上學時。十年前，劉旭晨考上了大學，要離開洛觀村了，又暫時沒有能力帶劉展飛走。他知道自己這一走，劉展飛或許會被欺負到死，他唯一的辦法，就是在悲劇發生之前，替劉展飛解決掉錢毛江等人。」

『他放過了那些升到國中的人，因為他們無法經常回洛觀村。』

柳至秦感覺到一種難以言喻的興奮與無奈。興奮的是幾個案子終於被串聯起來，並且在邏輯上沒有太大的漏洞，無奈的是那個在村民口中堪稱優秀的大男孩，居然只能用這種殘忍的方式保護自己心愛的弟弟。

而劉旭晨所謂的「保護」，深植在當年只有九歲的劉展飛心中。這就像一顆浸滿罪惡的種子，最終將劉展飛變成了一個冷酷而偏執的殺手。

「錢毛江等人出事時，照村民的說法，劉旭晨已經離開洛觀村了。」花崇蹲在洗衣機前，盯著裡面被甩來甩去的毛衣，「但實際上，沒人知道他的確切去向。他熟悉洛觀村，要去而復返並躲起來不是什麼難事。他提前離開，說不定就是為自己製造不在場證明，而村民信了，信誓旦旦地為他『背書』，當時的專案組也沒有追這一條線。」

『現在已經沒有辦法查十年前的交通記錄了。』柳至秦歎了口氣，『事發時，劉旭晨在哪裡，沒人說得清楚。而他在作案後幾個月就因病去世，這個案子就等於自產自銷。』

花崇出了一會兒神，想起在楚與鎮打聽到的事，「對了，鄒鳴是在洛觀村村民認定劉展飛被凍死在河裡後，才出現在孤兒院。他自稱名叫米皓，十歲，無父無母，長期跟隨拾荒者流浪。在孤兒院生活一年之後，周媚將他領養回去。」

『米皓？鄒鳴？』柳至秦的瞳光瞬間收緊，立刻明白花崇心中所想，『鄒鳴很有可能就是劉展飛？』

「鄒鳴是主動去孤兒院『報到』的，那時他已有十歲，告知孤兒院的理由是帶著他多年的拾荒老人去世了。」花崇說：「這句話乍聽之下沒什麼問題，但深想的話，其實很古怪。既然他從小就靠流浪拾荒過活，怎麼會在十歲的高齡跑去孤兒院？他已經習慣了流浪、自由的生活，為什麼還要為了那一點安逸，把自己送入『牢籠』？

他選擇在那個時候去孤兒院，我覺得應該是走投無路，沒有選擇了——他以前的生活雖然不富裕，但也沒落魄到流浪乞討的地步，他根本過不慣那種生活，才會去孤兒院。這是其一，其二，你看他現在的樣子，有哪怕一丁點拾荒者的氣質嗎？沒有！

他完全不像過過十年流浪生活的人。我接觸過不少真正的拾荒者，鄒鳴和他們截然不同。他自以為自己編了一個滴水不漏的身分，但假的就是假的，他只有一具拾荒者的殼，藏在裡面的是他自己的靈魂。」

柳至秦迅速消化著花崇的話，『劉展飛知道劉旭晨在羨城，但他並不知道羨城在哪裡，也沒有足夠的錢。可劉旭晨死在那裡，他一定要去！從十年前的冬天，到第二年的夏天，他從洛觀村一路走到了楚與鎮。楚與鎮離羨城很近了，但他實在無法再堅持下去，所以找到一家孤兒院，暫時休息？』

「對！一個習慣了流浪的拾荒者，怎麼會去孤兒院求助？這說不通。但如果鄒鳴就是劉展飛，這一切就合理了。他那時候只有十歲，雖然被錢毛江欺負得很慘，但也一直被劉旭晨照顧、保護著。

長達半年的跋涉、流浪已經讓他難以支撐，他只能停下來，暫尋庇護之所。至於為什麼要隱瞞自己的真實身分，編造出一個『米皓』，很有可能是因為他過去半年的經歷——途中他被騙過、被傷害過，漸漸明白想要保護自己，就得學會欺騙別人。」

『劉展飛、米皓、鄒鳴……』柳至秦輕聲念著三個全然不同的名字，腦海中清晰地浮現出鄒鳴那張清秀而沒有表情的臉。

冷淡有時候有另一種解釋，那就是殘酷。

「如果我們的推測沒錯，那至少在被鄒媚領養前，劉展飛沒有途徑查到周良佳等人和劉旭晨病死之間的關係。那時他還太小，離開洛觀村，隻身前往羨城的目的很單純，就是為了『接』唯一的親人。」花崇接著分析，「遇到鄒媚是個意外。隨著年齡的增長，說不定是直到最近一兩年，他才得知劉旭晨去世那天發生的事。這也能解釋為什麼過了十年，周良佳三人才被報復。」

『劉展飛遇到鄒媚是意外，但鄒媚選擇劉展飛——也就是米皓，卻不是。』柳至秦手指在桌上點著，『她是領養者，她有選擇權，她是主觀選中了他。』

既然已經說到這裡，花崇索性把鄒媚就是那天出現在「小韻美食」的貴婦一事告訴柳至秦，並說：「我已經見過她了，她根本沒有吃宵夜的習慣。那天她去買燒烤，買得還不少，但既然不吃，為什麼要買？」

三個案子，互相糾纏又彼此撕裂，柳至秦按著太陽穴，一個想法正呼之欲出。

「王湘美案和盧鹿山案最大的聯繫就是七氟烷。我們現在已經把鄒鳴假設為殺害周良佳三人的凶手，那他便是七氟烷的持有者。」花崇一邊思考一邊說：「他的七氟烷是從哪裡來的？他和王湘美、陳韻有什麼關係？」

『他和陳韻……』柳至秦甩甩頭，『現在看來，倒是鄒媚與陳韻有關係的可能性更大。』

電話兩頭有默契地陷入沉默，又有默契地響起點菸的聲響。

花崇說：「你在抽菸？」

『腦子有點亂。』柳至秦說。

花崇看了看自己指間夾著的菸，輕輕呼了口氣。

柳至秦喚：『花隊。』

「嗯？」花崇應了聲。

『你剛才是不是在想，王湘美也是劉展飛殺的？』

「我……」花崇頓住。

七氟烷是個繞不開的線索，剛才他的確如此想過，卻覺得細節上是矛盾的。

『兩個案子，一個展現的是殘忍，一個展現的是悲憫。前者喪心病狂，後者帶著自以為是的救贖。如果凶手是同一個人，那他必然具有多重人格，否則行為不可能如此分裂。』柳至秦說：『但我覺得，鄒鳴的精神不存在問題。』

「那凶手就不是同一個人。」花崇此前覺得矛盾的細節也是這個，「劉展飛有殺害周良佳等人的動機，但沒有理由對無辜的小女孩下手。」

『鄒媚呢？』柳至秦緩緩道：『一個成功、富有的女性，有沒有動機去殺害生活在底層的小女孩？』

花崇一下子就想到了鄒媚的眼神。柳至秦所說的「悲憫」，似乎正是她眼中流露出的色調。

「有沒有辦法查到鄒媚的過去？」花崇說：「刑偵一組現在已經盯住了鄒媚，但是以前發生在她身上的事……」

『我儘快給你答覆。』柳至秦說。

花崇想了想又道：「現在取證是個難點。『劉展飛就是鄒鳴』是我們的推斷，但沒有證據。村民們發現的那具屍體早就火化了，其他物證、檔案也沒有留下來。從九歲到十九歲，這十年是一個人相貌改變最大的時期，鄒鳴就算站在他們面前，他們也不會認為他就是劉展飛。」

『或許有人還認得。』

「你是說錢闖江？」

『他行為的怪異程度，其實不亞於鄒鳴。』柳至秦說：『他們同齡，同被錢毛江欺辱。我們第一次向錢闖江瞭解當年的情況時，他說聽到了小男孩的哭聲。可能他不止是聽到了，還知道被搧耳光的是誰——但他不願意告訴我們。

我有個猜測，他自始至終都知道殺死錢毛江的人是誰，也知道在虛鹿山上作案的人是誰。他說過兩個字，「不配」。站在他的角度，是整個虛鹿山的人不配擁有現在的生活，他們——包括他命不久矣的父親，對錢毛江、羅昊這些人的暴行視若無睹，他們連村子裡最容易被傷害的小孩都保護不了，習慣性選擇漠視縱容，應該受到懲罰。』

「那他是幫凶呢？」花崇忽然道：「現在沒人說得清村小出事那天，劉展飛和誰待在一起。有沒有可能是錢闖江？劉旭晨殺死錢毛江時，兩個九歲的小孩就在一旁？」

柳至秦想像了一下那幅畫面，感到不寒而慄，雖然荒唐，卻極具真實感。

如果不是在年幼時親眼目睹過屠戮，鄒鳴為什麼會如此冷淡殘忍，錢闖江為什麼會如此陰沉木訥？

劉旭晨救了他們，卻也毀了他們。鏡子的兩面都是殺戮，一面以保護為名，一面以復仇為名，始於愛，卻終於殘忍。

「上次我們不是說到郵局嗎？鄒鳴和錢闖江說不定真的有信件上的往來。」花崇說，「還有快遞，這些都是在網路上沒辦法查到內容的。對了，還有袁菲菲，她住過山味堂，如果鄒鳴和錢闖江有千絲萬縷的聯繫，那麼她打聽村小案這件事，大概就是錢闖江透露給鄒鳴的，然後，她成了被鄒鳴利用的工具。」

『袁菲菲是最「薄弱」的一環。』

「沒錯。洛城這邊讓曲值負責，我明天天一亮就去羨城。劉旭晨的骨灰曾經存放在殯儀館，但以前很多殯儀館只能存放三個月，到期如果沒有人領，就會處理掉。鄒鳴當時……啊！」

聽到手機那頭傳來一聲叫喚，柳至秦連忙問：『怎麼了？』

花崇從洗衣機裡拿出被絞得皺巴巴的毛衣，低聲問：「你借給我的毛衣……是不是不能水洗啊？」

柳至秦終於明白一直聽到的轟隆聲響是什麼了，『你在洗衣間？』

花崇抖著毛衣，有些尷尬，「穿好幾天了，我想把毛衣洗乾淨……」

可是它現在被我洗到報廢了。

『我平時都是拿去乾洗。』柳至秦聲音輕輕的，完全沒有責備的意思。

「我把你洗壞了。」花崇捂住額頭，脫口而出：「那等這些案子都解決了，我陪你去買件新的。不，兩件！你看上的，我都買給你，反正秋天太短，過不了多久就到冬天了。」

柳至秦笑了笑，那笑聲從話筒裡傳出來，花崇頓覺耳根發癢。

『要不然你現在拍一張照片傳給我？』柳至秦說：『我看看壞成什麼樣子了。』

花崇把毛衣攤開，覺得平放著不好拍，索性提在手裡，一下子按了好幾張，隨便挑了一張傳給柳至秦。

大約是因為注意力都在皺巴巴的毛衣上，他沒有注意到，自己的身軀正投映在窗戶玻璃上。

『怎麼穿這麼少？』柳至秦眼尖，一下子就看到了他那身黑T恤。

「啊？」他還沒反應過來。

『照片。』柳至秦提醒，『拍到你自己了。大半夜的，只穿一件T恤，不冷嗎？』

花崇看了看窗戶，心頭忽地暖了一下，笑道：「讓你看毛衣，你卻往窗戶上看。」

柳至秦低沉的笑聲再次傳來，話說一半卻又停下，『毛衣……』

「嗯？」

『毛衣這樣子也還好。』柳至秦的語氣有個很明顯的轉折，『不算洗壞。』

「這樣還不算洗壞？」花崇的敏感全耗在案子上了，不談案子時會陷入某種遲鈍，抓起衣袖看了看，「不行，我還是得賠你兩件，這件就給我好了，我拿回去當居家服。」

柳至秦沒有客氣，『好，那我們爭取早日把案子破了，去挑身衣服。』

花崇笑，「隨你挑！」

『不過現在你加件衣服。』柳至秦溫聲說：『起碼換成長袖。案子查到現在，正是關鍵時期，你這當長官的如果因為感冒下了火線，那就麻煩了。』

花崇也覺得有點冷了，把毛衣往肩膀上一披，「我這就穿。」

柳至秦聽到「悉悉索索」的聲響，知道花崇正在穿衣服。

不久，花崇說：「你這毛衣貼身穿也不會刺呢。」

柳至秦眼神漸深。剛才他以為花崇是另外拿了件外套穿上，畢竟毛衣被洗皺之後不大好看，沒想到花崇就這樣穿了上去，還貼著身……

之前花崇一直把毛衣穿在襯衫外面，都沒貼到皮膚。雖然襯衫的布料很薄，但也算是一層「障礙」。柳至秦一想到自己的衣服被花崇貼身穿著，喉嚨有點乾。

花崇又補充了一句：「今天太晚了，你趕緊去睡，我把T恤洗完也得睡了。」

所以你把T恤也脫了？柳至秦想，毛衣裡面空著？

這句話他沒問出口，愣了一會兒用慣常的語調說：『好，晚安。』

花崇隱約覺得這聲「晚安」不太對勁，但也沒精力多想了。這一天他從洛觀村飛到楚與鎮，又從楚與鎮回到洛城，見了多個與案子有關的人，大量線索在腦子裡交融、拼湊，體力和腦力幾乎都到了極限，不休息不行了。

其實，結束通話前他還想多和柳至秦聊幾句，但大腦已經有些當機，再說下去，萬一說出了不該在現在說的話，那就不好收場了。

躺在重案組休息室的床上，他很快就睡著了，甚至忘了脫掉不該睡覺時穿的毛衣。

第七章　家

黑夜在四面八方擴散開來。

乘龍灣別墅區，鄒媚站在客廳的吧檯前，兩眼筆直地盯著黑色的牛奶鍋。牛奶鍋是鄒鳴不久前買的，鍋體晶亮，看得出材質出眾。但此時，小火燒開的牛奶正一波接一波從它的邊緣溢出，帶著黏稠的奶皮，將鍋體覆蓋得一塌糊塗。

空氣裡漸漸彌漫起燒焦的氣味，還有液體流動的聲響。在牛奶鍋徹底被燒乾前，她才猛地回過神，左手驚慌失措地關掉火，右手緊緊捂著起伏不定的胸口。眼中的木然被恐懼取代，瞳仁深處明明應該倒映出吧檯旁的燈光，卻漆黑得如夜色一般。

在咖啡館點的熱牛奶她只喝了一口，雖然是上好的鮮牛奶，卻不夠甜。

她喝不慣不加糖的牛奶，只能回家自己煮。

可是就在剛才，她突然意識到一件事——在那個目光銳利的警察面前，自己似乎說錯了話。不習慣吃宵夜……居然說了這樣的話！那個問題明明那麼突兀，自己居然沒能在第一時間察覺到不對勁。

她一連做了好幾個深呼吸的動作，可心跳仍舊沒有平復。

幾分鐘後，她轉過身，腳步虛浮地朝樓上走去。

鄒鳴不在，這棟房子就像死了一般。她站在鄒鳴的臥室門口，抬手推開門，呆立片刻，突然將所有燈都打開，瘋了一般在櫃子、抽屜裡翻找。

幾天前，她已經將這間臥室以外的房間都翻遍了，可是仍然找不到那個東西。沒有那個東西，自己要怎麼讓可憐的女孩解脫？這個世界對女孩糟糕透頂，配不上她們的美好！

這間臥室是最後的希望了。

可她不願意相信，那個東西會出現在鄒鳴的臥室裡。

◆

重案組幾乎沒有走得開的人了，個個肩上都扛著任務。花崇只好去法醫科「抓壯丁」，抓徐戡和自己一起去羨城。

「二娃真不像你和柳至秦的狗。」徐戡一邊開車一邊說：「也不像德牧。膽子小得跟針眼一樣，被我家那幾隻一嚇，就夾著尾巴逃命。」

「你上次不說牠過得挺好的嗎？」花崇正拿著手機和曲值傳訊息，聞言，抬起頭，「結果被你家那群欺負了？」

「是過得挺好的，不愁吃不愁喝，就是膽子太小了，給人老是被欺負的假象。」徐戡笑：「其實也沒有真的被欺負。我家那幾隻是什麼品種，你又不是不知道，誰能欺負大德牧？」

花崇只聽了前半段，有點在意徐戡所說的「被欺負的假象」。在一些特定場合，有人囂張跋扈，有人弱小可憐，那旁觀者大多會認為弱小可憐的那個會被欺負。但事實究竟是怎樣，除了當事人，誰也不知道。

「等忙完這幾件案子，我就把二娃送回去。」徐戡又說：「你救了牠，牠最喜歡的是你。上次我打電話給你，牠像知道電話那頭是你似的，一直守在我旁邊，特別興奮激動，蹦蹦跳跳的。後來我都掛掉電話了，牠還在原地轉圈。」

「嗯。」花崇點點頭，「這陣子麻煩你了。」

徐戡笑，「客氣。」

連接羨城和洛城的是一條近幾年才修好的高速公路，路況極好，暢通無阻，不短的路程只開了不到兩個小時，連服務區都不用去。

下了高速公路之後，徐戡直接往城北的殯儀館開。

十年前，劉旭晨的遺體在那裡被火化，骨灰僅能存放三個月，之後去了哪裡？

花崇看著一閃而過的街景，眉心習慣性地微蹙起來。

目前查不到鄒鳴到羨城的記錄，但如果自己與柳至秦的推測沒錯，鄒鳴一定曾多次來到羨城，親自去過知識城，也到過殯儀館。

最有可能查到鄒鳴蹤跡的地方是殯儀館。

殯儀館門外排著一條長長的車龍。城北是整個羨城最不發達的地方，處處冷清蕭條，但占地不大的殯儀館天天熱鬧非凡，比市中心最繁華的購物中心還有「人氣」，因為它差不多是所有人的歸宿。

裡面的車不出來，外面的車就開不進去。花崇不想耽誤時間，讓徐戡去找地方停車，自己下車步行。

徐戡卻反常地說：「你先別走，等我兩分鐘，我馬上就停好。」

花崇略感不解，徐戡解釋道：「你走了，我就得獨自進去找你。我不習慣一個人在這種地方走來走去。」

「你一個法醫，還怕殯儀館？」花崇頓覺得聽到了笑話。

「不是怕，就是心裡不舒服。」徐戡很快停好車，「我們這些當法醫的，從業之始就被前輩告誡——尊重逝者，尊重遺體。我不怕看到屍體，也不怕碰觸屍體，接觸那些死狀不堪的人是我的職責。前幾年，我去殯儀館的次數比較多，經常看到一些殯葬師將屍袋扔來甩去的，像丟快遞似的，那些屍袋裡裝的是逝去不久的人啊……」

徐戡歎了口氣，續道：「其實我也理解他們的做法。你看，規模小一些的城市，一共就只有一個殯儀館，每天都是人滿為患，他們一年到頭要燒數不清的屍體，每天都在重複相同的工作，燒到後來，都麻木了，哪還顧得上『輕拿輕放』？就我矯情，看到就心裡難受。」

花崇抿了抿唇，呼吸間全是紙錢、香燭的熏人氣味。

「你見過火化過程嗎？」徐戡無奈地搖搖頭：「挺殘忍的，而且目睹這個過程的都是逝者的至親——被推車送進鍋爐房之前，躺在棺材裡的還是完整的人，像睡著了一樣。一個小時後，鍋爐房的門打開，推車退出，留在上面的就只剩下一堆骨灰，和一些沒有徹底燒成灰的骨頭，頭骨是最大的一塊。為了將骨灰、骨頭都裝進骨灰盒，殯葬師會當著逝者至親的面，用錘子把頭骨敲碎。那個過程，想到我都覺得不舒服。」

花崇在徐戡肩上拍了拍。

都說醫者仁心，法醫也是醫生，只不過他們面對的是無法被救活的人。大約正是因為這個原因，他們之中有的人，心比救死扶傷的醫生更加纖細。

徐戡笑了笑，「我其實挺久沒有到殯儀館了，讓你見笑了。」

「抱歉。」花崇說。

「沒有的事。」徐戡道：「我也是刑警，陪重案組的老大執行公務是職責所在。」

花崇不再多說，從擁擠的人群中穿過，朝被青山蒼松環繞的「長安堂」走去。

在「長安堂」管理骨灰的是幾名四五十歲的人，沒穿工作服，看起來不太像專業的殯葬人員。暫放骨灰的架子簡陋老舊，很多格的玻璃都碎了，裡面掛著一層蛛網，看起來毫無莊重感可言。很難想像一個人入土前的最後一站就是這種地方，但事實上，這就是一些小城市殯儀館的現狀。

接待花崇和徐戡的是名中年男人，在一堆紙質資料裡翻了半天，也沒找到劉旭晨的資訊。

「十年前的骨灰，按理說我們是保存三個月的。不過因為有的家庭遲遲確定不了墓地，交錢的話，我們也可以多保存一段時間，但是太久就不行。你們也看到了，我們這個長安堂，一共也就這麼大塊，一天死的人又那麼多，還越來越多，不可能一直代為保存。」

「最長能夠保存多久？」花崇問。

「對外說是一年，不過一年不來取，我們也不會馬上處理掉，畢竟是骨灰對吧？」對方說：「但這其實要看運氣，說出來不怕你笑，我們這裡過去管理不規範，處理誰的骨灰、不處理誰的骨灰完全看心情。有些骨灰剛過一年就被處理掉了，有些放了好幾年也沒被發現，所以這個啊，還真說不準。不過領取骨灰就很嚴格了，必須由至親帶身分證正本領取。」

花崇蹙眉，「那死者的至親已經全部亡故了呢？」

「那就得靠戶籍所在地的派出所出示相對證明。」男人繼續翻著資料，「這種情況其實說多不多，說少不少，唉，以前的資訊沒有錄入電腦，不好查啊。」

徐戡低聲道：「入學後，劉旭晨的戶口就遷到羨城科技大學了。他應該非常渴望離開洛觀村，在城市裡立足。」

花崇點頭，正想是否要去一趟羨城科技大學，就聽男人說：「喲，今天運氣好，找到了！劉旭晨，骨灰寄存一年零三個月後，被李江、孫強悍接走，喏，有派出所的證明。」

花崇連忙接過登記冊，上面的兩個名字均有備註，是劉旭晨的同學，而其他資訊一欄也已寫明，劉旭晨無親人，安葬在羨城周山公墓。

「嘖嘖嘖，這個周山公墓啊，條件可不怎麼好。我聽說只有一戶農家在管，管也管不好，離市區遠得很，交通很不方便。有的家屬把骨灰扔在那裡就不管了，墳被人挖了不知道。」男人說：「不過價格便宜，窮人也沒辦法是吧？好的公墓都能買一套房子了，窮人哪買得起……」

不再囉嗦，花崇立即和徐戡一道趕往偏遠的周山公墓。路上，花崇問到李江和孫強悍的聯繫方式。兩人畢業後都離開了羨城，李江目前身在國外，而孫強悍在洛城工作。大約是沒想到多年後，還會有警察因為劉旭晨的事找到自己，孫強悍的聲音聽起來有些緊張，但完全沒有不耐煩。

花崇得知，買墓的錢是他們幾名同學湊的，好一點的墓都太貴，著實買不起，就只能買最差的一處。而會花了一年多才讓劉旭晨入土為安，是因為各種手續太過繁雜。

『那個公墓是一次性交二十年的錢，含在買墓費中。超過二十年，如果沒續交，可能就……』孫強悍有些尷尬，『老實說，我們最後一次去看他是大四畢業前，後來我再也沒有去過了。其他人走的走，散的散，都不在羨城了，我想他們也沒有再去看過他。再過十年，也不知道我們之中還有誰會記得幫他續繳。』

花崇問及劉旭晨出事當天的情況，孫強悍無不感慨，『我當時揹著他，等啊等，感覺時間過得真是慢，半天救護車都不來。』

「因為塞車？」

『是嗎？我不記得了，那時我、李江還有別的兄弟，我們都慌張得不得了，只想要救護車快點到。後來車到了，我們鬆了口氣，但沒想到旭晨下午就不行了。』

花崇問：「有沒有人向你打聽過當時的情況？就像我剛才問的那樣？」

『我想想……』孫強悍頓了頓，『旭晨去世後，很多同學來問我他出事時的情況。』

「只有同學？」

『我記得是。』

花崇又問了幾個問題，直到手機發出「新來電」提醒才掛斷電話。

『花隊，你在哪裡？』柳至秦問。

「在羨城，正在趕往劉旭晨的墓地。」

『我剛到茗省曼奚鎮。關於鄒媚，我在網路上查到了一些事情。』

花崇的神經繃了一下，將車窗合上，把呼嘯作響的風聲擋在窗外，「她有動機？」

『她出生在曼奚鎮，這個地方非常貧窮，而且落後。』柳至秦說：『十七歲時，她參加高考，考上了星城大學，四年後回到曼奚鎮。』

花崇不解，「星大是名校中的名校，星城是一線城市，既然考上了，為什麼不留在星城發展？茗省是全國經濟發展水準最糟的一個省，她……她是什麼時候來洛城的？」

『二十五歲來洛城的，在這之前，她與老家的親人斷絕了關係。』

「為什麼？」

『她在老家肯定遭遇了什麼，但我沒辦法透過網路查清楚。』柳至秦說：『目前只能查到她二十一歲回到曼奚鎮，與一個叫梁超的男人結婚，二十四歲時產下了一個男孩。但在第二年，他們就離婚了，她從曼奚鎮離開，來到洛城打拚。』

花崇手裡拿著一根未點燃的菸，「我記得，最近幾年，好幾起女童被親人殺死的事件都發生在茗省，那裡是重男輕女的重災區。」

『嗯，越是貧窮落後的地方，重男輕女的現象就越嚴重。不過鄒媚生的是男孩，我有點想不通，她既然已經決定從大城市回到出生的鄉鎮，並結婚生子，為什麼會在有了兒子後離婚遠走，開始自己的事業？』

花崇神情凝重地看著窗外，「這確實很矛盾。從她的現狀可以看出，她是個很有本事的女人，當年她放棄前程回到曼奚鎮，肯定有什麼特殊的原因，後來離開則有更特殊的原因，否則她沒有理由拋棄家庭。」

『我查到她有兒子時想到一個細節。』柳至秦說：『她二十四歲生育，在她三十五歲領養鄒鳴時，那個孩子應該是十一歲。』

花崇立即懂了，「鄒鳴也是十一歲！」

『她選擇鄒鳴，是不是因為鄒鳴和親生兒子同歲？這樣的話，她的親生兒子身上或許有某種變故。這一點我會繼續查。』柳至秦頓了頓，『你那邊呢？查得怎麼樣了？』

「九年前，劉旭晨已經被他的同學安葬在公墓。但公墓的位置非常偏僻，條件也不好。如果我們的推測沒有錯，公墓上一定會有線索。」

從洛城到羨城、從羨城主城到周山公墓，兩段路都是徐戡在開車。前一段明明比後一段長很多，耗時卻更少。

「這條路可真難走。」徐戡說：「路況差，距離遠，難怪周山是羨城所有公墓裡收費最低的一個。」

「但收費再低，也不便宜。」花崇歎了口氣，「同窗幾個月，能湊錢讓劉旭晨入土為安，那些學生算得上善良。」

「難道不是因為劉旭晨人很好嗎？」徐戡道：「如果他人品差、人緣壞，再善良的同學也不會願意湊錢買墓給他吧？」

花崇想要反駁，但一想現在案件還沒有到水落石出的地步，便把嘴邊的話咽了回去。

劉旭晨到底好不好，在不同的人眼中，必然有不同的注解。對劉展飛來說，他是天底下最好的兄長，完美無暇。對孫強悍等人來說，他是好兄弟、好室友，日常生活中，他或許經常幫他們一些小忙。但對錢毛江來說呢？如果劉旭晨就是村小案的凶手，那麼毫無疑問，他是最殘忍的劊子手。

顛簸了接近兩個小時，周山公墓終於到了。如長安堂的工作人員所言，這裡的條件確實太糟糕了，一塊塊墓碑沿著公路旁的山坡排列，周圍沒圍牆，也沒巡視員，對面是一條江，附近農田遍布，若不是路邊立了塊破舊的木牌，上面寫著「周山公墓」四個大字，花崇就要以為這裡是一片荒郊野墓了。

山坡上的墓碑密密麻麻，各自占著一小塊地，因為疏於打理，很多墓碑旁已經長滿雜草，貼在上面的照片也早已辨不出面目，看著令人頗感唏噓。

在如此多的墓碑裡，想要找到劉旭晨的墓並不容易。花崇和徐戡回到車上，又往前開了一截，才來到所謂的「工作處」。工作處裡只有三個人，都是當地的農民，花崇一與他們打交道，就知道從他們口中問不出什麼。

過了十來分鐘，其中一人找到了劉旭晨的墓碑號碼，用方言道：「跟我來。」

孫強悍等人湊到的錢，只夠在最差的公墓裡買一方風水最差的墓。被帶到劉旭晨的墓邊，花崇才發現，劉旭晨破舊的墓碑就在公路旁，他們剛才還從這裡駛過。

墓碑上寫著「劉旭晨」三個字，本該貼有照片的地方卻空空如也。

現在很多墓碑都是直接將逝者的照片印上去，但以前的墓碑很多還是採取貼照片的老方法。

「照片呢？」花崇問。

「不知道。」工作人員說：「這裡風大，說不定被吹掉了。」

花崇心覺不對，連忙戴上手套，在貼照片的地方摸了摸，又轉身看其他墓碑。

風吹日曬，貼上去的照片的確有掉落的可能，但是墓碑上有一些不明顯的刮痕，不注意看發現不了，細看的話，有點像銳器留下的痕跡。

「徐戡。」花崇招手，「你來看看。」

徐戡彎下腰，眉間皺起，語氣肯定道：「是手工刀。」他蹲下，雙手按在墓座上。

這種比較簡單的單人墓，通常是由一塊墓碑和一個墓座組成，墓座下放骨灰盒，上面蓋著一塊石板，由水泥封死。

徐戡觀察了一會兒，「花隊，這個墓有問題。」

一旁站著的工作人員立即緊張起來，「別亂說啊，這個墓能有什麼問題？」

徐戡沒有理他，手指從溢出來的水泥痕跡上摸過，「墓被打開過，現在的石板是後來新蓋上去的。」

工作人員橫眉豎目，「不可能！」

花崇問：「這附近有監視器嗎？」

工作人員搖頭，「誰會在這裡裝監視器啊？裝了也不敢看啊！」

花崇又問：「那平時，尤其是晚上，有人在這裡守著嗎？」

「你、你開玩笑吧……」工作人員繼續搖頭。

花崇眼神一寒，「那你為什麼斷言這個墓不可能被打開過？」

「人講究入土為安啊！」工作人員急了，「這個墓裡只有一個骨灰盒，又沒有金銀財寶，誰他媽瘋了會跑來『盜墓』？」

花崇垂眸，盯著墓座上的水泥線，半晌道：「打開它！」

工作人員嚇傻了，「我靠！」

花崇亮出證件，「有任何問題，由我負責。」

封墓容易，開墓卻麻煩，只能用工具一邊砸一邊撬，弄出來的動靜不小。但若是在晚上，再大的動靜都不會被聽到。因為一到夜晚，這一片山坡就杳無人跡。

半小時後，墓被打開，裡面空無一物。

墓地「管理者」們臉都嚇白了。花崇從手機裡找出一張鄒鳴的照片，問：「你們有沒有見過這個人？」

所有人都搖頭。

花崇並不意外。鄒鳴有種與年齡不符的冷靜，他計畫做一件事，且不想讓別人知道的時候，一定會做得神不知鬼不覺。

趕往洛城的路上，花崇不停打電話，安排人手查洛城及周邊的公墓。

「如果我是劉展飛，我說不定也會把劉旭晨『挖』出來。」徐戡說：「那地方條件太糟糕了，如果不是沒有錢，誰願意將自己的至親葬在那裡？雖說人死了就是死了，得相信科學，但厚葬親人為的不是死去的人，而是給還活著的自己留一些念想。」

花崇手機快沒電了，插在一旁充電，「如果他不是將要做什麼事，大可以大大方方地遷墓，沒有必要大半夜去偷骨灰盒。他這麼做，恰好說明了他後面有更重要的事要做，他不能暴露自己。」

「就是殺人嗎？」徐戡是虛鹿山一案的法醫，清楚案子的細節，也知道花崇、柳至秦「鄒鳴就是劉展飛」的推測，「我們現在查的是全城的公墓，但如果他沒有將劉旭晨埋在公墓裡呢？殺人犯的想法不能以常人的思維去揣摩，我覺得他把骨灰藏在家裡都有可能。」

花崇揉著太陽穴，閉眼思索了一會兒，「不，他一定會讓劉旭晨入土為安。」

「嗯？」徐戡問：「為什麼？」

「鄒媚的家，並不是他的家。他與鄒媚之間名義上是母子，其實更像是一種各取所需的關係。」花崇說：「他的親人只有一個，那就是劉旭晨。他希望劉旭晨能真正安息，這種安息絕對不是在別人家安息。」

說到這裡，花崇瞳孔倏地一緊，仿佛陡然意識到什麼。

徐戡往副駕駛座斜了一眼，「你怎麼了？」

花崇撐著下巴，不言不語地看著前方。

鄒鳴出現在紀念品商店這件事，當他與柳至秦得知那裡原本是劉家兄弟的家時，心裡就有了猜測——鄒鳴那天是想去看看曾經生活過的地方。

但現在，顯然多了一種可能。

他是去探望劉旭晨！他早已將劉旭晨埋在那裡了！埋在他們的家裡！

正在這時，充電的手機響了。

「小柳哥，我……」花崇接起來，正要說出自己的猜測，柳至秦突然打斷——

『鄒媚二十四歲時產下的那個男孩，一出生就被人口販子偷走了！』

在男性占了九成不止的會議中，四十三歲的鄒媚身著修身得體的職業套裙，妝容精緻淡雅，髮絲分毫不亂，邏輯清晰地侃侃而談，溫和又不失強硬，周身上下似乎籠罩著一層極其迷人的光。

她的裝扮與她的實際年齡完全貼合，哪怕是唇色、眉形這些可以下功夫雕琢的地方，都沒有刻意往「扮年輕」的方向靠。她的眼角，在笑起來的時候甚至看得見自然顯露的皺紋。但即便如此，她依然是整個會議室最引人注目的存在。

男人們西裝革履，目光落在她那張端莊的臉上。有人被她話裡的內容吸引，眼中露出欣賞至極的神色，有人的表情卻變得鄙夷而貪婪，側身與旁邊的同伴竊竊私語。

即便是在大談「男女平等」的現代社會，男人和女人在職場上的差別仍是顯而易見。比如男人成功便是成功了，人們會讚美他的魄力、他的堅持、他的才能。如果他生而貧窮，那他的成功便是靠自己的踏實與本事，他會成為無數人奮鬥的目標；如果他生而富貴，他的成功仍是靠自己——不驕奢淫逸，具有強大的自制力，還有與生俱來的聰明頭腦。

但女人成功了，人們卻習慣窺探站在她背後的人，猜測是什麼將她引向成功。同樣的條件，如果她生而貧窮，人們會說一定有貴人拉了她一把，說不定這個貴人討要了她的身體；如果她生而富貴，人們又會說她的成功簡直太容易了，靠爹嘛，有個富爹，誰不會成功？

靠才華、靠堅持、靠勤奮的，是男人。

靠身體、靠長相、靠運氣的，是女人。

職場上，外表與能力皆出眾的女人，毫無疑問吸引著無數人的目光，但這些目光並非總是帶著善意。

鄒媚似乎早已習慣了那些或讚賞或褻瀆的視線。她坦然地繼續闡述自己的觀點，連語氣都沒半分改變。言畢，她睨視眾人，露出一個從容、帶著些許侵略感的笑。

那是她偶爾才會展露的抗衡。

會議結束後，鄒媚踩著高跟鞋，扔下身後的一眾視線，快步離開。

社會對男人有種誤解，認為他們不像女人一樣愛八卦，其實那只是因為他們無時無刻不掌握著話語權。女人們很少聚眾八卦某個男人胯下的尺寸，男人們卻可以在大庭廣眾下議論女人的胸部、大腿、屁股，無論對方是年輕甜美的櫃檯接待人員，還是身居高位的公司高管，並把這種行為認為是無傷大雅的玩笑。

更有人說，關注妳的身體，妳應該感到榮幸與高興。

對他們來說，女人就是一個「性符號」而已。

他們議論著鄒媚，甚至是意淫著鄒媚。一方面瞧不起鄒媚，一方面又想要征服鄒媚，矛盾而不自知，下流而不自知，自我感覺良好且風流。他們的八卦始於性，也終於性，他們並不瞭解真正的鄒媚到底是怎樣的女人。

鄒媚回到辦公室，關上門的一刻，戴在臉上的面具寸寸皸裂，如粉末一般落下。她發抖的雙手撐在桌沿，喉嚨發出急促的喘息聲，梳得服貼的瀏海垂了一縷下來，令她顯得有些狼狽，不像在人前展現的那麼幹練從容。

覬覦者們只看到她外表的光鮮，唯有警察看清了藏在她內心，那個漆黑無光的世界。

◆

茗省，曼奚鎮——

由於地處邊陲，這裡的建築帶著明顯的異國風貌。身材健碩的女人們穿著樸實的衣裳，在街道上穿梭，個個皮膚黝黑，甚至可以用灰頭土臉來形容。她們中，有的推著堆滿物品的小貨車，有的雙手提著重量不輕的袋子，目光大多呆滯而茫然。男人們卻閒適許多，有的聚在茶館裡打牌，有的站在路邊聊天。

這地方窮，很窮，並且相當落後——這是柳至秦初到之時的認知。

此時，他剛從一戶民居院落裡出來，一手拿著手機，一手夾著沒有點燃的菸，快步在青石板街道上走著，手機貼在耳邊。

電話那頭，是花崇。

「鄒媚在曼奚鎮算是傳奇人物，有關她的事都被鎮民們編了好幾個版本。我去過派出所和鎮政府，接觸了一些鎮民，把當年的事和曼奚鎮的情況都瞭解得差不多了。」

柳至秦邊走邊說：「茗省那幾起殺害女童的案件，全部發生在曼奚鎮。這裡已經不是我們理解的那種重男輕女了，簡直是『仇女』。建國前，曼奚鎮的女人等同於牲口，只有義務，沒有權利。最近幾十年，這邊女性的地位雖然在慢慢提高，但是和正常的地方，甚至是偏向重男輕女的地方相比，她們的生活還是相當淒慘，基本上仍然是娘家、夫家的附屬物。鄒媚本名梅四，梅花的梅，一二三四的四。」

花崇的腦子轉得很快，『因為她是家裡的第四個女兒？』

「對。除了第一個女兒，梅家的其他女性都沒有一個像樣的名字。」柳至秦說：「梅四……不，鄒媚是曼奚鎮第一位考上大學的女性，也是曼奚鎮所有考生中分數最高的一位，但當年，她差點無法前往星城求學。」

花崇問：『被家人和鎮民阻攔？』

柳至秦歎氣，「還有學校。我現在瞭解到的事還不算太細，比較清楚的是鄒媚上面有三個姊姊，下面有一個弟弟，鄒媚只比唯一的弟弟大一歲多。作為『么女』，鄒媚自出生就是家中最不受寵、最不被期待的人，但她偏偏非常聰明。

曼奚鎮這個地方和很多邊境鄉鎮一樣，享受國家的教育扶持政策，上學念書不用花錢，但老師的水準、學校的教學品質無法保證，和大城市的重點高中絕對沒辦法比。不過鄒媚成績出眾，考出來的分數即便放在茗省，都排在靠前的位置。她家的另外三個女兒都早早就嫁人，不在家裡住了。高考之後，她的父母逼她把星城大學的錄取通知書換給弟弟。」

『這能換？』花崇不解：『我從沒聽說過高考錄取名額還能換，而且鄒媚不是比她弟弟大一歲嗎？兩人念書是同一屆？』

「嗯，他們是同一年入學。曼奚鎮對入學年齡管得不嚴。」柳至秦接著說：「至於換名額這種事，落後鄉鎮的父母因為沒有文化、沒有見識，大概什麼都能想像出來。鄒媚的弟弟成績很差，考了兩百多分，要上三流都很難。鄒媚的父母愚昧歸愚昧，也知道兒子應該多念書，就毫無道理地逼鄒媚。花隊，你能想像曼奚鎮重男輕女的情況嚴重到什麼地步了嗎？在他們眼裡，女大學生就是異類，甚至是不潔的存在。他們瘋狂阻止鄒媚，鄒媚的姊姊們也在其中出了力。」

『她的姊姊們？』花崇蹙眉。

「嗯，而且我打聽到，逼鄒媚逼得最厲害的不是鎮裡的男人，而是已經嫁人，成為家庭婦女的女人。」柳至秦回到車上，「我倒是能想像她們的心理。她們從小被灌輸的，就是女人應該服從家庭，為家庭付出一切，萬萬沒有離家念書的道理。鄒媚成了她們中最特殊的女人，有的人是不理解，有的人在鄒媚身上看到了自己曾經想成為的樣子。鄒媚是她們的眼中釘，肉中刺，她們不能允許自己周圍出現一個獨立而優秀的女人。當年鄒媚只有十七歲，在家被父母姊弟逼迫，在外被鎮民鄉親逼迫，那段時間對她來講，說是水深火熱也不誇張。」

花崇問：『那她最終準時到星大報到了沒？』

「報到了，學業沒有被耽誤。在星城大學的四年，她沒有缺過課，也沒有被老家的人為難。」柳至秦說：「因為鎮政府的官員出面協調過很多次，不過這個協調也只是一時之計，解決了迫在眉睫的問題，等於是把難題推給將來。經過協調，鄒媚得以去星城大學念書，但前提條件是承諾畢業後回到曼奚鎮，鄒媚根本沒有選擇的餘地。」

花崇想起在咖啡館裡，和鄒媚見的那一面，心中頓時五味雜陳。

那時，他並未意識到眼前的女人經歷過什麼。

「四年後，鄒媚從星城大學畢業，拒絕了好幾個名企的邀約，回到曼奚鎮。我想她肯定掙扎過，但那個時候，她的母親患病即將去世。」柳至秦說：「可能對她來說，親情雖然淡漠，家庭雖然是沉重的負擔，但還是無法說放就放。回去後，她在曼奚鎮國中教書，接著成婚、生子。如果不是這個孩子被偷走，她這輩子也許就在曼奚鎮度過了。」

花崇眼神一緊，『重男輕女的地方，女孩容易被殺害，男孩容易被盜走。』

「嗯。鄒媚生的是男孩，住院期間，孩子就莫名其妙丟了。別說是那個年代，就算是現在，曼奚鎮的監視器都寥寥無幾。孩子一旦弄丟，就基本上無法找回來。」柳至秦平靜地道：「鄒媚的婆家與娘家都將失去孩子歸罪於她，她的丈夫梁超對她拳腳相向。出院後不久，他們就逼她備孕，之後重新懷了孩子。梁超逼她去照超音波，就是當年落後地區特別盛行的『違法超音波』檢查。一查，發現是個女孩。」

花崇覺得血液一陣一陣往頭上湧，『孩子被打掉了？』

「鄒媚是被強行拖去流產的，她似乎拚命想保住肚子裡的孩子。但除了她，沒有人希望她產下一個女孩。女孩在曼奚鎮……」柳至秦頓了頓，咽下帶有嚴重個人情緒的話，道：「鎮醫院的設備、衛生都有很大的問題，加上鄒媚生產後身體一直不大好，第二個孩子打掉後，她便失去了生育能力。」

花崇倒吸一口涼氣，感到憤怒又無力。

柳至秦繼續說：「在得知她無法生育後，梁超和她離了婚，將她趕回娘家。在曼奚鎮，女人想離婚是不可能的，會被百般阻撓，但男的想離婚就非常方便了。女兒被打掉、失去生育能力大概成了鄒媚人生中的轉捩點，幾個月後，她在幾名年輕村官的幫助下離開了曼奚鎮。」

『她的家人呢？』花崇算了算時間，『鄒媚離家接近二十年，身上已經完全沒有了落後村鎮的影子。她的家人同意她離開？從來沒有向她索取過什麼？還有那個梁超，他沒有找過鄒媚？』

「對於鄒媚的父母來說，鄒媚是多餘的。他們是為了生下兒子才生下四個女兒，而鄒媚是最後一個。用當地人的話來說，她就是最不該存在的一個，如果沒有她，家裡會少很多負擔。」柳至秦點燃菸，「她離開曼奚鎮的時候，她的母親已經病死，父親和三個姊姊鬧了一陣子，不是因為捨不得她，而是想讓她賺錢養弟弟——那時候他弟弟二十三歲，正忙著娶媳婦，後來仍然是鎮政府出面協調。協調的過程我不清楚，總之鄒媚這一走，就徹底斷了與老家一眾人的聯繫。」

『這有點不合常理啊。』花崇說：『她的家人如果知道她現在過得這麼好，一定會來找她要錢的。』

「花隊，你如果現在和我一樣也在曼奚鎮，就不會這麼想了。」柳至秦抖掉一截菸灰，「這裡就像一個與世隔絕的地方，封閉的不僅是地理和交通，還有人的思想。他們不信一個女人靠自己能過得很好，也不屑於探聽外界的消息，村裡甚至有一種說法——梅四早就活不下去，死了。」

『這……』

花崇捏住眉心，感到難以相信，也難以理解。然而身為刑警，他卻不得不理解，因為他比很多人都清楚，這個世界上，每天都有匪夷所思的事在發生。

「至於梁超。」柳至秦說：「在鄒媚離開曼奚鎮不久後，他就死了，被人捅了十幾刀，好幾刀都在內臟上。」

花崇目光一凜，『凶手抓到了嗎？和鄒媚有沒有關係？』

「沒有。凶器是梁超自己的刀，上面有他的指紋，還有一枚陌生指紋。陌生指紋肯定是凶手留下的，不過當時警方抓的所有人，指紋和那枚陌生指紋都對不上。再加上以前刑事偵查的方法和技術都很落後，凶手一躲就是十九年。能確定的是，案子和鄒媚沒有關係。不過因為這件事，曼奚鎮的鎮民又說鄒媚剋夫，是個禍害。」

花崇感到可笑，『那時他們已經離婚，鄒媚都不在曼奚鎮了，剋哪門子的夫？』

「他們總是找得到理由，把錯誤都歸結到女人頭上。」柳至秦說：「我今天在這裡感受最深的，其實不是重男輕女，而是存在於同性間的鄙視鏈。這裡的男人把鄒媚當成一個笑話，女人卻是真的恨鄒媚，剋夫、狐狸精、賤貨都是從她們嘴裡傳出來的。」

花崇沉默了，柳至秦暫時也沒有說話。

突然，兩人同時開口，又同時打住：「『對鄒媚來說……』」

柳至秦輕咳兩聲，「你說吧。」

『十七歲前，鄒媚生活在嚴重重男輕女的家庭、社會。她能出生，是因為她的父母想生下一個男孩，生了三次都未能如願，直到第四次輪到她。她從小就被灌輸自己是多餘的、女人是為了男人存在的，她沒有一個女孩該有的正常童年。

十七歲，她差點沒能去星城念大學，即便去了，也時刻擔心自己會被抓回去。二十一歲，她迫於我們可能暫時不清楚的壓力，放棄前途，回到曼奚鎮，等待她的是長達四年的煎熬。之後兒子被偷，女兒被打掉，再也無法成為母親……這個過程中還伴有家庭的暴力與冷暴力。她徹底認清現實，想要開始一段新的人生。』

花崇說完，一頓，『但人的每一步都有跡可循，過去的每一段經歷都在她心裡留下了深刻的烙印。她不可能忘記過去受過的苦，不可能忘記身為女人受的罪。並且，她所謂的新人生，其實並不美妙。她跟我說過一段話，大意是女人要爬到和男人一樣的位置，需要付出更多的東西，需要承受更多的挫折，需要面對更多的冷嘲熱諷。二十五歲到四十三歲，她從一無所有的鄉鎮女人變為名企高管，這個過程裡，她經受的苦痛其實不難想像。』

「嗯。」柳至秦點頭，「對她來說，二十五歲是轉捩點，但不管是其前還是其後，生活給予她的都是苦難和折磨。唯一的不同是，二十五歲後，她有金錢作為安慰，但金錢似乎沒有為她帶來幸福。在她的認知裡，大概早已形成了一個觀念——女孩活在這個世界上，就是不幸的，就是受罪。」

花崇默了默，糾正道：『應該是出生在貧窮家庭的女孩、被父母利用的女孩，活在這個世界上就是不幸的。生活對她太過糟糕，她將自己代入了……』

「王湘美、陳韻。」柳至秦說：「或許還有別的女孩。鄒媚有對她們下手的動機，她認為自己的殺戮行為不是傷害，是救贖。王湘美的死因、七氟烷是她行為的佐證！」

車已經開回洛城，花崇捏著發燙的手機，『我們看到她的那一晚，她去小韻美食買烤串，不是要自己吃，而是買給陳韻。陳韻還活著，被她藏在某個地方！她沒有立即殺了她，很有可能是因為，是因為……』

「『找不到七氟烷！』」

兩人幾乎異口同聲，連心跳的頻率都幾近一致。

『鄒媚不清楚鄒鳴的過去，只以為他是個無父無母的孤兒。對於孩子，鄒媚可能沒有太多戒備心。她失去了已經出生的兒子，也失去尚在腹中的女兒，一生都無法再次生育。領養鄒鳴的時候，她也許如自己所說，只是想有個孩子陪伴自己。』

花崇道：『但鄒鳴遠沒有她以為的那麼簡單。鄒鳴是離她最近的人，說不定是唯一瞭解她內心的人。鄒鳴知道七氟烷的存在，甚至知道她殺了人，但他沒有揭穿，只是偷走了她準備殺陳韻時用的七氟烷，並將七氟烷用在周良佳等人的身上。』

突然，尖銳的剎車聲響起，花崇猛地回神，發現自己和徐戡的車停在馬路中央，差點與另一輛車相撞。

徐戡白著一張臉，「抱歉，聽到入神了，有點膽戰心驚。」

周圍傳來陣陣喇叭聲，花崇拍了拍徐戡的肩。徐戡深吸一口氣，小聲自言自語了幾句，儘量平靜地往市局的方向開去。

「剛才出什麼事了？」柳至秦問。

『沒事。我們徐戡法醫有點飄，一不小心踩了急剎。』

徐戡瞪了花崇一眼。

柳至秦聽到兩人沒事，鬆了口氣，又道：「沒有七氟烷，鄒媚不會對女孩動手。現在對我們來說有兩個機會，一是救下陳韻，二是順藤摸瓜，找到那條七氟烷交易線。」

『嗯，已經在查了。』說到這裡，花崇突然想起周山公墓那個空無一物的墓坑，說：『我現在先回一趟局裡，然後馬上去洛觀村。劉旭晨的墓被打開過，放在裡面的骨灰盒不見了。刑偵一組的兄弟正在市內的公墓排查，暫時沒有消息。我懷疑鄒鳴早就把骨灰盒埋在洛觀村的紅房子下面了。』

柳至秦一驚，「如果真是這樣，鄒鳴那天去那裡，其實是想看看劉旭晨？可是沒必要啊，他是案件相關人員，任何行為都可能被我們分析、解讀——他自己不可能意識不到這一點。既然如此，為什麼還要冒險去那裡？骨灰埋著就是埋著了，又不會自己跑走，換一個時間去不行嗎？」

花崇眼前一閃，『等等！劉旭晨的忌日……不，生日是幾號？』

「十月十五號。」柳至秦說：「對不上。」

『農曆呢？』花崇說完，開始查新舊曆對比，幾秒後，話筒裡傳來柳至秦的聲音：『農曆八月四號，對應今年，正是鄒鳴去紅房子的那一天！』

結束與柳至秦的通話，花崇立即打給給張貿，但直到自動掛斷，也無人接聽。

他皺了皺眉，準備打給肖誠心時張貿回撥過來，語氣緊張又興奮。

『花隊，錢闖江招了！』

◆

錢闖江靠在審問室的椅背上，已經換回了符合他本人風格的衣褲，雙手平放在桌上，眼睛一絲光亮都透不出來。

「是我。」他說：「殺死周良佳、盛飛翔、范淼的人是我。」

柳至秦還來不及從茗省趕回來，花崇和徐戡坐在他的對面。

「為什麼？你根本不認識他們。」花崇冷靜地問。

「認不認識有那麼重要嗎？」錢闖江訥訥地笑了笑，「上次我是不是說過，這個村子裡的人『不配』？他們懦弱膽小、自私自利、唯利是圖，連自己的小孩都不肯好好保護，活該窮一輩子。」

徐戡一拍桌子，「你小時候受到欺負時，他們沒出手相助。這就是你殺人的理由？」

錢闖江瞥了他一眼，「你是法醫？」

徐戡被盯得蹙起眉。

「你是在死人身上動刀子的法醫，不是救死扶傷的醫生。」錢闖江說：「你救不活人，別在這裡假慈悲了。」

花崇拍了拍徐戡的腿，示意他不要激動，不要跳進錢闖江的圈套，然後眉目冷峻地道：「他們不配靠洛觀村的自然資源過富裕的生活，所以你這算是『替天行道』？殘殺三個無關的遊客，讓洛觀村一朝回歸貧困？」

錢闖江沒有立即回答，似乎正在思考。

「你這手段倒是挺殘忍，把大活人丟進篝火裡燒。」花崇乾笑，「不過我很好奇，你是怎麼將他們引到沒人看見的地方下手的？又是怎樣讓他們乖乖被你綁起來的？他們是三個人，而你，只有一個人。」

錢闖江抿著唇角，下巴的線條緊繃著。

花崇一眼就看出他在緊張，並在努力讓自己看起來不緊張。

「你有幫手吧？」花崇手指交疊，撐住下巴，「你的幫手和你一起制伏了他們？」

「沒有！」錢闖江瞳光驟縮，「沒有，只有我一個人。我熟悉虛鹿山上的每一個地方，我比他們強壯，要制伏他們三個根本不算難事。」

「那你倒是說說看，是怎麼制伏的？」

「這很重要嗎？」

花崇往椅背上一靠，「兄弟，你可是殺了人。不是過失殺人，是蓄意謀殺。如果作案過程都交代不清楚，到時候怎麼上法庭啊？」

錢闖江擰住眉，別開視線。

花崇輕哼一聲，「不交代清楚，法官會懷疑你是不是受到脅迫，不得已替人頂罪。」

錢闖江立即抬眼，木然的眼中終於流露出些許與情緒有關的東西。

「說吧。」花崇敲了敲桌沿，「怎麼殺害那三個人的？」

短短半分鐘的時間，錢闖江的額角滲出汗水，喉結上下抽動，似乎在忐忑地組織語言。

「說不出來？」花崇挑起一邊眉，「你受到什麼威脅了？有人逼你替他頂罪？」

「不是！」錢闖江脫口而出，「人就是我殺的！袁、袁菲菲可以幫我作證！」

「袁菲菲？」花崇神色一冷，「你認識她？」

「她是住在我家的遊客。」錢闖江逐漸平靜下來，又恢復到之前的灰敗，機械般地說：「我和她之間，有、有一筆交易。」

花崇放在桌下的手顫了顫，突然有種不好的預感。

在他與柳至秦的分析中，殺人的是鄒鳴，錢闖江在其中扮演了幫凶的角色。但錢闖江到底幫到什麼程度，這不是能分析出來的，必須一步一步調查。而現在，身為幫凶的錢闖江似乎想要替鄒鳴頂罪，並且他看起來參與得非常深。

和袁菲菲直接聯絡的是他，而不是鄒鳴，這就很麻煩了。

「我接下來要說的話，你們儘管去核實。」錢闖江睜著那雙大多數時候沒有任何神采的眼睛，唇角彷彿牽起一個看透一切的笑，「幾個月前，袁菲菲到我家裡來，向我瞭解十年前發生在村小的案子。她似乎對『燒死小孩』非常感興趣，得知我是錢毛江的弟弟，就不停向我提問。我漸漸發現，她是一名幼師，被幾個小孩聯合起來整了，她想報復這些小孩——最好是燒死他們。」

錢闖江停頓片刻，繼續說：「不過她空有殺人的心，卻沒殺人的膽量。她太弱了，嘴上說想殺人，卻連我家後院的雞都不敢殺。她這樣子還殺什麼人？我和她商量——她幫我引幾個人到虛鹿山上來，事成之後，我幫她解決那些可惡的孩子。」

花崇盯著錢闖江的眼睛，手緊握成拳頭，心中一個聲音道：撒謊！

「她把她的同學引來了，一共三個，兩個是學生時代欺負過她的人，另一個是其中一人的前女友。」錢闖江說：「要說幫手，她就是我的幫手。她是一個一個把他們引來的，我要一一制伏他們不是問題。接著，我讓她趕緊離開虛鹿山，去村小等我。」

花崇冷靜地問：「她知道你會對他們做什麼？」

錢闖江木訥歸木訥，此時卻反應極快，「不，我沒有告訴她。我只說，我想要這三人幫我一個忙，我不會害他們。她這裡不太靈光。」錢闖江點了點自己的太陽穴，「我一說，她就信了。她不知道我會殺了他們。」

花崇心裡罵了聲「靠」。

錢闖江如果說袁菲菲知道他要殺人，與袁菲菲那邊的口供對比，這一條就可以作為他隱瞞實情的證據。但他偏偏不這麼說，如此一來，等於是把罪行都攬在自己身上。

而真正的凶手，此時仍躲在黑暗中。

「我的計畫進行得很順利。」錢闖江說：「那三個人被活生生燒死。你們看網路上的評論了嗎？很多人都說，洛觀村發生了這麼嚇人的事，以後絕對不會來旅遊了。呵呵呵，沒人來旅遊，大家不就沒錢賺了嗎？我的目的很簡單，這裡的村民不配過富裕的生活，他們活該窮一輩子。」

徐戡咬緊後牙，完全無法理解這一套「瘋子理論」。

花崇思考的，卻是他和鄒鳴合作到了什麼地步。

「將周良佳三人放置在助燃物裡之前，你還做了什麼？」

錢闖江沉默片刻，「我對他們打了藥。」

「什麼藥？」

「麻醉藥。」

「什麼麻醉藥？」

錢闖江像個木頭人坐著，連嘴皮開合的動作都顯得毫無生氣。

「七氟烷。」

花崇腦中「嗡」一聲，眉心狠狠皺了起來。

錢闖江連七氟烷都知道，並且說了出來，顯然是鐵了心要幫鄒鳴頂罪。

「你從哪裡拿到七氟烷這種非流通藥品的？」花崇問。
「想要拿到，總有拿到的辦法。」說完，錢闖江食指與拇指碰了碰，「只要有錢，命都能買到，何況是麻醉藥。」
花崇沉住氣，「那錢毛江的事呢？你恨洛觀村的村民恨到這種地步，不惜殺掉三個無辜的人來懲罰他們，你對錢毛江的恨難道不應該更深？十年前的事，你參與過？」
「那時我還沒滿十歲。」錢闖江反問：「一個不到十歲的小孩，殺了五個比他大的男孩，這符合邏輯嗎？」
「當然不符合。」花崇冷笑，「不過我以為你既然把殺死周良佳三人的罪行攬在自己肩上了，也會順便再揹一個黑鍋。殺三個人是死，殺八個人一樣是死。」
錢闖江唇角抽了一下，視線向下，含糊道：「錢毛江的死和我沒有關係。」
「你沒有參與，但你看到了，對嗎？」
錢闖江搖頭，「我沒有。」
「你看到了。」花崇卻像沒聽到，「你看到了！你看到有人將他們五人殺死，然後點燃了村小的木屋。你的身邊還站著一個男孩，他比你小一些，個頭也比你矮一些。你們一同看著照亮黑夜的火光，你們靠得很近，雙手甚至是牽在一起的。」
錢闖江啞然地張著嘴，像在花崇的描述中看到了某個難以忘卻的畫面。
「他們是誰？」花崇問，「點燃木屋的是誰？站在你身邊的是誰？」
「我……」錢闖江用力閉了閉眼，咬肌在臉頰浮動，像一條條掙扎的蚯蚓，「我不明白你在說什麼。錢毛江被殺害的時候，我在家裡，我二哥錢鋒江和我同在房間，他可以幫我作證。」

花崇想起錢鋒江前兩天恐懼至極的眼神，那眼神分明就在說——錢闖江是凶手，你們趕緊把他抓走！

「不過我要感謝那個凶手。」錢闖江扯出一個難看的笑容，「他救了我和很多飽受欺負的人。你們抓不到他，要我替他頂罪也行。你說得對，殺三個人和殺八個人都是死。」

「你是頂罪頂上癮了？」花崇揚了揚下巴，「當年專案組不作為，放跑了真正的凶手，你便覺得所有警察都沒用？」

錢闖江的指尖不大明顯地動了一下。

「劉展飛你還記得嗎？」花崇冷不防地問。

「他死在河裡了。」錢闖江看向下方。

「你親眼看到他死在河裡？」

「大家都這麼說。」

「大家都這麼說，所以你就相信了？」花崇抬手在額角摸了摸，「你恨這村子裡的『大家』，卻對『大家』說的話深信不疑，這……似乎有點奇怪？」

偵訊有很多種方式，最常見的是打亂順序問相同的問題，還有一種是「詭辯」。在大體正常的邏輯裡加入些許不存在必然因果的內容，乍聽似乎是那麼一回事，其實不然。「詭辯」是為了讓嫌疑人掉入邏輯陷阱，拚命讓自己說的話符合邏輯，但這種舉動反而會讓他們越來越被動，以至於露出越來越多的馬腳。

徐戡明白這個道理，錢闖江卻是個門外漢，一聽到花崇說「有點奇怪」，就開始皺著眉思考。
花崇趁機道：「他其實沒有死？」
「他死了！」錢闖江斬釘截鐵地道：「他早就死了！」
「如果我是你，我會希望他還活著。」花崇說。
「他活著還是死了，和我有什麼關係？」錢闖江開始變得焦躁。
「他是你的朋友。」
「我沒有朋友！」
說完這句話，錢闖江便不再回答花崇的問題。
離開偵訊室，花崇神色陰沉，立刻叫人帶袁菲菲過來。
袁菲菲精神萎靡，一副半死不活的模樣。
「妳和錢闖江是什麼關係？」花崇問。
一聽到這個名字，袁菲菲慌張地張開嘴，眉眼間淨是不安。
「他知道妳在陽光幼稚園的遭遇？妳把什麼都告訴他了？」
袁菲菲愣了幾分鐘後，慘然地笑了笑，顫抖的雙手抓住頭髮喊道：「他都說了？他承認了？他……他怎麼能這樣？他答應過我！他答應過我的！」
張貿趕緊上前，將她制止住。
花崇厲聲問：「他答應幫妳燒死陷害過妳的小孩？是不是？」
袁菲菲目光空洞，重複自語：「為什麼要承認啊？為什麼要承認？我不會把你供出來……你說過要幫我的……」

花崇心中發寒，待她情緒稍有緩和時，再問：「除了錢闖江，還有沒有其他人和妳接觸過？」

袁菲菲像聽不懂似的，「其他人？沒、沒有其他人了。」

花崇閉上眼。

毫無疑問，錢闖江承擔了所有可能暴露自己的工作，並且願意為鄒鳴頂罪。鄒鳴藏在他的身後，根本沒親自接觸過袁菲菲。

「我沒有殺人。」袁菲菲抱著雙臂，肩膀正在發抖，眼淚湧了出來，「我不知道他會殺了周良佳他們……他只告訴我，把他們三個引到沒人的地方，沒有說過會殺了他們。我、我真的不知道！」

「袁菲菲？」鄒鳴語氣平平地重複剛聽到的名字，「她不是三名死者的朋友嗎？抱歉，我聽說過她的名字，但並不認識她。」

他事不關己的態度令人窩火，而事實上，與他同在一間辦公室的刑警們並不能對他做什麼。

「我已經說過了，我只是和同學一起來洛觀村旅遊，沒想過會發生這樣的事。」他緩聲說：「也沒想過自己會因為沒有不在場證明，而成為嫌疑人。我不認識死者，沒有殺害他們的動機。」

花崇與他視線相交，他眨了眨眼，卻沒有撤回目光。

「我向你的母親瞭解過，你是她的養子，十一歲前在楚與鎮的孤兒院生活？」花崇說。

「嗯，我自幼沒有父母。」

「你待過的那所孤兒院說，你是十歲才到那裡。以前呢？以前你靠什麼生活？」

「拾荒。」鄒鳴說：「太小的事我已經記不得了，不知道親生父母是誰，也不知道他們為什麼丟棄我。自從懂事起，我就和一群拾荒者生活在一起。他們去乞討，我也去乞討。」

說這番話的時候，他的眼中毫無波瀾，完全不像在撒謊。

花崇吸了口氣，「過慣了拾荒的生活，還會去孤兒院尋找庇護？」

鄒鳴笑了，「難道苦日子過久了，就不想過好日子？況且我知道，拾荒的孩子永遠不會被好心人收養，因為我們看起來太髒了。但孤兒院的孩子就有可能去一個不錯的家庭，要嘛領養，要嘛寄養。我運氣不錯，沒在孤兒院待太久就遇到了我的養母。」

這倒是個沒多少漏洞的回答。

「你去過羨城嗎？」花崇又問。

「羨城？」鄒鳴想了想，「去過，不過是很久以前了。楚與鎮離羨城很近，孤兒院的老師帶我們去秋遊過一次。」

「跟鄒媚一起生活後，就再沒去過了嗎？」

「沒有，羨城沒什麼可去的。」

花崇舌尖不動聲色地磨著上齒，心中盤旋著很多問題。

鄒鳴顯然已經做過了無數次自我暗示，才會自然而然地將謊言當成真話說出來。

他與錢闖江是否有某種約定？錢闖江是不是知道他的全部祕密？錢闖江為什麼願意幫他？他知不知道錢闖江的決定？

「以前來過洛觀村嗎？」花崇問。

鄒鳴仍是搖頭，「這是第一次。」

「聽說過七氟烷嗎？」

「那是什麼？」

「一種麻醉藥。」

「抱歉，我不清楚。」

鄒鳴就像一座堅固的壁壘。花崇摸了摸下巴，突然道：「上次我們在紅房子那邊遇到時，你買了一個木雕果盤，我聽說你想把它送給鄒媚？」

「嗯。」鄒鳴點頭，「做工不錯，她應該會喜歡。」

「我勸你把那玩意兒扔掉。」花崇痞笑一聲，露出八卦市井的一面，「你住的休閒農莊就有賣紀念品，品種沒有紅房子多而已，但起碼不晦氣。」

鄒鳴皺了皺眉，「晦氣？」

「你不知道？」花崇往前一傾，刻意壓低聲音道：「來洛觀村玩了幾天，沒聽說過洛觀村十年前發生過的事？」

「聽說過。」鄒鳴說：「村邊的小學燒死了幾個孩子。」

「那間紅房子和老村小離得不遠，你沒注意到？」

「但也不算太近。」鄒鳴似乎不太想聊這個話題，「大家都在紅房子買紀念品，沒有什麼晦不晦氣。」

「你們啊，年紀小，單純，最容易被人騙。」花崇「嘖」了一聲，「你看有中年人去那裡買紀念品嗎？全都是你們這些屁點大的小孩。要我說，那老闆也是缺德，專門坑年輕人的錢。那些沾了晦氣死氣的東西，買回去可以嗎？不是禍害人家全家嗎？」

鄒鳴眉心輕蹙，片刻後又鬆開，「我覺得沒那麼嚴重。」

「那我再跟你說，你看嚴不嚴重。」花崇說著，翹起二郎腿，「紅房子看起來是不是很新？和村裡其他建築的風格不同？因為它是最近兩年新蓋的。那裡離村小不遠，村小死過人，別的村民嫌晦氣，即便有錢賺，也不去那裡賺，只有錢寶田這缺德的，為了錢非得在那裡蓋房子。知道嗎？那裡不僅靠近村小，以前還死了一家人！」

鄒鳴臉色一白，瞳仁倏地緊縮。

花崇假裝沒看見，繼續道：「聽說是一戶劉姓人家，父親得病去世了，兩個兒子也相繼出了意外。那家大兒子好像還是個大學生，成績很好。唉，可惜啊……」

鄒鳴的臉頰越發蒼白，看向花崇的目光變得異常冰冷。

但花崇是什麼人，喪盡天良的恐怖分子都面對過，怎麼會怕他的瞪視。

「心虛了吧？」花崇笑了笑，一語雙關，「心虛了，就另外挑個禮物給鄒媚，你雖然不是她親生的，但也不用買沾著死氣的東西詛咒她吧？她可是做大生意的人，最信風水了。」

鄒鳴抿緊的雙唇輕輕顫動，脖頸繃得很緊。

花崇一看就明白方法對了。一個有罪的人會顯得淡定無辜，只是因為最脆弱的地方沒有被戳中而已——劉旭晨和那個早已不存在的家，就是鄒鳴唯一的弱點！

「那個大兒子運氣也不好。」花崇放慢語速，將每個字說得格外清晰，「家裡窮，沒辦法把弟弟帶去上大學，想早點賺到兩個人能一起生活的錢，沒日沒夜地打工，還不能落下學業，居然累出了腦溢血……」

鄒嗚的肩膀開始發抖，下唇被咬得青紫。

花崇覺得自己有點殘忍，但有時候，殘忍是一種不可或缺的手段。

他停頓兩秒，繼續道：「他的同學將他送到校門口，但是救護車因為有人要跳塔而被堵在路上，最終來遲了一步。喔，對了，問你一個問題——有人『假自殺』，以跳塔作為獲取利益的手段，而無辜的病人因為跳塔造成的交通阻塞，沒得到及時的治療，那『假自殺』的人應該抵命嗎？」

鄒嗚猛然抬起眼，額頭上有不太明顯的汗珠。

「我是不是說得太快了？」花崇清了清嗓子，「那我再說一遍。那個大兒子……」

「這和我有什麼關係？」鄒嗚打斷，「這個問題，和我有什麼關係？」

「還真的有點關係。」花崇說：「那個『假自殺』的人，就是被殺死在虛鹿山的周良佳。另外兩名死者，是她的『幫凶』。」

鄒嗚的胸口起伏數下，「可是我不認識他們，也不認識那個被他們害死的人。」

「害死？」花崇虛起眼，「剛聽我說完，你就認為劉家的大兒子是被他們『害死』的？那他們被殺，就是活該嘍？」

鄒嗚的臉色變得更加難看，「請你不要問無關的問題。」

花崇點點頭，看似無厘頭地說：「那你還會把木雕果盤送給鄒媚嗎？」

「我……」

搶在鄒鳴回答前，花崇假裝驚訝道：「我還聽說，劉家的小兒子為了讓兄長入土為安，魂歸故里，把骨灰埋在紅房子下面了！陰不陰森？」

鄒鳴瞬間睜大雙眼——那是一道帶著冷酷殺意的目光。

花崇與各色凶手打交道慣了，對這種目光非常熟悉。若說以前還只是根據線索分析推測，現在他就是完全肯定鄒鳴就是凶手了。

但最要緊的是，證據！

此時，村口的紅房子已經被拆除——那棟童話風的木屋並非真正的建築，其下只打了幾個淺樁，拆起來很容易。

但是拆完之後，張貿卻沒有找到花崇所說的骨灰盒。

◆

柳至秦馬不停蹄地從茗省趕回洛觀村時，花崇正在向錢寶田瞭解搭建紅房子時的情況。那棟房子不在村子的統一規畫中，本來就屬於違建，之前鎮政府睜一隻眼閉一隻眼，錢寶田便笑著賺錢。如今一聽到紅房子下面可能埋有和命案有關的東西，立刻嚇得魂飛魄散，看著眾人把自家招攬客人的紅房子拆了。

但拆到最後，卻沒有在下面的坑裡找到任何東西。

錢寶田心有埋怨，但自己搞違建本來就沒理，況且那個地方確實是死了一家人的地方，也只有他膽子大，敢跑去做生意發財。這麼一鬧，他也打了退堂鼓，就算借他一百個膽子，他也不敢繼續在那裡賣紀念品了。

「賣紀念品是我家閨女的主意，她現在住在城裡，你們別去打擾她啊，她跟這件事沒關係。」錢寶田抽著葉子菸，眉頭皺得老緊，一副苦大仇深的樣子，「把房子蓋在這裡是我的主意，還不是因為其他地方都被人占走了嗎？只有這塊沒人敢蓋房子，村長他們也沒說什麼。」

柳至秦實在聞不慣葉子菸的味道，從菸盒裡抽出兩根菸，遞給錢寶田。

錢寶田接過菸，點燃抽起來，指了指身後的坑洞，「這個木頭房子只有一層，不住人，不用搞那些複雜的地基，打幾個樁就行了。是我們自己家的人蓋的，當時就沒挖出來什麼，不過……」

花崇見他欲言又止，問：「不過什麼？」

錢寶田抓抓脖子，「那裡本來有一棵樹，也不知道是誰種的，就是一個樹苗，看起來要死不活的。我本來想在蓋房子之前把它挖起來，如果還沒死，就移到房子旁邊。結果後來一來看，樹苗沒了，這倒是幫我省事了。」

花崇立即想到，骨灰盒可能正是被埋在樹苗下。但在錢寶田在那裡蓋房子前，有人把骨灰盒從地下挖出來了。

這個人是誰？不可能是鄒鳴，否則那天他不可能專程去紅房子。在他的認知裡，劉旭晨的骨灰盒仍在紅房子下方，而紅房子正好是一個完美的墓碑——它漂亮，有人氣，每天都擠滿了愛熱鬧的年輕人，這些人陪伴著劉旭晨，讓同樣年輕、永遠年輕的劉旭晨不至於寂寞。

這想法讓花崇感到極不舒服，甚至心生寒意。

不是鄒鳴，那就只會是錢闖江了。

兩年前，錢寶田「突發奇想」，要在劉家開店賣旅遊紀念品，並且說幹就幹。錢闖江知道鄒鳴把劉旭晨的骨灰盒埋在那裡，並透過某種方式告知了鄒鳴。鄒鳴認為應該將計就計，將上面的房子當成墓碑，反正骨灰盒埋得很深，沒有因施工而被挖出來的風險。但錢闖江或許抱著和他不一樣的想法，趕在錢寶田動工前拔出了樹苗，將骨灰盒挖了出來，藏在另一個地方。

骨灰盒在哪裡，只有錢闖江知道。

時至今日，鄒鳴都認為兄長還在那棟童話小屋般的紅房子下安眠。

讓肖誠心將錢寶田送回家後，花崇把自己剛才的想法告訴柳至秦。柳至秦蹲在被挖得亂七八糟的土坑旁，抽完一根菸，站起來，「這是個突破口。」

花崇心領神會，「帶鄒鳴來這裡，讓他親眼看到——他哥的骨灰盒不見了。」

「對他來說，劉旭晨的骨灰盒是最重要的東西。骨灰盒不翼而飛，他的情緒必然會出現破綻，會崩潰也說不定。」柳至秦說。

花崇想了想，「不過在這之前，我得向錢闖江確定一件事——骨灰盒以前確實埋在這裡。」

「應該的。」柳至秦點點頭，「這案子現在缺乏關鍵性的證據，光靠我們的推測，不足以將凶手繩之以法。」

「骨灰盒？我不知道。」

錢闖江垂著頭，頻繁地摳弄自己的指甲。

「撒謊前先照照鏡子。」花崇毫不留情地戳穿，「你這模樣像不知道？錢老三，你做了什麼，沒做什麼，我清楚，你也清楚。你想幫人頂罪，就老實配合我。你想保護某個人，我他媽也想早點解決這破案子。你什麼都不說，那也行，我大不了就繼續查，不管花多少時間，我都會把凶手揪出來。」

錢闖江肩膀一僵，抬起眼皮，看了看花崇。

「你以為我他媽想賴在這裡不走？」花崇一副煩躁的模樣，食指向上指了指，「上頭給的任務，什麼時候抓到凶手，什麼時候回去。」

柳至秦盯著錢闖江的眼睛，聲音近似蠱惑：「劉旭晨救過你，他是你的恩人。他在羨城被人害死，在瞭解到當年的真相後，你帶走了他的骨灰盒，想替他報仇——為他報仇和報復整個村子並不衝突，你很聰明，燒死周良佳三人的同時，又毀掉了洛觀村的將來。」

錢闖江重複著抿唇的動作，似乎想說什麼，卻仍在思考。

柳至秦語速放慢，「上次你說過，在村小的木屋外，聽到有男孩哭泣，那個男孩就是劉旭晨的弟弟，劉展飛吧？」

錢闖江猛地抬起頭，嘴唇顫抖。

「那時你還小，不夠強大，也沒那麼勇敢，你不敢跑進木屋阻止你的大哥，也沒辦法救下比你年紀還小的男孩。」說著，柳至秦微揚起下巴，頓了幾秒，淡淡道：「後來他死了，在寒冷的冬天，孤零零地被凍死在河裡。」

這句話就像定音之錘，讓一切塵埃落定。

錢闖江終於張開嘴，吐出一聲沙啞艱澀的：「我……」

「你慢慢想，想好了再說，我們就在這裡等著。」柳至秦露出一個毫無感情的笑，「記住，我們和你一樣，也希望這個案子早早了結。我們需要一個凶手，懂嗎？我們是需要凶手，不是非要抓到凶手。而你，正好是這個凶手，我想我們可以配合。」

錢闖江猛地呼吸幾口氣，目光依然木訥，眸底卻隱隱多了一絲光。

「現在告訴我，劉旭晨是不是救過你？」花崇問。

半分鐘後，錢闖江點頭，「是。」

「他的骨灰盒，是不是你從周山公墓拿回來的？」

「是。」

「你把骨灰盒埋在劉家，希望他入土為安，直到錢寶田在那裡蓋房子？」

錢闖江沉默了很久，「嗯。」

「那骨灰盒呢？」花崇不由得向前一傾，「骨灰盒現在在哪裡？」

偵訊室裡的氣氛近乎凝固，每個人的心跳都在加速。

「我是凶手。」錢闖江突然道：「是我殺了周良佳、盛飛翔、范淼，袁菲菲幫了我的忙，但她並不知道我會對他們做的事。」

這一句不長的話，他幾乎是一個字一個字說出來的。花崇明白他的意思——他在要一個承諾！

「是，你是凶手。」花崇道：「人是你殺的，和其他人沒有關係。」

聞言，錢闖江好似鬆了一口氣。

他並不知道，自己正在一步一步走向刑警們布好的「圈套」。

「我、我不知道哪裡最安全。」錢闖江說：「洛觀村到處都是客人，連虛鹿山上都不安全，所以我……」

花崇猛地想到一個地方，「你把骨灰盒埋在舊村小？」

柳至秦的眉梢不經意地動了動，為花崇的反應折服。

錢闖江點頭，「嗯，在教學大樓西邊。那、那裡基本上不會有人去。」

辦公室外，得到消息的李訓立即帶人趕去舊村小。

花崇放在桌下的手忽地握成拳頭，柳至秦注意到了他的小動作，虛假的笑容漸漸染上幾分熱度。

「我就是凶手。」錢闖江再次強調，「是我殺了人。我有動機，兩、兩個動機。你們可以、可以結案了。」

花崇站起來，沒有立即告訴他剛才這場對話的真相。柳至秦也跟著站起來，低聲道：「走吧，去村小看看。」

在村小教學大樓西側，一個老舊的骨灰盒被挖了出來。骨灰盒的一側，封著一張比小孩巴掌還小的照片。照片已經泛黃褪色，上面的男子非常年輕。

「劉旭晨……」

花崇戴著手套，小心翼翼地拿起骨灰盒。盒子是極易保存指紋的材質，但時間過得太久，附著在上面的指紋不一定還在。
「我馬上拿去檢驗。」李訓說。
「等等。」柳至秦指了指骨灰盒，「先打開看看。」
「這這這……」肖誠心有點慌，「這裡面除了骨灰，還會有其他東西嗎？」
「難說。火化後，殯葬師肯定是直接將骨灰裝在盒子裡。但是這種盒子……」花崇看了看盒身與盒蓋貼合的那根線，說：「封蓋之後，還能直接打開。」
說話間，李訓已經撥開了盒蓋，幾秒後，一盒骨灰與碎骨出現在眾人面前。
李訓戴著手套的手探進骨灰中，找了片刻，搖頭道：「這裡不方便操作。」
花崇說：「好，你先帶骨灰盒回去。」
李訓俐落地收拾好，與另外兩名檢驗科的成員大步朝派出所走去。剛邁出幾步，又回過頭來，「花隊，我想起一件事！」
「嗯？」
「我們第一次來村小時，我和張貿不是找到一個掛飾嗎？」李訓說：「就是在這附近！」
花崇頓時看向柳至秦。
肖誠心也知道那個掛飾，卻沒想到其中的關係，小聲問：「怎、怎麼了？」
「紅房子是兩年前建的，錢闖江轉移骨灰盒的時間必然在紅房子開建前。」花崇說：「我們上次分析過，那個掛飾掉落的時間不早於三年前，這兩者在時間上沒衝突。那個遊戲叫什麼？」
「《白月黑血》。」柳至秦說：「角色叫麟爭，一個蘿莉女戰神。我查過錢闖江的電腦及所有通訊設備，他確實玩過《白月黑血》，但上線時間不多。網購記錄裡沒有這個掛飾，但不排除他以其他形式購買。」

肖誠心說：「那個掛飾就是錢闖江的啊？」

花崇垂眸盯著地面，踱了幾步，顯然已經想到了更深遠的地方。突然，他抬起頭，吩咐道：「派人去鄒鳴那裡，『不經意』地告訴他——警察不知道在錢寶田的紅房子那裡找什麼線索，把紅房子推倒了，掘地三尺，卻什麼都沒找到。」

「派誰去啊？我？」肖誠心問。

「你不行，要找群眾。」花崇果斷道：「去找錢寶田，讓他去派出所的走廊上哭。鄒鳴現在在二樓的辦公室，只要錢寶田的聲音夠大，他就能聽到一件事——劉旭晨的骨灰盒不見了。」

肖誠心終於俐落了一次，「我這就去辦！」

花崇轉向柳至秦，「關於那個掛墜和《白月黑血》，我突然想到另一種可能。如果掛飾確實是錢闖江掉的，那他為什麼會有掛飾？他根本不像會熱衷於購買角色周邊的人，這個掛飾很可能是某人送給他的。」

「這個人是鄒鳴？」柳至秦的腦子飛快地轉著，「他們玩同一款遊戲？」

「也許對他們來說，《白月黑血》不僅僅是遊戲！」花崇的眼神變得極深，「我們可能拿得到關鍵證據了！」

看到證物袋裡鏽跡斑斑的掛飾時，錢闖江沒立即反應過來。他盯著那個已經辨別不出面目的小玩意兒看了半天，露出困惑的神色。

「你玩過一個叫《白月黑血》的遊戲吧？」花崇在證物袋旁點了點，「這就是那個遊戲出的角色周邊。」

錢闖江的瞳孔驟然一縮，臉色一下變得蒼白。

花崇耍了一點花招，添油加醋道：「剛才我們照你說的，去舊村小教學大樓的西側找骨灰盒。找到骨灰盒的同時，在旁邊發現了這枚掛飾。那地方沒什麼人去過，掛飾應該是你在埋骨灰盒的時候不小心掉的？」

錢闖江似乎非常緊張，眼珠不斷左右移動。花崇靠近，再問：「是不是你的？」

「是。」錢闖江木然地開口，頸部的線條緊緊繃著。

「喜歡麟爭？」

「什麼？」

「這個掛飾的角色叫麟爭，你喜歡她？」

「喜歡！」錢闖江忙不迭地點頭，「喜歡！」

花崇瞇了瞇眼，露出不大相信的神色。

錢闖江立即強調道：「我很喜歡。」

「是你自己買的？」

「是！」

「在哪裡買的？」

錢闖江猶豫了，「在……在……」

花崇說：「在漫展上？我聽說你們年輕人都喜歡去漫展買東西。」

「嗯，就是在漫展上。」錢闖江說。

花崇知道錢闖江在撒謊，但錢闖江是否說真話現在已經不重要了。錢闖江為什麼要頂罪，也不重要了。他已經能確定，掛飾是錢闖江掉的，而錢闖江在拚命掩飾掛飾與鄒鳴的關係。

當初在頭緒全無時，柳至秦說過一句話——一個與周圍環境格格不入的東西突然出現，自有它出現的意義。如今看來，的確如此！

它是一條本身沒多少訊息量的線索，可是它指向的，卻可能是足以為真凶定罪的證據。現在，柳至秦就在搜索這些可能存在的證據。

錢寶田又被肖誠心攔住時，整個人都快崩潰了，差點揚起葉子菸的菸杆就敲肖誠心的頭。

當著別的刑警的面，他不敢造次，但單獨和肖誠心在一起，他就沒那麼多顧慮，拍著大腿罵道：「我那個房子！好端端地立在那裡，鎮政府那些當官的都沒打過它的主意！你們倒好，說拆就拆，一點時間都不留給我！你們好歹提前通知我一聲，讓我有個心理準備啊！賠償什麼的，我都不敢想了，你們說它是違建，它就是違建了，我一個平頭老百姓，哪敢和你們理論？你們都帶著槍啊！」

肖誠心被吼得一個頭兩個大，「亂說！你看看我，我就沒帶槍！」

「我蓋那個房子也花了不少錢！我他媽這也只能認栽了！算了算了，跟你說也沒用，我沒什麼可以配合你們的了！」

「有啊，怎麼沒有？你去派出所，再把剛才說的那番話說一遍。」肖誠心說：「群眾的訴求，我們總得聽不是嗎？」

錢寶田狐疑地瞪了瞪眼。

「你聽我說。」肖誠心一把攬住他的肩，「到了派出所，你就這樣喊……」

聽肖誠心說完，錢寶田嚇了一大跳，「你想坑死我啊？」

「我坑你幹什麼？你就照著我說的去做。我儘量幫你爭取一些補償，行不行？」

錢寶田倒是不相信肖誠心能爭取到什麼補償，但發洩一頓也好，畢竟肖誠心說了——你到二樓儘管罵，聲音越大越好，引來越多人越好，絕對不會有人來阻止你。

◆

鄒鳴站在窗邊，沉默地望著虛鹿山。他所在的辦公室看不到紅房子，也看不到早已廢棄的舊村小。他的目光毫無溫度，表情和平日沒有太大的區別，但他知道，自己的心臟跳得有點快。

那個叫花崇的警察，已經窺探到了他的祕密，還猜到了埋在紅房子下的東西，這完全出乎他的意料！好在這沒有關係，他們沒有證據。這些年來，他一直非常謹慎，沒有留下任何線索，唯一的知情者就是錢闖江。

想到錢闖江，他笑了笑。

錢闖江什麼都不會說。這個世界上如果還有一個他信任的人，那就是錢闖江。

花了十幾分鐘，他將最近發生的事重新梳理了一遍，確定沒有留下馬腳。唯一有問題的是七氟烷，七氟烷太特殊了，警察一定會查這條線。而鄒媚用七氟烷殺了人，並且可能會繼續用七氟烷殺人，警察說不定會查到鄒媚頭上。

但這些都不重要，只要自己不露出破綻……

眼皮突然跳了起來，他狠狠皺起眉，抬手壓住不停跳動的地方。

沒有人比他自己更清楚，剛才的想法都是自欺欺人的安慰！

他已經暴露了，已經被盯上了！

沒錯，他一直很小心，小心到從來不用普通通訊工具與錢闖江聯繫，從來不在有熟人的地方與錢闖江見面，每次去羨城、來洛觀村都費盡心思。他偽裝得很好，「劉展飛」也早已死去了，只要警察不將他與劉展飛聯繫起來……

他倒吸一口涼氣，手指開始發抖。

是自己錯估了警察的能耐嗎？為什麼警察能查到現在這種地步？他們不是、不是……不是很蠢嗎？像袁菲菲一樣蠢？十年前，他們將村子查了一遍，也沒查出真相。為什麼過了十年，他們就變了？

腦海裡，是十年前的那場大火。從市內趕來的警察面目模糊，東問西問，自己和錢闖江不過是撒了個謊，就被排除在「相關者」之外。

眨眼間，警察們的身影重合在一起，變成了同一個人，那個人的五官變得清晰，他定睛一看，居然是不久前審問過他的那名警察。

那個人叫花崇，據說是市局刑偵分隊重案組的隊長。

他握緊了拳頭，聽見了自己怦怦作響的心跳。

沒關係，沒關係！他心虛地安慰自己。聯想在一起又如何？他們沒證據！自己是無父無母的孤兒米皓，十一歲時被鄒媚領養，改名鄒鳴，不是什麼劉展飛，劉展飛早就被凍死了，全村都能證明！

他雙手撐在窗沿，因為太過用力，手臂上浮出並不明顯的青筋。

看著自己的手臂，他苦笑了兩聲。

那個重案組隊長大概覺得他不像從小流浪拾荒的小孩。當然不像！如果不是周良佳那群可惡的人，他怎麼需要流浪拾荒？他家裡很窮，但再窮也是個避風港，他沒有父母，連養父也早早死去，可是他有哥哥啊。哥哥還在時，他哪過過拾荒的生活？

他急促地深呼吸，儘量讓自己平靜下來，可是沒有用，一想到哥哥，他就難以控制住奔湧的情緒，以前如此，現在仍是這樣！

但他知道，自己不能有太多過激的行為，這間辦公室裡雖然沒有別人，卻一定裝有監視設備。自己的一舉一動，都在那些警察們的眼中。

他低下頭，輕輕咬著下唇，片刻後轉過身，往靠椅走去。

這時，他聽見外面傳來一陣罵聲與抱怨，由遠及近，由模糊到清晰。他不由得走到門邊，在聽清楚來人罵著什麼時，臉上的血色瞬間褪去，肩膀開始猛烈顫抖。

——那是老子全家營生的房子啊！你們說拆，就他媽拆了？下面埋著東西？房子也拆了，坑也挖了，有什麼東西？不就是一個什麼都沒有的坑嗎？你們警察這是在幹什麼啊？啊？真的有東西的話，老子就忍了，但裡面根本沒有啊！你們編個理由來整我，當我們農村的老實人好欺負啊？你們賠我房子，賠我房子啊……

「哥……哥……」

鄒鳴握著門把，臉色慘白，眼睛紅得猙獰，脊背弓起來，像痙攣般發抖。

他的喉嚨裡發出含糊不清的聲音，越來越急促，越來越不似人聲，最終彙集成沙啞、不成調的怒吼。

「啊——！！！」

被暫時關在另一間辦公室的錢闖江聽到了這聲吼叫，空茫的眼眸頓時一凜，冷汗從後頸滑向後背，有如滾燙的辣油。他的胸腔震顫著，牽出不強烈卻令人難受至極的疼痛。他隱約感覺到，自己救不了鄒鳴了。

小時候，因為太過弱小，所以救不了和自己一樣遭受凌辱的劉展飛。長大後，他不再弱小，卻依然不能讓劉展飛好好活下去。

對於生，他向來沒有過多期待。在很小的時候，他就明白自己被母親生下來，大約就是為了受罪。和二哥錢鋒江不一樣，他麻木的雙眼發現不了世間的任何美好，被錢毛江搧耳光、踩住腦袋、逼著喝尿時，他恨不得一死了之。錢毛江揍他揍得最狠，比揍錢鋒江時還狠。父親錢勇每次看到他鼻青臉腫，也只會象徵性地罵錢毛江兩句。

而錢鋒江不敢「惹事」，老是遠遠地看著錢毛江把他往腿下拉，一臉驚恐，一個字都喊不出來。那時候他才多大？還是個八九歲，什麼都不懂的小孩啊！

生在這種畸形的家庭，親情於他來講，簡直是最不值得一提的東西。大哥是人渣，父親是幫凶，二哥雖然也慘，但也不是個好東西。至於村裡的其他人，也都是一群冷漠的畜生。

他經常想死，卻不甘心就這麼死掉。在死之前，他想殺死錢毛江，再殺死洛觀村的所有村民。但他太小了，也太弱了，連從錢毛江的手臂裡掙脫出來的力氣都沒有。

那天去村小的木屋送菸給錢毛江，他一聽到裡面傳來的響動，就知道錢毛江在對那個男孩做什麼。他聽出了那個男孩的聲音——是劉家的小兒子，劉展飛。而劉家，是全村最窮、最可憐的一戶。

錢毛江這個人渣，欺負別的小孩也罷了，居然連劉展飛也不放過！

他如死水般的心翻湧出憤怒，氣得雙眼發紅，氣得渾身發抖。但也僅是這樣，他連自己都保護不了，怎麼可能去救比自己更弱小的男孩。

那不是救人，那是送死！

但後來，當他被錢毛江揍得兩個眼睛腫到只能睜開一條細線，完全喪失活下去的欲望，顫巍巍地爬上虛鹿山，想要跳崖結束生命時，劉展飛卻不知從哪裡跑出來，手裡還握著一條濕毛巾。

「你不要死。」一個子還沒自己高的劉展飛焦急地喊：「錢闖江！你不要死！」

他鬼使神差地退了回去，跌坐在地上的一刻，眼淚突然湧了出來。

他很少哭，更少當著別人的面哭。哭是示弱與依賴，而他沒有能依賴的人。

劉展飛將濕毛巾敷在他脹痛難忍的眼皮上，聲音稚嫩：「你先休息一下，我幫你捂眼睛。捂過就好了，不會壞掉的。錢闖江，你別想不開。我哥說了，死是最不值得的事，所以你不要死，我們一起好好活著。」

被劉展飛細小的手臂抱住時，他突然哭得更厲害，越來越厲害，根本聽不清楚劉展飛之後還說了什麼。從小被錢毛江欺凌，被家人忽視，這還是頭一次有人安撫他、陪著他。

因為年紀相仿，他與劉展飛漸漸成為朋友。虛鹿山的東側深處是他們的祕密基地，那裡杳無人跡，除了他們，沒有任何人會去。他們在那裡打瞌睡、摘野果、抓昆蟲，將錢毛江、羅昊還有村裡的其他惡霸忘得乾乾淨淨。

那裡就像沒有憂愁的仙境。

可在仙境的時間總是很短暫，大多數時候，他們必須面對現實的冷漠與殘酷。

直到有一天，劉展飛告訴他：「我哥哥說，我們很快就安全了，再也不會有人來欺負我們了！」

「你哥哥？」他疑惑道：「他不是到羨城上大學了嗎?那裡好遠，我從來沒去過。」

劉展飛搖頭，眼睛調皮地眨了眨，手指壓在嘴上，做了「噓」的手勢，小聲說：「沒有，我哥沒有走，我哥只是讓村子裡的混蛋們以為他走了而已。」

那天晚上，他的噩夢在火光中終結了。

錢毛江、羅昊、錢慶、錢孝子、錢元寶被他和劉展飛逐一引到村小，等在那裡的是本來不該出現在洛觀村的劉旭晨。十四歲的小孩，再囂張跋扈也不是十九歲男人的對手。他們被殺死，被澆上燃油，然後在大火中化為五具不辨面目的焦炭。

他記得，劉旭晨背著光，朝他與劉展飛跑來，染血的臉上帶著笑——那個笑竟然是他見過最溫柔的笑。

「我走了。」劉旭晨說：「你們要照顧好自己，什麼都不要說。只要你們什麼都不說，警察就不會懷疑我，更不會懷疑你們，明白嗎？」

兩個小孩堅定地點頭。

「不用擔心我，警察不會想到我。村裡所有人都知道我早已離家求學，他們所有人都是我的證人。」劉旭晨續道：「現在，趁大火還沒驚醒大家，趕緊回去假裝睡覺。你們是不滿十歲的小孩，沒有人會懷疑你們。」

說完，劉旭晨就要走了。

劉展飛喊了一聲「哥哥」，劉旭晨笑道：「展飛，再堅持半年。半年後，哥哥會回來接你。」

「旭晨哥。」他突然抓住劉展飛的手，向劉旭晨承諾：「你救了我，往後就算不要這條命，我也會保護展飛！」

劉旭晨聞言笑了笑，搖頭，然後轉過身，迅速消失在黑暗中。

之後，一切如劉旭晨所料，村民們驚慌失措地挑水滅火，和那場大火一起，破壞了現場的所有犯罪痕跡。天亮後，鎮裡的警察來了，過兩天，市內的警察也來了。

很多村民被帶去問話，他與劉展飛也去了。不過他們都是孩子，且是村子裡最小的孩子，怎麼可能是凶手呢？警察草草將他們放回家，同樣被放回家的還有錢鋒江。

他在錢鋒江的臉上看到了掩飾不住的開心，這個與他沒多少親情的二哥，居然對他眨了眨眼，彷彿在說：錢毛江死了！我們自由了！這個家是我們的了！

後來的時日裡，警察來來去去，懷疑東懷疑西，但被懷疑的人最終都被放了出來。錢勇和其他幾個受害人的父母堵在派出所門口，一定要警察抓到凶手。可最終，警察仍什麼都沒有查出來。他與劉展飛一直小心翼翼的，除了在虛鹿山的祕密基地，從來都不在其他地方一同出現，就連錢鋒江都不知道他們是朋友。

劉展飛成天都盼著劉旭晨來接自己。他有些捨不得，但沒有說出來。劉展飛是他唯一的朋友，他希望劉展飛快樂，劉展飛的願望也是他的願望。

可是十二月，大雪封山，和雪花一同降臨的是劉旭晨去世的噩耗。他震驚得無以復加，和大人們一同跑去劉家時，劉展飛已經不見蹤影了。

第二年，有人在洛觀村下游發現了劉展飛的屍體。村長和別的村民都說那就是劉展飛，可他看了一眼，就知道那絕對不是劉展飛。

那個小孩，只是穿著劉展飛的衣服而已！

劉展飛還活著！他唯一的朋友還活著！

數年後，洛觀村一改往日的窮困景象，已是遊人如織的旅遊景點。窮了半輩子的村民個個富了起來，蓋房子、建休閒農莊、去虛鹿山圈地，賺得盆滿缽滿。

每每看到那些人油膩虛偽的嘴臉，他就發自內心感到噁心。這些連小孩子都保護不了的人，憑什麼擁有如此安逸的人生？他們付出過什麼嗎？他們做過好事嗎？

那個殺了惡霸的人，那個救了自己和劉展飛的人，為什麼已長眠於地下？

這不公平！

他很想毀了洛觀村擁有的一切，卻不知道該怎麼做。直到有一天，已經長大的夥伴重新出現在他面前。

少年名叫鄒鳴，清秀白淨，穿著昂貴的衣服，但他輕而易舉地認出了——站在自己對面的人是劉展飛！

展飛沒有死！展飛回來了！

和劉展飛一同回來的，還有劉旭晨的骨灰。他們在劉家挖了一個很深很深的坑，將骨灰盒埋了進去。

劉展飛平靜地講起這幾年的經歷及劉旭晨的死因，最後輕聲說：「我要報仇。」

他站起來，與劉展飛雙手交握，毫不猶豫，「展飛，我幫你。」

從決定「幫忙」的一刻起，他就已經下定決心——幫你報仇，也護你周全。

活著沒有什麼意義，如果不是劉展飛在懸崖旁挽留他，如果不是劉旭晨殺死了錢毛江，他恐怕早就不在這個世界上了。庸庸碌碌地多活這麼多年，能幫唯一的朋友報仇，順道讓洛觀村虛偽的眾人自食其果，大概是他人生裡唯一有意義的事。

劉展飛的計畫說簡單也不簡單，說難也不難，但要在眾目睽睽下燒死周良佳三人，風險實在太大了。他勸劉展飛換其他的方式，同樣是燒死，去廢棄的村小燒也不錯，在虛鹿山東側的祕密基地燒也不錯。

但劉展飛執意要當著那麼多人的面焚燒那三人，說只有這樣，才是真正的復仇。他沒再提出異議，與劉展飛保持著不為人知的聯繫，盡力滿足劉展飛的各種要求。

這幾年，他偶爾能感到「活著」的真實感——自己不再是一具得過且過的行屍走肉，而是一個有血有肉、有「理想」又活生生的人了！

但諷刺的是，他只有在策劃別人的死亡時，才有這種感覺。

有一次，他去洛城，劉展飛帶他四處走走看看，經過一家店時，買了個小玩意兒送給他。那個小玩意兒，是他們用於聯絡的遊戲裡的角色掛飾。

他遊戲玩得不好，也不喜歡這些東西，但劉展飛送給他了，他便帶在身上。掛飾是什麼時候弄丟的、丟在哪裡了，他都不知道。

他與劉展飛唯一一次產生分歧，是在錢寶田要蓋紅房子的時候。他聯繫劉展飛，告知他劉家的地要被人拿去建房子了。得知那是一棟什麼樣的房子後，劉展飛卻很高興：「童話小木屋？那很好啊，漂亮又有人氣，我哥肯定會喜歡。就把它當做一個華麗的墓碑好了，不用擔心，那種裝飾用的房子頂多只會在地裡打幾個淺樁，骨灰盒埋得深，沒人會發現的。」

他覺得這樣不對，不應該這樣。萬一發生了意外怎麼辦？萬一骨灰盒被人發現了怎麼辦？而且遊客是無辜的，他們不應該在不知情的情況下，將在「墳墓」裡買的旅行紀念品帶回家。

趕在錢寶田動工前，他悄悄將骨灰盒挖出來，沒有知會劉展飛，獨自一人將骨灰盒埋在廢棄村小教學大樓的西側，那裡是整個洛觀村最安全的地方。

兩年時間一晃而過，就在他們制定了一個個計畫，又否定掉一個個計畫時，一個叫袁菲菲的女人來到洛觀村。這個懦弱又狠毒的女人，居然想燒死小孩。

小孩罪孽深重，但大人就一定無辜？小孩騙了大人，他們就活該被燒死？

那大人做錯了事呢？是不是該下十八層地獄？

他發現，袁菲菲居然是周良佳的朋友，這簡直是天賜良機。

劉展飛本想親自與袁菲菲接觸，但他搶先一步。所有的風險，他都替劉展飛承擔。

一切都進行得很順利，袁菲菲將周良佳、范淼、盛飛翔引到他與劉展飛曾經的祕密基地，就像當年他與劉展飛將錢毛江引到村小一樣。

他提前支開了劉展飛，讓劉展飛去準備助燃物。除了他，袁菲菲誰也沒有看見。

他打暈了三個將死的人，對他們使用了劉展飛早已準備好的麻醉藥。他特意問過這個藥叫什麼名字，劉展飛說，叫七氟烷。他將這三個字牢牢記住。

本來，他想親自布置助燃物、親自點火，但是劉展飛不答應，他只能告訴自己——沒事，所有罪行都是我犯下的。

周良佳三人被燒死時，他已經回到家中了。

這裡要毀了，旭晨哥的仇也報了，看著驚慌失措的人群，他開心地想。開心得笑了起來，開心得哼起了哀樂。

其實，他是存著一絲僥倖的——如果這次來的警察和十年前來的一樣沒用，那他與劉展飛做的事就不會被察覺，他就不用站出來頂罪了。他還可以像當初對劉旭晨承諾的一樣，繼續保護、照顧劉展飛。

但來的警察裡，有一人叫花崇，還有一人叫柳至秦。他們似乎是很厲害的人。他逐漸明白，自己和劉展飛都不是他們的對手，也許用不了多久，他們就會查出真相。

殺了人，總該有人付出代價——這個人應該是他。

他有作案動機，也有作案的時間。最重要的是，袁菲菲這個關鍵證人只認識他，沒聽說過「劉展飛」和「鄒鳴」這兩個名字。他可以保護劉展飛，劉展飛那麼聰明，一定不會傻到自投羅網。

可他沒有想到，轉移劉旭晨的骨灰盒成了最大的「敗筆」。

他聽到劉展飛的嘶吼，一聲又一聲，將偽裝多年的面目撕得鮮血淋漓。

他緊貼著牆壁蹲下，雙手用力堵住耳朵，但仍舊聽見了劉展飛的喊叫——

「啊！啊！啊！」

他哽咽出聲，漸漸意識到，自己被那兩個警察騙了。

漸漸意識到，自己保護不了劉展飛，也守不住承諾。

◆

錢寶田的罵聲那麼清晰，每個字都像刀一般刺進鄒鳴心裡。他引以為傲的理智、冷靜幾乎消逝得無影無蹤，腦中僅剩下一個認知——哥哥的骨灰盒弄丟了！

怎麼會不見？地坑裡怎麼會什麼都沒有？不可能啊！自己明明將骨灰盒好好埋起來了！錢闖江

明明說過，錢寶田建房子時沒有出現任何異樣！

是誰拿走了哥哥的骨灰盒？拿到哪裡去了？哥哥現在在哪裡？

他發狂地撞著辦公室的門，像重傷的野獸一般咆哮。他已經顧不得辦公室裡裝有攝影機，顧不得自己是被警方緊盯的嫌疑人了。此時此刻，他只想奔去紅房子，看看骨灰盒到底在不在坑中。如果真的不在了……

「不！」他甩著頭，眼神變得狂亂，猛烈跳動著的心臟像要炸開一般。

幾分鐘後，他仍舊沒有冷靜下來，反倒更加激動。

錢寶田高喊著：「你們把我家的地都掏空了！什麼都沒有！你們該怎麼賠償我？啊？」

他渾身一顫，終於喝道：「開門！開門！放我出去！」

門內的攝影機記錄下了他的每一個動作，門外的警察聽到了他每一聲怒吼。

花崇說：「開門，帶他去坑洞旁。」

門被打開的剎那，鄒鳴就衝了出來。他臉上再也不見之前的冷漠與淡定，橫眉豎目，眼中的血絲像要化作一股一股的鮮血，從眼眶裡淌出來。

他幾步跑到錢寶田跟前，擰住錢寶田的衣領，嘶啞地喊道：「你剛才說什麼？我哥在哪裡？你把我哥弄到哪裡了？」

錢寶田嚇得雙腳直發抖。肖誠心那孫子只保證警察不會動他分毫，可是沒保證群眾也會不動他分毫啊！

「我我我……」錢寶田口齒不清，「我不知道！你放開我！我不認識你哥！你去找警察！是他們要拆我的房子！我他媽比你還委屈！」

幾名警察上前，架開了鄒鳴。鄒鳴發出急促而粗重的喘息聲，怨毒地瞪著在場的每一個人。

「想找你哥？」花崇睨著他，「行，跟我來。」

感覺到按在肩上的力量稍有鬆懈，鄒鳴一把掙脫，速度極快地朝花崇撲去。

但花崇的反應顯然比他的速度還快，單手一擋一撥，輕而易舉地將他制住，在他耳邊冷冷道：「我剛才不是說了嗎？想找你哥，就他媽老實點，跟我來！」

鄒鳴抖得厲害，勉強撐住身子，一雙眼睛裡全是仇恨，好似被封存在皮囊裡的怪獸終於撕破血肉，露出了本來的面目。

肖誠心往後退了一步，把嚇傻的錢寶田推進一間辦公室裡。

花崇還穿著柳至秦的毛衣，腰上連槍都沒有，對樓梯口抬了抬下巴，「走。」

紅房子的木頭、鋼架、玻璃被扔在路邊，劉家原來的地皮上被挖出一個大坑，裡面空空如也，除了毫無生氣的泥土、砂石，什麼都沒有。

鄒鳴瞳孔縮緊，雙腿一屈，直接跪在地上。

淚水從他血紅的眼裡湧出來，讓他本就猙獰的表情變得更難看。片刻，他跌跌撞撞地爬進坑中，大約是因為太激動，直接從上面滾了下去，乾淨的衣服變得骯髒，臉也被蹭出了血痕。

他茫然地跪在坑底，嘴唇不停動著，喉嚨發出斷斷續續的聲音：「哥、哥……」

「劉展飛。」花崇站在坑邊，居高臨下地喊道。

鄒鳴抬起頭，絕望地喊道：「你們把我哥弄到哪裡了？」

「你是劉展飛。十年前被凍死在河裡的小孩不是你，你從洛觀村一路走到了楚與鎮，幫自己取了一個名字，叫米皓。」花崇垂著眼，「是不是？」

鄒鳴就像聽不懂一般，「我哥呢？」

「我問你是不是！」花崇厲聲道：「想要見到劉旭晨，就好好回答我的問題！」

鄒鳴肩膀顫抖，烏紫的嘴唇被咬破。

花崇聲量一提，「是不是？」

鄒鳴幅度很小地點頭，哀聲道：「我哥呢？」

「在劉旭晨突發腦溢血的當天，周良佳策劃跳塔自殺，造成交通擁堵，救護車繞遠路趕到羨城科技大學時，已經錯過了最佳搶救時間。」花崇說：「你查到這件事時，已經是鄒媚的養子了。你到周山公墓偷走了劉旭晨的骨灰盒，將骨灰盒埋在這裡——你們曾經生活過的家。你與錢闖江重逢，謀劃殺死周良佳三人，為劉旭晨報仇！」

鄒鳴置若罔聞，只是不停地重複著：「我哥呢？」

「七氟烷是你從鄒媚那裡偷來的。在別人眼中，她是完美的女強人，但你與她生活在一起，你知道，她是個專門對小女孩下手的殺人魔。」花崇蹲下來，一手放在膝蓋上，一手撐著地面，「劉展飛，你是個可憐的人——你的兄長以保護你的名義，殺死了五個男孩，你的養母以救贖的名義，殘害弱小無辜的小女孩。他們都是罪人！他們不敢光明正大地對抗命運的不公，只敢對比自己弱小的人下毒手，並為惡行冠以『正義』的名號！你在他們的撫育下長大，繼承了他們靈魂裡最骯髒、最黑暗的一面！你殘殺周良佳三人，他們的惡毒，盡數投映在你的行為裡！」

大約是「惡毒」兩個字刺激到了鄒鳴，他整個人都抽搐起來，歇斯底里道：「我哥是世界上最好的人！他是為了保護我！」

「保護？」花崇冷笑，「凶手不配說保護。他保護的是什麼？是你這個焚燒三人的殺人魔？」

鄒鳴捂住耳朵，喝道：「我哥呢！他在哪裡！」

「告訴我十年前發生的事，還有你殺害周良佳、范淼、盛飛翔的經過。」花崇慢慢說：「我就將劉旭晨的骨灰還給你。否則……」

鄒鳴揚起脖頸，發出一聲哀怨的大吼。花崇無動於衷，只等他的坦白。

殺手的自白，與基於線索的推測相差無幾。但讓花崇意外的是十年前，劉展飛曾經遇到一個叫米皓的流浪兒童。大雪紛飛，米皓穿著單衣，被凍得瑟瑟發抖，劉展飛將自己的衣裳脫下來，披在米皓的身上。

他們約定，要一起活著走出山林，走到大城市裡。但活下來的，只有劉展飛一人。

天空陰沉可怕，濃雲化作秋雨，將土坑澆成濕淋的水坑。

鄒鳴被拉了起來，怔怔地望著花崇，氣勢早已弱了下去，啞聲問：「我哥呢？」

花崇不再理他，轉身往派出所走去。

凶手的口供固然重要，但另一項證據更重要。

窗外電閃雷鳴，柳至秦盯著眼前的螢幕，如釋重負地舒了口氣。

鄒鳴和錢闖江都已刪掉了《白月黑血》這款遊戲的用戶端，帳號裡的聊天記錄也一併被刪除了。可是，刪除並非意味著不存在。遊戲開發商的主要伺服器裡，仍保留著他們的聊天記錄。那每一段對話、每一個字，都是他們的犯罪證明。

辦公室的門被打開，柳至秦側身望去。

花崇的頭髮和衣服被雨水打濕，急切地問：「查得怎麼樣了？」

柳至秦站起身，拿來一條乾毛巾，「該拿到的都已經拿到了。」

花崇接過毛巾，疲憊地按住太陽穴，「辛苦了。」

「應該的。」柳至秦情不自禁地抬起手，幫他擦拭濕漉漉的頭髮。

「這邊基本上解決了，我得馬上趕回洛城。」花崇說：「陳韻肯定還活著。」

「嗯。」柳至秦點頭，「我和你一起回去。」

話音未落，辦公室裡響起手機鈴聲。花崇一看是曲值，連忙接起。

電話那頭極其嘈雜，曲值的聲音和無數噪音一同傳來，『我們找到陳韻了！還活著！』

花崇猛一閉眼，胸中的一塊大石落地，但還來不及說話，就聽到走廊上有人喊道：「我靠！仇罕那傻子想自殺！」

洛觀村的派出所並非每一間辦公室的窗戶都裝有隔離網。若不是一名警員在監控時中注意到仇罕翻窗的舉動，並及時趕到將他拖下來，此時他已經從四樓摔下去了。

四層樓的高度，不一定會當場摔死，但殘廢是肯定的。誰都沒想到仇罕會突然來這一齣，就連花崇都有些驚訝。

案子查到現在，脈絡已經相當清晰了，不管是虛鹿山案還是女童失蹤遇害案，都與仇罕沒有任何關係，他怎麼會在這個時候試圖結束自己的生命？

沒錯，他是王湘美的准繼父。王湘美被鄒媚盯上，並最終慘遭毒手是因為他與王佳妹沒好好照顧。但他即便內疚，也不至於在這個時候選擇結束自殺，況且他根本不像在為王湘美的死感到內疚，從頭到尾他都在逃避、推卸責任。如果他真的有一分一毫的內疚，他就不該出現在洛觀村，而是陪伴在王佳妹身邊，並積極配合警察查找凶手。

「沒道理啊！」張貿抓著頭髮，「仇罕又不是凶手，既不用死也不用跑，為什麼要跳樓？別是精神出問題了吧？」

「肯定不是為了逃跑。」肖誠心說：「窗外什麼支撐物都沒有，跳下來腿都斷了，還跑什麼？」

這時，派出所一名巡警氣喘吁吁地跑過來，「仇、仇罕說想見花隊！他說、他說他殺了人，想坦白！」

「什麼？」張貿嚇得破了音，「他殺了人？誰？」

「鄒鳴搞的動靜，派出所的人都聽到了。」柳至秦說：「仇罕知道我們抓到了這個案子的凶手，聯想到自己，覺得躲躲藏藏這麼多年，終於躲不過去了。走吧，去會一會他。」

趕去偵訊室的路上，花崇說：「我們查王湘美的案子時，仇罕一直躲躲閃閃，不願意與我們接觸，之後還拋下王佳妹，一個人跑到洛觀村來『度假』。我一直覺得他可能做過什麼違法犯法的事，但沒想到是殺人，他藏得夠深。」

「藏得越深，精神上的負荷就越大。否則他到洛觀村之後也不會日日酗酒。」柳至秦道：「他犯下的是命案，而我們查的兩個案子都是命案，也許每次和我們接觸，他都離崩潰更進一步。剛才鄒鳴的怒吼最大程度刺激了他，他發現自己已經無路可走，對他來說，現在的鄒鳴就是不久之後的自己。」

「嗯。」花崇點頭，停在一間辦公室門口。

徐戡這個當法醫的臨時客串了一次醫生，確定仇罕的身體無恙後，此時正從辦公室裡出來，朝裡面指了指，「進去吧，他已經鎮定下來了。」

仇罕的額頭上掛著一層虛汗，雙手緊緊絞在一起。

「我、我殺過人。」他低著頭，不知是不敢還是不願意直視面前的重案刑警。

花崇淡淡地問：「在哪裡？什麼時候？」

仇罕的頭垂得更低，喉嚨發出低沉的掙扎悶響，汗水順著臉頰淌了下來。

幾分鐘後，他像終於下定決心似的開口道：「十九年前，我十六歲，在、在茗省曼奚鎮，殺死了一個不到三十歲的男人。」

柳至秦的神經瞬間繃緊，「曼奚鎮？」

十九年前，在鄒媚離開曼奚鎮後不久，她前夫梁超被人捅了十幾刀，當場斃命。當地警方一直沒抓到凶手，唯一能確定的是——凶器是梁超自己的刀，而凶手在刀柄上留下了一枚指紋。時至今日，凶手仍舊逍遙法外。

這種案子非常難破，也非常好破。難破在於人海茫茫，只要凶手確保自己在任何場合都不會被錄取指紋，就永遠不會被抓住。好破在於只要凶手的指紋被錄入庫中，他的資訊就會被鎖定。

仇罕始終低著頭，既沒看到柳至秦凝重的神情，也沒聽出對方語氣中的驚訝。他沉浸在自己的情緒中，既害怕，又體會到十九年來未曾體會過的輕鬆。

終於說出來了！終於不用再躲躲藏藏地過日子！

「你們可能沒聽說過曼奚鎮這個地方。那是很偏遠的小鎮，在邊境上，很窮，也很落後，落後到城裡人都難以想像的程度。不過曼奚鎮的建築很有特色，適合寫生。」仇罕盯著自己的手，語氣比剛開口時平靜，「我是洛城本地人，小時候學了很多年的美術，當時覺得自己將來一定會走上畫畫這條路。我去曼奚鎮，是因為聽說那裡有很多與眾不同的房子，街道也很有特色，生活開銷很低，既能畫畫，也花不了多少錢。」

花崇看著眼前這個頹廢邋遢、沒有絲毫藝術靈氣的男人，完全無法想像對方當年揹著畫板時，年少輕狂又意氣飛揚的模樣。

「我在那裡住了一段時間。」仇罕的額角時不時鼓起，「對喜歡畫畫的人來說，那裡的確是個好地方。可能對男人來說，也是個好地方吧。」

柳至秦剛從曼奚鎮回來，當然明白他是什麼意思。

仇罕接著說：「那裡的女人過得特別慘，和大城市裡的女人不一樣，她們……」

花崇打斷，「說重點。你為什麼要殺人？怎麼殺的？」

仇罕尷尬地擦了把汗，「好，好，說重點。我、我……」

「你殺的那個人，是不是叫梁超？」柳至秦突然問。

仇罕兩眼圓瞪，就像被雷擊中一般，先是僵硬地坐直，而後猛烈地顫抖起來。

花崇歎了口氣。

片刻，仇罕慘笑兩聲，攤開雙手，眼裡有淚光，「你們果然已經查到我了！我逃不掉的，我逃不掉的！殺人償命啊，我根本躲不掉！」

柳至秦睇了睇眼，喉結滾動，卻沒有告訴他——警方並沒有將梁超的死與他聯繫起來。自己會知道十九年前曼奚鎮有個叫梁超的人被捅死，僅是因為梁超是另一樁殺人案嫌疑人的前夫。

世上的事有太多巧合，大約這也是恢恢法網的組成部分。

仇罕抹掉眼角的淚，開始講述塵封十九年的血案。

當年，十六歲的他還是熱血少年，懷揣著畫家的夢想，前往茗省的邊陲小鎮。曼奚鎮的自然風光和人文建築，令在鋼筋水泥城市裡長大的他著迷，他在便宜的旅館住下來，每天揹著畫板外出寫生，晚上去鎮上最熱鬧的地方吃飯。

在曼奚鎮待久了，他漸漸發現這是嚴重重男輕女的地方。男人可以隨意打罵女人，女人不能還手；各家各戶的家務事都由女人包攬，男人只負責工作，但在落後的小鎮裡，男人們其實根本沒有什麼工作可做，他們遊手好閒，沒事就去茶館喝茶打牌，靠著上頭給的扶貧資金過活。

每家都有很多女孩，兒子幾乎都是弟弟，如果一個女人沒為丈夫生下兒子，那她就必須生到不能生為止。在城裡被禁止的「違法超音波」橫行，女人們有了身孕，都會被送去檢查懷的是男孩還是女孩，一些懷著女孩的女人會被拖去墮胎。

這太殘忍了，他無法理解。

有一天，他親眼看到一個嚎啕大哭的女人被拖進醫院。那女人蓬頭垢面，大聲喊著：「讓我生下來吧！讓我生下來吧！」

無人理會。最令他感到膽寒的是，強行拖拽那個女人的數人裡，居然有三個女性。她們看起來年紀不小，想必已經為人母，但逼迫另一個女人墮胎時，她們竟然比在場的男性更興奮。是興奮，甚至還有喜悅。他想不通這樣的表情為什麼會出現在她們臉上。

那天，他破例沒去寫生，而是去找鎮政府反應情況。但一腔正義、血氣方剛，敵不過一句「清官難斷家務事」。那些坐在辦公室的人告訴他，這地方就是這樣，女孩生下來就是受罪，政府管不了，也無法管，如果有女人想徹底離開這裡，去外面生活，那政府會出力，盡可能地幫助她。可是生活在這裡的女人極少有人能鼓起勇氣離開，她們已經習慣了被壓迫，習慣了被管束，你給她們自由，她們反倒不知如何是好。

一個從外地調來的年輕基層幹部拍著他的肩，說：「你這個外地人就別摻和了，好好畫你的畫。一個人連自救的勇氣都沒有，我們就算想救她也是白費力氣。你還小，才十六歲，什麼都不懂。我來這裡兩年了，也他媽看夠了。」

他氣不過，卻也無計可施。那個基層幹部說得對，自己才十六歲，花的還是父母的錢，連正式的工作都沒有，有什麼資格和途徑去管鎮上每天都在發生的事？

慢慢地，他的心思從畫畫轉移到曼奚鎮的男女不平等問題上，時常想該怎麼辦。

但十六歲的少年，又想得出什麼辦法？

在曼奚鎮待了幾個月後，初來時的興奮感已經蕩然無存，他開始厭惡這裡——厭惡這裡粗暴無禮的男人，也厭惡這裡懦弱愚蠢的女人。他買了回洛城的火車票，打算再過一週就回去。

但在這最後一週，他失手殺了人。那個人叫梁超，「休」了無法生育的老婆，很快就娶了一個剛到法定結婚年齡的年輕女孩，卻仍是終日打罵。

既然已經決定要回家，仇罕就懶得再畫畫了。每天，他都坐在茶館裡發呆，思考自己的將來。他想，回洛城之後，一定要將在曼奚鎮的所見所聞整理起來，找一個報社曝光，一個不夠就找兩個、三個！

那個年代，報社具有非同凡響的影響力。在這裡他什麼都做不了，可是離開後就不一樣了。城市裡打著「男女平等」的標語，工廠裡時常播放「女人能頂半邊天」的廣播，自己肯定能救這些生活在水深火熱裡的女人！

少年的希望，總是那麼單純，單純到不切實際。

在茶館裡，他遇到了梁超，梁超正在大聲議論自己高學歷的前妻和年輕貌美的老婆，用極其難聽的話語將她們貶得一無是處，說起房事時也毫不遮掩，下流而低俗。

他聽到了很多聲「逼」、「操」、「幹」。

一幫男人們猥瑣大笑，喝彩聲不斷，他卻聽得面紅心跳，既尷尬又憤怒。

他本來可以忍住，但當梁超離席而去時，他鬼使神差地跟了上去。那時，他只是想看看梁超要幹什麼，會不會是回去打老婆。但梁超沒有回家，而是在閒逛許久後，走進了一家歌舞廳。

大城市裡有很多裝修得金碧輝煌的歌舞廳，但曼奚鎮上只有一家，雖然和城裡的比起來相當寒酸，可是和鎮裡其他地方比起來，還是豪華了不止一個等級。梁超在歌舞廳待到半夜，抽菸、喝酒、打牌，然後從後門醉醺醺地離開。

他一路跟隨，行到一個沒有人的小巷時舉棋不定，想上前跟梁超理論幾句，又不知道該怎麼開口。

這時，忽見梁超轉過身來。梁超已經醉了，惡聲惡氣地叫罵，用汙言穢語問候他的女性家人。他血氣上腦，將憋在心裡許久的話喊了出來。

梁超也許聽清楚了，也許沒有，乾笑道：「我操自己的女人，打自己的女人，關你屁事？她們生下來就是要被我們幹、被我們打的，生女孩有什麼用，長大了被另一個人操、被另一個人打嗎？」

他聽得憤怒難言，衝上去擰住了梁超的衣服。

他沒有想到的是，梁超居然帶著一把刀。如果他的反應再慢一點，如果梁超沒有喝酒，那把刀就將捅入他的心臟。

他嚇得肝膽俱裂，理智全失，奮力奪過刀，毫不猶豫地刺向梁超。

一刀，兩刀，三刀……直到躺在地上的人已經不再掙扎，只剩下死亡前夕的抽搐。

他回過神來，意識到自己殺了人。

少傾，他木然地看著被捅死的男人，驚慌失措，想大叫，卻叫不出聲。

十六歲，他從一個心懷正義的少年，墮落成了殺人犯。倉皇逃離時，他忘了帶走行凶用的刀，而刀柄上，留有他的指紋。

當地的警察未能偵破這個案子，但他的人生卻因此徹底改變。回到洛城後，他就像變了一個人，不再畫畫，不願與人接觸，性格大變。他夜夜做噩夢，不是夢到梁超血淋淋、不成樣的屍體，就是夢到自己被槍斃，有時甚至會夢到自己變成了梁超，被一個看不清面目的男人捅死。夢裡的痛感那麼清晰，他渾身冷汗，吼叫著醒來，時常對上一雙充滿疑惑的眼睛。那是過繼到他家的遠房表弟，叫白林茂。他恨這個弟弟，害怕自己在夢裡說的話被對方聽見。

很多次，他想要殺死白林茂，但一看到刀，他就發自內心感到恐懼。

他的精神狀態變得極其糟糕，不久後從高中輟學，整日在外面閒晃。

成年後，他的父母過世，他將白林茂趕走，將家產全部占為己有，沒有分給對方一分錢。白林茂離開後，他仍是不得安生，一聽到警笛、看到警察就害怕得發抖。他沒有在任何公司工作過，若不是父母在洛城有三套房，他大概沒辦法活下去。不知從什麼時候起，他開始厭惡女人，將女人視為惡魔——以前明明不是這樣的！

每每想到女人，他的腦海裡就會浮現梁超在茶館裡，說那些下流低俗的話。他時常告訴自己，如果不是為了救那些傻女人，他不會殺人，他會成為一個很好的畫家，有美滿的家庭和成功的人生，還有一雙可愛的兒女。

是女人毀了他！

很長一段時間裡，他無法硬起來，也不想與女人接觸。後來，大概是警察一直沒有找上門來，他的狀態好了一些，渾渾噩噩地與別人介紹的女人相親，沒過多久就登記了。婚後的生活卻不幸福，他逐漸意識到，少年時期發生的事無時無刻影響著他，他是個殺人犯，不配擁有正常的生活！

一年後，他與妻子協議離婚，開了個茶館，過著無人親近，也不主動親近任何人的生活。他沒有什麼文化，偶爾聽到茶館的人說刑事案件有追訴期，只要過了追訴期，即便殺了人，也不會被判刑。他喜出望外，然而上網一查，卻再次絕望。

網路上的說法五花八門，有的說追訴期是十年，有的說是十五年，還有說惡性殺人案不管過了多少年，只要被發現，仍然會被抓。

他明白，自己這一生，都將活在躲藏中。

不過最近幾年，他似乎沒那麼害怕了，遇到服裝批發商場的老闆娘王佳妹後，甚至正經地規劃起將來的生活。王佳妹有個女兒，叫王湘美，長得挺可愛的。遺憾的是他並不喜歡小孩，更不喜歡女孩。

在王佳妹面前，他裝得喜歡王湘美，還買了不少盜版漫畫給王湘美，每天接王湘美放學，努力扮演一個好父親。

像怪物一樣獨自生活了十幾年，他的內心其實也盼望著正常家庭的溫暖。

他沒有想到，一番尋求改變的努力，最終卻將自己推向「深淵」。

如果知道王湘美會遇害，他無論如何也不會奢望與王佳妹結婚！怕什麼來什麼，他躲了警察十九年，卻不得不因為王湘美的死而面對警察。

他對失去孩子的母親根本沒耐心，拋下王佳妹獨自躲到了洛觀村，結果洛觀村也發生了命案。而他沒有不在場證明，成了數個嫌疑人之一。

這幾天他都不知道自己是怎麼挺過來的，他都快被恐懼折磨瘋了，睜眼看到的是警察，閉眼想到的是梁超的屍體。每分每秒都讓他感到窒息，直到他聽到鄒鳴的咆哮。

他不認識鄒鳴，但在派出所的走廊上見過一次。

原來那個清秀文靜的青年就是凶手。

他捶著自己的胸膛，終於受不了了。警察們那麼厲害，能將鄒鳴揪出來，就能將他也揪出來！

躲躲藏藏十九年，躲不下去了！

仇罕被送往洛城市局不久後，被移交給茗省警察，等待他的將是遲來的刑罰。

花崇看著他的背影，歎息道：「這十九年的人生和坐牢有什麼分別？」

「還是有吧。」柳至秦說：「不然他為什麼會抱著僥倖心態躲下去？他甚至還想結婚，像普通人一樣生活。」

「躲得了一時，躲不了一世啊。」花崇搖搖頭，「人總得為做過的事付出代價——不管以什麼方式，不管過去了多久。」

柳至秦想起在曼奚鎮的所見所聞，「我如果十六歲時也去過曼奚鎮，不知道會不會像他一樣衝動。」

「你在可憐他？」花崇挑眉。

「這倒沒有。」柳至秦抿唇，想了想，「不過如果他沒殺了梁超，他的人生應該不會是現在這個樣子。」

「但他殺了，他是殺人凶手。」花崇嗓音低沉，「梁超肯定是個道德品行有嚴重問題的人，但梁超再壞，也不是仇罕殺人的理由。一兩刀可以理解為自衛或者過失殺人，但梁超被捅了十幾刀。這不是自衛，是洩憤。人很狡猾，有美化自己的本能。殺死梁超的前因後果只有仇罕自己和梁超知道，現在梁超都死了十九年，唯一知道真相的只有仇罕。

他在巨大的精神壓力下自首，承認殺人，卻把自己包裝成一個悲情英雄，難說不是想博取同情，爭取輕判。他說他是因為看不慣曼奚鎮重男輕女的習俗、看不慣梁超的行為才殺死了梁超，但會不會有另一種可能——他和梁超因為別的事產生了矛盾？這些已經說不清楚了，他就是欺負梁超是個死人，不能說話罷了。在我看來，他只是一個凶手。他殺了人，用十幾刀刺死了一個活生生的人。梁超重男輕女，逼鄒媚打掉腹中的女兒，打罵後來另娶的妻子，但梁超該不該死、該以什麼方式死，不應該由他說了算。」

柳至秦摸摸鼻梁，「這倒是。」

此時，他們已經回到洛城，正在前往陳韻所在的醫院。

幾小時前，曲值帶領的重案組、刑偵一組成員在經過大量調查之後，在鄒媚位於明洛區的一套精裝電梯房裡找到了陳韻。小女生並沒有被虐待，相反地，她穿著漂亮的天藍色連身裙、蓬鬆可愛的公主斗篷、白色的泡泡襪，腳上踩著精緻的圓頭皮鞋，頭髮被燙成了小波浪，左右各綁著一個亮晶晶的蝴蝶結。

屋子裡沒有其他人，但食物和水非常充足，玩具應有盡有，其中一間臥室裡甚至擺放著上百個洋娃娃。

小時候的鄒媚也許有一個公主夢，想擁有最漂亮的裙子與最好看的洋娃娃。她把這些「美好」送給了即將被她殺死、無辜的女孩們。

見到警察後，陳韻沒有哭，臉上也沒有任何害怕的神情，她甚至是笑著的，而客廳的電視裡正放著小孩子們都喜歡的動畫。

她往門外看了看，眨著漂亮的眼睛問：「媚媚阿姨呢？她沒有和你們一起來嗎？」

她是凶手，已經畏罪潛逃了——刑警沒立即告訴她殘忍的真相，她甚至不知道如果不是媚媚阿姨的七氟烷突然弄丟了，此時的她已經和王湘美一樣，成為了一具冰冷腐爛的屍體。

「花隊，鄒媚失蹤了！」

花崇和柳至秦趕到醫院，曲值匆匆跑來指著一間病房，「陳韻沒事，剛做完體檢，在裡面休息。鄒媚是今天中午突然不見的，最後一個拍到她行蹤的攝影機在她公司附近。她手機已經關機了，但透過技術定位，查到手機在她辦公室。目前可以確定她沒有回市內的任何一處居所，也沒有開車。」

「七氟烷交易的線索呢？」花崇問。

曲值搖頭，「查不到，這條線只能從她身上著手。」

「繼續查。洛觀村的兩個案子基本上已經解決了，李訓、袁昊他們很快就會回來。」花崇說：「鄒媚失蹤，要嘛是她知道自己已經暴露了，畏罪潛逃，要嘛就是向她販售七氟烷的人發現她已經被警方鎖定，擔心被她供出來，所以將她劫走。如果是後面一種情況，她說不定已經被滅口了。」

曲值也想到了這種可能，咬了咬牙，「我他媽早該把她控制起來！這種以正義的名義對無辜小孩子下毒手的惡徒，不把她送上法庭，我他媽不甘心！」

花崇抬起手，在曲值肩上拍了拍，「我去看陳韻一眼，馬上回局裡。」

這時，陳韻的病房突然傳來一陣喧嘩，兩個人被推了出來，姿態狼狽，其中一人正在哭。花崇定睛一看，才發現那兩人是陳韻的父母——陳廣孝和何小苗。

一個打扮和街頭混混沒兩樣的年輕男子緊跟著跑出來，厲聲罵道：「你們根本不配為人父母！是你們害小韻被惡人盯上的！小韻現在不想看到你們，你們還杵在這裡幹什麼？滾！」

花崇回憶一番，想起年輕男子叫甄勤，是「混混國中」洛城十一中的學生，是王湘美屍體的發現人，曾被陳廣孝誤認為凶手。

「和你有什麼關係？警察都沒說什麼了，你憑什麼不讓我們進去？」陳廣孝護著妻子，「我們才是最關心小韻的人！我們生了她、養了她！她是我們的家人，這輩子都要和我們一起生活的！你、你算什麼東西！」

何小苗捂著臉大哭，哭聲響徹整個走廊。幾名護士連忙趕去勸架，花崇也快步走過去。

甄勤又推了陳廣孝一把，喝道：「你以為我不知道你幹了什麼？你為了你家燒烤店的生意，把小韻的照片傳到網路上。傳了多少張，你有沒有數？你知道別有居心的人把小韻的照片轉載到哪裡去了嗎？啊？色情網站！還是兒童色情網站！我他媽都看到了！上面還有很多人要小韻的詳細資料！一些王八蛋已經到過你家的店了！你關心小韻嗎？你關心的只有你的錢！你把小韻當搖錢樹，當你們家的招牌，你有沒有問過她願不願意？」

「你放屁！」陳廣孝又憤怒又羞惱，與甄勤拉扯起來，「我是小韻的爸爸，我一把屎一把尿地將她養大，她媽懷胎十月把她生出來，我們指望她有出息，花錢讓她上課外興趣班，你知道那個班多貴嗎？我們不關心她，難道你還關心他？你這個不學無術的混混，你考不上大學，沒有前途，將來只能當民工！你離我女兒遠一點，我女兒……」

「爸！」陳韻帶著哭腔的聲音從病房裡傳出來，「你們能不能安靜一些？這裡是醫院，不是讓你們大吵大鬧的菜市場！甄勤哥哥不是混混，他是我的朋友！好朋友！你和媽媽不要侮辱他！」

走廊頓時安靜下來，一時間誰都沒有說話，誰都沒有動。

花崇停下腳步，忽然聽到陳韻哭了起來，像終於忍不住爆發一般，邊哭邊喊：「我不想天天去店裡端茶送餐！我不想陪那些叔叔、伯伯說話！他們拉我的手，還摸我的腿！他們親我的臉，還逼我坐在他們腿上！爸爸，你和媽媽都看不見嗎？我不信！我不信！我告訴過你們，你們為什麼不幫我？我也不想長大後去當明星！我想念書！我想交朋友！我不想被那些人摸來摸去！我又不是玩具！」

稚嫩的童聲讓所有人顫慄。

何小苗跪倒在地，失聲痛哭。甄勤一拳砸向陳廣孝的面門，紅著一雙眼，暴喝道：「你們就是這樣當爸媽的！你們配嗎？啊？你們連畜生都不如！你們把小韻當成什麼了？陪酒女郎嗎！你們這是犯罪！」

花崇頭皮發麻，雙手在不知不覺間已經捏成了拳頭。

有太多成年人只會生孩子，卻不會養育孩子。兒女對他們來說，不過是一個所有物罷了。陳韻因為長得漂亮、性格開朗，就被無知的父母放在店裡當客人們的「開心果」。那些叔叔伯伯們沒對陳韻做特別「過分」的事，只是摸摸她的手和腿，親親她的小臉而已，有什麼關係呢？何必去計較呢？有陳韻在，店裡的生意好，家裡的收入也翻了幾倍。

陳廣孝和何小苗一定對陳韻說過——爸爸媽媽這麼辛勤工作，還不是為了妳？妳聽話，陪叔叔伯伯們多聊天，把他們哄好，勸他們多喝酒、多點菜，我們家賺的錢將來還不是妳的？妳是爸爸媽媽的好女兒，我們愛妳都來不及了，怎麼會害妳呢？我們所做的一切，都是為了妳啊！

看，哄小孩子多麼容易，哄自己的女兒就更加容易了。

大約陳廣孝和何小苗根本不覺得自己做錯了，就像無數個把自家小孩露出私密處的照片，傳上社交平臺的家長。在他們心中，小孩是自己生的，自己做任何事都不會害小孩，自己傳照片是愛小孩的體現。小孩能有什麼隱私？小孩的命都是爸爸媽媽給的，讓爸爸媽媽秀一秀有什麼錯？

一句「我們是為了你好」，就掩蓋了千萬家長的失職，這種失職在某些時候甚至能被稱為「罪行」。

病房裡，陳韻還在哭。從旁人的描述中，花崇知道她是個很少哭泣的小女孩。也許她已經忍耐了很久，身在這種底層家庭，她必須比很多同齡人「懂事」，她必須壓抑自己的天性，努力為不富裕的家貢獻，讓整日操勞生計的父母輕鬆一點。

但再怎麼懂事，她也只是一個小女孩。在跟隨鄒媚過了幾日女孩該有的「富養」生活後，她終於撐不住了。再一次面對她的親生父母時，從她心底湧出來的只有怨恨與不滿，她甚至根本不想見到他們。

甄勤固執地擋在病房外，陳廣孝從地上爬起來，扶起妻子，繼續朝病房裡喊：「小韻，爸爸媽媽是為了妳好……」

花崇終於看不下去了，快步上前，冷冷地看了這對夫婦一眼，「陳韻是關鍵證人，安全目前由我們負責。」

陳廣孝不甘道：「我、我是他的父……」

「為人父母，難道不該在子女面前做好榜樣？」花崇說：「這裡是醫院，不要當著你們女兒的面大呼小叫，其他病人需要休息。你們的女兒，也需要休息。」

離開醫院時，花崇眉間緊鎖，全無輕鬆之態，想的全是情緒崩潰的陳韻、至今沒有悔悟的陳家家長、成千上萬個像陳家家長那樣的父母、數不清的像陳韻一樣的小孩，還有失蹤的鄒媚、將七氟烷賣給鄒媚的那些黑影。

上車後，他捂住上半張臉，頭隱隱作痛，連安全帶都忘了繫。

柳至秦看了一眼，本來想提醒，動作卻快過話語，直接傾身靠了過去。

並不寬敞的車廂裡，立即響起一聲俐落的「喀嚓」，是安全帶扣好的聲響。

花崇愣了，抬起眼皮，看著近在咫尺的柳至秦，眸底的光動了動，像在陽光下閃爍的湖水。

柳至秦已經坐好了，問：「回局裡？」

「嗯。」花崇輕輕吸了口氣，看向窗外，「鄒媚不像是自己逃走的。如果是自己逃走，她應該會留下很多可供我們追蹤的痕跡。但現在，所有公共監視器都捕捉不到她。」

「她被那些人帶走了。」柳至秦將車發動起來，「被那些賣七氟烷給她的人。」

花崇問：「那些人是什麼背景，你有沒有猜測？」

「我說我懷疑組織裡有內鬼，你信嗎？」柳至秦說。

花崇目光冷下來。

「我們一開始就在查七氟烷這條線，但到現在都一無所獲，甚至可以說是毫無頭緒。花隊，你覺得這正常嗎？」柳至秦的語氣很平靜，車也開得平穩如常，「如果不是有人向對方透露了什麼，我們不至於過了這麼久還一點蛛絲馬跡都發現不了。」

花崇沉默許久，沒有正面回答。

事實上，他的疑慮比柳至秦更深。當初第一次想到七氟烷可能來自恐怖組織時，他就近乎本能地不安起來，但他無法隨便找個人說出這種疑慮。

「這些人本事真大。」遇到了紅燈，車停在斑馬線外，柳至秦說：「光天化日下，讓一個被警方盯上的犯罪嫌疑人說失蹤就失蹤。他們大費周章，冒了這麼大的險，應該不是為了讓鄒媚『暫時』說不了話。」

花崇撐著額角，「如果我是賣七氟烷給鄒媚的人，我會讓她『永遠』說不了話。這才是最安全的。」

綠燈亮起，柳至秦踩下油門，「不過我還是想把她救出來，不僅是因為她的背後藏著一群人，更是因為像她這樣的殺人犯只有在法庭上被判死刑，落在她身上的死亡才有意義。」

花崇側過臉，看向柳至秦，「曲值也這麼說。」

柳至秦壓了壓唇角，「仇罕知道自己逃不了，所以選擇自殺。其實他那種情況，不一定會被判死刑。一邊是肯定死，一邊是不一定死，他為什麼要選擇前者？撇開一時衝動的原因，他其實是不敢直面審判。審判會給他定罪，最大程度為受害人家屬帶來安慰。我一直認為，讓一個殺人凶手以自殺，或者被更凶惡的人殺死——這兩種死亡沒有意義。因為它們不會為受害人、受害人家屬帶來公道，只會讓我們這些旁觀者感到爽快。大快人心這種事永遠不會發生在真正受到傷害的人身上，只有旁觀者而已。」

「我連爽快的感覺都沒有，只有越來越重的壓力。」花崇捏住眉心，片刻後甩了甩頭，「盡力吧，現在還沒有消息。沒有消息就是好消息，說不定鄒媚還沒死呢。」

重案刑警們將凶手送上法庭的希望最終落空。三天後，鄒媚的屍體被找到。

已經沒有一絲生機的她穿著最後一次出現在監視器裡的職業套裝。那是一套做工講究的女士西裝，完美地展現出她的身體線條。她曾在很多場合，穿著這身西裝周旋於男人們之中，自信優雅，侃侃而談。但現在昂貴的布料被汙血、屍水浸透，變得骯髒而難看，看起來和王佳妹批發店裡賣的任何一套低端女裝沒區別。而它包裹著的身體也不再曼妙，不再被無數雙貪婪的目光覬覦。

鄒媚就這麼死了，面朝下，躺在淤泥和汙水中。

她出身在淤泥裡，努力過，掙扎過，最終仍沒能做到「出淤泥而不染」。當死亡降臨的時候，她又回到了淤泥中。

這個世界上，真正出淤泥而不染的有幾人呢？

後日開端

莎城的春天是土黃色的，高遠的天空被沙塵覆蓋，投下陰沉灰暗的影子。

荒漠迷彩服上的灰塵總是洗不乾淨，本就是沙漠岩石的色彩，裹上一把沙一把土，汗流浹背的時候，人簡直可以與灰蒙黃褐的天地融為一體。

只有戰火與鮮血是明亮的。

火光在黑夜裡綿延，槍聲與爆炸聲震撼腳下的土地，帶著體溫的血從迷彩服中噴湧淌出，明明是最刺眼的色澤，卻將身下的砂石染成壓抑到極致的黑色。

大口徑狙擊步槍撕裂夜空的巨響幾乎將耳膜震破，聽力護具早已不見蹤影，短暫失聰的感覺就像突然被一股不可抗拒的力量甩出原來的世界，耳邊只剩令人頭痛欲裂的嗡鳴聲，指令、呼喊都聽不到了。

可是一個人虛弱的低喚卻那麼鮮明，好像一雙大手，狠狠將他拽了回去。

「花崇……花崇……」

他一顫，往聲音的來源狂奔而去。

風聲在耳邊呼嘯，劇痛從腿部傳來——那裡的肌肉不知道在什麼時候被撕裂了，血將肉與迷彩服黏在一起，他緊咬著牙，強忍住痛，恨自己無法跑得更快。

遲了，還是遲了。那個聲音越來越小，最後隱沒於帶著濃重血腥與硝煙味的狂風中，就如同那個人走到盡頭的生命。

他跪了下來，尖石戳在膝蓋上也全無察覺。

溫熱的液體從臉上淌過，他抬起滿是血與沙的手，重重抹了一把，而後像再也支撐不住一般俯下身去，顫抖的拳頭一下接一下地捶著粗糲的大地。

鮮血與眼淚彙集在一處，不知是眼淚稀釋了鮮血，還是鮮血淹沒了眼淚。

視野裡，是遮天蔽日的硝煙，還有像雨一般落下的沙。

花祟從真實的夢境中醒來，幾乎失焦的雙眼睜到最大，茫然地盯著黑暗中的一處，頭腦一片空白，直到意識漸漸歸籠。

冷汗滑過臉頰、脖頸，好似當年血的觸感。

他長吁了一口氣，雙手撐住額頭，掌心碰觸到眼皮，那裡熱得不正常，是流過淚的溫度。

可是眼角明明沒有淚。

大約是在夢裡慟哭過，現實裡的身軀亦會有反應。

片刻，他抬起頭，揚起脖頸，灼熱的雙眼緊閉，右手在胸口猛力捶了三下。

胸口不痛，頭卻痛得厲害。

他用力按了按太陽穴，沒有開燈，想喝點水，就在床頭櫃上摸索一通，才發現沒有水杯。

喉嚨乾澀難忍，就像含了滿嘴沙子。他不得不下床，往臥室外走去。

一個人生活久了，活得粗糙，從來沒有睡前在床邊放杯水的習慣，半夜醒來時口渴，就忍著繼續睡，實在忍不了才會勉為其難地爬起來，去客廳和廚房找能喝的水。

剛走出臥室，就踢到了一個軟綿綿的物體。低頭一看，是晚上剛從壁櫥裡拿出來的狗窩。二娃在徐戩那裡住了一陣子，馬上就要回來了。

他抬腳將狗窩撥開，繼續往廚房走。

向來空蕩蕩的冰箱被塞得半滿，有零食，也有能放一週左右的食材。冷藏室燈光明亮，他瞇起眼，適應了好一會兒才拿出一瓶冰鎮可樂，一口氣喝掉一半，然後蓋好扔了回去。

快清晨了，窗外還是漆黑一片。最近天氣變涼了，天也亮得晚，不看時間的話，還以為仍是深更半夜。

他沒有立即將冰箱門關上，留了一道巴掌寬的縫，靠在冰箱壁上出神。

已經沒有睡意了，但精神不太好，腦子也算不上清醒，頭還在痛，只是沒有剛醒來時那麼劇烈了。

頭痛是老毛病了。西北邊境的條件艱苦，任務繁重，壓力更是大到普通警察難以想像。那不是什麼工作、應酬、人際關係給予的壓力，而是來自生命本身的壓力。

生還是死，是每一次出任務時都會面臨的考驗。

回來這幾年，偶爾在面對極難攻破的重案時，他會有頭痛得快要炸開的感覺。陳爭、韓渠把他押去看過醫生，檢查結果一切正常。陳爭開玩笑說，你小子肯定是用腦過度了。他懶得爭辯，就當作是用腦過度好了。

但實際上，那是壓力太大時的心理反應。目睹過死亡，殺過人，險些被殺死，他對死亡比很多人敏感。而重案總是會涉及到稀奇古怪的死亡，那些受害者——無論該不該死，無論死得極其痛苦還是沒痛苦——都時常刺激著他的神經。

好在已經習慣了頭痛這老毛病。

他在冰箱邊靠了一會兒，關上冰箱門，往陽臺走去。

一連處理了三個案子，沒有工夫照顧家裡的花花草草，有幾盆已經死了。

以前和柳至秦開玩笑，說養花弄草比伺候寵物好，花草死了便死了，扔掉就好，寵物卻不行，死了還得擠幾滴眼淚，麻煩。

但現在，養了許久的花草真的死了，心裡還是有些捨不得。遺憾的是他對花草實在沒什麼研究，只知道去市場上買，問了名字也不用心記，回來就忘了，等到人家死了，都不知道人家是什麼科什麼屬，大名叫什麼。

「唉。」

歎了口氣，他彎下腰，將枯枝敗藤從花盆裡拔出來，扔進垃圾袋時還著實心痛了一把。接著幫倖存的植物澆水、灌營養劑，又把陽臺空著的地方好好打掃了一番。

做完這一切，天終於亮了，空氣乾爽清冽，有種秋天特有的蕭條感。

他伸了個懶腰，回到臥室。

晨光灑在飄窗上，超大號玩偶熊正樂呵呵地看著他。

記憶裡，那個十一歲小女孩的樣貌已經有些模糊了，他看不清她的樣子，只記得她被傷害後無助的眼神，以及康復後彎起的唇角。

她是不幸的，被一群未成年人渣肆意玩弄，身體雖然無恙，心靈卻蒙受了巨大的傷害。

但和一些小孩相比，她無疑是幸運的——她的父母對她照顧有加，她自己也夠堅強，已經從陰影中走了出來。

傷害給予她的是強大。

同樣是小女孩，王湘美、張丹丹、陳韻遠沒有她幸運。王湘美和張丹丹已經死了，身體或完好或慘遭蹂躪，從此都不再存在於這個世界上。凶手是否有受到應有的懲罰，對她們來說毫無意義，她們最後的記憶是疼痛、絕望、孤單，或許還有劊子手的臉。

至於陳韻……

陳韻比王湘美和張丹丹走運，在最後關頭被救了出來，還有可以期待的未來。但警察能救她，卻不一定能讓她「正常」地成長。

她得回到自己的家庭，陳廣孝和何小苗也許會認識到自己的錯誤，也許不能，到最後，生活又會回到原來的軌道。

家庭給人的影響巨大且不可抹滅，一些富有且理性的父母，每逢週末都會帶著孩子駕車出遊，在途中講述各種有趣的故事，以身作則，收拾掉落的垃圾。而陳廣孝則會牽著陳韻擠上人滿為患的公車，為了擠開老人，搶到一個座位高興地歡呼，似乎搶到一個座位就是天大的好事。

兩種截然不同的生活環境，兩種截然不同的父母，教出來的小孩怎麼可能會擁有相同的品行與視野？

陳韻救回來了，但陳韻的將來是什麼樣子，沒人說得清楚。

在重案組待得越久，這種落差感就越大。

重案刑警確實能做到很多人做不了的事——偵破多年未破的重大命案，抓住喪心病狂的連環殺手，解救命懸一線的受害者。但實際上，凡是需要重案組出手的案子，不可挽回的傷害都已經造成了。在未來，那些傷害對相關人士造成的影響，並不會因為命案告破而消弭。

說到底，警察不是神通廣大的拯救者，卻必須時刻扮演拯救者的角色。

花崇抖開被子，疊好。

疊被子的習慣是支援反恐任務的那兩年養成的。和邊防部隊一同生活，戰士怎麼做，他也有學有樣，回來後也懶得改。雖然家裡的被子太鬆軟，無法疊成豆腐塊，但也要疊一疊，因為鬆散地鋪在床上總感覺不對勁。

時間不早了，社區裡傳來車子的聲響。花崇這才打開家裡的燈，拿出幾個雞蛋，準備做早餐。

一會兒柳至秦會來，一起吃早餐，然後出門。

今天是說好「賠毛衣」的日子，他毛毛躁躁地洗壞了柳至秦的毛衣外套，不賠一件說不過去。洗壞的毛衣已經是他的了，貼身穿著很舒服，沒有刺人的感覺，絨絨的，軟軟的，不知是不是心理作用，他老是覺得比正經八百的居家服還舒服。

油煙從煎鍋裡騰起，「呲呲」的聲響在清晨格外響亮。他將打好的蛋倒進去，迅速向後退了一步。

上次柳至秦站在一旁看他煎蛋，笑說：「你的動作也太俐落了。」

「油濺到手上會痛啊。」他握著鍋鏟，小心翼翼地翻著蛋。

「我來。」柳至秦靠近，將鍋鏟拿過去，站在灶台旁，一邊煎一邊吩咐道：「幫我洗兩個盤子。」鍋鏟能握的地方就那一塊，他的手被柳至秦碰到了，恰好一滴油濺起來，落在他手背上。

燙！

他摸著被油濺到的地方，卻發覺灼熱感是從另一個地方傳來的。

取出盤子後，他順便沖了沖手。甩水的動作太大，有幾滴水灑進了鍋裡，熱油與水相遇，濺得激烈，柳至秦連忙避開，仍被油濺了好幾下，手背迅速變紅。

「噯……」花崇立即擰開水龍頭，「我的錯我的錯，快來沖！」

鍋裡的油還在劈哩啪啦地濺著，那聲音和水池裡的嘩啦水聲重疊，分明有些吵鬧，卻完全不讓人心煩。

柳至秦邊沖邊笑，「和你一起待在廚房，風險比我想像的還大。」

呲呲聲將花崇從回憶拉回現實。滿屋油香與蛋香，走神的這幾秒，蛋的一面被煎焦了，他拿鍋鏟戳了兩下，見沒有焦得特別嚴重，便夾起來盛在碗裡，繼續煎剩下的。

煎最後一個雞蛋時，外面傳來敲門聲，不急也不響，一聽就是柳至秦的風格。

「來了！」

他關掉火，踩著拖鞋跑到客廳，一邊開門一邊找出拖鞋。

可門開了，站在外面的卻不是柳至秦，物業管理員小王笑嘻嘻地搖著ＱＲ碼：「我來收這季的管理費。」

花崇回家裡拿手機，掃完之後問：「怎麼這麼早？」

「不早了，這都過好幾天了。」

「我是說你們怎麼這麼早就工作了？」

「唉，沒辦法啊。你們個個早出晚歸的，白天根本找不到人，大晚上也不回來，只有早上家裡才有人。」

花崇繳完費，關門時瞄到小王去敲對面的門了。

一早見到的不是柳至秦，居然有點失望。

◆

此時，柳至秦正坐在工作檯旁，單手撐在額前，眼神沉沉地盯著電腦螢幕。

就在剛才，他親自編寫的防禦系統發出警報——有人正在入侵。他立即警覺起來，啟動了數個追蹤、破譯程式，可對方只是匆匆留下一條訊息：你認識林驍飛？

是那個駭客！小歡，傅許歡！

柳至秦馬上反應過來，迅速回應，對方卻再也沒有動靜，而追蹤程式很快就發回回饋——已抓取到入侵者IP。

柳至秦看了看IP地址，皺起眉，心跳漸漸加速。

傅許歡回國了，此時此刻居然正在宗省澤城！

但最讓他驚訝的，並不是傅許歡突然回國，而是對方輕而易舉地暴露了真實IP。

他曾在網路上追蹤過傅許歡兩次，此後一直密切注意著對方的動向，但都一無所獲。他非常清楚這個年輕男人在反追蹤方面的能耐。可現在，傅許歡卻直接將位置分享給他。

這只有一種解釋，傅許歡看到了《永夜閃耀處》封面上「風飛78」旁邊的「小歡」，所以他冒著被抓捕的風險回國，一定是想知道自己的名字為什麼會和林驍飛的筆名並列在一起。

那封信，傅許歡是否已經拿到了？

眼底映著螢幕的光，柳至秦發覺自己有些矛盾。

案子早已移交給特別行動隊，不歸洛城市局管了，現在傅許歡突然出現在當年與林驍飛一同生活過的地方，是控制住他的最佳機會。該通知沈尋嗎？還是當作什麼都不知道？

他閉上眼，太陽穴一刻不停地跳著。

突然，放在桌上的手機響了，「花崇」兩個字閃閃發亮。

心臟驀地輕了一下，緊皺著的眉悄悄鬆開，他接起電話，還來不及出聲，就聽到熟悉的聲音。

『起來沒？』花崇問。

他站起來，走向窗邊，虛眼迎著窗外的光，「起來了。」

『那就趕緊過來。我蛋都煎好了，涼了不好吃。』

「又煎了蛋？」

『吃膩了啊？我只會做這個。』

「沒有。」他笑道：「你不是怕油嗎？」

『怕油也得煎啊，不然吃什麼？』

他想了想花崇煎蛋時的樣子，心裡不由得輕鬆許多，「好，等我幾分鐘，我馬上來。」

掛斷電話，他又看了電腦一眼，然後在手機上找到一個號碼，撥了過去。

沈尋的聲音帶著濃重的睡意，一聽就是還在睡。

「傅許歡在澤城。」柳至秦說：「消息我告訴你了，接下來該怎麼做，你們特別行動隊自己決定。」

即便是在睡夢中被吵醒，沈尋也保持著平日的風度，連驚訝都是恰好到處的。

柳至秦沒有直白地問「你想怎麼做？」——他以為沈尋就算不說，自己也能從對方的語氣裡聽出方向。

然而狡猾的狐狸只跟他說：『謝謝，知道了。』

倒是隱約聽到了樂然在一旁喊：『我靠！真的假的？』

結束通話，他略感無語地撿起掉在地上的毛毯，收拾完畢後關門下樓。

「傅許歡回來了？」

花崇的反應都比沈尋大，停下將煎蛋塞進蕎麥饅頭的動作。

「我不知道他為什麼要聯繫我。」柳至秦拿著一個夾好煎蛋的饅頭，「他回來得半點動靜都沒有，特別行動隊手頭上的案子多不勝數，可能根本沒有注意到他的行蹤。他回來肯定是因為書上的署名，《永夜閃耀處》上為什麼會有他的名字，他向林驍飛的母親一打聽便知。但他故意聯繫我，還直接把IP暴露給我，這是想幹什麼？」

「他可能已經看到林驍飛留給他的信了。」花崇歎了口氣，「得知林驍飛沒有被網路暴力擊潰，只是輸給了疾病，不知道他是什麼心情。」

「他想自首？」柳至秦說。

「他也許還在猶豫，不過自首對他來說可能是一種解脫。」花崇終於夾好了自己的饅頭煎蛋，咬一口，眼睛亮了，「煎得不錯，熟度適中，上次太老了。」

「上次你也這麼說。」柳至秦笑，「上次你說上上次太嫩了，上上次你又說上上上次太老了。」

「停停停！」花崇連忙打斷他，「你的意思是，其實我每次都煎得特別糟糕，然後貶低過去的自己，表揚現在的自己？」

「我是說你一直都煎得很好，但是提到過去的自己時，總要自謙一番。」

花崇眨了眨眼，頓覺自己被撩得不輕。

他咳了兩聲，別過眼，「剛才說到哪裡了？沈尋他們會怎麼處理這件事？」

「還真不好處理。」柳至秦搖頭，「傅許歡沒有殺人，他只是教唆殺人，凶手不是他，取證非常困難，他的身分也很特殊。」

「沈隊沒跟你透露一點什麼？」

「他？精得很，套不出話來。」

「那過陣子看看通報就知道了。」花崇幾下就啃完饅頭，「反正不是我們管得到的事。」

柳至秦點點頭，目光落在扔在沙發旁的毛衣上。

花崇順著他的視線看去，也看到了毛衣，「快吃，先去接二娃回家，然後去幫你買衣服。」

「真的要賠啊？」

「嘖，這不是廢話嗎？難得休息，錯過這村就沒這店了。鄒媚的案子雖然移交給省廳了，但是後續說不定還需要我們配合，清閒不了幾天。」

聽花崇提到鄒媚，柳至秦的眉心蹙了一下。

那天在城郊發現鄒媚的屍體時，所有人都很沮喪。七氟烷販賣管道的線索因為她的死而斷得乾乾淨淨，王湘美的父母永遠等不到她被判刑的那一天。

她的後心被一枚口徑5.8mm的子彈打穿，身上沒有別的傷痕。不知道是因為涉槍還是其他什麼原因，案件由省廳接管。陳爭罕見地沒有爭取什麼，只是拍了拍花崇的肩，輕聲道：「也好，這段時間大家都很累了，再查下去，我估計你們個個都要透支了。好好休息一下，給我養足精神再回來。」

休息日聊案子未免煞風景，柳至秦拋開腦中的團團疑問，「我吃飽了。」

「那你幫我收拾一下。」花崇指了指桌上的碗盤，「我去換身衣服。」

這番話說得挺自然，回味起來才覺得太不客氣了。

花崇換了身機車裝，在鏡子前愣著，越想越覺得耳朵發燙。

柳至秦收拾完桌子，洗好碗，見到臥室半天沒動靜便喊道：「花隊？」

「啊？」

花崇回過神，拍了拍自己的額頭，推門而出的瞬間就與柳至秦的目光撞上。

「你……」柳至秦不經意地挑起一邊眉毛，不確定地道：「今天坐我的車？」

他的車是摩托車。

「要接二娃，怎麼坐你的車？」花崇說：「開我的車啊。」

「那你穿成這樣？」

「這樣怎麼了？」

花崇低頭看了看。這套衣服是去年特警分隊的幾個老弟兄送的生日禮物，據說是從哪裡代購來的，價格不低。他試了一次就放在櫃子裡，這還是頭一次穿著出門。

看小柳哥的表情，難道是不好看？

不會啊。他半展開手臂，瞅了半天，自我感覺還不錯。

「第一次看你穿成這樣。」柳至秦笑，「挺新鮮。」

「帥嗎？」花崇扯了扯衣領。

「帥。」柳至秦說著，一豎拇指。

「那就行。」花崇鬆一口氣，將鑰匙、手機、錢包統統往搭配這身衣服的背包裡扔，「走嘍。」

「要不然我們還是騎摩托車？」去車庫的路上，柳至秦建議道。

「你在前面騎，我在後面抱著二娃？」花崇可不願意，「那不行，二娃的膽子那麼小，這陣子又被徐戡餵成了豬，我抱不住牠。」

「不是。」柳至秦解釋說：「我們先開車去接牠，然後再騎摩托車去買……去賠衣服。」

「你也有機車裝？」

「當然有。」

花崇笑了，「不早說！」

兩小時後，終於回到家的二娃興沖沖地叼起牽引繩，以為主人要帶牠出去散步，花崇卻只是蹲下來，大力揉了揉牠的腦袋，「乖，好好看家，不准啃陽臺上的花。」

◆

洛城人氣最旺的購物中心在南邊的洛安區，而花崇和柳至秦住的畫景在北邊長陸區，兩地之間隔了接近二十公里，跑一趟得花不少時間。

其實長陸區也有兩個購物中心，雖然比不上明洛區的，但是也夠兩個男人逛一逛，買幾件秋冬季節的衣服了。

但這些事，兩人誰都沒提。

以前地鐵沒修好的時候，從長陸區到洛安區，最快捷的方式是開車上繞城公路。雖然這條線會繞很大一圈，但基本上不會被堵在路上。如今有了地鐵，最便捷省時的自然是地鐵，二十幾分鐘就到了，也許還有位置坐。

可這些事，兩人也都沒提。

正常工作日的上午，早高峰已經過去，繞城公路上的車輛稀少，暢通無阻。

一輛摩托車迎著秋日的涼風疾馳，兩個穿著相似機車裝的男人一前一後騎在摩托車上，頭盔擋住了他們的臉，但單看那一身酷炫的裝扮就相當引人注目。

花崇扶著柳至秦的腰，掌心寸寸發熱，呼吸間是機車裝特有的淺淡氣味。他吸了吸氣，感到身子有點僵硬。

第一次坐柳至秦的後座時，他不好意思抱柳至秦，雙手沒地方放，只好撐在後面。那個姿勢太不舒服了，雖然他的平衡感非常出眾，在特警分隊時特別進行過「浪板」平衡訓練，但坐久了也覺得彆扭。

後來是怎麼抱住柳至秦的？已經記不清了，只知道坐過幾次後，騎上摩托車就摟腰已經成了習慣動作。

可是明明已經習慣了，身體還是會繃緊。身體一繃緊，手臂就會不自覺地用力。

畢竟心裡有鬼，要跟別人裝淡定很容易，要向自己裝淡定卻很難。

正心猿意馬時，忽聽到柳至秦喊：「花隊。」

花崇一怔，手臂本能地收緊，「啊？」

柳至秦笑：「在想什麼？」

沒想到是這個問題，花崇視線一轉，看向繞城公路外，「沒想什麼，無聊四處看看。」

「那你放鬆一點。」

「放鬆一點？放鬆什麼？」

「手。」柳至秦空出一隻手，在花崇的手背上拍了拍，「你越抓越緊，我還以為你想到什麼了，要跟我分享。」

花崇低頭一看，柳至秦的外套已經被自己勒出了一道可笑的痕跡，於是他連忙鬆開手，心念電轉，大剌剌地推託，「你剛才騎太快了，還左右拐來拐去，所以我只是條件反射，下意識地一勒，沒勒痛你吧？」

柳至秦騎車開車都很穩，雖然有時速度太快，但從來沒做過「拐來拐去」這種沒素質、沒道德的事。在大馬路上「拐來拐去」的人多半腦子不太好，高手炫技都不是這種炫法的。

柳至秦頓時覺得自己很冤。

花崇拍了拍他的肩，又「教育」道：「騎慢一些，好歹是警察，要以身作則、遵守交通規則，對吧？」

不對。柳至秦心想，我又沒超速，嘴上卻只是「嗯」了一聲。

花崇鬆一口氣，又低頭看了看，想起自己不是頭一回勒到柳至秦的腰了。「勒腰」好像已經成了一種改不掉的習慣，扶著扶著就會加大力氣，有時勒一會兒就會鬆開，有時會越勒越起勁，比如剛才。

這麼一想，耳根就有點發燙，得說點什麼，把這件事帶過去。

下了繞城公路，花崇說：「小柳哥，跟你商量一下。」

「嗯？」柳至秦一瞥後視鏡，「怎麼了？」

「回程讓我騎。你經常開我的車，我還沒騎過你的摩托車呢。」

「好啊，不過你騎得慣嗎？」

「嘖，我連馬都騎過。」

「……」

「不信啊？」

柳至秦覺得好笑，「不是，騎馬和騎摩托車有什麼邏輯上的聯繫嗎？摩托車又不是馬……」

「我的意思是，我騎得慣馬，肯定也騎得慣摩托車。而且我有駕照，只是很久沒騎了。」

柳至秦還是覺得無語——重案組的老大在分析命案時邏輯無懈可擊，每一個看似天馬行空的猜想都基於並落腳於現實，但在日常生活中卻時常語出驚人，說出幾乎沒前後關聯的話。

這要不是把邏輯推理的本事全用在案子上了，就是平時懶得多動腦子。

柳至秦相信是後面那種情況。

花崇突然在他腰側一拍，「說定了啊，回程讓我騎，你坐後面。」

大概是受到花崇「懶得動腦子」的影響，柳至秦脫口說出：「那我的手也抱住你的腰？」

花崇唇角一抖，剛才還在發燙的耳根突然有點癢，「抱……抱啊……」

柳至秦解釋道：「我沒搭過別人的摩托車，不太習慣坐後面，手不知道要往哪裡放。」

沒事，一回生二回熟——花崇把嘴邊的話咽下去，改口道：「我以前也沒怎麼搭過摩托車。」

除了你，好像沒勒過別人的腰。

下了繞城公路後，沿途的車輛明顯多了起來，柳至秦放慢速度，品味著花崇的話，心裡有種難以言喻的悸動。

花崇說：「有人在拍我們。」

柳至秦往旁邊瞄了一眼，只見一支手機從一輛計程車上伸了出來，鏡頭直對著兩人。

「是個小女生。」柳至秦說：「估計是覺得我們的這身行頭很酷。」

「何止是酷。」花崇哼了一聲，「先是帥，再是酷。」

柳至秦沒繼續往鏡頭的方向看，「你不說，我都沒發現她在拍我們。花隊，你這觀察力也是厲害了。」

「小意思，我當特警時……」花崇說到一半打住，語氣稍有改變，「算了，不提以前。」

「當特警的時候怎麼了？」柳至秦問。

「好漢不提當年勇。」

「這有什麼不能提的？」

花崇擺出長官的架子，「怕你們說我老是拿過去的事逞威風。」

聊到這裡，目的地到了。柳至秦沒有繼續問，找了個地方停好車，一摘下頭盔，就聽到一聲響亮的口哨。

循聲望去，吹口哨的居然是個身材高挑，打扮時髦的妹子。

「她在對你吹口哨還是對我？」花崇問。

柳至秦想了想，「對我們兩個吧？」

花崇掰過後視鏡照了照，「確實有點招搖，不像老實的人民警察。」

「老實這種詞真的不適合你。」

「怎麼不適合？」

「你不這樣穿也不老實啊。」

「我覺得我還挺老實的。」

「放過老實吧。」柳至秦將包包掛在一邊肩上，笑：「打算賠我一件什麼衣服？」

「隨便你挑。」花崇說：「傾家蕩產都賠給你。」

洛安區的泓岸購物中心由數個大型商場構成，節假日客人眾多，稱得上人滿為患，工作日的上午竟然也有很多人，而且基本上都是年輕人。

在中庭迎接著數不清的目光，花崇默默翻出墨鏡戴上，「怎麼這麼多人？大家都不用上班上學的嗎？」

「現在自由職業者多，一些行業也不流行朝九晚五。」柳至秦說：「至於學生，大學翹課多容易。」

「我上警校時，翹課想都別想。」

「警校不一樣啊。」

花崇開玩笑道：「喲，你歧視警校？」

「明明是誇讚警校的學生遵守紀律、素質高。」

花崇不客氣地笑了兩聲，往前面的人群指了指，「你知道我一看到這麼多人，就會想到什麼嗎？」

「分析他們是幹什麼的，從衣著和說話內容辨別他們的家庭背景？」

「……那也太變態了。」

柳至秦笑：「這不是刑警的基本功嗎？我以為你難得休息一天，出來還本能地進入了工作狀態。」

花崇捏了捏鼻翼，沒有否認，「也算是進入工作狀態了吧——我是在想，如果具有反社會人格的人在這種地方襲擊群眾，會造成多大的傷亡、最佳疏散路線是哪一條、從哪裡可以擊斃凶手。」

柳至秦無奈：「花隊……」

「可能是職業病了。」花崇挑著眉梢，「人流量越大的地方，越容易成為目標。我一到購物中心、火車站、長途汽車站之類的地方，就會忍不住看地形和周圍的建築位置。」

柳至秦看了看花崇的側臉，不得不說，此時的花崇雖然一身機車裝，似乎完全沒有警察的樣子，但那種認真的神情仍給人一種極其可靠的感覺。

這種可靠，可以用迷人來形容。

柳至秦輕輕歎了口氣，溫聲提醒：「不過花隊，你今天是來賠我衣服的。」

花崇眼角勾起，笑道：「沒忘沒忘，現在就去。」

男裝店的新款冬裝琳琅滿目，套在一百八十幾的模特兒身上，各有各的帥。花崇到了室內就不好意思再戴墨鏡了，摘下來掛在胸前，和柳至秦每進一間店，都會引來店裡客人的目光。

柳至秦沒主動挑衣服，一副「哪件都行」的模樣，倒是花崇興致勃勃，不斷從貨架上取下衣服，在柳至秦面前比來比去，有中意的就讓柳至秦去試衣間換。

柳至秦的個子高，身材也好，隨便哪件衣服都撐得起來，每次從試衣間出來，花崇都覺得自己的心跳又加速了。

「這件怎麼樣？」

柳至秦站在鏡子前，身上是一件長款毛衣外套，和被洗壞的那件不是同一個風格，但材質摸起來差不多。

花崇其實更想買之前試過的一件風衣，但這件看起來也很合適。到底是底子好，穿什麼都有派頭。

「就要這件？」柳至秦又問。

花崇退後幾步，托著下巴又觀察了一會兒，「我看到別人穿這種衣服都會把腳踝露出來，你這條褲子太長了。」

柳至秦低頭一看，確實太長了，整體感覺有點土。不過這件褲子也就是搭配衣服試一試而已，家裡有的是九分褲。

正想說「沒事，反正又不買這條褲子」，就見到花崇走過來蹲下。

「花隊？」

「別動。」花崇說：「把褲管挽起來看看。」

柳至秦看著花崇的頭頂，心口開始陣陣發熱。

半分鐘後，花崇滿意地站起來，看著自己的傑作，笑道：「這還差不多，就要這件了。」

柳至秦一時沒有動作，甚至沒有反應。被花崇指尖碰到的腳踝又癢又麻，血液仿佛都往那裡彙集而去，傳達著心臟的鼓動。

「小柳哥？」花崇晃了晃手，好笑道：「噯，你這樣很像希臘神話裡的那個什麼荷花。」

柳至秦堪堪回過神，「荷花？」

「就那個……」花崇想了想，「就那個被自己在水中的倒影迷倒的荷花。你剛才的表情就和他差不多，該不會是被鏡子裡的自己迷住了吧？」

柳至秦：「那是水仙，不是荷花。」

「反正都是花。」

「……」

速戰速決，剛過中午，花崇就完成了賠衣服的任務。

購物中心的餐飲店眾多，柳至秦找了一家不用排隊的雲南菜館。花崇對吃的完全不挑，貴的、便宜的、口味重的、清淡的，基本上什麼都能吃。用他的話說，就是警察不能挑食，有得吃時就要儘量多吃、吃飽，不然任務一來，忙得日夜顛倒，想吃可能都吃不到了。

但花食神也有認栽的一天，栽的還是自己點的小米辣木瓜酸湯魚。

這家雲南菜館用的食材太正宗了，酸是真的酸，辣是真的辣。花崇不信邪地喝了一口湯，頓時眼淚都下來了。

柳至秦連忙幫他倒了冰鎮甜豆漿，一杯下肚，眼睛還是紅的。

「我靠！舌頭都酸掉了！」

說話間，他卻又拿起筷子，在盛酸湯魚的盤子裡夾起一塊魚片。

柳至秦：「還吃？」

「都點了，不吃浪費。」花崇的額頭上滲出一片薄汗，迎著餐桌上方的暖光，看上去亮晶晶的。

柳至秦眸光輕輕一動，像有什麼從眼底滑過。

他多次見過別人額頭上的汗——幾乎每一個嫌疑人、案件相關者在面對警察時，都會緊張得出汗，他不至於嫌惡，但也不可能喜歡。可此時看到花崇額上的汗，心中居然有幾分歡喜，腦海裡接連蹦出幾個詞。

有趣，好玩，可愛。

想到「可愛」時，他呼吸一滯，連同手指都顫了一下。

花崇那令人髮指的觀察力又起作用了，抬眼道：「你抖什麼？怎麼不吃了？」

柳至秦夾了一塊泰式烤肉，掩蓋剛才的心動，「這就吃。」

下午，購物中心裡人更多了。花崇本來想順便買一些捲筒衛生紙、垃圾袋等日常必需品，一想到是騎摩托車來的，等等還得騎回去，只得作罷。

時間不早不晚，回去嫌早，繼續逛的話好像也沒什麼好逛的了。

柳至秦提議：「要不然我們找個地方，你先練一練騎摩托車？」

花崇眼睛一亮，「我記得洛安區的繞城公路外有一塊地，經常有人在那裡炫技。」

「你也知道？」柳至秦抬眉。

「嘖，我知道的可多了。走吧，我們今天穿這一身出來，別浪費了不是嗎？」

花崇所說的地方是一段沿河公路，本來是正經八百的濱江路，但規畫出了問題，成了不能正常通行的爛尾路。這倒便宜了玩滑板、玩摩托車、搞燒烤的年輕人，從傍晚到深夜，這裡都聚集著一幫奇裝異服的人。

白天倒是沒什麼人。

柳至秦本來想教一下花崇，但花崇不肯，腿一跨就騎上去了，有模有樣的，完全沒有許久沒騎的生疏，的確如他自己所說——騎得慣馬，還能騎不慣摩托車嗎？

柳至秦只能提著購物袋在一旁看，看著看著，唇角就彎了起來。

沿河公路空空蕩蕩的，摩托車的轟鳴聲格外響亮，花崇騎了幾圈來回，停下來前還故意將前輪揚了起來。

「這是懸崖勒馬嗎？」柳至秦笑著走上去。

花崇對他抬了抬下巴，「怎麼樣？我技術不差吧？」

「比我想像的好。」

「那你炫個技給我看看。」花崇從摩托車上下來，摘下頭盔，拿過購物袋，「平時都沒見你炫過技。」

柳至秦坐上去，位置上還有花崇留下的體溫。

引擎再次轟鳴作響，摩托車筆直地飆出去，像流星一般向前衝。

花崇吹起口哨，響亮得超過了車輪擦過地面的聲響，柳至秦瞇起眼，竟感覺到一陣熱血沸騰。

但一趟下來，花崇居然對他潑了一盆冷水。

這個剛才還在吹口哨喝彩的男人撐著下巴，皺著眉說：「你怎麼不炫個技呢？」

我炫了啊……柳至秦心想，上眼皮不停地跳，在你眼裡不夠格嗎？

花崇抬起雙手，左右晃了晃身子，「你怎麼不這樣？」

「這樣？」

「就是左晃右晃飆曲線啊。」

「……」

「不會？」

柳至秦無語，想說「左晃右晃」真的不叫炫技，又不想打擊花崇。畢竟花崇的眼睛非常亮，大概是真的想看他「左晃右晃」。

那就晃吧。

柳至秦再次出發，最開始還是飆了直線，然後就如花崇所願，開始傾斜車身，賣力表演。身後口哨聲不斷，一聽就知道花崇看得很開心。

柳至秦有點無奈，但胸口那一塊似乎相當受用，表現在動作上就是越晃越起勁。

簡直著魔了。

幾趟技炫下來，出了一身汗，等江風把汗吹乾，時間也差不多了。兩人得趕在晚上高峰之前回去，不然即便是走繞城公路，仍舊能塞得人心裡窩火。

「來來來，今天我當司機。」花崇坐在前面，拍了拍自己的腰，「來，勒著。」

柳至秦坐上去，一手抱著購物袋，一手扶在他腰上。

手與腰接觸到的一瞬，即便隔著衣服，兩人還是同時僵了一下。

花崇清清嗓子，摩托車拉出一道響亮的嘯聲，「走嘍！」

以前每一次騎摩托車，柳至秦都坐在前面，這還是他頭一回在後面扶住花崇的腰，手掌有種麻麻的感覺，想要抱得更緊，又擔心一個不小心就越了界。

秋天的風乾燥冰涼，刮在手上像針在刺一樣，他盯著花崇的後頸，越發覺得口乾舌燥。

「花隊。」

「嗯？」

「慢一點，再快就超速了。」

「喔。」花崇放慢速度，肩膀動了動，突然說：「趁還沒上繞城公路，你說我要不要晃一下？就像你剛才那樣？」

柳至秦額角一跳，「別了吧，等等把我甩出去。」

花崇笑，「不相信我啊？」

「你在前面抓著把手，我只能抱著你的腰。」柳至秦說：「不穩。」

「那你抱緊不就穩了？」

風從耳邊吹過，花崇眉心直跳，心裡罵道：你在胡說什麼？

柳至秦的喉嚨更乾澀了，身子往前靠，卻不至於貼在花崇背上，手臂象徵性地略一收緊，「抱緊了。」

「算了，不晃了。」花崇說：「人民警察不能在通車的大馬路上左晃右晃，沒素質。坐好了，再拐一個彎，就上繞城公路了。」

這時，一輛裝載著大量建築鋼材的中型貨車在彎道另一邊的馬路上飛速疾馳。這一段路遠離繁華地帶，屬於洛城開發不久的科技新區，馬路平整開闊，車輛很少，一些交通號誌燈形同虛設——

司機們覺得，斑馬線上又沒有行人，我趕時間，紅燈不闖白不闖。
貨車從斑馬線上飆過，高清攝影鏡頭捕捉到駕駛座上的人那木然無光的眼神。
他似乎根本不知道自己在幹什麼，如中邪一般握著方向盤，踩死油門。
彎道阻攔了視線，花崇根本不知道危險正在靠近。腰上的觸感十分鮮明，他抿起唇，心臟怦通直跳，不知道是不是腎上腺素飆升的緣故，他加快了車速，往轉彎處衝去。
還是柳至秦適時地提醒，「過彎不能加速，小心有車和行人。」
花崇點頭，又慢了下來。
貨車發出的聲響從轉彎處傳來，花崇知道有車來了，集中注意力，準備避讓。然而，貨車竟在轉彎的一刻再次提速，如炮彈一般轟了過來。
「小心！」柳至秦喝道。
花崇瞳孔一縮，肌肉寸寸繃緊，慌忙避閃。但貨車就像是故意撞上來一樣，逆向飛馳！
腰突然被狠狠抱住，花崇冷汗直下，近乎本能地猛一打彎，車輪在地面滑出刺耳的尖嘯，摩托車如失控般飛向另一邊車道。他感覺自己被甩了出去，一同被甩出去的還有柳至秦。
瞬息間，身體騰空，撞向地面，頭重重砸上路邊的鋼化擋板。
呼吸裡突然有了血的味道。
而在摩托車飛出原本車道的一刻，貨車以極限速度從那裡瘋狂地碾壓而過。
撞擊帶來令人暈眩的痛感，花崇的意識模糊，兩眼難以對焦。
就在他右臂掙扎著撐住地面的時候，一聲震耳欲聾的巨響從身後傳來。

——哐！

番外　平行世界　其三

夏末，暑氣卻更灼人。花崇出發前特意換了凸顯成熟感的長袖襯衫和西裝褲，去洛城機場的路上，就熱得想換成短袖T恤。但他到底沒這麼做，一來這是他調到特別行動隊的第一天，下午得去報到；二來……柳至秦會來接他。他自問算是柳至秦的半個哥哥，柳至秦比他高，他再不從著裝上壓壓柳至秦，就要變成弟弟了。

柳至秦和安岷這兩個名字，他更習慣叫柳至秦、小柳哥，這似乎成了他們之間的一個暗號。那天在鴿子餐廳，他和柳至秦加了聯繫方式，之後雖然再也沒見面，但在手機上可沒少聊。柳至秦不知道是不是惦記著安擇的任務，隔三差五就跟他說特別行動隊的事。刑偵隊抓了個變態連環殺人狂、特警隊搗毀國際販毒集團、訊息戰小組在網路上打了一場沒有硝煙的仗……這些都吸引著他，可吸引他的不止這些。

當他選擇特別行動隊時，就等於放棄在洛城安家，他會在首都築一個家。計畫被打亂，他不得不重新考慮這個家裡會有什麼。

柳至秦傳了單身公寓給他看，雖說只是小公寓，但是看起來並不擁擠，設施齊備，不覺得狹窄壓抑。在將來一段時間裡，他也會住進這樣的公寓，暫且就把公寓當成家。

反恐特警們離開了莎城，回到各自的城市，有意願的陸續去首都報到了。安擇半個月前已經去了，花崇在洛城還有工作要處理，所以拖到了今天。

連花崇自己都覺得奇怪的是，分開的這段時間，他和柳至秦的聯繫，比他和安擇的聯繫還要多。

他和安擇都不是喜歡在手機上聊天的人，真的有什麼事會打電話。他將這歸因於柳至秦年紀小，什麼小事都愛跟哥哥彙報，而他還挺喜歡聽柳至秦彙報的。

今天報到這件事，他都沒跟安擇說，但一週前就跟柳至秦說了。柳至秦提前幫他選了公寓樓層，鑰匙也拿了，大前天說請人打掃乾淨了，拎包即可住，前天又說買了一些生活用品過去，洗髮精是柑橘味道的，昨天說放了一些小玩意兒，仙人掌、靠墊之類的。

要是換個人，他肯定不肯。他國中就離家自己生活，習慣了獨立，早早築起一道屏障，不需要人幫他打點這些事。而且搬家瑣事真的很麻煩，柳至秦做了，他就欠柳至秦人情。

但他破天荒地沒有覺得不好，柳至秦怎麼布置他的新窩，他都覺得順眼，樂呵呵地發紅包過去。柳至秦不收，他就暗暗決定今後要多請柳至秦吃飯，去柳至秦那裡串門子的話，也買點生活用品過去。

對了，他們的公寓離得很近，兩棟樓靠著，隔著一條小花廊相望。柳至秦站在他的陽臺上拍照，說看得見自己家的臥室。

『你以後會不會站在這裡看我睡覺？』

他取笑，『誰愛看你睡覺啊！』

等行李箱時，花崇滑著聊天記錄，「小柳哥」基本上被手動置頂了，他從來不曾在微信上跟人聊那麼多。

這時，新的訊息來了。

『我在出口等你。』

花崇眼尾彎了一下，『好，等行李，馬上出來。』

「花隊！」柳至秦遠遠就看見了花崇。

幾個月而已，花崇覺得柳至秦又有點不一樣了。在莎城吃那頓飯時，他們都穿著制服，這次柳至秦穿的卻是襯衫、西裝褲——和他一樣。他們這樣站在一起，哪裡像一起戰鬥過的隊友？簡直像一對商務人士。

花崇沒忍住，低頭笑了聲。

柳至秦：「嗯？」

花崇：「你怎麼裝成熟？」

柳至秦也打量了花崇，頭髮稍長了一些，看得出來用心打理過，襯衫紐釦扣得規規矩矩，還打了領帶。即便如此，在他眼裡，花崇仍和其他西裝革履的人不同。花崇的眼睛和他在聯訓營、莎城看到的一樣，有種純淨明亮的生命力，而當這雙眼睛含笑看著他的時候，他的心弦就被浪漫地撥響。

柳至秦：「你不也穿成這樣？」

「我本來就成熟。」花崇一邊說一邊走，俏皮道：「叫聲哥哥來聽聽。」

柳至秦停下腳步，目光深沉。

花崇退回去拉他手臂，「不叫就不叫嘍！」

因為時間緊張，柳至秦直接把花崇帶到特別行動隊，先報到，再回公寓休息。

安擇哼著歌走在特警隊的走廊上，看見迎面走來的老弟和花崇時，驚訝、困惑得歌都不唱了。

花崇過去就是一個擁抱，「我來了。」

柳至秦：「哥。」

安擇這才興奮起來，「終於來了！怎麼不跟我說？」

花崇：「小柳……岷岷知道。」

安擇：「為什麼他知道，我不知道？」

花崇：「這……」

安擇：「為什麼你告訴他，不告訴我？」

柳至秦插進來，「哥，你們這一週不是在特訓嗎？你有時間去接他？」

安擇：「喔，確實。」

花崇的報到之路有了安擇的陪伴，堪稱熱鬧非凡。安擇已經在特警隊混熟了，也早早跟大家提過好哥們花崇。反恐特警們在莎城做了多少貢獻，特別行動隊再清楚不過，所以他們都受到了應有的禮遇和重視。特警隊的負責人與花崇談了半小時，只給他一天休息，明天晚上就加入特訓。

花崇對這個安排很滿意，倒是柳至秦頗有微詞，「只給一天？」

「我巴不得馬上加入。」花崇幹勁十足，「公寓在哪裡，有空陪我回去嗎？」

柳至秦笑了，「走。」

公寓是一室一廳，傢俱全是新的，原本差了點人氣，但因為柳至秦弄來的那些小擺設，讓家的感覺一下子就出來了。

花崇沒急著整理房子，拿起沙發上的靠枕捶了捶。柳至秦給他看照片時，他覺得那就是個普通的狗頭枕頭，抱起來看才發現很可愛。是個德牧靠枕，憨憨的，質感很好。

柳至秦把能打開的電器都打開，和花崇說怎麼使用。雖然電器這種東西都差不多，花崇還是聽得很認真。

將自己的新窩參觀得差不多了，花崇活動著身子，說想洗澡，全身是汗，太難受了。

柳至秦想了想，「那我就先回去了。」

「別啊。」花崇馬上說：「你晚上有事？」

「沒有。」

「那留在我這裡吃飯啊。你看一下電視、上上網什麼的，我洗澡很快！」

被留下來吃飯，柳至秦當然是高興的。今天接到花崇後，他就有種很有活力的感覺，像是一管水被又狠又快地推入安靜的湖中。

花崇說的是在這裡吃飯，那就不是去餐廳，花崇會親自下廚。

柳至秦的唇角止不住地上揚，聽著浴室的水聲，想像了一下和花崇一起去買菜，再回來看花崇做菜的情形。

他還沒吃過花崇煮的東西，但花崇在洛城獨自生活，怎麼說也會做點家常菜吧？

但現實往往比理想骨感。從花崇換上睡衣時，柳至秦就覺得不對勁了。

廚房沒有食材，要做菜的話，他們必須出門。

花崇的頭髮還在滴水，拿起手機問：「小柳哥，你想吃什麼？」

柳至秦忍著疑惑問：「隨便煮，我不挑食。」
花崇：「嗯？」
柳至秦：「……」
花崇：「但你哥說你挑食，而且這也不是隨便煮的問題，我點外送。」
柳至秦：「……」
花崇笑笑，「快說想吃什麼，等等送來了，讓我來糾正一下你挑食的問題。」
柳至秦失落地說：「不吃外賣。」
花崇想：果然很挑食！
不過這還在他願意寵的範圍裡，「那你等我去換一身衣服，我們出去吃。」
柳至秦跟著花崇走到臥室門口。花崇換衣服也沒避開他，睡衣往上掀時，露出精瘦的腰。
柳至秦盯著那截腰，回神之後說：「你是不是不會做飯？」
男人怎麼能有不會的？花崇馬上說：「我會煮麵！蛋炒飯也可以。」
柳至秦暗自歎息，「社區外有個生鮮超市，我們去買點菜，去我那裡，我做。」
花崇的衣服都沒穿好就轉過來，「不好吧？說了我請你。」
柳至秦說：「你可以出買菜的錢。」
花崇套上褲子，覺得也行，正好他也想去柳至秦那裡坐坐。
到了超市，花崇想拿那種配好的半成品，柳至秦欲言又止。
花崇是觀察力多強的人，將半成品放回去，「剛才你是不是鄙視我了？」

柳至秦面無表情，「我沒有。」

「我看到了！」

「我會自己做，配好的沒有靈魂。」

花崇樂滋滋地跟在柳至秦後面，「我想起來了，你哥好像說過你很會做菜。」

柳至秦：「一般。」

除了晚餐要用到的大蝦、魚頭、蔬菜，柳至秦還買了西瓜。花崇越看越驚訝，「剁椒魚頭這已經不屬於家常菜了吧？」

「嗯。」柳至秦淡淡地說：「但我會。」

花崇想到安擇以前王婆賣瓜，說岷岷小時候參加電腦競賽連續得過獎，本來還可以拿數學競賽獎的，但他覺得電腦比數學更有趣，放棄了數學。

天才居然連剁椒魚頭都會。

天才唯一一次出洋相，就是栽進池子裡了吧？

想到這裡，花崇輕輕啊了聲。

柳至秦回頭，「怎麼了？」

「你怎麼不還我衣服？」

重逢時花崇沒問，因為不怎麼熟，而且那時還是當著人家哥哥的面，後來在手機上聊熟了，又把這件事忘了。現在花崇問得毫無負擔，他就想知道，自己的衣服去哪裡了。

柳至秦的神情卻明顯地愕然一瞬，旋即別開視線。

花祟笑道：「說了要還我的。」

柳至秦鎮定得很快，「學校急著要我回來，實在來不及，只好穿回去了。」

「那衣服還在你那裡嗎？」

「……抱歉，畢業清理東西時丟掉了。」

花崇給了柳至秦一記拐子，「還道歉呢？沒事，本來就是舊衣服。」

柳至秦低聲說：「嗯。」

到家，柳至秦去廚房準備晚餐，花崇把西瓜放進冰箱。柳至秦讓他隨便參觀，他雖然不拘束，卻也很有分寸，只在客廳看看，臥室沒進去。

他發現柳至秦的沙發上也有一個德牧靠枕，和他那隻剛好湊成一對。

廚房裡已經有香氣飄出來了，花崇監工似的溜過去，除了剁椒魚頭，柳至秦還做了咖喱大蝦、玉米冬瓜湯和活捉萵筍。

他能做的就是洗洗萵筍和冬瓜。

太陽西下時，所有菜都好了。看著那兩份大菜，花崇這個不愛拍照的也拿出了手機，剁椒魚頭一半紅一半黃，鮮嫩的魚肉藏在密實的料下面，咖喱大蝦去殼去腸泥，那咖喱一看就能吃掉三碗飯。

花崇：「咕嚕——」

柳至秦剛解下圍裙，就聽見花崇咽口水。隱密的欣喜在眸子裡冒出頭，柳至秦盛了一大碗湯，放在花崇手邊放涼，「不好吃儘管說，我接受批評。」

花崇先嘗大蝦，再嘗魚頭，一言不發，果斷又去廚房盛了一碗飯。

柳至秦：「？」

花崇左右兩碗飯，一碗拌剁椒，一碗拌咖喱，這才開口：「小柳哥，你知道你剛才像什麼嗎？」

柳至秦不明就裡。

花崇：「學霸明明考了滿分，學渣問他考得怎麼樣，他卻說『發揮得不太好』。」

柳至秦的笑意已經遮不住了。

花崇吃著自己的飯，還不忘安擇的吐槽，時不時叮囑柳至秦多吃點。

柳至秦本質上是個很自律的人，各方面的欲望都很低，在遇到花崇之前，理智得像他親手設計的完美程式。遇到花崇之後，程式開始出現 bug，他的補丁跟不上 bug，欲望瘋長。

只是這所有的欲望都只和花崇有關。

至於吃的，對他而言，能攝入合理的營養，並且滿足正常的味覺就行了。

這一桌菜，本來就是做給花崇吃的，比起吃菜，他更想欣賞花崇吃飯。但在花崇眼裡，這就是板上釘釘的挑食。

「坐到這裡來。」花崇拍拍身邊的位置，「我替你哥監督你吃飯。」

柳至秦不知道花崇要怎麼監督，但還是坐過去了。

花崇往他碗裡夾魚肉和大蝦，又用裝著飯的碗拌咖喱。

柳至秦細嚼慢嚥，這邊還沒吃完，花崇已經把飯拌好了，正一手端著碗，一手拿著勺子看他。

花崇的本意其實只是拌飯，但柳至秦的吃相讓他有點著急，這也太斯文了，一塊魚肉還沒吃完，什麼時候吃得到這碗飯？

情急之下，他舀起一勺，直接遞到柳至秦的嘴邊。

柳至秦的背脊忽然僵住。

花崇又遞出勺子，活像自己才是廚師，「快嘗嘗，真的好吃。」

柳至秦張嘴，很小心地吃下了這一勺咖喱飯。

花崇：「怎麼樣？」

柳至秦垂眸，「還行。」

花崇滿意地把碗放他面前，「那就快吃。今後有空，我都來找你吃飯。」

火在胸膛裡跳躍，映在眼裡，就是一片黑色的暗光。柳至秦有點坐不住了，起身去廚房。

花崇喊：「你不吃了？」

柳至秦：「我看西瓜冰得怎麼樣了。」

還不怎麼冰，還要放一會兒。

飯後，花崇執意洗碗，說這是吃人嘴軟應該付出的代價。柳至秦爭不過，只好說：「那我切西瓜。」

公寓的廚房不大，一人洗碗，一人切西瓜，擁擠中有種過日子的感覺。

柳至秦切好了，花崇還沒洗完碗。手沒空，卻又想吃。

夏天吃冰西瓜最舒服了，西瓜從冰箱拿出來之後，每一秒涼度都在消失。

柳至秦想餵花崇吃，花崇想叫柳至秦餵自己一口。

「要不然我拿給你？」

「小柳哥，餵我一下。」

兩人幾乎是同時開口，柳至秦頓了一下，把最中間的一塊拿過去。

花崇低頭一咬，太甜太冰了，差不多是他今年夏天吃過的西瓜之最。

喜劇就在此時發生。

柳至秦以為花崇吃一口會休息一會兒，他不介意一直抬著手，餵花崇吃完這塊。但穩紮穩打吃西瓜根本不是花崇的風格，「吹口琴」式吃西瓜才是，所以柳至秦稍稍將西瓜下移時，花崇一口沒咬到，連忙追著咬。

柳至秦略微驚訝，配合地抬手。花崇啃得十分爽快，本是粗野的舉動，柳至秦卻覺得可愛到了極點，一時疏忽，沒注意到一小塊斷了，瞬間將花崇的白襯衫染上一片紅。

「啊！」

沾到西瓜汁就得馬上洗，花崇立即脫下上衣，對著水龍頭沖，腹肌被水花濺得濕漉漉的。

柳至秦的眼神止不住地變深。

汁水好歹洗掉了，花崇把襯衫晾在陽臺上，才想起自己不能光著身子回家，那是耍流氓，只能跟柳至秦借衣服。

這插曲是意料之外，柳至秦的克制被劃開一道口，失去往日的冷靜，忘了一件重要的事——他的衣櫃裡掛著花崇的運動服，掛在最顯眼的位置，拉開櫃門就能看見。

兩人一起進了臥室，柳至秦拉開衣櫃門，卻沒往裡面看，看著花崇說：「都是洗好的，你自己挑。」

花崇本想隨便拿一件，但視線一掃，就看到了熟悉的運動服。

柳至秦注意到時已經晚了。

花崇扯住陳舊但很乾淨的布料，「你怎麼把它掛在這裡？」

三年前懷著模糊的心思帶走的衣服，如今像這間公寓的主人一般，出現在它本該屬於的人面前。這本來就是一件難堪的事，更何況在幾小時之前，柳至秦才剛對花崇說過——那天有急事，來不及還，後來畢業時被弄丟了。

它沒有被弄丟，而是被珍而重之地掛在衣櫃中心。

花崇那帶著不解和驚訝的視線投過來時，柳至秦的腦海裡輕輕嗡了一聲。

一瞬間，他向來精密工作著的大腦陷入某種陌生的空白，空白之後，是脫離他掌控的原形畢露。

占有欲、控制欲，他將它們管理得很好，所以看起來冷淡溫柔。一個對自己的能力有清晰認知的人，會將那些沒必要示人的東西好好收束起來。但現在，這突如其來的事故像把一層圍牆敲碎了，他的「原型」衝了出來，囂張，不講道理。

他明知道最合適的處理方式是糊弄過去，花崇看起來並不生氣，也沒有往真實的方向想，他只要乖乖道歉，說喜歡這件衣服，當年又不好意思說，花崇一定會相信，頂多取笑他幾句。

但他的驕傲和本性，卻將他拉到了不可收拾的歪路上。

「我把它帶過來了。」柳至秦注視花崇，平靜地說。

花崇沒聽懂這句話，柳至秦的眼神讓他更加困惑。

氣氛忽然變了。發現衣服沒丟時，他確實覺得奇怪，但絕對沒有責備柳至秦的意思，柳至秦的反應出乎他的意料，他不擅長應付這種情況，琢磨了一會兒才想：小柳哥生氣了嗎？

柳至秦一把將運動服從衣架上扯下來，向花崇靠近兩步，「我沒有把它扔掉，你問我時，我不敢說實話。」

花崇下意識後退，但衣櫃和床離得太近，他的小腿撞到床，無法再退。

「實話？什麼意思？」

柳至秦說：「你要聽嗎？」

花崇嗅到了危險，但這並非直面犯罪分子時的那種危險，不會傷害他，卻讓他不由得緊張，像是空氣被一個看不見的罩子壓縮。

「那天不是我們第一次見面，在聯訓營裡，我們早就見過面了。」如果忽略眼中沸騰的霧，柳至秦此時淡然得就像在講別人的故事，「你是○一四，我是○九二。」

這個數字很快喚起了花崇的記憶，「你是○九二？」

當年那麼多的軍校生、警校生中，給他印象最深的就是○九二，那是一種對好苗子的欣賞。

柳至秦往下說：「我會去山莊，是因為我哥說你也在那裡。我沒迷路，我看見你往溫泉池走，才跟著你過去的。」

花崇沉默下來，笑眼裡漸漸有了工作時的鋒利。

柳至秦不知道自己會不會撞得頭破血流，到了這個份上，他只想把一切說出來。

「掉進池子裡是意外，換上你的衣服也是意外。但換上之後，我不想把它還給你了。學校沒有找我，是我自己逃了。我還沒有做好準備讓我哥介紹我們認識，我還穿著你的衣服，我哥會讓我還給你……」

柳至秦頓了頓，重複道：「但我不想。」

花崇似乎知道柳至秦想說什麼，卻又沒徹底猜到。他不排斥喜歡同性的朋友，但不該發生在他的身上。

柳至秦說：「因為我喜歡你。」

花崇的呼吸提到了喉頭。

「從聯訓時第一次看見你，就開始了，但我不明白。」柳至秦的尾音多了一絲顫意，他根本不像表現出來的那麼鎮定，他太慌了。

「甚至拿走你的衣服時，我也沒有認清，只是想——我想要這麼做。後來……你去莎城反恐，我想了很多才明白，我確實喜歡上了一個男人。」

花崇脫口而出：「別說了。」

柳至秦緘默。

房間裡開著空調，空氣卻像快要沸騰的水，但總是沸騰不了。

花崇心亂不已，柳至秦的告白來得太突然，他被嚇傻了，細緻的情緒無從疏理，身為年長的一方，他剩下的冷靜讓他沒有當場說出衝動、會傷害到柳至秦的話。

靜默並未持續太久，但時間被拉長，仿佛過去顛倒的晝夜。

花崇勉強平復下來，不看柳至秦，將自己的運動服拿過來，草草套在身上——他甚至慶幸這件衣服在這裡。此時如果讓他穿柳至秦的衣服離開，他都不知道自己會不會裸著上身就衝出去。

「我先回去了。」他匆匆走到門口，沒回頭，「謝謝你的晚餐。」

砰——

門關上，柳至秦看著門，像被定住一般，過了很久才低頭看向花崇穿過的拖鞋。

又片刻，他蹲下來坐在地上，雙手抱著頭，像個犯了錯卻倔強不肯認錯的小孩。

花崇幾乎是跑回家的，什麼也不想，強迫自己先踏踏實實地睡一覺。

一覺醒來，人清醒了，問題卻更直白地擺在眼前。

他好兄弟的弟弟跟他告白了，他很清楚這不是小年輕的一時興起，更不可能是什麼惡作劇。因為柳至秦拿走他的運動服早已是三年前的事，而三年後，運動服還掛在衣櫃最顯眼的位置。

柳至秦必然已經在他全然不知時，經歷過無數次的思考。昨天柳至秦會那樣看著他、說那樣的話，只可能是下定了決心。回頭再看他們這幾個月的聊天記錄，一切更是有跡可循。

但直到昨天，他沒想過會和一個男人談戀愛。

直男們在一起，時常開各種出格的玩笑，他也是其中的一份子，現在真的有一個男人對他說愛，他突然手足無措起來。

接受，不可能。且不說他不喜歡男人，就算喜歡，那也不能是柳至秦，那是安擇的弟弟。

拒絕，是得拒絕，但還是因為柳至秦是安擇的弟弟，他必須想一個不傷害大家感情的辦法。

一時半會，他根本想不出來。

在床上躺久了，花崇餓歸餓，卻煩得不想起來。他遲遲思考不出一個結果，想法就開始飄散。

若真的要說不喜歡，那不會，他對柳至秦是有一份獨特感情的，它可能建立在當年的聯訓營，更可能建立在莎城的最後一戰。

細想起來，面對柳至秦時，他確實有些矛盾，就像安岷和柳至秦這兩個名字。安岷是安擇的弟弟，他疼隊友的弟弟無可厚非。柳至秦卻是他的「嚮導」，他的名字甚至和柳至秦聯繫在一起，是柳暗花明的意思。

需要被疼愛和保護的弟弟、保護著自己的隊友，他偏向安岷時，就不可能接受這段感情，但偏向柳至秦時呢？

他對自己向來誠實，就算是很微小的偏差，也足以意識到他對柳至秦的感情和對其他隊友有點不同，更密切、更排他。

花崇從床上坐了起來，心跳漸漸變快，這偏差代表的是什麼？

——下集待續